KB100337

마술사

오펜

뜻밖의 여행

나의 성역으로 열리라 문(상)

—약속은 지킬 거야.

잘못이 있었다고 해도

죽는 건 너와 나뿐이고—

「놓치는 것도 왠지 짜증 나니까 묶어 놓은 거야.」

딥 드래곤을 물리친 인간은 존재하지 않는다.
'내가…… 할 수 있을까?'
오펜은 주문을 외우기 시작했다.

CONTENTS

애장판 10

나의 성역으로 열리라 문(상)

秋田禎信
Yoshinobu Akita

일러스트 쿠사카 유야 **번역** 김정규 **디자인** 백진화
편집 김보람 **마케팅** 이수빈

나의 성역으로 열리라 문(상)

프롤로그

영혼의 회랑은 《안개 폭포》로 가는 가장 가까운 입구라고 전해진다. 하지만 살아있는 자가 지나갈 수 있는 입구는 아니기에, 그런 의미에서 보면 왕성의 무계획적인 증축의 산물—막다른 골목, 가치가 없는 장소일 뿐이다. 하지만 그런 것도 원래는 봉인돼 있어야 할 존재가 흘러나와서는 속삭이는 소리를 흘린다. 그런 집회장이 되어 있다. 그 속삭임에는 가치가 있다.

어째서 이곳이 그런 장소가 되었을까.

이유는 모른다. 거리적인 의미로도, 위치적인 의미로도 《안개 폭포》의 소재지는 그 누구도 모른다. 생각해봤자 소용없는 일인지도 모른다. 그가 현재의 지위에 올라왔을 때, 그를 이용하기 위해서 모든 권한을 부여한 자들이 가르쳐준 것은 이 영혼의 회랑이었다. 《안개 폭포》의 힘을 빌릴 수 있는 유일한 단서가 이 회랑이라고, 그들이 말했다. 그는 감사히 그 말을 들었다—듣고, 손에 넣었다. 그들이 그에게 쓸데없는 힘까지 줬다는 사실을 알아차렸을 때는 이미 늦었다.

얄궂은 일이라는 생각을 하며, 그는 떨떠름한 표정을 지었다. 감정을 숨길 필요는 없다. 그는 이 왕도에서 분방하게 행동했다. 누구도 불만을 제기하지 않는다. 제기하지 않을 만큼 일을 하고 있다고 자부한다. 왕도의 마인 플루토는 두툼한 근육에 덮인 어깨를 빙글빙글 돌렸다. 이 영혼의 회랑에 오면 정체를 모를 무언가가 어깨 위에 올라타는 것 같은 기분이 든다.

마흔이 가까워지면서 육체의 컨디션은 절정에서 원숙으로 옮겨가고 있다. 심심풀이로 스쿨에 가서 젊은 마술사들을 웃으면서 날려버리는 것은 즐거운 일 중에 하나였다─노력을 아끼지 않는 학생들이 그의 기술을 훔쳐서 매일매일 크게 성장하는 것까지 포함해서.

그 재능 넘치는 이들을. 미래인 젊은이들을.

'……또 죽게 해야 하는 것인가?'

떨떠름한 얼굴인 채로 씁쓸한 한숨을 쉬었다.

솔직히, 과연 이 대륙에 미래는 있는 것일까. 처음부터 믿을 수 없는 일이었다.

영혼의 회랑은 차분하고 한없이 깊은 어둠에 잠겨 있다─불을 밝히더라도 그 불빛을 전부 빨아들이고도 남을 정도로. 이 회랑은 지하에 있다. 왕도가 자랑하는 에센셜바이츠 성, 그 다른 사람들은 모르는 문을 지나서 끝도 없이 계단을 내려와서 문지기의 허락을 받은 뒤에야 겨우 도달할 수 있는 곳이다. 도달한다고 해도 거기에 의미가 있는지는 또 다른 문제다. 이 회랑에 사는 자들은 한없이 변덕쟁이니까.

그럴 만도 하다. 뼈도 살도 뇌도 신경도 없는 것들에게 인간과 같은 도리를 추구해봤자 소용 없는 일이니까.

"하지만."

그는 낮은, 신음하는 것 같은 소리를 냈다.

"오늘밤에 나를 부른 것은 너희들이다─뭔가 할 말이 있으니 불렀겠지?"

아무도 없는 회랑 속에 공기의 파문이 번진다.

그가 만들어낸 마술의 빛은 압도적인 어둠을 아주 조금 밀어내는

데 성공하고 있다. 회랑은 그다지 넓지 않은 것 같지만, 어둠 때문에 무한한 공간이 계속되고 있는 것처럼 보이기도 했다.

마침내, 그 무한의 저편에서……

《……최접근령…… 사라졌다……》

육성이 아닌 목소리가 울렸다.

아니. 무한의 저편에서가 아니다―왕도의 마인은 망상을 떨쳐냈다. 미신에 넘어가서는 안 된다. 대화 상대는 무한의 힘을 지닌 악몽 속에 나오는 괴물이 아니라 좀 더 확실한 존재였다. 정신사. 육체를 버린 백마술사들. 정신체가 돼서 계속 존재하는 초자연체.

상대의 정체만 확실하게 파악하지 못하면 판단을 그르치게 된다. 그는 스스로를 그렇게 타이르고 계속해서 말했다.

"당연한 일이다. 시크 마리스크는 가장 뛰어난 전사다. 최후의 도박이었지만 나는 처음부터 이길 생각이었다."

《이긴…… 것은…… 시크…… 마리스크가…… 아니다.》

"그렇다면 카콜키스트 이스트한인가. 누가 됐건 좋다."

《둘 다…… 아니…… 다…….》

"?"

이해할 수가 없었다. 그러자 회랑의 정신사들은 더 먼 곳에서, 모습 없는 목소리를 울렸다.

《최접근령…… 무시무시한 악령…… 다미안…… 르우는…… 천마의 마녀가…… 멸했다…….》

"뭐라고? 그 아이는 귀환하지 않는다고, 여신과 싸워서 사라졌다고, 너희가 그렇게 말했을 텐데."

플루토가 거칠게 말했다.

"너희가 말했다─차일드맨 파우더필드가 준비한 장기 말들은 전부 사라졌다고. 그래서 나는 내 부하 중에서 최접근령의 영주를 죽일 수 있는 자를 선택해야만 했다. 나를 재촉한 것은 너희들이다. 착각 정도로 넘어갈 수 있는 일이 아니다! 내게 동포를 제물로 삼게 만든 것인가!"

《차일드맨…… 파우 더필드…… 그 대마술사…….》

목소리는 하나일까. 복수의 목소리가 섞인 것일까. 그것조차 알 수 없다. 음성이 아닌데 벽에 울리는, 기괴한 절규였다. 그것이 계속해서 말했다.

《그는 계획 따위…… 세우지 않았다…… 그는 그저…… 대비하고 있었다…….》

"무슨 뜻이지? 뭐가 다르다는 건가?"

《위험이 찾아왔을 때…… 저절로 그에 맞설 수 있는 자들을…… 키워왔다…… 단지 그것 뿐…… 그는 장기 말을 준비한 것이 아니다…….》

"흥. 한마디로 그 놈들 칭찬하고 싶은 것인가. 좋다. 놈은 너희 동료였으니까─태고로부터 죽지 못한 존재라는 의미에서."

그는 콧방귀를 뀌고는 다시 큰 소리로 말했다.

"기왕이면 정말로 놈을 너희들의 동료로서 부활시키는 게 어떤가. 그러면 도움이 될 테니. 의미도 없이, 바보같이 제자한테 죽는 바보 같은 꼴이 허락될 입장도 아닐 텐데─"

"그 사람은 천마의 마녀를 버리지 못했어. 단지 그것뿐이야."

목소리가 들려와서 고개를 돌렸다.

여자의, 그것도 귀에 익은─아니, 귀가 따가울 정도로 귀에 박혀 있는 목소리였다. 저도 모르게 뒷걸음질 치게 하는, 엄격한 여자 목소리.

그를 쫓는 것처럼 천천히, 발소리를 내며 회랑을 그 여자에게 물었다.

"……어떻게 여기에? 마리아 폰."

"나도 소환됐어. 달리 그 문지기 앞을 통과할 방법은 없잖아?"

대답은 바로 돌아왔다. 그 젊은 마녀는 나이에 걸맞지 않은—그리고 그 입장에도 걸맞지 않은 당당한 걸음걸이로 다가왔다. 《송곳니 탑》의 문장을 자랑스레 몸에 달고 있는 마리아 폰은, 부득이하게 다른 인물의 이름을 상기하게 만드는 존재이기도 했다.

다른 인물. 그리고 다른 조직.

그녀는 《송곳니 탑》을 대표하는 흑마술사 중에 한 명이었다.

씁쓸한 생각과 함께, 플루토가 물었다.

"그래서? 무슨 명목으로 불려온 거지?"

"이르기트가 사망했다고."

학생의 이름을 말한 것과 동시에 그녀가 걸음을 멈췄다—감상이 아니라, 더 이상 다가올 필요 없다고 생각해서겠지. 마술 등불에 비친 얼굴은 창백하기는 했지만, 딱히 감정을 드러내진 않았다.

'철로 만들어진 여인(캣 오브 스틸)…… 기분 더럽군.'

가슴 속으로 욕지거리를 하며, 플루토가 계속해서 말했다.

"시크와 카콜키스트—그 둘도 죽었다는 것 같다. 설마 그 둘을 쓰러트릴 수 있는 자가 이 대륙에 존재하리라고는 생각하지 못했다."

"웃기지 마. 알고 있었을 텐데. 최접근령에는 유이스가 있어. 누구도 따라갈 수 없는 흑마술사가 말이야."

"어째서 흑마술사가 서로를 죽여야 하는 건가!"

분개해서 주먹을 쥐고, 그가 외쳤다.

"유이스—네가 굳이 그 이름으로 부르고 싶다면 그렇게 불러라—유이스 코르곤은 미친 것인가. 대륙 마술사 동맹은 마술사의 우애와 단결을 주장했다!"

"하지만 너무 폐쇄적이었어. 거기에 반발하는 마술사가 있다는 것도 이해해야 해."

곧바로 대답한 마리아를 무시하는 것처럼, 플루토는 이렇게 말했다.

"……어째서, 영문 모를 영주라는 사내 따위를 따르는 거지. 의미가 없을 텐데……."

그리고 아무것도 없는 공간—그렇게 보이는—쪽을 보고,

"그리고 천마의 마녀라니. 차일드맨 교실 놈들이 끼어들었다는 건가? 세 명의 죽음에 놈들이 관여했다는 것인가?"

《……모든 것…… 은…… 성역의…… 손 안에…… 있다…….》

그 목소리가 마리아에게도 들리는지 눈짓으로 확인하고, 플루토는 큰 소리로 말했다.

"타인에게 뭔가를 시키려면 전모를 밝혀라! 아무것도 모른 채 동료를 사지로 보내야 했던 것이 대체 누구 탓인지—"

《……우리도…… 모르는 것이…… 많다…… 시간을 뛰어넘은 우리는…… 시간을 놓치는 경우도 많다…….》

"변명 따위는 필요 없다! 너희는 우리를 움직이고 《13사도》를 움직이고 귀족 놈들까지 움직여오지 않았는가? 그렇다. 최접근령을 움직인 것도 네놈들의 대표인 다미안 르우인가 하는 괴물이다."

《다미안 르우는…… 사라졌다…… 희대의 술자가 차례로……
사라져간다.》

"…………."

이를 갈고, 신음했다.

"하고 싶은 말이 뭐냐."

"변화가 일어나고 있다─그런 얘기지?"

대답한 것은 사령(死靈)이 아니라 마리아였다. 하지만 사령보다
더 사령다운 목소리처럼 들렸다.

천천히, 마침내 그녀가 그보다 앞으로 나섰다. 마리아 폰은 회랑
전체에 울리도록 큰 소리로 말했다.

"뭔가가 새로운 단계에 들어갔다고. 하지만 희생이 도태됐다고
한다면, 나는."

그리고 그녀는 말을 멈췄다. 감정을 드러내는 것에 저항을 느끼는
것인지 천천히, 씁쓸한 것이라도 삼키는 것 같은 얼굴로,

"설령 그게 옳은 일이라고 해도…… 나는 죽어간 자들을 대신해
서…… 그것에 대해 화를 내겠어. 결코 용서하지 않아."

《누구에게나…… 비탄(悲嘆)이 있다…… 수많은…… 소용돌이치
는 통곡을 먹이로…… 이 천 년이라는 시대가 쌓여 왔다…….》

"그 먹이가, 아주 편하게 진보라고 부르는 그 먹이가 바보 자식들
의 코에 걸린 당근이 아니라고 장담할 수 있나? 아무리 쫓아가도 얻
을 수 없는, 모든 것이 단순한 파멸이 아니라고 말할 수 있는가?"

"희생이 필요하다는 건 인정하겠어. 하지만, 그렇다고 해서 생명
을 잡아먹는 자의 존재를 간과할 수는 없다고! 자신과 동료의 목숨
을 지킬 수 없다면, 뭘 위해서 우리한테 힘을 줬지?!"

《13일 뒤…… 성역은 모든 것을 버린다.》

목소리는 그와 마리아, 두 사람이 외친 소리를 완전히 무시했다.

무시하고, 계속해서 말했다.

《이것은 예언이 아니다…… 모든 것이 지금대로 간다면…… 13일 뒤…… 성역만을 남기고 모든 것이 버려진다…… 예정되어 있다……》

"누가 잡은 예정이냐!"

플루토는 따졌다―상대의 모습이 보인다면 멱살이라도 잡았을 텐데. 사령들은 어두운 늪 속에서 나오려 하지 않는다.

그저 말만을 전한다.

《……그 누구도 아닌…… 성역…… 신들…… 그리고 너희들…… 모두가 바란 것…….》

"멸망 따위를 누가 원했다는 거냐!"

《멸망인가……? 재생일지도 모른다…….》

"자신의 목숨이 사라지는 것, 그것이 멸망이다. 바보 같은 놈들이 무슨 헛소리를 거듭하건, 과학이 그것을 증명하고 있다. 생명은 자신을 지키기 위해서 싸우는 것이다!"

그렇게 말하면서도.

이것이 너무나도 허무한 주장이라는 것은 알고 있다. 자신이 생명이 없는 사령에게―그것도 스스로 원해서 그 사령이 된 자들에게 말하고 있다는 것을 생각하고는 고개를 저었다. 바보 같은 짓이다. 이 정신사들이야말로 과학을 버리고 망상과 헛소리로 도피한 어리석은 자들이 아니던가…… 그리고 자신은 그런 것들의 말을 믿고 있다…….

그는 헛기침을 하고서 다시 말했다.

"너희가 멸망을 긍정한다면, 어째서 우리를 이용해서까지 성역에게 저항하려는 것이지?"

《긍정하지는…… 않는다…… 멸망이 재생이라면…… 우리는…… 세계의 재생을…… 바라지 않는다…….》

"하고 싶은 말이 뭐지?"

《신은 어디에 있는가…….》

코웃음을 치고, 플루토가 말했다.

"그런 질문 따위! 실재가 입증됐을 때, 신들은 그저 괴물이 될 것이 아닌가! 힘을 휘둘러서 세계를 멸망시킬 뿐인 최악의 괴물이—"

《그래서…… 진정한…… 신은…… 어디에 있는가? ……마음의…… 평안은……?》

목소리와 또 다른, 쇳소리 같은 것이 울렸다—등줄기를 오싹하게 만드는 날카로운 비명이.

그것 또한 육성이 아니다. 사령들의 원한 서린 고함소리였다.

《힘을 추구한 다미안 같은 자를 제외한…… 우리는…… 그것을 찾아서…… 그저 그 답만을 찾아서…… 이 존재로…… 승화했다…… 그것이 대륙으로부터의…… 탈출…… 인데도 평안은…… 어디에 있는가…… 우리는 어디로 가면…… 되는가…… 그것을 알 때까지…… 세계가 끝나는 것은 곤란하다…….》

"신은 어디에……."

이것은 공기를 울리는 인간의 목소리였다.

오싹해서, 그 쪽을 봤다. 사령이 살을 가지고 되살아난—것이 아니라, 지금까지 조용히 있던 마리아 폰이 속삭인 소리였다. 고개를 숙이고 바닥의 한 점을 보고 있다. 이쪽의 시선을 알아차리고, 그녀가 고개를 들었다.

"우리한테 종교가가 되라는 거야?"

자조하는 것처럼 웃는 그녀는 굳이 무시하고, 플루토가 중얼거렸다.

"사령들, 설마 나를 겁주기 위해서 여기로 부른 건 아닐 테지? 13일 뒤라고 했다는 것은 13일 이내에 필요한 장소로 날 보낼 준비가 돼 있다는 것이겠지?"

《물론이다…… 다미안이 사라진 지금…… 우리는 자유다…… 다미안…… 귀신의 왕…… 을 대신하는 새로운 패자(覇者)…… 천마의 마녀는…… 우리를 방해하지 않는다…….》

"사실이겠지."

그렇게.

확인했더니 마리아가 옆에서 물었다.

"당신을 보낸다고?"

플루토는 그녀 쪽을 보지도 않고 말했다.

"이번엔 나 자신이 간다. 《13사도》의 수장으로서 체면이 있으니."

"그럴 수는 없을 텐데? 귀족 연맹은 오래 전에 눈치를 채고 참견할 기회를 기다리고 있을 뿐이야."

"내가 처음에 갔다면 희생을 내지도 않았다!"

소리쳤다.

하지만 마리아 폰은 꿈쩍도 하지 않았다. 시시한 정론을 말하는 투로 말했다.

"희생이 없어지지는 않아—어떻게 해도 희생은 나는 법이야. 우리 쪽에 날지 상대 쪽에 날지, 단지 그 차이 뿐이지. 군대를 쓰지 않을 뿐이지, 이건 전쟁이니까."

"넌 아무렇지도 않은가…… 네 학생도 죽었을 텐데. 아무렇지도 않은가!"

결국 그녀 쪽을 보고 고함을 질렀다.

그리고—정면으로 보고서야 비로소 알았다. 마리아가 깨물고 있는 입술이 짓쳐졌다. 그 피 때문에 입술이 더 빨개져 있었다.

"누가 괜찮다는 거야?"

자기 입술을 깨문 채로, 그녀는 흉포한 눈빛으로 노려봤다.

"하지만, 폭주한 최접근령과 드래곤 종족의 성역이라는 것이 대륙을 전부 무로 만들어버릴 지도 모르는 때라면, 신이건 악마건 되고 봐야 하지 않겠어?"

"너는 그런 사람이 아니었을 텐데."

"당신이 할 소리는 아니잖아."

말다툼이 벌어지는 피하기 위해, 플루토는 입을 다물었다. 하지만 다른 말을 하기로 했다.

"최접근령이 끝났다면…… 다음은 성역을 없앤다. 처음부터, 한참 전부터 그래야 했다. 《13사도》 전원을 투입해서라도 이것을 달성한다. 그러면 이 대륙은 인간 종족의 것이 된다."

"아니. 누구 것도 되지 않아. 하지만—모든 것을 멸망케 하는 신 따위의 것이 되게 두지는 않겠어."

마리아 폰의 말은 끝까지 그에게 반론했고…… 그리고 플루토는 그것이 마음에 들지 않았다.

제1장 절망과, 절망이 아닌 것

등불 흔들리는 소리와 벽에서 먼지가 떨어지는 소리. 귀를 기울여도 들릴까 말까 하는 애매한 소리. 그것에 둘러싸여서, 오펜은 기다리고 있었다. 촛불 하나만 켜놓은 방 안은 마치 그림자들이 잔뜩 살고 있는 것처럼 어둡고 좁게 느껴졌다. 실제로 방은 충분히 넓었다. 그가 의자에 앉아서, 그리고 바닥에 쓰러진 남자가 의식을 회복할 때까지 기다리기에 충분한 공간이.

시간을 새기는 무언가—하지만 시계는 이곳에 없다—에 의식을 기울이고, 가면을 취하면서 그 소리를 들었다. 비몽사몽간에 생각한 것이 있다. 세계가 시작된 이래로 시간이 멈춘 적이 있을까. 멈췄다고 해도 그 누구도 알아차리지 못할 테니까, 몇 번 정도 그런 일이 있었다고 해도 부정할 수는 없다.

'아니…….'

시간은 계속 움직여왔다. 단 한 번도 속도를 바꾸지 않고. 단 한 번도 멈추지 않고. 단 한 번도 거슬러 올라가지 않고.

과거와 현재와 미래. 그 셋이 교차하지 않고, 시간은 계속 앞으로 나아갔다. 셋은 결코 만나지 않는다. 셋의 해후하는 일이 일어난다면 시간의 속도가 바뀌고, 시간이 정지하고, 시간이 역행하는 때뿐일 것이다.

그것은 세계가 끝나는 그 순간이겠지.

"…………?"

그는 고개를 들었다. 문득 의문이 들었다.

'어째서…… 그런 게 신경 쓰이지? 왜 갑자기 이런 생각을 했지? 다른 생각해야 할 것들이 잔뜩 있는데…….'

누군가가 귓가에서 속삭인 탓인지도 모른다.

쓸쓸하게 웃고, 눈을 감았다. 시야는 가려졌지만 이 방안에 있는 또 한 사람, 그 존재 자체는 의식하고 있었다. 쓰러진 채로 움직이지 않는 사내.

최접근령의 영주.

오펜은 탄식하고 그 남자가 깨어날 때를 기다렸다.

"이런 짓에 어떤 이유 때문인지 설명을 요구한다, 계집."

"무슨 소리야. 잠입한 암살자의 앞잡이가 됐던 주제에."

자신에게 물은 지인에게, 크리오는 바로 대답했다. 그랬더니 밧줄로 칭칭 묶어놓은 지인 둘—형제 중에 하나가 큰 소리로 받아쳤다.

"누가 암살자 나부랭이의 부하라는 거냐?! 이 마스마튜리아의 투견 볼카노 볼칸 님께서는 그러~한 범죄자 취급에 대해 단호하게 항의한다! 구체적으로는 밧줄!"

"풀어주면 어쩔 건데?"

"전략적으로 철수한다."

그 말을 듣고 크리오는 팔짱을 꼈다. 딱 잘라서 말했다.

"놓치면 왠지 짜증 나니까 묶어놓은 거거든."

"변명 따위는 필요 없다! 그것을 어떻게든 해라!"

"그나저나 짜증 나서 그랬구나……."

지인들이 각각 떠드는 소리를 무시하고, 크리오는 주위를 둘러 봤다.

그들이 있는 곳은 조리장이었다—모아온 식료품들을 모아뒀기 때문에, 어쩌다보니 대기실처럼 돼버렸다는 느낌이다.

밤은 길었다. 하지만 저택에 돌아온 뒤로 몇 시간이나 지난 것도 아니다. 단지 너무나 천천히 앞으로 가는 시간이 그저 답답할 뿐이다. 그다지 크지도 않은 마술 불빛을 보며, 크리오는 미간을 찌푸렸다. 이유도 없이 짜증이 난다.

"오펜은 뭐 하는 거지. 뭔가 이상한 느낌이네."

"크리오 넌 진정 좀 해."

그렇게 말한 사람은 조리장 구석에 앉아 있는 소년이었다.

익숙한 얼굴이었다—학교 동급생이니까. 그게 먼 옛날 일처럼 느껴지지만 겨우 반년밖에 안 된 일이다. 크리오는 그 남자를 약간 강한 시선으로 노려보면서 말했다.

"진정하라고? 뭔진 모르겠지만 비명 소리가 들린 데다 영주님은 쓰러졌고, 레키에 이어서 이번엔 로테샤까지 없어졌잖아. 어떻게 진정할 수가 있겠어."

"당황하는 것보다는 낫지 않겠어. 스승—오펜 씨도 나중에 설명 해주겠다고 했고."

"그렇게 말하고 설명해준 적이 없으니까 그렇지."

혼자서 투덜대던 크리오는 퍼뜩 정신을 차리고,

"그래서, 오펜은 영주님이 의식을 찾을 때까지 기다리고 있는 거 잖아. 넌 왜 이런 데 있는 거야. 네가 영주님을 챙겨드리면 되는 거 아냐. 그렇게 큰 소리를 쳐놓고."

그 말을 듣고 소년—매지크는 시선을 피하려는 것처럼 고개를 숙였다. 그리고는 그대로, 작은 소리로 중얼거렸다.

"난 독립하고 싶었을 뿐이고, 딱히 영주님한테 고집했던 건 아니라고."

"그럼 혼자서도 할 수 있는 걸 하라고. 나도 뭔가 생각해볼 테니까."

"내가 할 수 있는 건—"

그리고, 그는 말끝을 흐렸다.

크리오가 시선으로 재촉했더니 매지크는 한참 동안 망설인 뒤에 그 다음을 말했다.

"내가 할 수 있는 건, 여기 있는 크리오랑 이 사람들을 지키는 거야. 크리오가 말한 대로 어째선지 사람들이 차례로 없어지고 있어. 뭔가 공격을 받고 있는 거야. 지키는 사람이 없으면 오펜 씨도 움직일 수가 없잖아."

"……."

그 말을 듣고—본능적으로 뭔가 받아치고 싶기는 했지만 반론할 점이 보이지 않아서, 크리오는 그저 소리 없는 한숨만 쉬었다.

대화가 끊어지니 조리장은 조용해졌다. 영주의 저택 자체가 너무나 조용했다. 자신들을 제외하면 거의 아무도 없으니 당연한 일이었다. 지인들이 밧줄을 풀어보려고 몸을 흔들어대고는 있지만, 그것조차도 정숙을 깰 수 있는 결정적인 소리가 되지는 못했다.

어떻게 해도 깰 수 없는 것인지도 모른다는—그런 기분 나쁜 분위기를 느끼며, 크리오는 계속해서 말했다.

"대체 뭐가 어떻게 된 거지."

"영주님이 한 말은 기억하고 있지?"

매지크의 목소리에도 음울한 기색이 섞여 있다.

"여기 최접근령은 드래곤 종족의 성역과 싸우는 사람들의 기지 야. 그런데 공격을 받고…… 한마디로 졌다고 생각해."

"그건 알지만……."

복잡한 심정으로, 크리오는 팔짱을 꼈다. 그 자세로 말했다.

"그렇다면 여기는 어떻게 되는 거지."

"나도 몰라. 하지만 그 다미안인가 하는 백마술사가 사라지면서, 싸울 사람이 하나도 없게 돼버렸어."

"그래서, 또 공격당한다는 거야?"

"영주님이 남아 있으니까…… 그 부분을 확인하고 싶어서, 오 펜 씨는 계속 기다리고 있는 것 같아. 도망치려고 해도 이렇게 아무 것도 없는 곳인데다 야간이기까지 하니까 너무 위험하다고 생각했 겠지."

"레키를 찾으러 가고—싶었는데……."

크리오는 생각난 것을 입에 담았고, 소리를 죽였다.

"하지만 드래곤 종족이 그런 분위기면, 되레 레키를 괴롭히게 되 려나……."

"그래도 영주님이 레키한테 뭔가를 부탁했어. 그게 잘 되면 성역 과의 힘 관계가 역전될 거라고 했잖아."

"난 그렇게 만들고 싶지 않단 말이야."

"그럼 어쩌고 싶은 건데."

고집하는 매지크에게, 크리오는 기분 나쁘다는 듯이 입을 삐죽 내 밀어보였다.

"나도 몰라."

"그럼 크리오도 자기가 뭘 할 수 있는지 모른다는 거잖아."

"그래서 생각한다고 했잖아…… 화풀이 한 건 사과할게. 미안해."

그렇게 말했더니, 지인들 쪽에서도 소리가 들려왔다.

"가능하다면 이쪽에 화풀이 하느라 묶어놓은 밧줄도 풀어줬으면 싶은데……."

일단 그건 무시하고, 크리오는 의자를 자기 쪽으로 당겨왔다. 조리장 의자 중에 하나는 망가져 있었는데 그건 일단 치워뒀다. 어제 자신은 아마도 그 의자에 앉아서 로테샤가 준 핫 밀크를 받았다. 그 생각을 떠올리며, 크리오는 자신의 기분이 더 가라앉는 것을 자각했다. 그 로테샤가 행방불명됐다. 매지크의 말을 들어보면 크리오가 사라졌을 때 암살자를 쫓아갔다가 그대로 돌아오지 않았다고 한다. 그다지 안심할 수 있는 정보는 아니다.

로테샤가 가지고 있던 검은 물론이고, 이래저래 하는 사이에 자신의 검도 잃어버렸다―키므락에서 그 추레한 죽음의 교사인가로부터 받은 검이다. 원래 쓰기도 힘든 골동품이기는 했지만. 그것보다는 괜찮은 무기를 찾아보려고 했지만, 이 영주의 저택에는 제대로 된 무기가 없었다. 영주의 호위들이 있었다는 숙소는 어제 흔적도 없이 날아가 버렸다. 조리장에 있던 식칼이라도 들고 갈까 했지만 마음이 내키지 않아서 단념했다. 사실 자신이 날붙이를 휘둘러서 어떻게 할 수 있는 사태가 아니라는 정도는 알고 있다

'아마도 내가 쓸데없는 짓을 안 하는 쪽이 더 낫겠지.'

공허한 한숨을 쉬었다. 만약에 어떠한 힘이 있다고 해도 쓰는 방법을 모르면 폭주할 뿐이다. 마술사가 마술사인 이유―그것은 힘을

가졌기 때문이 아니라 가진 힘을 제어할 수 있기 때문이다. 자신은 그 훈련을 받아본 적도 그에 대한 지식도 없다. 레키의 몸을 빌렸을 때 그것을 뼈저리게 깨달았다.

'레키의 마술도 검도, 무기도, 전부 똑같은 건가……'

"아무튼."

딱히 누구에게 들으라는 것도 아닌—굳이 말하자면 밤의 정숙이 들으라는 것처럼, 크리오가 중얼거렸다.

"난 내가 할 일을 확실하게 정해야겠지."

작은 목소리였다. 그 누구에게도 들리지 않았을 것이다. 애당초 반응도 없다.

"이걸로 갈아입어."

조리장으로 들어온 오펜은 가지고 온 긴 소매 작업복 두 벌을 테이블 위에 올려놨다. 실내의 시선이 집중됐다. 특히 소녀의 파란 눈을 의식하고 있었더니, 소녀가 조심조심 물었다.

"영주…… 님은?"

"아직 일어나지 않았어. 애당초 기다릴 필요도 없었고. 당장 여기서 나가자. 영주는 여기에 두고 간다."

오펜은 그렇게 말하면서 시계를 찾았다—그렇다고 조리장에 시계가 있을 거라고 기대한 것도 아니다. 커튼이 없는 창문을 통해서 밖이 보이기는 했지만 달이나 별이 보이는 각도는 아니었다. 처음부터 대략적인 짐작은 하고 있었다. 앞으로 두 시간 정도면 동이 틀 것이다.

"두고 간다고?"

자신의 옷을 집으며, 크리오가 물었다.

오펜은 고개를 끄덕였다.

"자세한 설명은 생략하겠지만, 영주라는 인간은 실제로 존재하지 않아. 다미안 르우가 만든 데미 휴먼, 꼭두각시야. 생각해보니 다미안이 없어진 이상 다시 눈을 뜰지도 확실하지 않아. 그것보다 뭔가 안 좋은 예감이 들고."

가죽 전투복 속에 있는 몸이 떨리는 것을 느끼며 이렇게 추가했다.

"여기서 도망치는 게 좋겠어."

"도망쳐? 어떻게. 어디로?"

크리오는 작업복을 펼쳐보고 마음에 안 들었는지 약간 눈살을 찌푸린 것 같았지만—크게 신경 쓰지 않고 나머지 한 벌을 매지크한테 떠넘기고는, 불만스레 이렇게 물었다.

"오펜도 같이 갈 거지?"

"그래."

오펜은 다시 한 번 고개를 끄덕이고, 조리장 바닥의 뚜껑이 열린 곳을 가리켰다. 그 아래의 공간에는 말라붙은 수로가 있다.

"이 지하 통로가 있으니까 어떻게든 탈출할 수 있을 거야. 그 다음에 어디로 갈지에 대해서는…… 확신은 없어. 단지 여기는 위험해. 다미안의 말을 믿는다면, 아침이 되면 성역 쪽에서 뭔가 반응을 보일 것 같아."

떠오른 것은 검은 성복을 입은 남자…… 였는데.

그것만이 아니다—그 이상의 힘을, 드래곤 종족의 성역은 얼마든지 지니고 있다. 그들은 도시 하나를 괴멸시키는 무기를 아무렇지도 않게 끄집어낼 수 있다. 드래곤 종족과 인간 종족의 역량 차이는 엄연히 존재했다.

'그걸 생각해보면 경계가 너무 부족했어, 젠장.'

마음속으로 투덜대고, 오펜이 계속해서 말했다.

"아무래도 밤이니까, 앞으로 어떻게 될지는 몰라. 조금이라도 따뜻한 차림을 해야겠지. 난 여기 식량들을 들고 갈 수 있는 만큼 챙길 테니까—"

그리고는 크리오와 다른 사람들이 모아놓은 식료품 상자를 보고, 제일 위에 있던 정체 모를 종이 꾸러미를 집었다. 그 무게를 확인하고 나서야 겨우 내용물이 뭔지 짐작이 갔다.

"……치거, 버터인가? 이걸 다 먹으려고?"

"조심하면 며칠은 갈 것 같아서."

"하긴, 휴대 식량으로는 괜찮지만…… 난 그런 썩은 밀리터리 마니아들의 만찬회 같은 건 싫은데."

"무슨 말인지는 모르겠지만, 나도 그건 싫어."

크리오는 거기까지만 말하고는 옷을 갈아입으려는 건지, 옷을 챙겨들고 조리장에서 나갔다.

남은 셋 사람을 둘러봤다. 매지크는 계속 말이 없었지만 꾸물꾸물 옷을 갈아입기 시작했다. 그리고 지인들은—

뭔가 심통 맞은 얼굴로 노려보고 있는 볼칸과 도틴의 차림새를 관찰하고, 오펜은 감상을 딱 한 마디 말했다.

"응? 뭐냐, 너희는 완전체냐?"

"무어가 완즈언—끄억."

소리 지르기 시작한 볼칸의 입에 버터 꾸러미를 쑤셔 박아서 입을 다물게 하자, 그 옆에 묶여 있는 도틴이 포기한 것 같은 조용한 말투로 물었다.

"……줄에 묶여 있는데, 어째서 완전체라는 건가요?"

"그야, 엄청나게 자연스럽잖아."

당연하다는 듯이 대답했다.

하지만 도틴은 이해하지 못한 것 같다. 또 한 순간 체념한 표정을 보였지만—안경 너머로 그런 기색이 보였다—그래도 다시 물었다.

"일단 묻겠는데요, 그건 대체 어떤 인식인가요?"

"음~ 아무튼 너희가 난처해하면 마음이 아주 박아진다고나 할까, 가슴속에 따뜻한 뭔가가 확 퍼지는 느낌이라서."

"그건 무슨 병이 아닌가 싶은데요."

"그런가."

그런 마을 하고 있는데, 옆에 있던 볼칸이 고함을 질렀다.

"네놈, 이 몸이 가만히 있다고 너무 멋대로 지껄이는 게 아니냐?!"

"으악! 아무렇지도 않게 다 먹었잖아, 게다가 포장지까지!"

너무 황당해서 위협을 느낀 오펜이 뒷걸음질을 쳤더니, 볼칸은 오히려 만족스레 입가를 혀로 핥고 나서 말했다.

"으음. 오랜만에 사람다운 식사를 한 것 같다."

"뭐, 사람이 먹는 식량이 맞기는 하니까."

"문화생활의 시작을 선언하고자 하니, 이 르네상스와는 한없이 거리가 먼 밧줄을 당장 풀어주기를 바라 마지않는다 이 망할 놈아."

"음…… 왠지 그런 게 화가 나네……."

오펜이 고민했더니 이번엔 도틴이 끼어들었다.

"저기, 그 정도는 사람으로서 화내지 말고 풀어주시는 게 어떨까요. 저희는 별 의미도 없이 묶여 있거든요. 이거 어쩌면 상당히 높은 확률로 범죄가 아닐까요."

그 때—

"저기, 오펜 씨……."

매지크였다. 옷을 다 갈아입고 뭔가 주눅이라도 든 것처럼 고개를 숙인 채로 말했다.

"저기, 저는."

"너 설마 여기 남는다는 소리를 하려는 건 아니겠지. 이젠 역주가 도움이 될지 아닌지도 모르고, 성역이 여길 공격할 위험도 있어. 난 독립은 인정했지만 그래도 도리는 지켜줘야겠어."

일단 상자 속에 있는 식량들을 선별하기 시작하면서, 오펜이 얼굴을 찌푸렸다. 가지고 온 배낭에 너무 크지 않은 것부터 채워 넣기 시작했다.

매지크는 천천히 다가와서는 식량 선별을 도우려는 건지 상자 안에서 비스킷 꾸러미를 꺼내서 오펜 앞에 놓고는 계속해서 말했다.

"여기를 떠난다는 데는 저도 찬성해요. 가능하다면 영주님도 데려가고 싶지만…… 하지만 그것보다, 아직 목적지가 어딘지 못 들었거든요."

"……난 성역으로 갈 생각이야."

"예?"

그렇게 물은 매지크에게, 오펜이 대답했다. 문득, 손이 멈췄다.

"하지만 13일 이내에 펜릴의 숲을 지나서 그 중심지—그것도 정확한 위치가 어딘지도 모르는 중심지에 도착할 가능성 따위는 제로에 가깝지만……."

"뭔가 필요한 조건이 있는 건가요?"

"그래. 뭐, 애당초 그게 무슨 의미인지도 모르지만."

13일 뒤, 성역에 가족이 모인다—

그것은 예언이 아닌 예정—

한마디로 가만히 있어도 그렇게 되는 것이 아니라 그렇게 해야만 이루어지는 일이다. 그런 뜻이겠지.

'이르기트의 유언…… 인가.'

단말마의 헛소리라고 단정해버릴 수도 있다.

하지만 오펜은 고개를 저었다. 가족. 현재 누나 레티샤는 행방불명. 다미안 르우는 그녀가 죽었다고 강경하게 주장했지만, 그 뒤에 볼칸과 도틴이 살아있는 레티샤와 조우했다. 어젯밤, 이 두 사람을 써서 로테샤를 저택 밖으로 끌어내라고 지시한 건 고르곤과…… 레티샤 두 사람이겠지.

그리고 다시 행방을 감췄고, 지금은 어디로 향하고 있을지—생각해보면. 이 최접근령에서 굳이 갈 만한 곳이라면 성역일 가능성이 높다.

생각하고, 오펜은 혼잣말을 했다.

"정말 신경 쓰이는 부합이라니까. 애당초 레티샤가 이런 땅에 불쑥 나타난 이유도 아직까지 모르겠고."

"예?"

"아무것도 아냐. 그냥 혼잣말이야."

그리고는 내용물을 다 채운 가방을 닫고, 오펜은 묶여 있는 지인들 쪽을 봤다.

"그러고 보니 너희, 레티샤랑 같이 나타났다고 했지. 여기 온 목적 같은 건 못 들었어?"

"글쎄요…… 그저 짐을 들어줄 사람이 필요했던 것 같던데요. 그리고 당신을 찾으려면 사람이 필요하니까 도와달라고. 게다가 약속한 사례도 못 받았어요. 이거 고소하면 받아낼 수 있는 걸까요."

멍하니─여러모로 포기한 기색으로 투덜거리는 도틴의 질문에는 대답하지 않고, 오펜은 다시 팔짱을 꼈다. 한숨과 중얼거렸다.

"팃시라…… 그리고."

아자리.

그 이름을 떠올리자 기분이 무거워졌다. 원래 그녀의 소재를 알기 위해서 이 최접근령까지 왔다. 현재 그녀와 접촉할 수 있는 것은 영주─라기보다는 다미안 뿐이었지만, 지금에 와서는 어쩔 도리가 없다.

그렇게, 오펜이 별 상관없는 혼잣말을 계속 하고 있었더니 화가 났는지, 매지크가 큰 소리를 질렀다.

"크리오는 레키를 찾고 싶다고 했어요. 레키는 분명히 로테샤 씨가 마지막으로 봤을 때 펜릴의 숲 쪽으로 가고 있었다고 했죠? 그렇다면 역시 성역이려나요."

"그렇겠지."

"저는─"

말하려다가, 매지크의 목소리가 위축됐다.

그 모습을 보고, 오펜이─다소 짓궂은 짓이라고 자각하면서─물었다.

"너만 성역에 갈 이유가 없다는 거야?"

아무래도 발끈했는지, 매지크의 표정이 험악해진 것처럼 보였다. 하지만 시선은 여전히 다른 곳을 본채로, 소년이 말했다.

"……계속 겉돌고 있었지만, 뭔가 위기 같은 일이 일어나려고 한다는 건 저도 알아요. 저도 마술사니까 그걸 막기 위한 힘이 되고 싶어요. 그러니까 성역에 가는 것도 이상하지는 않을 것 같거든요."

"딱히 말리진 않아. 하고 싶은 일이 있으면 말리지 않겠다고 약속했으니까."

"하지만 우리는 영문도 모르고 이렇게 묶인 데다 약속한 사례도 못 받을 것 같은 곳에서 전속력으로 이탈하고 싶다만."

"그거야 뭐, 그것도 말리진 않아."

그렇게 중얼거린 볼칸에게도 일단 대답해주고, 오펜은 겨우 배낭 두 개를 가득 채웠다. 이 정도 식량으로 얼마나 버틸지, 체력을 유지할 수 있을지는 잘 모르겠지만, 없는 것보다는 훨씬 유효할 것이다.

그리고 그 때.

벌컥, 소리를 내며 문을 열고 크리오가 뛰어 들어왔다.

"옷 갈아입었어!"

작업복은 예상대로 크리오한테는 너무 커서, 양쪽 팔다리를 몇 겹으로 걷어 올렸다.

"좋았어."

오펜은 고개를 끄덕이고 배낭 중에 하나를 크리오한테 내밀었다. 그것을 받으면서 크리오가 물었다.

"뭐야?"

"뭐기는, 당연히 식량이지."

대답했더니 크리오는 깜짝 놀라면서 물었다.

"그게 아니라, 뭘 넣은 건데? 비스킷은 이쪽이야? 난 그 반짝이 들어간 보라색 파테(Pâté 간, 자투리 고기, 생선 등에 밀가루 반죽을 입혀서 구운 요리)는 나와도 못 먹는다고."

"지금 좋고 싫고 따질 때가 아니잖아. 그리고 보라색 파테는 또 뭐야."

크리오는 아직 몇 가지가 남아 있는 상자 쪽을 보고 있는 것 같다.

"먹을 수 있는지 아닌지는 모르겠지만, 될 대로 되라고 목숨을 걸어야 할 수도 있잖아."

"제발 부탁이니까 하지 마. 그렇게 멋진 짓은."

그렇게 말하면서 나머지 가방을 등에 메고, 오펜은 지인들 쪽을 보면서 말했다.

"좋아, 가자. 그리고 너희는 이 근처에 미묘하게 손이 닿을락 말락 하는 곳에 식칼을 놔둘 테니까, 열심히 노력하고 고생해서 어떻게든 알아서 잘 해봐. 괜찮아. 아침이 되면 이 저택에 엄청나게 파멸적인 뭔가가 일어나겠지만, 어차피 너희들은 안 죽으니까. 아마도."

"그렇다고 왜 그렇게 무의미한 시련을……."

"흑마술사! 네놈 혹시나가 역시나에 어쩌면 뭔가가 그럴 지도 모르는지 아닌지 싶지만, 이 마스마튜리아의 투견 볼카노 볼칸 님에게 적개심을 품고 있는 것이 아니냐?!"

제각기 소리를 지르는 도틴과 볼칸에게 등을 돌리고 바닥의 구멍과 연결된 폐 수로를 들여다봤다. 축축한 공기를 들이쉬고, 오펜은 마술 구성을 짜면서 주문을 외웠다. 손가락을 하나 세워서 그 끝에 의식을 집중하고,

"나 낳노라, 작은—"

"도망칠 필요는 없다."

갑자기 들려온 목소리 때문에 그 구성이 흩어져버렸다.

오펜은 시선만 움직여서 조리장 입구를 봤다. 어젯밤에도 비슷한 모습, 비슷한 광경을 봤다. 거기에는 정확히 그 타이밍을 노린 것처럼 한 남자가 있었다. 여유 있는 웃음. 정력이 넘치는 두 눈으로 이쪽을 보고 있다. 최접근령의 영주.

그 남자는 겉모습만 본다면 그 정체—실제로 존재하지 않는 '고스트'라는 것을 믿기 힘들었다. 조용하게, 하지만 찌르는 것처럼 말했다.

"아니, 이곳을 떠나면 확실한 죽음이 기다린다네, 강철의 후계……."

"그 말을 그대로 받아들이고 댁을 따르는 게 죽는 것보다 끔찍한 파멸이 아니라고 장담할 수 있어? 최접근령의 영주."

"할 수 있다네, 오랜 친구여."

영주는 우아하게 손짓을 하고는 순서대로 말을 걸었다. 일단 매지크.

"……우리 최접근령은 아직 힘을 잃지 않았다. 매지크 린. 날 포기하는 건 너무 성급하다네. 나는 자네를 대륙에서 가장 강한 술자로 단련시켜줄 수 있다네—유이스와 같은 경지로."

다음으로 크리오에게.

"크리오 에버래스틴. 그대는 드래곤 종족 친구와 재회하고 싶지? 그렇다면 더욱 이곳에 있어야 한다네. 이것은 어림짐작이 아니야. 엄연한 예정이 있고 모든 것은 그것에 따르도록 되어 있지."

그리고 마지막으로 지인 형제를 발견하고—

"이런, 또 모르는 손님이 늘어났군. 당연히 환영하겠네, 이 대륙에서 성역의 편을 들지 않는 모든 이를 위해서 싸운다. 그것이 내 역할이니까."

"댁이 할 일은 이 바보 같은 소동을 당장 때려 치는 거야."

오펜은 바로 그렇게 말하고는 폐 수로를 들여다보고 있던 몸을 일으켜서 영주 쪽을 봤다. 그러는 사이에 크리오와 매지크의 얼굴을 슬쩍 봤다—둘 다 말없이 영주를 보고 있다. 빛이 적은 실내에서 잠깐 본 것만 가지고는 두 사람의 표정 속에 있는 감정까지는 읽을 수가 없었다. 하지만 거기에 있던 것은 최소한 복종도 켕기는 감정도 아니다. 영주의 말을 받아들이고 그 의미를 찾으려 하는 것이겠지.

"알았다!"

큰 소리를 지른 볼칸은 무시하고, 오펜은 식량이 남아 있는 상자 속을 뒤졌다. 질그릇을 하나 꺼내서 뚜껑을 열어보니 이상한 보라색 페이스트가 보였다.

"아니, 사실은 이미 알고 있었지만 아무튼 거기 네놈, 이 사악한 시커먼 놈을 상쾌하게 날려버리고 이 몸을 묶어놓은 밧줄을 풀어주면 고맙겠—"

소리 지르는 볼칸의 입에 이상한 페이스트를 그릇 채로 쑤셔 넣고, 오펜은 그대로 대답했다.

"댁이 하고 있는 일은 이길 수 없는 싸움이야. 어제도 말했을 텐데."

"들었지. 하지만 오랜 친구여. 그대는 내가 어떤 존재인지 알게 된 뒤에도 같은 말을 할 생각인가?"

영주는 입구에서 한 걸음 안으로 들어오더니—이쪽의 눈길을 받으면서 그 자리에 멈춰 섰다. 오펜은 씁쓸하게 웃었다. 그의 손이 닿는 거리보다 살짝 바깥쪽. 딱히 이쪽의 공격이 무서워서 그러는 건 아닌 것도 같지만. 가슴속으로 중얼거리고는 소리 내서 말했다.

"댁이 잘 만들어진 고스트라고 해도, 성역에 대항하기 위한 구체적인 전력은 더 이상 가지고 있지 않아—처음부터 있었는지도 의심이 되지만 말이야."

"잘 만들어진 고스트…… 그 정도 인식으로 잘도 말하는군. 그대도 마술사지만 다미안과는 다른 것 같아. 그는 한 걸음 더 나아간 생각을 가지고 있었다네."

"뭐라고?"

입 꼬리로 소리를 흘리며—

오펜은 부조리 때문에 이를 갈았다. 무시하고 가면 된다. 그러지 못할 것도 없다. 하지만.

곁눈질로 슬쩍 보니 지금은 크리오도 매지크도 영주가 아니라 이쪽을 보고 있다. 말은 하지 않았지만 그 눈이 명확하게 호소하고 있었다. 단적으로 말해서, 영주는 이 두 사람이 꼭 알아내야 하는 정보의 일단을 제시했다.

오펜은 시간의 흐름을 의식했다. 동이 틀 때까지는 앞으로 몇 시간. 하지만 날이 밝는 시간은 확실하지 않다—해석에 따라서는 앞으로 한 시간이 남았을 수도 있고 더 많이 남았을 수도 있다.

'조금이라도 빨리 여기를 떠나는 게 좋을 텐데 말이야……. 하지만.'

듣는 수밖에 없다.

하지만 오펜이 질문하려고 소리를 내기도 전에 크리오가 소리쳤다.

"영주님! 저기…… 레키에 관해서 뭔가 알고 계시다면, 가르쳐주세요!"

그리고는 목소리를 줄이고, 천천히 그 다음을 말했다.

"제가 잘못했다는 건 알고 있어요…… 제가 원했기 때문에 레키가 따랐다는 걸 알고 있다고요. 그런데 지금은 이렇게, 멋대로 영주님의 저택에서 나가려고 했고. 하지만."

혼란에 빠져서 더듬더듬 지리멸렬한 소리를 하며, 크리오는 쓰러지듯이 테이블에 기댔다. 고개를 숙이고 입을 다물었다. 갑작스런 일에 피로가 밀려온 탓이겠지.

씩씩하게 행동하고 있었지만, 생각해보면 크리오도 밤새도록 뛰어다녔다—그것을 생각하고, 오펜은 테이블 위에 짚은 소녀의 손을 살며시 두드려줬다.

그랬더니.

"——?"

갑자기, 크리오가 잡아먹을 것 같은 기세로 그 손을 자기 두 손으로 꽉 쥐었다. 전투복 장갑이 없었다면 손톱이 살에 파고 들었을 정도로. 손을 빼려고 마음만 먹으면 못 할 것도 없다. 하지만 망설이면서, 오펜은 깨달았다. 이 아이는 매달리려고 한 것이 아니다.

대신 질문하려는 오펜을 말린 것이다. 크리오는 다시 고개를 들고, 이번에는 조금 전보다 확실한 말투로 영주에게 물었다.

"레키는 지금 어디에 있죠?"

"그 딥 드래곤은 자기 일을 다 하려 하고 있다. 나와의 계약……

그 역할을 다하기 위해 나가 있지. 언젠가 돌아올 것이다."

부드럽게, 달래는 것처럼, 영주가 대답했다.

크리오에게 손을 잡힌 채, 얼굴만 영주 쪽으로 향하고서 오펜이 말했다.

"이 두 사람의 발을 붙잡기에 충분한 카드를 가지고 있는 것 같은 데. 하지만 나한테는 아무것도 제공하지 못하겠지. 여기로 오라고 불렀을 때하고는 사정이 많이 달라졌어. 애당초 여기에 온 자체가 잘못이었어—나는 그렇다 치더라도 다른 사람들을 위험에 빠트리면서까지 아자리의 행방을 알고 싶다고 생각하지는 않는다고."

"제공할 수 있는 것은…… 있다. 동이 틀 때까지 여기에 머물게 나. 그렇게 하면 나는 자네를 언제든 성역으로 보내줄 수 있다. 천마의 마녀는 거기에 있다."

영주는 끝까지, 아무렇지도 않다는 듯이 말했다.

깜짝 놀란 것을 들키지 않도록—허무한 노력을 하면서, 오펜은 상대의 말을 기다렸다. 최접근령의 영주, 알마게스트는 그대로 계속 말했다.

"자네의 말을 반쯤 빌려볼까. 아침이 되면 나는 성역에 대항하기에 충분한 구체적인 전력을 가지게 된다. 그렇게 되면 나는 만능이 되는 것이지."

"만능이란 말이지. 그렇다면 날 붙잡을 필요도 없잖아?"

"……좀 성급했군. 나는 탄탄한 체제를 갖추려고 하지만, 그것을 부술 가능성이 있는 자가 있다네."

"누군데."

오펜의 머릿속에 떠오른 이미지는 땅딸막하고 검은 실루엣—성복을 입은 남자의 모습이었지만.

영주가 입에 담은 다름은 다른 것이었다.

"내 오랜 친구—유이스라네. 솔직히 말하지. 그는 성역에 사로잡힌 뒤에 나를 떠났다. 정확히 말하자면 그에게 있어 내가 이용가치가 있는 존재가 아니게 됐다고 해야겠지. 그는 로테샤를 성역으로 데리고 갔다."

"?"

얼굴을 찌푸리고, 오펜이 물었다.

"어째서지? 무슨 의미가 있는 거야?"

"나중에 설명하겠네. 하지만 일단 지금은 유이스에게 대항할 수 있는 존재가 자네밖에 없다……."

"과연 그럴까. 댁도 명목상으로는 귀족이잖아. 그렇다면 왕도의 마신 플루토라도 불러오라고."

"《13사도》가 귀족연맹의 개였던 시대는 이미 오래전에 끝났다. 적어도 플루토가 대두하면서 끝났다고 봐야겠지. 힘 있는 마술사가 태어날 때마다 균형이 하나씩 무너진다는 사실이 재미있지 않은가?"

실제로 이 영주에게는 재미있는 농담이겠지—웃는 모양으로 일그러진 입가를 손으로 닦고, 영주는 계속해서 말했다.

"플루토에게 있어 불행한 점은 당사자를 그를 제외하고 다미안이나 유이스에게 대항할 장기 말을 준비하지 않았다는 점이지…… 마리아 폰 가지고는 좀 부족하겠지? 하지만 그런 것은 더 이상 상관없다네. 지금쯤이면 그 자신을 직접 투입하기로 결심했을 테니까. 사태는 움직이고 있다. 흐름을 막을 수는 없지. 13일 뒤의, 모든 것의 종언을 향한.”

움찔—

오펜은 눈썹을 치켜 들었다. 캐물었다.

“13일 뒤. 그 날짜에 무슨 일이 일어난다는 건가. 뭐가 일어나는 거야?”

“어째서 내게 묻는 건가? 오랜 친구여. 그대는 내 힘을 빌릴 생각이 없을 텐데? 자네의 말을 빌자면 나는 잘 만들어진 고스트에 불과하지 않은가…… 그런 것이 예지하는 미래를 믿을 수 있다는 건가?”

희롱하는 말투로, 영주가 대답을 거부했다.

오펜이 혀를 차기도 전에 영주가 다시 입을 열었다.

“어쩌면 자네는 정말로 유이스와 쌍벽을 이룰 정도로 강력한 술자인지도 모른다—누구보다도, 다미안 르우보다도 강력한.”

그 눈빛은 웃지 않았다. 오히려 위협하는 것처럼 날카롭다. 그 시선을 받으며, 오펜은 깜짝 놀랐다. 있는 힘껏 받아치기 위해서 주먹에 힘을 줬다.

‘이 자식은 날 지배하려 하고 있다…….’

잘 만들어진 고스트. 오펜은 마음속으로 되풀이했다. 그 생각을 읽기라도 한 것처럼 영주가 빈정댔다.

“역시나 어쩔 수 없는 마술사라는 건가. 다미안도 인정할 때까지 한참을 고민한 것 같았지. 어쩌면, 이라고 걱정을 하면서도 자신이 만들어낸 것의 의미를 잘못 생각했지. 그가 나에 대해 뭐라고 했나? 자신의 힘의 집대성이라고? 마술사는…… 자신이 힘을 제어하고 있다는 생각이 너무 강하더군.”

“그게 마술사의 본질이니까.”

속삭이는 것처럼 끼어든 오펜의 목소리도 영주는 일축해버렸다.

"아니. 본질이라면 굳이 자신과 타인에게 말할 필요도 없지. 저절로 그렇게 될 테니까. 내 생각을 말하자면, 지금껏 힘을 완전히 제어한 마술사라는 것은 존재한 적이 없다네. 이 세계 그 자체가 상세계 법칙을 마술로서 제어하지 못하고 붕괴했다."

알마게스트가 한 박자 쉰 틈에 오펜은 시선을 돌려서—말없이 서 있는 크리오와 매지크를 봤다. 금발 소녀는 고개를 숙였고, 그들의 대화는 듣지도 않는 것 같았다. 하지만 그녀가 한 마디도 놓치지 않고 듣고 있다는 건 알고 있다. 크리오는 아직 오펜의 손을 놓지 않았다. 그 힘의 영주의 말을 들으면서 강해지기도 하고 약해지기도 했다.

매지크의 반응은 의외였다—하지만 그렇지 않은지도 모른다. 매지크는 눈을 날카롭게 뜨고 영주를 노려보고 있다. 그것은 적개심처럼 보였다. 영주가 마술사를 모멸했기 때문인지도 모른다—어쩌면 더 단순하게, 영주가 코르곤에게 대항할 자로서 매지크가 아니라 오펜을 추켜세운 탓인지도 모른다. 어느 쪽이 됐건, 제자의 독립을 인정하자마자 갑자기 마음속을 헤아리기가 힘들어졌다.

'아니…… 못 읽는 게 당연한 건가.'

문득 생각이 미쳐서, 오펜은 가슴이 뜨끔하는 기분을 느꼈다. 오히려 오펜 자신이야말로 계속 매지크를 자기보다 못하다고 얕봐왔을 것이다. 그래서 단순히 마술을 다루는 방법 이상은 가르치지도 않았고, 가르치려고 생각하지도 않았다. 그것은 후회한다고 돌이킬 수 있는 일이 아니다.

볼칸과 도틴은.

지인 동생은 따분하다는 듯이 바닥을 보고 있다. 형 쪽은 묘하게 조용하다 싶었더니 입에서 이상한 보라색 물체를 흘리는 채로 기절한 것 같았다. 그들 쪽을 보고, 오펜은 겨우 한 숨 돌렸다—분명히 이런 대화는 관계없는 자에게는 아무런 가치도 없는 촌극일 뿐이다.

한 바퀴 돌아서 다시 영주 쪽을 보니, 영주는 그것을 기다리고 있던 것 같았다. 자기 가슴을 가리키면서 깊게, 천천히, 뭔가 부드러운 것을 찌르는 것처럼 선언했다.

"나는 악마다. 악마라고 자처했었다."

장기 말. 종언의 흐름.

그런 말을 쉽사리 쓴 탓도 있겠지—알마게스트의 언동은 일일이 연기하는 것 같고 우스워 보이기도 했다. 그리고 그것은 절정으로 향해 가고 있다. 오펜은 그런 생각을 하면서 이를 갈았다. 일단 틀림없이, 이 영주라는 존재는 청중이 짜증을 내는 걸 알면서도 그것을 자극하려 하고 있다.

영주는 거창한 말투로 계속 말했다.

"나와 동일한 존재가 자연히 존재했다…… 의도치 않고, 우연히 만들어졌다는 것이 재미있더군. 내가 악마라면 또 하나는 천사려나? 이 세상에 한 가지 부족한 것은 마왕이다. 마왕 스베덴보리…… 신을 멸하는 인간의 왕. 인간 종족의 희망. 나는 이렇게 생각한다네. 만약 그것이 현세에 존재한다면, 그 이름은 마술을 제패한 자에게 주어지는 것이 아닐까."

결국 영주가 무슨 말을 하는지는 하나도 이해하지 못했지만—

오펜은 기분 나쁜 기색을 감추려는 생각도 없이 중얼거렸다.

"헛소리는 그만 늘어놓고 질문에 대답이나 해줬으면 좋겠는데.

그 전에 몇 가지 말해두지. 일단 오랜 친구라고 하지 마. 의미를 모르겠으니까."

"나는 누구에게나 오랜 친구라네. 나는 이 아일망카 결계 그 자체에 뿌리를 내린—"

"아니. 친구가 된 적이 없다는 뜻이야."

딱 잘라서 말했다.

엄하게 말했지만, 영주는 짧은 침묵이라고 할 만큼도 입을 다물지 않았다. 그는 거창하게 고개를 끄덕이고는 다시 말했다.

"좋다. 그렇다면 순서대로 말하지. 일단 아침이 되면 무엇이 변하는지. 아침이 되는 것과 동시에, 이 저택에는 대륙 최강의 힘이 집결한다."

"……최강의 힘?"

"딥 드래곤 종족 전체."

그것은—

쉽사리 믿을 수 없는 말이었다. 하지만 영주의 표정을 보고 오펜은—이 얼굴의 소유자는 인간이 아니다, 타인을 지배하기 위한 백마술의 도구라고 자신을 타이르면서도, 그 말을 인정할 수밖에 없었다.

영주는 있는 그대로의 의미로 말한 것이다. 오펜은 핏기가 가신 얼굴을 문지르면서 쓸쓸하게 웃었다. 중얼거렸다.

"도망칠 수도 없다는 건가."

"그럴 필요가 없다고 했을 텐데. 그 딥 드래곤 종족의 수장은 아스라리엘—새로운 아스라리엘일 것이다. 그녀는 나를 따르겠다는 맹약을 맺었다."

자신만만한 영주의 말을 듣고, 크리오가 깜짝 놀라서 움찔거리는 기척이 공기를 통해 전해졌다.

크리오가 오펜 자신보다 빨리 이해했다는 뜻이겠지. 오펜은 가슴 속에서 되풀이했다.

'새로운 아스라리엘……'

이어서 소래 내서 말했다.

"레키 말인가."

영주는 고개를 끄덕였다. "그렇다. 딥 드래곤 종족 전체가 나를 따른다. 이것으로 성역은 적이라 할 수 없게 된다. 하지만 진정한 목적을 생각한다면 이 힘으로도 부족하지…… 두 가지를 말하겠네. 13일 뒤에 무슨 일이 일어나는지."

장광설을 늘어놓으면서—그렇다고 너무 빨리 말하는 것도 아니고—영주는 계속해서 말했다. 어둠침침한 이 조리장에서, 자신이 악마라고 말한 사내의 목소리가 만연한다.

"조금만 생각해보면 알 수 있는 일인데 말이야. 나는 천마의 마녀가 귀환했다고 말했다. 아일망카 결계 외부에서 대륙으로 들어오려면 결계의 구멍을 통하는 수밖에 없지. 그녀가 돌아왔다는 것은 그녀와 함께 대륙에서 쫓겨난 것도 같은 길을 통해 돌아올 수 있다는 뜻이다……"

뭔가의 효과를 확인하려는 건지 알마게스트가 말을 멈췄다.

영주의 시선은 오펜에게 향하고 있다. 무엇을 원하는 걸까. 동의일까. 부정일까. 공황일까. 부복하는 것일까. 오펜은 빈정대고 싶은 기분을 간신히 참았다.

'내게 있어 천사와 악마……'

그렇게 중얼거린 소리가 들리기라도 한 것처럼. 영주가 미소를 지었다. 그가 확인하려는 것. 그것은 오펜도 뼈저리게 자각하고 있었다. 그의 망을 확신했다.

현시점에게는 만족한 것인지, 영주는 변함없는 말투로 계속 말했다.

"결계의 구멍은 대륙의 중심, 성역에 뚫렸다. 운명의 여신은 13일 뒤에 이 대륙에 침입한다. 자네도 어디선가 본 적이 있을 천인 종족의 유언을 믿는다면, 여신을 죽일 수 있는 것은 마왕 스베덴보리분이다. 13일 이내에 마왕의 소원을 이루지 못한다면 우리는 패한다. 우리는 성역에서 아직 가동하고 있는 소환기─제2 세계 도탑을 손에 넣어야만 한다."

창밖에서─

초록색 눈이 빛난 것 같았다.

그 시선이 모든 것을 거머쥐고, 집어삼키고, 쥐어 터트리고, 모든 것을 폭쇄해버렸다.

"이곳은 호수 바닥보다 훨씬 밑에 있는 지하다. 덕분에 그 모래도 여기까지는 침입하지 않는다."

그 남자가 왜 굳이 이런 설명을 하는지─

그녀는 이해할 수 없었다. 하지만 이렇게 생각할 수도 있었다. 생각할 필요도 없는 일이다. 그 남자가 그 설명을 하는 데는 다른 마음도 없고, 저의도 없고, 깊은 무언가도 없고, 대단한 의미가 있는 것도 아니고, 그저 말했을 뿐이라는 것을. 이해할 수 없는 것도 당연한 일이다. 무의미하게 중얼거리는 말일 뿐이니까.

지식을 자랑하는 것도 아니다. 친절한 마음도 아니겠지. 애정도 우정도, 어색한 분위기를 무마하기 위한 잡담도 아니다. 남자는 그냥 생각난 것을 입에 담았을 뿐이다. 상대가 없었다면 혼자서 중얼거렸을지도 모른다. 겨우 그 정도일 뿐이다.

로테샤 크립스터는 공허하게 생각하면서 주위를 둘러봤다. 새하얀 벽이 한없이 이어지는 통로. 벽에는 이음매도 없고 바닥에도 경사가 없고, 광원이 있는 것도 아닌데 주위는 하얗고 밝다. 지하에 이만한 시설을 만드는—그런 강대한 힘을 가진 존재는 짐작도 할 수 없지만, 그곳을 제집인양 안내하려고 하는 그 음험한 남자의 등을 보면, 로테샤는 쓸쓸하게 웃었다.

그에게는 신들의 제단조차도 자기 것이나 마찬가지인 걸까?

그럴 지도 모른다.

더 이상 상처의 아픔 따위는 느끼지 않겠다고 각오했는데, 그녀는 가슴 속에서 느껴지는 묵직한 아픔 때문에 숨이 막혀왔다. 육체적인 상처 때문이 아니다.

그래도 조용히, 그 남자를 따라갔다.

예전에 자신의 남편이었던 남자. 에드. 그밖에도 많은 이름을 가진 남자. 아니, 보다 많은 이들이 부르는 이름이 본명이라고 한다면 에드 쪽이 가명일가…… 그를 그 이름으로 부르는 사람도 이제는 그녀 정도밖에 없다.

'멋대로야…… 당신은 너무 제멋대로야.'

그는 계속해서 중얼중얼, 따분한 해설을 하면서 통로를 안내하고 있다. 로테샤 쪽을 돌아보지도 않고. 시커먼 외투를 걸친 단단한 등. 그것을 따라잡기 위해, 그녀는 저절로 발을 빠르게 움직였다.

가슴 속에서—전 남편과 똑같이, 따분한 말을 되풀이하며.

'당신은 너무 제멋대로야. 아버지가 돌아가셨을 때 날 버렸던 주제에. 잊으려고 했더니 또 나타나서 날 죽이려고 했어. 내가 쫓아가려고 했더니 두 번 다시 자신에게 관여하지 말라고 했어. 그런데 지금은 날 이런 곳까지 데리고 와서, 어딘가로 쫓아내려고 하고.'

하얀 통로와 공허한 중얼거림은 한없이 계속됐다.

'당신은 대체 뭘 하려는 거야? 나한테 뭘 하고 싶은 건데? 전부 아무 의미도 없는 변덕이야?'

지금이 몇 시인지…….

문득, 그것이 궁금해졌다. 어젯밤에 이 남자한테 잡힌 뒤로 밤새도록 걷고 있다. 최접근령인가 하는 그 저택에서 이 토지—에드는 성역이라고 했지만—까지는 대체 무슨 장치가 있는 건지 눈 깜박할 정도의 시간에 이동했다. 하지만 누런 먼지가 휘날리는 그 호숫가에서 지하로 들어갔고, 이 시설에 들어온 뒤로는 도보로 이동했다.

걸으면 걸을수록 마음이 메말라간다. 이젠 눈물을 흘리는 데도 지쳤다. 로테샤는 이미 보통 호흡처럼 돼버린 한숨을 천천히 내쉬었다. 아버지의 마검도 지금은 에드가 들고 있다. 모든 것을 잃고, 이 남자를 죽일 수단도, 살아갈 목적도, 매달릴 추억도 남지 않았다.

그 때—

"여기다."

에드가 짧게, 그렇게 말하고 걸음을 멈췄다.

"예?"

아직 그렇게 물을 기력이 남아있었다는 데 놀라면서—로테샤는 멍한 목소리로 중얼거렸다.

"……통로는 아직도 계속 이어지고 있는데……."

그리고 달리 문 같은 것도 보이지 않았다. 에드의 철면피에 불쾌해 보이는 미소가 드리우는 것이 보였다.

"내 말을 안 들었나. 통로가 계속 이어진 것처럼 보이는 건 위장이다."

"위장? 하지만……."

로테샤는 눈을 가늘게 뜨고 통로 저편을 바라봤다. 뭔가 장치가 있는 것 같지도 않고, 그저 새하얀 벽으로 된 통로가 계속, 똑바로 이어지고 있는 것처럼 보일 뿐이다.

에드는 손을 가볍게 흔들어서 그 시선을 떨쳐냈다. 그런다고 보이는 풍경이 달라지는 것도 아니지만. 탄식하고, 에드는 계속해서 말했다.

"네가 자신의 기능을 제대로 쓸 수 있게 되면 이런 걸 일일이 설명할 필요도 없을 텐데. 여기는 드래곤 종족의 성역이고 여기 사는 자들은 대문을 활짝 열어놓고도 속 편하게 지낼 수 있는 놈들이 아니라는 뜻이다. 이 통로 자체가 마술에 의해 방어하고 있는—"

"기능?"

그의 설명은 귀에 들어오지 않았고, 그녀는 그 단어만을 튕겨냈다—아무것도 없었을 가슴속에서 축축하고 뜨거운 덩어리가 치밀어 오르는 것을 느끼며, 갈라진 목소리로 말했다.

"날 사람이 아닌 것처럼 취급하지 마! 당신한테 더 이상 날 모멸할 자격은—"

"그 점에 대해서는 어제 대충 설명했을 텐데. 넌 정말로 남의 말을 기억하지 않는군."

"당신이 하는 말 따위!"

소리쳤다. 하지만.

듣지도 않는 건 오히려 에드 쪽이었다. 간단히 무시해버리고, 손짓으로 뭔가 신호를 보내고는 통로 저편을 향해서 큰 소리로 말했다.

"나다. 귀환했다."

그 말과 동시에.

무슨 일이 일어났는지, 로테샤는 확실하게 알 수가 없었다. 단지 통로가 갑자기 새카맣게 어두워지고, 남은 빛이라고는 수많은 기호…… 글자 같은 기묘한 것들이 나열돼 있다. 오감이 전부 뒤바뀌는 것 같은 기괴한 감각이 온 몸을 뒤집어버리고, 그 오한이 가시자 이번에는—

"…………?"

다음에 주위가 밝아지자, 거기에 남은 것은 조금 전과 별로 다를 것도 없는 새하얀 풍경이었다.

다른 것이라고는 이번엔 통로가 아니라 동그란 모양의 방이라는 점. 입구도 출구도 없는, 단지 그것뿐인 방이었다.

그리고 그 순백색 공간에 뭔가의 그림자처럼 선명하게, 시커먼 사람 모양이 있다.

순간, 로테샤가 연상한 것은 그 흑마술사였다—일일이 신경 거슬리는 소리만 하던 그 남자. 그 남자와 그림자에 뭔가 닮은 구석이 있었던 것도 아니다. 하지만 왠지 공통되는 분위기가 느껴졌다. 더 말하자면 자신의 전 남편과도.

그 에드는 이상할 정도로 조용하게 그 그림자를 보고 있다. 분위기를 보아하니 이곳은 그가 의도했던 목적지가 아닌 것 같다—에드는 낮게 깐 것 같은 목소리로, 누가 들으라는 것도 아닌 듯이 중얼거렸다.

"무슨 속셈이지?"

일단은 기다리고 있던 시커먼 그림자한테 한 말이라고 보면 되겠지. 또 다른 상대에게 물은 것 같기도 했지만. 어쨌거나 대답한 것은 그 시커먼 그림자였다.

"글쎄. 짐작은 갈 텐데?"

그 남자는 기묘한 검은 옷—성직자가 입는 옷 같은 새카만 의상을 몸에 걸치고 있다. 실내인데도 시커먼 모자를 깊이 눌러쓰고, 그 밑에서 하얗고 차가운 눈을 번쩍이고 있다. 덩치가 큰 남자였다. 그저 떨어진 곳에 서 있을 뿐인데도 이쪽이 뒷걸음질 치게 만드는 기괴한 기척이 느껴졌다.

로테샤는 훔쳐보는 것처럼 에드의 옆얼굴을 슬쩍 봤다. 에드조차도 같은 기척을 느끼고 있는 것 같다. 타인을 두려워하는 일 따위는 없을 것 같은, 이 남자조차도.

에드가 중얼거렸다. 망토 속에 있는 등이 소리도 없이 긴장감을 높여가는 기척이 느껴졌다. 무기를 쥐고 있는 건지도 모른다.

"……이게 약속을 지킨 나를 맞이하는 예의인가."

"너는 도펠 익스를 너무 겁먹게 만들었다."

그 성복 차림의 남자는 한 걸음도 움직이지 않고 말했다. 움직이기 귀찮은 것이 아니라 애당초 쓸데없이 움직인다는 자체를 모른다는 것만 같은 태도다.

"유이스…… 인가. 너를 죽이지는 않는다. 하지만 경고하기 위해서 이렇게 들르게 했다. 겁먹은 자는 그 다음엔 화를 낸다. 네 목적은 모르겠지만 화를 내게 해서는 안 되는 것을 화나게 만들지는 말도록."

"흥."

에드가—다른 이름으로 불린 에드가 코웃음을 쳤다. 계속해서 말한다.

"네놈의 기술. 우직한 일격으로 적을 분쇄한다. 그것도 최소한의 동작으로. 권법 기술로서는 이상적이겠지만—예전에 한 번, 맞아보고 알았다. 네놈이 어째서 그래야만 하는지. '악령'이라고 하는 것 같더군, 네놈."

그의 도발에—

"그래. 말 그대로 악령이 씌웠다. 내 몸에는……."

성복 입은 남자가 그렇게 대답했다.

영문을 모를 이 남자들은 영문 모를 대화를 계속하고 있다. 성복 입은 남자는 그대로 움직이지도 않고 자신을 가리키며,

"인간의 힘이 아니다. 내 생애의 태반은 그 악령을 제어하기 위해 써왔다. 기술도, 생업도. 앞으로도 그렇겠지. 내 악령을 능가하는 악마가 나를 막으려 하지 않는 한. 나는 죽지 못할지도 모른다. 영원할지도 모른다."

그리고는 말을 쉬었다. 성복 입은 남자가 처음으로 움직임을 보였다. 지시하는 것처럼, 오른손을 펼친 채 손가락을 에드 쪽으로 향했다. 그리고,

"허나 유이스 코르곤. 네놈은 단지 악당이다. 악마란 보다 뿌리가 깊은 것이어야만 한다."

"지금 나와 싸우면 네놈이 죽는다. 그걸 알고서 한다는 소리가 그건가."

에드가 위협했다.

"패자의 변명인가! 잭 프리스비……."

하지만 그 성복 입은 남자—잭 프리스비라는 이름인 것 같다—는 손을 내리고 태연하게 말할 뿐이었다.

"네게 있는 것은 강함뿐이다. 너는 그 아이를 절망에 빠트리고 있는 것이 아닌가?"

갑자기 잭이 이쪽으로 시선을 옮기면서 그렇게 말했다. 허를 찔린 로테샤가 깜짝 놀라는 사이에 계속해서 말했다.

"이 세상에 넘쳐나는 흔한 절망, 그 일단에 올라타고 건방지게 구는 것에 불과하다. 나는 그딴 것을 두려워하지 않는다. 설령 죽는다 해도 패할 요소는 없다. 내가 바라는 악마란 네놈과 동질이면서도 정반대의 존재이다."

남자가 말하는 내용은—

이해할 수 있을 것 같으면서도 이해할 수 없다. 그저 숨이 막히는 기분만이 들어서, 로테샤는 가슴에 손을 얹었다. 그대로 천천히 무릎을 굽혔다. 쓰러지지는 않았지만. 그래도 토해낼 수 없는 번민에 등이 굽혀지는 것을 자각했다.

에드는 아무런 대답도 하지 않았다. 그저 성복 입은 남자를 바라보고 있다. 증오하는 표정으로 보고 있는 걸까—그렇게 생각했지만, 아니었다. 눈은 크게 뜨고, 입은 매정하게 꾹 다물고 있다. 하지만 화를 내는 것은 아니다. 이 남자와 보낸 시간 덕분에 이해할 수 있다. 에드는 웃고 있다. 겉으로만 웃는 것이 아니라 진심으로. 함께 지내던 때도 쉽게 보여주지 않았던 표정이다.

'에드는……기뻐하고 있어. 자신과 대등하게 싸울 수 있는 상대를 만나서…….'

그리고 자신이 그것을 물리칠 수 있다고 믿기 때문에. 웃고 있다. 그녀의 아버지와 처음 만났을 때도 그는 이렇게 웃고 있었다.

반면 잭은 뭔가를 느꼈을지도 모르지만 그것을 겉으로 드러내지는 않았다. 조용히, 마무리했다. 이쪽으로, 로테샤 쪽으로 시선을 옮기고.

"어쩌면 그 아이와 동질이면서, 그러면서도 정 반대의 존재인가. 그런 자가 나 이상의 힘으로 나를 쓰러트린다면…… 나는 질 수 있을지도 모른다."

갑자기—

다시 주위가 어두워졌다. 문양만이 빛나는 속에서 또다시 감각이 역전됐다.

경고는 이것으로 끝이라는 뜻이겠지. 시각이 회복됐을 때, 거기에는 더 이상 성복 차림의 남자는 없었다.

장소도 옮겨져 있었다. 더 이상 새하얗기만 한 통로도 새하얗기만 한 방도 아니다. 그곳은 천장이 있는 정원이었다. 천장은, 지금까지와 마찬가지로 순백색—하지만 넓은 돔 오양의 공간 속에는 흙이 있고 드문드문 나무들이 있고 잔디까지 자라 있다. 자연의 수풀을 재현하기 위해 만들어진 자연이 아닌 수풀. 한마디로 어디서나 볼 수 있는 공원과 똑같은 그것이었다. 벌레도 살지 못할 것 같은 잔디는 전부 똑같은 길이로 깎아 놨다. 나무들은 가늘고 곧게 자랐고, 가지를 펼치기는 했지만 잎이 적다. 곳곳에 어느 것 하나 평행을 이루지 않는 각도로 벤치가 놓여 있다.

지금까지와 가장 큰 차이는 그 돔의 사방에 출입구가 있다는 것—즉, 이곳은 이미 성역이라는 곳의 내부라는 것이겠지.

하지만.

로테샤는 그딴 것은 신경도 쓰지 않고 단 한 가지만 생각하고 있었다.

'나랑 에드와 동질이면서…… 정 반대의 존재?'

그건 누구를 말하는 것일까.

에드를 봤다. 그의 얼굴에서는 이미 웃음이 사라졌다. 그저 무표정하게, 따분하다는 것처럼 공원을 보고 있을 뿐이었다.

제2장 친구와, 친구가 아닌 것

"슬슬 해가 트려나……."

동틀 무렵, 인적 없는 길에서 중얼거린 목소리는 생각보다 먼 곳까지 울린 것 같았다. 그걸 알아차리고 목을 움츠렸다―아파트 옆집에 사는 사람이 최근 들어서 더 예민해졌다. 그가 기묘한 시간에 귀가하는 것에 대해 그 옆집 사람에게 동의를 얻은 적은 없다. 그가 걷고 있던 곳은 마침 그 옆집의 문 앞이었다.

밤에 놀러 다닌다고 할 정도로 요란한 건 아니지만. 따분하기 그지없는 일을 마치고서 그대로 혼자 집에 돌아온 적은 한 번도 없었다. 이곳 토토칸타시에 온 뒤로 단 한 번도.

방 열쇠를 찾아서 주머니를 뒤졌다. 항상 대충 넣고 다니기 때문에 종종 잃어버린다. 그런 때는 마술로 열어버리고. 그 정도 가치의 열쇠였다. 딱히 누가 침입하면 곤란해질 물건을 두고 다니는 것도 아니고.

하지만 오늘은 운이 좋은 것 같다―하티아는 겨우 열쇠를 찾아서는 주머니에서 꺼냈다. 그리고 씁쓸한 미소를 지었다. 딱히 운이 좋은 것도 아니다. 마이너스가 아니었을 뿐이니까.

"바보같이. 난 운이 없는 게 아냐. 전부 내가 선택한 거라고―이 꼴이 된 것까지 전부."

그리고 또 혼잣말을 해버렸고, 옆집 쪽을 봤다. 하지만 바로 어깨를 으쓱거렸다. 이미 한쪽 발은 자기 집에 들어왔다. 자기 집에서 혼잣말 하는 정도는 누가 뭐라고 할 일이 아니다.

하지만 옆집 사람은 종종 식칼을 꺼내든다—그걸 떠올리며, 하티아는 재빨리 집으로 들어갔다. 문을 잠근다. 의식하지도 않은 채, 또 혼잣말을 했다.

"아냐, 이 꼴이라고 할 필요는 없잖아. 다른 놈들하고 비교하면 차라리 나은 편이니까……."

집 안은 어두웠다. 커튼을 쳐놨다. 아무것도 없는, 그렇다고 넓지도 않은 집이었다. 학생 시절에 살던 기숙사보다도 살풍경했다.

하지만 적어도—한동안 시트를 갈지도 않았지만—침대는 있다. 앞으로 몇 시간 정도는 잘 수 있다.

그리고—

셔츠 단추를 풀면서 비틀비틀 침대 쪽으로 가다가, 문득 알아차렸다. 창문에 커튼 따위는 쳐놓지 않았을 텐데.

확실하지 않았던 의식이, 순식간에 또렷해졌다. 그는 고개를 돌려서 이 방에 있는 유일한 창문 쪽으로 주먹을 겨눴다. 실제로 수상한 사람이 들어왔고, 역시 이 방에 아까운 물건이 있는 건 아니지만—그 안에 자기 자신을 포함해도 되느냐고 묻는다면, 대답은 확실하게 No 였다. 머릿속에는 이런 상황에 유용한 마술을 이용한 대처법 몇 가지가 떠올랐다.

하지만 애당초 누가 침입한 걸까. 옆집 사람이 드디어 결판을 내기로 마음먹은 걸까. 그런 어리석은 생각을 하다가, 눈이 휘둥그레졌다…….

창문을 등지고 서 있는 것은 기억에 있는 사람의 모습이었다.

아니, 무엇보다 깊은 인연이라고 해도 될—

하티아는 절규했다. 옆집 사람도, 모든 것이 머릿속에서 날아가

버렸다.

"으아아아!"

주먹을 치켜들고 돌진했다. 피하려고 하지 않는 상대의 얼굴에 그
것을 때려 넣고, 더 큰 소리로 외쳤다.

"코미크론은 죽었어! 죽었다고! 선생님도!"

가볍게—놀라울 정도로 가볍게 옆으로 쓰러진 그 사람은 머리를
벽에 격돌하고 튕겨났다. 일어나려고 하지도 않는 상대의 배를 발로
걷어찼다.

"널 쫓아서 킬리란셰로까지 뛰쳐나갔고, 팃시가 어떻게 됐는지는
알아! 킬리란셰로도! 지금은 《탑》의 명부에서 말소 됐어…… 행방
불명자 추적 명부에서도 지워졌다고. 내 지금 부하가 이상하다고 했
어. 그 사람이 물어봐도…… 난…… 난…… 모른 척 하는 수밖에 없
었다고."

상대가 일어나지 않으니 때릴 수도 없었다. 목소리는 점점 갈라지
고, 마지막에는 거의 신음소리가 됐다.

그 사람은, 여자였다.

때려도 걷어차도, 전혀 아프지 않은 건지—마치 누군가가 상냥하
게 일으켜준 것처럼, 그녀가 일어났다. 묻는다.

"포르테가, 어느 정도 얘기는 했지?"

아자리였다. 5년 만에 보는—하지만 5년 전과 하나도 달라지지
않은. 그 사람이 당돌하게, 지금 그의 방 안에 있다.

뭔가 기묘했다. 눈앞에 그녀가 있다는 건 알고 있는데 어딘가 현
실감이 없다. 그 위화감에 살짝 현기증을 느끼며, 하티아는 씁쓸하
게 고개를 끄덕였다.

"그래. 포르테는—"

"그 포르테도 지금은 《탑》에서 누워 있어. 외식을 파괴당했거든. 하지만 오히려 잘 됐어. 그렇게 만든 건 다미안 르우라는 괴물인데, 만약 그 녀석이 안 했다면 내가 해야만 했어. 나는 네트워크를 지배해야만 했으니까."

"——!"

소리 없는 고함을 지르고, 하티아는 또다시 아자리를 때렸다. 일어난 아자리를 두 번, 세 번 때렸다. 하지만 그 주먹의 감촉이 뭔가 못미더웠고, 그녀의 몸도 흔들리지 않았다—닿지 않은 건지도 모른다. 하지만 분명히 때리고 있다. 수면에 비친 그림자를 때리는 것만 같았다.

그러면서, 하티아는 계속 외쳤다. 의미 없는 비명을.

아자리는 웃고 있다. 확실하게 의미가 있는 말을.

"화를 내. 얼마든지 나한테 화를 터뜨려도 좋아—자, 그렇게 여기를 때려. 여기를 찌를 수 있어? 하지만 통하지 않아. 상처도 입지 않아. 누구도 건드릴 수 없어! 난 무적이야!"

하지만—

하티아는 아무런 감촉도 없는 주먹을 멈췄다. 멍하니 그녀를 바라본다.

"……아자리?"

그녀의 이름을 불렀다. 말과 반대로, 그녀는 울고 있었다.

그 때.

문을 노크하는 소리가 들렸다. 가만히 서서 눈물을 흘리는 아자리한테서 눈을 돌릴 수 있어서 고마워하며, 하티아는 고개를 돌렸다.

문 앞으로 뛰어가서 문을 반쯤 열었더니, 거기에는 잠옷을 걸친 여자가 놀란 표정 반에 불안한 표정 반을 지은 채로 그를 기다리고 있었다.

소리를 죽여서, 하티아는 그녀의 이름을 불렀다.

"켈라."

아는 사람이었다. 하티아와 동갑인, 다른 쪽 옆집에 사는 사람이다. 가끔씩 밖에서 우연히 마주치면 같이 식사를 하기도 한다. 그 정도 친구였다. 그녀는 난처해하는 얼굴로 인사를 하고는 작은 소리로 물었다.

"안녕, 하티아. 무슨 일이야? 뭔가 큰 소리가 들리던데……."

"응? 아, 그게…… 미안해. 스트레스 때문이려나. 왠지 나도 모르게 소리를 질렀네."

"혼자서?"

"그래."

하티아가 고개를 끄덕이자 켈라는 얼굴을 찌푸리고 방 안을 들여다봤다─그리고,

"……그러게, 정말 아무도 없네."

아무도 없는 집안을 둘러보고는 중얼거렸다. 납득하지 못한 표정이기는 했지만.

"아무튼 이런 시간에 시끄럽게 굴어서 뭐라고 할 말이 없네, 미안해. 이젠 괜찮으니까."

"그, 그래……."

여전히 의심하는 것 같은 켈라를 돌려보내고 문을 닫았다. 하티아가 다시 방 안을 보니, 거기에는 아자리가 서 있었다.

"솔직히 말하자면 이젠 감정도 많이 사라졌어…… 울 수 있는 것도 이게 마지막일지도 몰라."

눈물 자국도 남지 않은 얼굴로 말했다. 그리고 마찬가지로 상처하나 없는 몸을 가리키며,

"미안하지만 네 손으로는 날 죽일 수 없어. 하지만 그냥 놔두면난 소멸돼. 그래. 길어야 13일 뒤에는."

도저히 이해할 수 없었지만—

이해할 수 있는 건 하나의 추론 뿐. 하티아는 머릿속에 생각난 단어를 입에 담았다.

"……정신체…… 인가."

아자리는 아무런 대답도 안 했다. 긍정이라는 뜻이겠지.

그 대신에 눈썹을 들어 올리고, 어딘가 슬픈 기색으로 물었다.

"이젠, 화 안 내?"

"분명히 말해두는데, 직성이 풀린 건 아냐. 하지만…… 김이 새버렸어."

투덜대고, 하티아는 아자리에게 한 걸음 다가갔다. 하지만 너무가까이 가지는 않고.

굳이 따지자면 힐문하는 것 같은 투로 말했다.

"무슨 볼일인데? 애당초 볼일이서 있어서 온 건지도 모르겠지만.

"볼일…… 볼일 말이지."

그리고 아자리는 잠시 고민하는 것처럼 손가락으로 허공을 두드렸다—이런 것도 본 적이 있는 그리운 동작이다. 하티아는 이를 악물고 기다렸다. 아자리는 겨우 손가락을 거두고 그것을 감추려는 것처럼 등 뒤로 돌리더니 당돌한 질문을 했다.

"차일드맨 교실의 3강. 누구?"

무슨 농담인가—하는 생각도 들었지만 아자리의 눈빛은 너무나 진지했다. 하티아는 당연한 사실을 당연하게 말했다.

"너랑…… 포르테, 팃시잖아."

하지만 아자리는 바로 고개를 젓더니,

"난 코르곤이랑 킬리란셰로, 그리고 너라고 생각해."

"코미크론은?"

"굳이 억지로 집어넣지 않아도 되지 않을까."

말을 잘라서 불쾌하다는 것 같은 아자리의 대답.

어쨌거나 하티아는 살짝 한숨을 쉬었다. 까딱하면 큰 소리가 튀어나올 것 같은 목소리를 간식히 죽이면서 말했다.

"하고 싶은 말이 뭔지는 모르겠지만, 우리 셋이 3강이라는 건 좀 무리 아닐까. 그렇게 추켜세워서 뭘 하고 싶은 건데?"

"착각하지 마. 난 솔직하게 말하는 거야. 그래, 스펙상의 강함은 상관없어. 그딴 건 《탑》의 성적표에나 적어두면 되는 거야. 지금 내가 필요한 건 필요한 일을 완수할 수 있는 힘…… 나한텐 그게 없어."

아자리는 잠시 쉬었다. 그 틈을 생각하는 데 쓰고 있는 것 같았다. 그리고는 다시 말했다.

"말하는 의미를 모르겠다고? 5년 전의 그 날부터, 나는 단 한 번도 뭔가 원하는 것을 성취하지 못했어. 정말 웃길 정도로, 단 하나도. 그게 나라는 바보의 현실이야. 하지만 코르곤은? 그 남자는 뭐든지 자기 마음대로 하고 있어. 킬리란셰로도…… 본인은 충분하다고 생각하지 않는 것 같지만, 해야 하는 일만은 반드시 해냈어."

"그렇다면 난 제외해도 될 것 같은데. 난 뭔가를 완수한 감개 같은 게…… 없으니까."

"그럴까."

아자리는 그 말만 하고, 대답은 하지 않았다. 항상 쓸데없는 것들만 들여다보던, 장난치는 것처럼 보이기도 하는 갈색 눈동자. 집안은 어두운데 그 눈동자만이 빛나고 있다.

그렇게 난리를 쳤는데도 방 안은 전혀 어지럽혀지지 않았다. 애당초 어질러질 정도로 물건이 없기도 하지만, 아자리가 넘어졌던 바닥에도 먼지 자국 하나 남지 않았다. 불을 켤까—문득 그런 생각도 했지만 그만뒀다. 지금은 그녀의 얼굴을 보고 싶지 않으니까.

아자리가 말이 없어서 하티아가 입을 열었다. 물었다.

"그래서, 나한테 하고 싶은 말이 뭐야."

"코르곤과 킬리란셰로. 그 둘이 서로를 죽이려고 싸우면, 너는 그걸 막을 수 있겠어?"

"…………."

이것도 당돌한 이야기였다. 영문을 모르겠다. 하지만.

그런 일도 일어날 수 있다는 걸, 알 것 같은 기분도 들었다. 하티아는 눈을 감았다—모든 게 다 이상했다. 5년 전의 추억을 끄집어내는 것 자체가 위험해져버렸다.

그것을 구현하는, 누구보다도 잘 구현하는 천마의 마녀가 차갑게 가라앉은 목소리로 말했다.

"팃시한테는 무리야. 전투능력이 그 둘보다 떨어진다는 걸 빼더라도, 팃시는 감정을 죽일 수가 없어. 싸우는 것 자체가 팃시한테는 너무나 가혹한 일이야—지금도, 이 다음에 싸울 수 있을지도 확실하지가 않아. 그리고 그게 가능하다고 해도 텃시한테는 다른 역할이 있어."

"…………."

"그리고 나도 무리. 지금의 나와 똑같은 힘을 가지고 있던 다미안 르우를, 킬리란셰로가 간단히 물리쳐버렸어."

"어째서, 내가 할 수 있다고 생각하는 거지?"

겨우, 하티아가 물었다.

하지만―

아자리는 대답하지 않고 창밖을 봤다. 그녀가 정말로 정신체라면 시각 따위는 있을 리가 없다. 애당초 인간으로서의 모습 자체도 필요 없을 텐데. 정신체에 대한 그 정도 지식은 하티아도 주워 들어서 알고 있다. 하지만, 그러면서도 육체를 버린 마술사, 즉 정신사들은 그런 행동을 한다.

그리고 마침내 그것조차 못 하게 돼서 소멸하고…… 그들은 정신체가 된 뒤로 그렇게 오래 존재할 수는 없다. 일반적으로는 그렇게 전해진다.

아자리가 바깥 풍경에서 바라는 것은 거리의 경치가 아닐 것이다. 하티아도 왠지 그것을 이해했다. 결국 그녀는 다른 곳을 본채로, 끝까지 뜬금없는 소리를 했다.

"……이제 곧 동이 틀 거야. 이미 시작됐을지도 몰라."

"뭐가."

"킬리란셰로는 지금까지 이 대륙을 괴롭혀온 것과 싸우는 쪽을 선택했어. 그 아이의 방식으로 싸워나가는 쪽을 선택했어."

"얘기가 너무 거창한데."

하티아가 목이 바짝 말라붙는 것을 느끼면서 중얼거리자, 아자리가 이쪽으로 고개를 돌렸다.

그 얼굴은 당연히 울고 있지 않았다―하지만 하티아는 머릿속에 조금 전에 봤던 그녀의 우는 모습이 거기에 겹쳐지는 착각을 느꼈다.

"그런가. 그렇다면 좀 더 줄여서 말해줄게."

메마른 무표정한 얼굴로, 아자리가 말했다.

"그 아이는 지금, 딥 드래곤 종족 전체와 싸우고 있어."

최접근령―

그 주인의 저택. 그것은 순식간에 날아가 버렸다.

처음부터 지도에는 없었던 영토. 원래 그 누구의 기억에도 남아 있지 않은 지명. 하지만 이 황야에, 성역에 임하는 그 땅에, 그 저택이 있었다. 그곳에는 조용한 자들이 살면서 성역의 드래곤 종족과 이길 수 없는 싸움을 이어왔을 것이다.

오펜이 이곳에 도착한 뒤로 이제 겨우 하루하고 조금밖에 안 됐다. 그 짧은 시간 동안에 이곳에 있던 많은 병사들이 죽었다―성역과 싸우는 대가를, 정말 기분 좋게 지불해서 날려버렸다.

이 땅에 침입한 《13사도》도 죽었다―그들이 노린 것은 반대로 이 땅의 주인, 최접근령의 영주였다. 영주와 최접근령의 항장 사이에 끼어서 손도 써보지 못하고 죽어갔다.

최접근령의 또 다른 의미의 주인, 백마술사 다미안 르우도 사라졌다—주위사람들을 장기 말로 삼는 것만 생각했던 천연의 지배자. 하지만 지배할 수 없는 상대와 상대하면서, 그는 존재하는 것을 그만두고 말았다.

무시무시한 죽음. 마치 헐값에 넘겨버리는 것 같은 삶과 그 멸망. 누군가가 웃으면서 이것을 지켜보고 있다. 무대 밑으로 떨어지는 죽음을 손으로 받아내면서 비웃는 누군가가 있다. 그런 망상을 하며, 오펜은 뱃속이 부들부들 떨렸다. 이곳은 죽음의 땅이다. 착취당하는 것이 당연하다. 자신도, 크리오도, 매지크도, 아무런 관계도 없는 지인들도 그것을 피할 수는 없다.

아니—

눈을 크게 뜨고, 오펜이 외쳤다.

'싫다. 받아들일 수는 없다.'

이미 늦었다. 지금 이 토지를 짓누르려고 하는 죽음의 손길이 마음만 먹는다면, 그가 눈을 한 번 깜빡이기도 전에 모든 것을 증발시키고 모든 것을 끝내버릴 것이다.

하지만 저택이 흔들리기 전에. 장절한 오한에 온 몸이 떨리기 전에. 오펜은 움직였다. 입으로 뭔가를 외쳤다—하지만 그 자신에게는 들리지 않았다. 의미 있는 단어를 둘. 이름이었다. 크리오와 매지크의 이름. 그리고 뛰어들라고 외쳤다.

동시에 테이블 위에 묶여 있는 지인 형제를 양손으로 하나씩 끌어안고서 오펜 자신도 바닥의 구멍, 폐수로 속으로 뛰어들었다.

소리 없는 세계에서 암흑 속으로 낙하한다. 습기가 있는 수로 안에는 냉기와 함께 이끼 냄새가 났다.

'이런 짓을 해서 뭐가 된다는 건가—'

그것은 오펜이 마음속으로 중얼거린 말이었지만—그 자신의 목소리가 아니었고, 가슴이 아니라 귀에도 울렸다.

'한 때의 발버둥 정도로 뭐가 된다는 것인가—'

이길 리가 없다.

그 사실은 의심할 필요도 없다.

딥 드래곤 종족.

사람이 감당할 수 없는 존재. 즉 드래곤 종족. 그 점에 대해서는 이 한 종족에 한정되는 것이 아니지만, 드래곤 종족 중에서도 이 종족이 틀림없이 최악의 상대다.

본 적이 있다. 성역을 지키는 펜릴의 숲에서. 숲에 부는 바람을 술렁임과 고요함 둘로 구분한다면, 이 종족은 정숙 속에만 존재한다. 칠흑의 털을 가진 거구. 날카로운 짐승의 모습. 고귀하고 강인하며 과묵한 늑대의 모습. 칠흑의 펜릴. 딥 드래곤, 펜릴.

이는 전사 종족이며 오로지 적을 멸하기 위해 존재한다. 거기에는 변명도, 용서도 없다. 시선에 의해 펼쳐지는 암흑 마술, 최강무비의 정신 지배술은 인간의 힘으로는 막을 수도 도망칠 수도 없다. 키에 살히마 대륙 역사상 딥 드래곤을 물리친 존재는 없다.

이 암흑의 힘을 가진 짐승의 왕을 멸해줄 편한 무기 따위는 없고, 이 종족을 신으로서 섬기는 인간까지 있다—이 절대적인 죽음 앞에 노출되는 것이야말로 자신의 더러운 삶을 씻어낼 유일한 방법이라면서. 운명을 받아들이는 수단으로서.

'이길 방법은…… 없어.'

이것은 오펜 자신의 속삭임이었다. 아직 단 한 순간이 지났을 뿐이다. 수로 속에서, 아직도 낙하하는 중이었다. 시간 정지의 주박은 바로 풀렸고, 딱딱한 부츠 밑창이 돌 통로와 부딪치면서 차가운 소리를 냈다.

그것이 최근 몇 초 동안 들은 유일한 소리가 되었다.

'이길 방법 따위는 없어. 기적 따위는 결코 일어나지 않아. 신에게 빌어봤자 소용 없고─'

"레키야……?!"

어두운 통로에 가냘픈 목소리가 울렸다. 지금 막 내려온 천장을 올려다보며, 크리오가 낸 소리…….

격렬한 진동이 그것을 지워버렸다.

통로가 묻혀버리는 게 아닐까─오펜은 당연히 각오를 했지만, 지상에서 격렬한 폭발이 일어났는데도 통로는 부서지지 않았다. 단지 격렬하게 흔들렸다. 상하좌우로 흔들리는 돌벽에 몇 번인가 부딪치고, 오펜은 숨이 턱 막혔다. 안고 있던 지인 형제를 떨어뜨리고, 눈을 감고서 충격을 견뎠다.

'이 통로를 따라서 도망칠 수 있을까? 딥 드래곤의 마술은 시선을 매체로 삼으니까, 보이지 않는 것에 직접 영향을 미칠 수는 없어. 통로 자체를 지상에서 무차별적으로 뭉개버리면 끝장이지만…… 일단 성공할 가능성은 있어.'

천장의 구멍에서는 별도 보이지 않았다. 아직 건물이 남아있는 건지도 모른다. 딥 드래곤의 힘이라면 그 정도 건물 따위는 순식간에 ─그야말로 이 통로까지 한 번에 날려버릴 수도 있는데.

'뭔가 묘한데. 공격을 제대로 못 하는 건가?'

"레키야. 레키라고. 돌아왔어……."

넋이 나간 것처럼 중얼거리는 크리오의 눈앞을 가로막는 모양으로, 오펜은 손가락을 뻗어서 통로 저편을 가리켰다.

그것이 마치 지휘봉이라도 되는 것처럼 소녀가 말을 멈췄다. 크리오는 눈을 크게 떴고, 정신이 나간 것 같은 얼굴이었다. 잡아먹을 듯이 오펜을 보고 있다. 매지크도 마찬가지였다. 하지만 이쪽은 크리오보다 어두운 표정이다.

오펜은 조용히 물었다.

"……식량은 가지고 왔어?"

"하나만. 이거 하나."

안고 있던 배낭을 내밀며, 크리오가 대답했다. 오펜은 고개를 끄덕이고 매지크 쪽으로 시선을 옮겼다. 기절해서 축 늘어져 있는 지인들을 가리키면서,

"이건 네가 들고 가. 서둘러서 이 통로를 따라 가는 거야. 잘만 되면 도망칠 수 있어."

"오펜 씨는?"

굳은 목소리로, 매지크가 물었다.

오펜은 고개를 저었다.

"난 조금 있다 따라갈게."

"바보 같은 소리 하지 마세요. 자기 입으로 말했잖아요—누군가가 희생되는 건 용서하지 않는다고."

"그러니까, 전원의 생존율을 높이기 위한 거야. 영주를 데리고 올게."

"예?"

놀란 것처럼 묻는 매지크를, 오펜은 손짓으로 제지했다.

"미처 뛰어들지 못한 건지 뭔지는 모르겠지만, 그 놈만 내려오지

않았어. 의지하고 싶지는 않지만 그 놈의 능력은 필요해질 거야."

그렇게, 천장을 보면서 말했다. 조금 전의 진동 이후로 놀라울 정도로 조용했다—딥 드래곤은 소리를 내지 않는다. 발소리도 숨소리도 내지 않는다. 심장 고동조차 없다.

"살아있을 리가 없어요!"

매지크의 고함소리가 그 정숙을 깨트렸다.

거기에 대해서 확신하는 건 아니지만, 오펜이 중얼거렸다.

"성역의 암살자가 몸을 엉망으로 뭉개버렸는데도 살아 있었어. 딥 드래곤이 작정하고 날린 공격을 맞고도 살아있을지는 모르겠지만."

"어째서 영주님이 필요하다고 생각하는 거죠? 아까는 두고 간다고 했잖아요."

매지크의 말에 오펜은 잠시 생각하고 나서.

"다미안이 사라지고 눈을 뜰지 어떨지 몰랐기 때문이거든. 생각해 보니 코르곤은 나한테 영주에게 협력하라고 했어…… 코르곤 자신도 영주를 위해서 일했었고."

"…………?"

"영주한테 이용가치가 있다는 뜻이겠지. 적어도 그 시점까지는."

"그럼 제가 가서 데리고 올게요! 그 사람을 이용하려고 했던 건 저니까. 저는 이제 제자도 아니니까, 제 마음대로 하게 해주세요. 오펜 씨야말로 크리오를 지켜줘야 하잖아요. 오펜 씨는 저랑 달라서─"

"나도 안 가!"

옆에서 크리오가 소리쳤다. 유난히 진지한 얼굴로, 계속 말했다.

"위에 레키가 있잖아? 그렇다면…… 내가 만나야 해."

"……알았어."

두 사람에게 고개를 끄덕이고, 오펜은 한숨을 쉬었다. 실제로 도망치는 것이나 맞서는 것이나 생존 확률은 별 차이가 없다—그것이 딥 드래곤 종족에 대한 통상적인 인식이다. 그렇다면 이 두 사람만 도망치게 하는 것보다는 자신의 손이 닿는 곳에 두는 쪽이 어떻게든 될지도 모른다.

'그러고 보니 그 불쌍한 위노나가 말했었지…… 드래곤 종족과 싸워서 승산이 있는 마술사는 대륙 전체에 몇 명 안 지만, 내가 그 중에 하나라고.'

하지만 위노나의 그 말에 딥 드래곤 종족까지 포함돼 있었던 걸까?

계산해보고—그 어두운 결과에 두통까지 느끼면서, 오펜은 계속해서 말했다.

"그렇다면 그러면 되겠지. 하지만 자신이 엄청나게 어리석은 결단을 했다는 건 알아두라고. 솔직히……."

그리고 덧붙였다.

"내 개인적인 일로 너희들을 이렇게 만든 건 내 어설픈 판단의 결과야. 사과해서 넘어갈 수 있는 일이 아니지만…… 미안해."

"전 그냥 말려든 게 아니라고요. 너무 우습게보지 마세요."

"맞아. 좋아서 따라온 거라고."

"…………."

셋이서 천장의 구멍을 올려다보며 제각기 중얼거렸다.

구멍 위쪽은 아직도 어둡고 아무것도 보이지 않았다. 아무 소리도 들려오지 않는다.

그것 또한 부자연스러운 일이었다—딥 드래곤 종족은 봐준다는 것을 모른다. 여기서 공격을 쉴 리가 없다.

시선은 그대로 두고, 오펜이 두 사람에게 말했다.

"먼저 내가 갈게. 너희는 상황을 보고서 따라올지 도망칠지 판단하고. 알았지. 반드시 옳은 쪽을 선택하고 주저하지 말고 행동해. 반드시. 눈 깜박하는 사이에 죽을 수도 있으니까."

"……응."

고개를 끄덕인 크리오와 아무 말이 없는 매지크—

신경이 쓰여서, 오펜은 제자였던 소년 쪽을 봤다. 묻는다.

"매지크. 아까 뭔가 말하려고 했었지. 무슨 말을 하려던 거야?"

어둡고 축축한 통로에서 매지크는 고개를 약간 숙인 채로 잠깐 우물쭈물했지만—그래도 결국 대답했다.

"……오펜 씨는 저랑 달라서, 많은 사람들이 필요로 하는 마술사니까요."

"왜 그런 생각을 했지?"

"저는 제 일 하나로도 벅차니까."

정말로, 왜 그딴 생각을 한 건지—

마음속으로 중얼거리면서, 오펜은 몸을 숙였다. 의식을 집중하고 마술 구성을 짜는 사이에도, 가슴 속 다른 한 쪽에서는 계속 생각을 했다.

'내가 할 수 있는 건, 아무것도 없는데 말이야.'

"나 비상하노라, 하늘의 은령!"

한순간 중력을 중화해서 바닥을 박차고 날아올랐다.

눈대중이 맞아서, 천장을 뚫고 나와 원래 있던 조리장으로 돌아왔다. 그리고.

이해할 수가 없어서, 오펜은 주위를 둘러봤다. 조리장은 그대로 남아 있었다. 조금 전의 진동 때문인지 찬장에 있던 조미료 통이나 식기들이 쓰러지거나 바닥에 떨어져 있다. 하지만 그것뿐이었다. 저택 그 자체도 무사한 것 같다.

완전히 당황해서, 신음했다.

'어떻게 된 거지……? 영주처럼 이 저택도 불사신이라는 건가?'

"아니."

시원스런 목소리로—의자에 앉아 있던 영주가 말을 걸어왔다. 미소까지 짓고 있다. 당연히 상처 하나 없이 멀쩡했다.

"애당초 도망칠 필요가 없었다네. 난 알고 있었지."

그리고는 수로 입구를 가리키면서 말했다.

"그리고 그 통로는 유이스가 출구를 막아버렸지. 난 알 수 있다네."

"예지능력인가……. 다미안의 말로는 지각이 시간의 흐름보다 빠르다고 하던데."

"그런 것이지."

자랑하는 기색도 없이, 그저 인정하는 말투.

그래도 왠지 빈정대는 것 같은 기분이 들어서, 오펜은 거기에 반발하며 거칠게 말했다.

"그렇다면 그 능력으로 설명해봐—대체 무슨 일이 일어난 거야! 앞으로 어떻게 되는 거지!"

"아까부터 말하지 않았나. 내가 대륙 최강의 존재가 됐다는 것이라네."

"그렇다면 아까 그 공격은 뭔데. 축하 인사라도 된다는 거야!"

"글쎄—"

그렇게 중얼거리고, 처음으로 영주의 표정이 어두워졌다. 그 남자는 무릎 위에 얹은 손을 깍지 끼고,

"그건 대체 무슨 일이었을까. 딥 드래곤은 폐쇄적인 무리다. 내부의 일까지는 나라고 해도 알 수가 없지……."

"그렇다면 아무 도움이 안 되는 거잖아!"

혀를 차고, 오펜은 창밖으로 시선을 옮겼다. 밖은 어둡다—말도 안 되는 일이지만 지하 수로보다 어둡다. 어둠보다 짙은 칠흑이 무늬가 없는 소용돌이를 그리고 있는 것 같다. 공기가 흐르고 있다는 건 알 수 있다. 그 바람이 물이라도 들인 것처럼 새카맣다는 것도. 하지만 아무런 소리가 없다. 그것이 계속 움직이고 있다.

대륙에 있는 여섯 종류의 짐승의 왕. 그 중에서도 '정숙의 짐승'— 펜릴.

온 몸을 더듬는 오한 때문에 몸부림 치고 싶은 기분을 맛보며, 오펜은 통용문 손잡이에 손을 댔다.

그리고 그것을 밀었다.

저택 주위는 정원이었다. 일부가 불에 타기도 했지만 정원이어야 했다. 하지만 지금은 그것이 전부 황야가 되어 있었다—이 최접근령을 둘러싼 황야와 마찬가지로 모래와 자갈뿐인 황무지로.

달과 별이 그 황야를 창백하게 비춰주고 있다. 그 칙칙한 해저 같은 풍경 속에 검은 짐승이 뛰어다니고 있다. 한두 마리가 아니다— 눈에 보이는 범위 안에 온통, 수백 마리가.

쉽사리 믿을 수 없는 광경이었다. 몇 미터나 되는 거대한 짐승이 격렬하기 뛰어다니고, 서로를 덮치면서 싸우고 있다. 딥 드래곤은 이빨을 사용하지 않는다. 마술사로서 공격의 궁극에 달한 이 종족은 육체를 공격 수단으로 사용하지 않는다. 그렇게 알고 있었다. 하지만 지금 그들은 마술을 사용하지 않는다. 머리부터 돌진해서 부딪치고, 그리고 지면에 나뒹굴고 처박히고 있는데…… 그래도 아무런 소리가 나지 않는다.

무음의 소동에는 현실감도 없고 억양도 없다. 하지만 오펜은 통용문 밖으로 반쯤 뛰쳐나간 상태로 몸을 멈추고 가만히 구경하는 수밖에 없었다. 검은 짐승의 탁류가 무리의 덩어리에 부딪쳐서는 튕겨나간다. 움직이지 않는 개체가 없다. 모든 개체가 움직이고, 그리고 한 곳에 머물지 않는다.

'뭐가…… 일어나고 있는 거야?'

그 때.

"이건 뭔가."

뒤에서 중얼거린 사람은 영주였다. 따라서 나오려다가 같은 광경을 봤고, 그리고 얼이 빠졌다.

오펜은 돌아보지도 않고 말했다. 자신도 설마, 하고 생각하면서.

"내분…… 인가?"

"말도 안 돼! 딥 드래곤 종족에 그런 일은 없다! 개체가 없고 전체밖에 없는 생물인데—"

"그렇다면 이건 어떻게 된 건데! 설명하는 건 댁이 할 일이잖아!"

오펜은 자포자기해서 소리치고 뛰쳐나갔다. 딥 드래곤은 마술을 쓰지 않는다. 만약 딥 드래곤들끼리 싸운다고 해도 그것이 마술에 의한 싸움이 된다면, 주위 일대가 황야는 고사하고 재밖에 넘지 않을 것이다.

물론 그것을 막는 마술 따위는 말도 안 된다. 그렇게 생각하고, 오펜은 마술 구성도 생각하지 못한 채, 그저 무리들의 흐름을 살피려고 했다. 그리고,

"오펜!"

뒤따라서 저택 밖으로 뛰쳐나온 것은 영주가 아니라 크리오였다. 매지크의 도움을 받아서 그 구멍 밖으로 나왔겠지. 소년도 같이 있었다. 두 사람 모두 너무 엄청난 일에 얼굴이 새파래져서 주위를 둘러보고 있다.

"이게 대체……."

오펜은 그렇게 중얼거린 매지크쪽을 보고 말했다.

"나도 몰라. 하지만 좋은 기회인지도 몰라. 그 통로는 못 쓴다는 것 같지만, 이 혼란 속에서 도망칠 길만 찾으면 포위를 빠져나갈 수 있을지도—"

"스승님!"

매지크가 깜박한 건지, 그렇게 외쳤지만—

그걸 신경 쓸 여유도 없었다. 소년이 가리킨 쪽을 봤더니 딥 드래곤 중에 딱 한 마리가 움직이지 않고 있었다. 까만 늑대는 녹색으로 반짝이는 눈으로 이쪽을 보고 있다.

살의는 피부로 느낄 수 있다. 몸이 떨릴 정도로 확실하게. 예상이 어설펐다는 것을 깨달은 오펜이 신음했다.

'대항할 수…… 있을까?!'

오른팔을 든다.

순식간에 의식이 날카로워졌다. 같은 마술사로서 드래곤 종족의 마술을 능가하는 것은 누구나가 한 번쯤은 꿈꾸는 일이다──근본적으로는 같은 능력일 텐데, 어째서 이렇게까지 압도적인 차이가 나는 걸까. 오히려 거기에 의문을 품고, 자신이야말로 그 부조리를 뒤집을 수 있다고, 누구나가 그렇게 생각한다.

하지만 현실에 딥 드래곤을 물리친 인간은 존재하지 않는다.

'내가 할 수 있을까……?'

구성은 틀림이 없다. 몇 번이나, 몇백 번이나 짰던 익숙한 구성.

강대한 파괴를 불러오고, 만약 방해받지 않고 표적까지 전해진다면 짐승의 거대한 몸조차도 분쇄하리라는 것은 의심할 여지가 없다.

오펜은 주문을 외기 시작했다.

"나 발하노라, 빛의──"

그리고, 늦었다는 걸 깨달았다.

하지만.

그 아슬아슬한 시간 속에서. 오펜은 자제하고 또 자제하는데 성공했다. 체념하려는 충동을 억누르고, 자신에게 명령했다.

'쓸데없는 힘은 필요 없다──'

'구성을 최소한으로──'

'항상 하던 구성은 먹히지 않는다──'

'먹히게 할 방법을 생각해라──'

'최선의 완벽을 달성해라──'

'적이 누구건 상관없다──'

'목표는 위력의 극대화가 아니라 세밀의 극한──'

그런 말들이 차례로 머릿속에 새겨진 것도 아니다.

모든 것이 한 순간 번뜩이고, 순식간에 사라졌다.

그리고 모든 것을 한 순간에 이해했다.

'선생님의 나 사이에 힘의 큰 힘 차이가 있었던 건 아니야. 그래도 압도적인 결과로서 나타난 건 여기의 차이고. 여기서 또 한 걸음, 구성을 더 파고들어!'

"백인!"

손끝으로 가리킨 공간에서, 틀림없이 빛의 구슬이 부풀어 올랐다. 회심의 완성도였다. 지금까지 익숙했던 타이밍보다 훨씬 빠른—아자리와 같은 수준이거나 그것보다 빨랐다. 차일드맨과도 같거나, 어쩌면 더 빠르다. 그렇게 확신했다.

열충격파가 일직선으로, 대치하고 있는 딥 드래곤을 노리려고 한다.

그리고 몇 미터 나아갔을 때, 허공에서 터졌다.

'최선의…… 구성을…… 짰는데!'

정면에서 빛나는—순백색 광열파가 사라진 너머에 녹색으로 빛나는—딥 드래곤의 두 눈을 돌바로 노려보며, 오펜은 소리치고 있었다.

들고 있는 오른팔의 손가락을 구부리기도 전에, 이 모든 것이 끝났다.

'그랬는데도—모자라다는 건가!'

녹색 두 눈의 빛에서 도망칠 방법을 생각하려 했다. 딥 드래곤의 암흑 마술로부터 자신은 물론이고 후방에 있는 크리오와 매지크를 지켜내기 위한 수단.

그것을 생각해내기도 전에, 그 딥 드래곤이 옆으로 날아갔다.

"…………?!"

신경이 도저히 따라가지도 못할 만큼 빠른 상황 변화 속에서, 겨우 오펜은 두덜댈 시간을 얻었다.

"……대체 뭐냐고!"

딥 드래곤을 날려버린 것은 같은 드래곤이었다. 하지만 주위에 있는 무리보다 분명하게 덩치가 크다. 아니, 가장 크다고 해도 좋다. 그것은 옆으로 쓰러진 동료를 또 한 번 머리로 들이받고, 다른 드래곤을 어깨로 때려서 쓰러트렸다. 그런다고 움직임을 멈출 딥 드래곤은 아니지만, 그래도 상황은 더욱 더 혼란스러워졌다.

"저건——"

중얼거린 말을 이어받은 목소리는 두 개였다.

"레키!"

라고 외친 크리오, 그리고,

"아스라리엘!"

어느새 밖으로 나온 영주가 감탄이라기보다는 부르는 것 같은 어조로, 큰 소리로 외쳤다.

"역시 돌아왔구나—나와 거래한대로! 구 아스라리엘을 멸하고 그 이름을 이어받은 새로운 수장이 되어서! 헌데…….”

말꼬리가 흐릿해지고, 영주의 목소리에서 기세가 사라진다.

"헌데, 그런데 어째서…… 무리와 싸우고 있지? 이게 대체 무슨 일인가…….”

"그걸 누가 알겠어."

오펜은 그렇게 내뱉고 다시 무리를 관찰했다. 모든 것이 모든 것과 싸우고 있다—그렇게 보였지만, 자세히 보면 딥 드래곤 무리를 휘젓고 있는 것은 단 한 마리의 개체였다. 그 한 마리가 모든 무리와 싸우고 있다. 모든 무리와 싸우면서 한 발짝도 물러나지 않는다. 그 것이 가장 거대한 한 마리였다. 마술 없이, 오로지 몸으로 부딪치고 있는데도 아무 소리도 내지 않는다. 그것이 본래의, 마술을 얻기 전의 이 종족의 모습인지도 모르지만.

영주의 얼굴은 의아하다는 표정으로 일그러져 있다. 땀까지 흘리고 있고. 이것이 얼마나 이상한 사태인지는 이 영주가 아니라도 알 수 있는 일이다. 크나큰 모순이다.

"만약…… 저 딥 드래곤 아이가 아스라리엘에게 지고, 저 개체가 구 아스라리엘 그대로라면—무리가 어지럽혀질 이유가 없다. 딥 드래곤은 원래 그대로, 아무런 변화 없이 이곳에 나타났을 것이다."

아스라리엘 베티슬리서가 작은 소리로 스스로에게 묻는 소리가 귀에 들어왔다.

"그리고 저 드래곤 아이가 아스라리엘을 쓰러트리고 무리의 새로운 수장이 됐다면…… 어째서, 무리가 따르지 않는 것인가? 의미를 알 수 없다. 어쨌거나 딥 드래곤이 자기들끼리 싸우는 자체가 근본적으로 있을 수 없는 일이다…… 이게 어찌 된 일인가! 내가 이해할 수 없는 일이 일어나다니, 그것은 이상한 일이다!"

영주는 주위에 동의를 구하고 있는 것인지도 모른다. 목소리만 들어보면 그렇게 여겨졌다.

하지만 오펜은…… 고개를 젓고서 중얼거렸다.

"자기 눈으로 잘 보라고. 그렇게 해서 알 수 있는 일도 있으니까…… 도리를 뒤집는 일이 일어난 거야."

목소리가 떨렸다. 지금도 검은 늑대 무리는 정신없이 위치를 바꿔가며 싸우고 있다.

잘못 본 건가도 싶었지만—일단 알아차리고 나면 사태는 쉽게 파악할 수 있었다.

"뭐야! 뭘 알아낸 거냐!"

어깨를 움켜쥐려는 영주의 손을 빠져나와—

"오펜! 레키가……!"

같은 사실을 이해한 것 같은 크리오에게 고개를 끄덕였다.

오펜은 힘이 빠져서 그 자리에 가만히 서 있었다. 더 이상 뭔가를 할 필요는 없다. 자신들은 더할 나위 없이 안전한 곳에 있다.

그는 거대한 한 마리가 다른 것들과 싸우는 곳에서 시선을 돌려, 다른 한 점을 가리켰다.

거기에는 또 한 마리. 최대의 크기를 가진 딥 드래곤이 있었다. 그것은 가만히, 자신과 같은 모습을 한 개체를 바라보고 있다. 녹색 눈동자로.

탄식하고, 오펜이 중얼거렸다.

"아스라리엘이 두 마리 있다."

"……뭐라고……?"

영주도 두 마리를 번갈아서 보고 경악한 목소리로 속삭였다.

"아스라리엘이 두 마리로 늘어났다고? ……아니, 두 마리가 아니다. 한 쪽은 아스라리엘이 아니다. 이름을 이어받지 않고…… 성체가 됐다. 딥 드래곤 종족이 종족의 숫자를 한 마리 늘린 것인가. 그런일은…… 최근 천 년 동안 없었을 텐데."

"레키가 돌아왔어…… 레키인 채로 돌아왔어!"

크리오가 경련이라도 일으킨 것처럼 외쳤고—그리고 기침을 하고, 주저앉았다. 하지만 얼굴만은, 시선만은 계속 레키를 보고 있다.

"아주 조금…… 이 아니라 엄청나게 커졌지만 레키 그대로 돌아왔어…… 동료가 다치지 않게 싸우면서 우리를 지켜주고 있어. 레키!"

크리오의 목소리에 답하는 것처럼.

레키가 거대한 포효를 질렀다. 황야 전체에 울려 퍼질 정도의 육성을. 그리고,

《물러나라! 나의 동포여─》

"아야!"

오펜은 머리를 손으로 눌렀다. 뇌가 아플 정도의 정신 통화로, 레키가 무리를 향해 통고했다.

《나의 동포들이여, 그대들은 전체이자 개체, 하나의 의지─그리고 나는 그곳에서 떨어진 하나의 의지! 그대들 무리 전체를 합해야 겨우 나와 같은 한 개체와 대등하다! 그것을 이해하고 물러나라!》

"레키……."

마찬가지로 두 손으로 머리를 누르면서, 크리오가 말했다. 눈에는 눈물이 고여 있다.

《맹약에 의해 제시된 소환의 때는 지금이 아니다. 그것을 알고도 이곳에 모인 것인가! 전사가 언제부터 기르는 개가 되었는가!》

레키의 목소리에 겁을 먹은 것처럼─

무리의 움직임이 멈췄다.

원래 소리가 없었던 무리의 싸움에서 동작까지 멈추게 되자, 지금까지보다 깊은 정숙이 찾아왔다.

문득 정신을 차려보니 어둠의 색이 옅어져 있었다. 딥 드래곤의

숫자가 눈에 보일 정도로 줄어들었다. 차례로 모습을 감추고, 그리고는 떠나갔다. 마지막으로 남은 것은 한 쌍의 드래곤—레키와 아스라리엘 뿐이었다.

겨우 몇 초 동안 시선을 주고받고, 아스라리엘도 사라졌다.

모든, 정숙한 소란이 사라졌다. 정원은 잡초 하나조차 남지 않았지만, 그곳은 원래의 최접근령으로 돌아왔다. 동틀 때가 가까워지기는 했지만 아직 밤의 어둠 속에 갇혀 있다. 그곳에 남은 단 한 마리의 검은 늑대는 저 높은 곳에서 이쪽을—아니, 크리오를 보고 있다.

"의지가 있는 딥 드래곤⋯⋯."

어깨를 축 늘어뜨린 영주의 경악한 목소리. 그 옆을 빠르게 지나가서, 크리오가 뛰쳐나갔다. 레키를 향해, 넘어지지 않을까 싶은 기세로.

"레키!" 소리치는 크리오의 뒤를 따라서 오펜도 약간 뒤처져서 따라갔다. 매지크도 나란히 뛰어간다.

크리오는 돌진하는 강아지처럼 레키의 앞다리에 뛰어들고, 그대로 매달렸다. 큰 소리로 울음을 터트린 크리오의 등에 레키가 코끝을 들이댔다. 그것은 응석 부리는 동작이라기보다는 울고 있는 소녀를 위해서 등을 쓰다듬어주는 것처럼 보였다.

울먹이는 크리오의 목소리가 간신히 들려온다.

"미안해⋯⋯. 외톨이가 돼버렸구나⋯⋯ 레키."

레키는 대답하지 않았다. 원래의 말없는 짐승으로 돌아간 것처럼.

제3장 그리운 것과, 그립지 않은 것

"쿵쾅쿵쾅 걸어가는 대괴수~. 아아, 하루 온종일 시커멓구나~"

되도 않는 노래를 건성으로 들으며, 오펜은 황야의 바람 속에 한숨을 섞어 넣었다.

변함없는 지평선을 계속 바라보고 있으면 시간 감각이 틀어진다. 거리감도 마찬가지—하지만 얌전히 감에 맡기고 생각해보면 그렇게 많은 시간을 낭비한 것도 아니고, 저 멀리에 보이는 펜릴의 숲은 역시 지금도 멀리에 있겠지.

"그나저나 어째서 대괴수~. 이 몸을 태우고 어디로 가나~. 검은 것은 언제나 제멋대로~. 이렇게 됐으니 법률로~. 시커먼 것들을 전부 단속해버리면 좋겠다고 생각한다~."

노랫소리는 그다지 크지도 않았고, 오히려 속삭이는 정도라고 해도 될 것이다. 하지만 너무나 조용한 황야다보니 그 목소리가 필요 이상으로 울려 퍼지고 있다. '대괴수'는 계속 걸으면서도 발소리는 물론이고 아무런 소리도 울리지 않았다. 황야에는 메마른 바람이 불었지만, 하늘 위에서는 거칠게 휘몰아칠 뿐이고 지상은 무시하고 있다. 왠지 현실감이 없는 머나먼 세계의 일처럼 보였다.

"후딱후딱 걸어라 대괴수~"

"시끄러!"

그 대귀수의 등 위에서 몸을 일으키고, 오펜은 고함을 질렀다—거대한 검은 털의 늑대, 그 앞다리 쪽을 내려다보며,

"어디를 딴죽 걸어야 할지 모르겠으니까 그냥 대놓고 말할게. 하

루 종일 노래 부르지 마! 좀 조용히 있으면 안 되냐?!"

"이 처우에서 가만히 있는 쪽이 더 이상한 것 같은데 말이죠……."

대답한 것은 조금 전부터 계속 노래를 부르고 있는 지인—이 아니라 동생 쪽이었다. 지인 형제는 하나씩, 이 딥 드래곤의 앞발에 매달려 있다.

"그나저나 우리, 은근히 대단하구나."

남의 일처럼, 이번에는 형 쪽이 중얼거리는 소리가 들려왔다.

오펜은 일단 무시하고서 자기 할 말을 했다.

"하는 수 없잖아. 좌석이 있는 것도 아니니까."

그렇게 말한 오펜은 레키의 등에 누워 있었다. 딥 드래곤은 몸에 매달려 있는 사람들을 신경 써주는 것인지 몸을 거의 흔들지도 않고 걸어가고 있기에 탑승감은 나쁘지 않았다. 하지만 물을 튕겨내는 검은 체모가 너무 미끄러운 탓에, 떨어지지 않기 위해서 항상 긴장하고 있어야 했다.

"그나저나~ 이렇게 이동한지도 벌써 이틀째니까~."

그렇게, 유난히 늘어지고 한심한 목소리로 말한 사람은 매지크였다. 이쪽도 마찬가지로 레키의 등 위에 있다. 높이 때문에 무서운 건지 최대한 아래를 보지 않으려고 하는 소년은, 필요 이상으로 레키의 체모를 움켜쥐고 있다.

"…………."

오펜은 잠시 그 모습을 본 뒤에—

한숨을 쉬었다. 반론하려고도 했지만, 실제로는 자신도 똑같은 생각을 하고 있었다는 걸 알아차렸으니까.

입을 벌렸더니 저절로, 네 명이 똑같은 말을 했다.

"좀 들어봐, 대괴수~"

"왜 합창을 하는 거야!"

주먹을 치켜들고 소리친 사람은 크리오였다. 크리오는 딥 드래곤의 머리 위에—예전에 자신이 레키를 올려놨던 것처럼—가만히 앉아 있다. 뒤를 돌아보면서 계속 말했다.

"그리고 대괴수라고 하지 마! 레키도 이렇게 사람을 태워서 힘들 테니까 조용히 좀 하라고."

"……그나저나, 정말 알 수가 없군."

조용히—자기 차례를 기다렸다는 것처럼 잠깐 뜸을 들이고서 중얼거린 사람은 마지막 한 사람, 영주였다. 그 또한 레키의 등 위에 있다. 하지만 어깨 언저리에 매달려 있는 오펜 일행과 조금 떨어져서, 레키의 허리께에 앉아 있다. 우아하고 여유 있게, 아가씨가 시종을 거느리고서 승마라도 하는 것처럼.

"뭐가요?"

그렇게 묻는 크리오를 보며, 영주는 앞쪽을 가리켰다. 앞쪽에 펼쳐진 펜릴의 숲. 하지만 아직도 멀다. 게다가…….

"곧장 가고 있는 건 아닌 것 같군."

그가 가리킨 방향과 레키가 걸어가는 방향은 약간 어긋나 있었다. 레키가 그 대화도 듣고 있는 건지는 모르겠지만—크리오의 허리 밑에서 뾰족한 귀가 가끔씩 움직였다—아무런 반응도 없이, 그저 묵묵히 걸어갈 뿐이다. 합계 여섯 명을 태우고.

"그리고 전이하면 순식간에 숲까지 도착할 수 있을 텐데. 도보로 가는 건 어째서인가?"

"뭔가에 대비해서 힘을 온존한다든지······."

매지크가 그렇게 중얼거렸지만, 크리오가 고개를 저었다.

"그럴 수가 없어······ 장소라고 할까, 뭐라더라? 그런 게 있다나봐."

"결계인가······ 드래곤 종족의. 근데 도펠 익스는 전이할 수 있고, 레키의 전이만 막는다는 건······."

혼잣말하는 오펜에게, 영주가 뭔가 생각난 것처럼 고개를 들고 말했다.

"딥 드래곤의 진군을 막을 정도의 힘이 성역에 있다면, 페어리 드래곤 종족의—"

"정령술사인가. 정말이지, 전설인 줄만 알았는데. 앞으로는 그런 것들이 계속 튀어나오겠지."

"정령술사?"

낯선 단어를 듣고 매지크가 물었다.

오펜은 어깨를 으쓱거렸다. 자신도 그렇게 자세히 아는 건 아니다.

"페어리 드래곤 종족······ 현대에는 가공의 존재라고 여길 만큼 전설 중의 전설, 그런 드래곤 종족이야. 인간 종족 중에 실제로 본 녀석이 있는지 없는지. 전설을 그대로 받아들인다면 진홍색 사자의 모습이고 정령 마술을 쓴다고 해. 전에 너희 집에서 내가 밖으로 쫓겨나고 안에 들어가지 못하게 된 적이 있었는데, 기억 해?"

"예. 그러니까, 뭔지는 모르겠지만 안에 들어가지 못하게 됐던······ 그거 말이죠?"

대답하는 매지크에게 고개를 끄덕여 보이고, 오펜은 계속해서 말했다.

"아무래도 그건 소중한 손님을 쫓아내고 안에 들어가지 못하게 하는, 그런 못된 저주였던 것 같아. 정령이라는 건 자연 전체의 에너지를 가정으로서 의인화한 거야. 그 형태는 얼마든지 변화할 수 있고, 힘에도 제한이 없지. 정령 마술은 계약을 매체로 삼고, 그 힘을 제멋대로 쓸 수 있다는 강력한 거지."

"딥 드래곤보다 강하다는 건가요? 지금 얘기를 들어보면."

"단순한 힘의 총량으로만 보면 단 하나의 마술 구성으로 이 세계 전체의 물질과 파워를 다룰 수 있다는 정령 마술이 그 어떤 힘보다 위에 있겠지. 하지만 문제는 매체야. 계약을 형태로 남기지 않으면 이 마술은 발동되지 않아. 그리고 그 효과도 어디까지나 계약에 의해서만 발휘할 수 있고."

"아, 예……."

건성으로 대답한 매지크에게, 오펜이 다시 말했다.

"기본적으로 상대의 동의가 없으면 그 상대를 다치게 할 수 없고, 상대를 구속할 수도 없다. 그런 뜻이야. 그 여관에서도 계약을 맺지도 않은 나를 밖으로 내쫓을 수는 있었지만, 나를 더 멀리 쫓아내거나 죽이지는 못했어. 여관 정도가 아니라 이렇게 광범위한 숲에서 대괴수를 가로막으려면, 어지간한 동의가 필요하지 않았을까. 딥 드래곤 종족 자체가 계약을 맺었다고 생각해야겠지."

"……전설 중의 전설 치고는 잘 알고 계시네요."

"전설이니까 유명한 거라고. 진위는 어떤지 모르지만."

인정하고, 오페는 자세를 고쳐 앉았다. 주위를 둘러봐도 풍경은 변함이 없다. 영주가 조금 전에 가리킨 곳에 있는 펜릴의 숲은 여전히 멀다.

그 손가락은 이미 내렸지만, 알마게스트는 여전히 그쪽을 보고 있었다. 그는 천천히—하지만 이번엔 짜증이 담긴 목소리로,

"원래 이것은 딥 드래곤 종족 전체를 이끈 진군이어야 했다……성역에 대해 전멸 이외의 길은 선택할 수 없게 만드는, 결정적인."

그리고는 레키의 뒷머리 쪽을 보며, 최접근령의 영주는 계속해서 말했다.

"그 종족 전체와 대등한 힘을 지닌 이 드래곤…… 성역의 정령술사를 당해낼 것 같지는 않군."

"……레키는 결계에 대항할 수 없어서 다가가지 못하는 게 아니라, 다른 이유가 있어서 돌아서 가는 거라는 얘긴가?"

"전이를 저해하는 힘이 있다는 것도 사실이겠지만, 단순히 성역에 다가가지 못하는 것뿐이라면 애당초 돌아간다고 해봤자 의미가 없지 않은가?"

영주의 말에 반론할 말이 없어서—오펜은 고개를 끄덕였다. 벌렁, 레키의 등에 누워서 하늘을 올려다봤다. 변함없는 지평선을 보고 있는 것보다는 변함없는 하늘을 보는 쪽이 차라리 나았다.

'레키도 뭔가 의도가 있다는 뜻인가…… 하지만 앞으로 열하루. 레키의 걸음걸이라면 그리 오래 걸릴 것 같지는 않지만, 늦지는 않으려나?'

곁눈질로—영주를 따라하는 건 아니지만 레키의 뒷머리를 봤다. 하지만 본 것은 숙녀처럼 머리를 고정하고 걸어가는 레키가 아니라 그 위에 앉아 있는 소녀의 뒷모습이었다. 크리오는 대화에 끼어들지 않고 머리 위에서 레키한테 뭔가 말을 걸고 있다. 일방적으로 말하

는 것처럼 보이지만 아마도 대화는 성립되고 있겠지.

한숨을 쉬고, 오펜은 시선을 하늘로 되돌렸다.

'의심할 이유는 없나……'

적이 아무리 많더라도, 의심할 필요가 없는 상대도 있다.

그런데 갑자기.

레키의 걸음걸이가 달라졌다.

"?"

오펜은 재빨리 몸을 낮추고 레키의 등 털을 붙잡았다—이러지 않으면 떨어질 것만 같을 정도로 속도가 빨라지고 있다. 여전히 발소리가 들리지 않았기 때문에 크게 실감이 가지는 않았지만, 레키는 순식간에 최고 속도까지 가속했다.

"뭐, 뭐야? 무슨 일이 일어난 거야?"

신음하는 오펜의 뒤에서 중얼거리는 소리가 들려왔다. 영주였다.

"……전투다."

"전투?"

무슨 소리인지 알 수가 없어서 영주에게 물었다.

고개를 들어서 주위를 둘러봤지만, 얼굴에 덮쳐오는 바람 때문에 눈을 뜰 수가 없다. 실눈을 뜨고 좌우를 봤지만 망막에 비치는 것은 기세 좋게 흘러가는 발밑의 땅과, 마치 정지된 그림 같은 원경의 대비뿐이고, 의식을 사로잡을만한 것은 보이지 않았다.

레키의 속도는 상당했다. 매지크는 완전히 거품을 물고 몸이 반쯤 뒤로 밀렸고, 영주조차도 여유가 없어졌다. 오펜이 뒤쪽을 보는 사이에 뭔가 무거운 것이 어깨 위로 떨어졌다. 뭔가 봤더니 크리오가 거기까지 굴러온 것 같다. 발에 매달려 있는 지인들은—아직 떨어지지 않은 걸 보고 놀랐지만―눈이 빙빙 돌면서도 각자 높낮이가 다른 목소리로 비명을 지르고 있었다.

"레키! 왜 그러는 거야!"

레키의 등이 아니라 오펜의 목에 매달린 자세인 크리오가 외치는 소리가 들렸다. 하지만 딥 드래곤은 그 목소리에도 반응하지 않고, 계속 같은 속도로 달려갔다. 상당한 거리를 질주했는데 그래도 멈출 기색이 없다.

"전투라니…… 뭐야? 뭐가? 뭐랑?"

혼잣말처럼, 오펜이 숨을 내쉬었다. 뭔가가 보인 것 같았다.

평범한 바위처럼 보이는 검은 덩어리에 팔다리가 달려 있었다.

한 순간의 일이었고 바로 시야에서 사라졌다.

고개를 돌려서 그것을 눈으로 확인하려고 했지만, 눈을 감고 소리를 지르는 크리오의 얼굴이 보일 뿐이었다.

마침내―

앞쪽에서 눈부신 빛과 폭발 소리가 울렸다. 거리는 아직 멀다. 하지만 그 순백의 불꽃은 의심할 여지없이 마술에 의한 것이다. 거대한 불기둥이 대지를 불태우는 그 굉음이 울리는데도 레키는 속도를 늦추지 않았다.

고개를 숙이고 있는 힘껏 매달린 상태에서도 어떻게든 시야를 확보하려고 노력한 결과, 점점 눈에 보이기 시작한 것은 드문드문 굴러다니는―시체.

크리오가 비명을 지른다.

오펜은 중얼거렸다.

"뭐야…… 이 규모는. 전쟁이라도 시작된 건가."

시체 중에는 원래 모습을 찾아볼 수 없는 것도 있었다. 파손된 무기가 곳곳에 굴러다니고 있다. 순간,

"——?!"

오펜은 반사적으로 단검을 뽑았다. 눈에 보이지도 않은 위협을 향해 칼날을 내질렀다. 흘러가는 풍경에 녹아드는 것처럼 검은색의 가늘고 긴 무언가가 물결치고 있었다—그것을 은색 칼날이 세로로 꿰뚫고, 공간에 박아버렸다.

그 일격을 멈춘 대가로, 오펜은 몸이 허공으로 떠오르는 걸 느꼈다. 그대로…… 떠밀리는 것처럼 레키의 등에서 떨어졌다.

간신히 공중에서 크리오를 끌어안을 수 있었던 건, 크리오가 목에 매달린 채로 가만히 있었기 때문이었다. 왼손으로 크리오를 안고 오른손에는 단검—그리고 그 칼날에 꿰뚫린 촉수 같은 건. 자유로운 두 다리만 가지고 착지할 곳을 찾았다. 균형 감각에 의지하고, 공황 상태에 빠지지 않도록 숨을 참고, 고속으로 흘러가는 지면에 무릎을 꿇기 직전에 외쳤다.

"나 비상하노라, 하늘의 은령."

발동된 마술이 낙하 속도를 완화시켜줘서, 오펜은 간신히 발목과 무릎으로 착지하는 충격을 흘려냈다. 떨어진 기세 때문에 넘어질 뻔했지만, 그 힘에는 거스르지 않고 몸을 앞으로 굴렸다. 그 전에 단검은 손에서 놨다—그런 걸 들고서 구르면 자신은 고사하고 크리오를 찔러서 죽일 가능성이 크니까.

두 바퀴 정도 굴렀을까. 일어나보니 눈앞에 시체가 있었다. 남자였다—아마도. 머리가 없고 가슴 아래쪽도 없다. 목과 팔만이 힘없이, 기괴한 생물처럼 쓰러져 있다. 강인하고 날카로운 날붙이, 하지

만 그렇게 예리하지는 않은 무언가가 억지로 절단한 상처였다. 사라진 부위가 어디에 있는지는 모르겠지만, 어차피 더 이상 볼 일이 없다는 건 틀림없다.

"오펜……?!"

자신을 부르는 크리오에게 대답하지 않고, 오펜은 크리오의 몸을 옆으로 던졌다. 그리고 몸을 반전시키면서 전투복의 숨겨진 주머니에서 스로잉 대거를 하나 뽑았다.

그것을 던지기 전에, 고개를 돌린 정면 쪽에서 날아온 것이 있었다. 주먹을 쥐고, 그것을 뿌리쳤다. 옆으로 튕겨난 그것을 시선으로 쫓아보니, 조금 전에 내던진 자신의 단검이었다. 단검과 부딪친 전투복의 팔 부분이 살짝 찢겨졌다. 단검은 우연히 날아온 것이 아니라 누군가가 던진 것이 틀림없다―찢겨진 상처의 아픔에 혀를 차며, 단검을 고쳐 쥐었다.

"버리고 갔어!"

기침을 하면서 소리치는 크리오, 하지만 여전히 대답할 틈은 없다.

그리 멀리 떨어지지도 않은 곳에서 사람 둘이 대치하고 있다.

제각기 남자와 여자였다.

한 사람은 지팡이를 짚은 노인이고.

또 한 사람은 가슴팍이 벌어진 드레스 차림의 젊은 여자.

둘 다 이런 황야에 어울리는 차람은 아니다.

노인이 녹아서 사라졌다. 모래처럼 무너져서 대지에 섞였다. 여자는 우아하게 선 채로―무릎을 굽히지도 않고 수직으로 날아올랐다. 올려다봐야 할 정도의 고도까지.

그것이 무엇인지. 판단은 보류하고, 오펜은 행동에 들어갔다.

나이프를 쥔 오른손을 그대로 앞으로 뻗으며, 외쳤다.

"나 발하노라, 빛의 백인!"

부풀어 오른 하얀 빛이 노인이 무너진 근처의 지면을 태워버렸다. 본능적으로 뒤로 물러나고 싶었지만—자제했다. 크리오가 영문도 모른 채 이쪽을 보고 있다. 지금은 크리오한테서 떨어지면 안 된다.

뺨에 폭풍을 맞으면서, 날아오른 여자를 눈으로 쫓았다. 구성을 짜면서 이번에는 공중에 있는 여자를 향해 오른팔을 치켜들었다.

그 순간, 여자의 다리가 늘어났다.

늘어난 다리로 지면을 차고, 고도를 더 높인다.

그리고는 지면에 닿은 여자의 다리가 직각으로 구부러지더니 이쪽을 향해 돌진했다.

'이 녀석은…….'

해방하려던 구성을 바꾸고, 오펜이 외쳤다.

"나 잣노라, 광륜의 갑주!"

빛으로 짜여진 사슬 모양의 벽이 여자의 발끝—말도 안 되는 각도에서 돌진해온 신발의 발끝을 막아냈다.

그 빛의 사라지기 전에, 오펜은 크리오의 어깨를 붙잡고 후방으로 뛰었다.

예상, 아니, 각오는 했다. 몸으로 느꼈다. 기억이, 오감이, 온 방향에서 경고를 날렸다. 자신이 지금 어떤 부류의 위험에 처해 있는지. 크리오를 끌어안은 채로 그것에 대처해야만 한다.

발밑의 모래가 파도처럼 꿈틀거리기 시작했지만 놀라지 않았다. 그 모래가 일제히 날아올라서 우리 같은 모양으로 바뀌려고 해도.

하늘로 날아오른 여자가 두 눈을 녹색으로 번쩍이면서, 어둠 속에 사는 기괴한 벌레처럼 오체를 길게 뻗고 상공에서 이쪽을 꼬치에 꿰어버리려 하는 모습을 봤지만, 그것 또한 각오한 범위 안이었다.

자신이 무엇과 싸우고 있는지. 오펜은 조용히 인정했다.

대륙에 존재하는 여섯 종류 짐승의 왕. 그 중에서도 '가열의 짐승' —버서커.

'레드 드래곤 종족……!'

"나 이끄나니, 죽음을 부르는 찌르레기!"

지면에서 올라오는 모래 창살. 뒤쪽을 막으려는 그것을 향해 마술을 날렸다.

수속되는 진동파도 이 드래곤 종족을 파괴할 수는 없다. 그건 알고 있다. 그래도 공격형으로 변태하려고 하는 모래 모양의 적을 순간적으로 구속할 수는 있다.

일어난 모래 기둥이 하나로 뭉치고, 조금 전의 노인 모양으로 변하려 한다—역시 눈동자는 녹색으로 빛난다. 그 자연적이지 않은 안구 중심을 향해, 손목의 스냅을 이용해서 스로잉 대거를 던졌다.

움직이지 않는 레드 드래곤의 오른쪽 눈에 소형 단검이 꽂힌다.

사실 몸 어디에 날붙이가 꽂힌다 해도 효과도 없을 것이다. 안구에 꽂혔다고 해서 치명상이 될 리도 없고—하지만, 그래도 노인 모습의 그 드래곤 종족은 몸을 뒤로 젖혔고, 조금 길게 경직됐다.

그 틈에 퇴로를 찾아냈고, 오펜은 뛰어갔다. 매번 반응이 느린 크리오 때문에 엄청나게 초조해하면서도, 크리오를 질질 잡아 끌면서 간신히 몇 걸음 도망쳤다.

"오펜, 오펜, 오펜?! 대체 뭐가 어떻게—"

적은 인간이 아닌 존재.

인간이 아닌 힘, 인간이 아닌 타이밍, 인간이 아닌 방법으로 공간을 이용한다.

지금도 오펜이 후퇴하는 타이밍에 앞서서 여자의 발끝이 마술 장벽을 돌파했고, 제각기 오펜과 크리오를 노리고 있다. 실제로 그 기척을 느낀 건 스로잉 대거가 손에서 떠나려고 하는 순간이었다. 발끝이 위협이 될 만큼 다가온 것도 그쯤이겠지.

평소 같으면 그것을 회피할 수 없었다—지각할 수도 없었을 것이다.

한 순간마다 일어나는 모든 일들이 자신의 목숨을 치명적으로 도려내기 위해서 쫓아오고 있다. 그것을 뿌리치기 위해, 의식이 너무나도 날카로워졌다.

모든, 발생하는 사상들보다 반드시 한 걸음 앞서간다. 그 급속한 가속 속에서—외쳤다.

"나 춤추노라, 하늘의 누각!"

크리오를 안은 채, 오펜의 몸은 가공의 광속으로 현실의 거리를 이동했다.

사람을 하나 안은 채로 유사 공간전이—구성에 불안을 느낄 틈도 없이. 오펜은 크리오와 함께 몇 미터를 도약해서 현실 동간으로 돌아왔다. 등 뒤에는 첫 번째의 포위에서 사냥감을 놓친 레드 드래곤 둘이 원래의 인간 모습으로 의태한 상태로 이쪽을 바라보고 있다.

"오, 오푸엔……."

어지러워서 그런지 축 늘어진 크리오를 떠밀고, 오펜은 작은 소리로 속삭였다.

"뛸 수 있어?"

"응? 그러니까, 괜찮아……."

대답하면서 비틀비틀 주저앉는 크리오를 보고, 잠시 하늘을 올려 다본 뒤에 그녀를 감싸는 것처럼 앞으로 나섰다. 레드 드래곤 둘을 정면으로 보며, 오펜은 주먹을 꽉 쥐었다.

"너희는…… 도펠 익스인가?"

그 질문에, 둘은—

의태 치고는 자연스런 표정을 보였다. 빈정대는 것처럼, 일그러 지는.

대답은 기대하지 않았다. 오펜은 계속해서 말했다.

"레드 드래곤 종족이…… 이런 데서 뭘 하는 거지? 갑작스런 얘기 지만, 어번라마에서 헬퍼트를 죽인 건 나야."

그리고는 움직이려던 레드 드래곤들을 시선으로 견제했다. 확신 에 가득한 말투로—그렇게 들리기를 바라며—오펜은 새로운 단검 두 개를 두 손으로 뽑았다.

아무리 뻔히 보이는 허세라고 해도, 자신에게 주의를 끌어야 한 다…….

"너희 둘이서 동시에 덤비지 않으면, 난 너희를 하나씩 해치울 거야."

"네놈, 인간이 아닌 것 같군."

둘 중에 어느 쪽인지—입을 벌리지 않은 채로 어느 쪽인가가 확실 하게 대답했다. 어느 쪽인지 확실하지 않은 채, 계속 말했다.

"네놈이 실력자라는 것은 지금 그것으로 알았다. 하지만, 그것도 상관없다."

그리고.

뒤쪽에 또 둘, 기척이 늘어난 것을 느꼈다.

오펜은 상체를 젖혀서 새롭게 둘—사방을 둘러싼 모양으로 적이 늘어난 것을 확인했다. 왼쪽 뒤에 평상복의 젊은 여자, 오른쪽 뒤에 체격이 좋은 남자. 본 것과 동시에, 적 네 명이 일제히 움직였다.

'레드 드래곤 종족…… 여기에 대체 얼마나 있는 거야?!'

아직도 더 숨어 있을 가능성이 있다.

지금도 의식은 여전히 날카롭다—자신의 오감 외에 다른 누군가의 감각이 더해진 것처럼. 공간을 지배하고 적의 움직임을 전부 읽을 수 있다. 하지만,

'어디까지나 감이야…… 이 감각에 의지해서 계속 싸우다보면, 언젠가는 빗나간다!'

그리고 빗나가는 때가 끝이다. 적이 드래곤 종족이라면 틀림없이 그렇게 된다.

가능한 빨리, 일격으로 적을 쓰러트려나가지 않으면 이 싸우는 방법으로 계속 싸울 수 없다.

'그래서 선생님은 항상 첫 일격으로 적을 무력화하는 방법을 썼던 건가. 이런 짓을 계속할 수 있었다면, 선생님은 틀림없는 괴물이었을지도 몰라!'

사고와 별개로 마술 구성을 짜고 있다.

그것을 해방하기 위해서 주문을 발했다.

"나 발하노라, 빛의 백인!"

곧장 돌진해오는 평상복 차림의 여자에게, 몸을 회전시키면서 오른쪽을 뻗고서 빛의 탁류를 날렸다.

조금 전에 날린 마술보다 빠른 타이밍에서 날린 것이었다—이쪽의 움직임을 살피고 예상했다면 오히려 피할 수 없다. 그래도 표적의 된 여자 모습을 한 레드 드래곤은 체격을 변형시켜서 옆으로 뛰었지만, 그 몸의 대부분을 열충격파 속에 남겨두고 말았다. 겨우 머리와 왼쪽 어깨만을 남기고, 불꽃에 삼켜져서 몸이 소실된 레드 드래곤이 땅바닥에 뒹굴었다. 레드 드래곤이라는 생물은 이 정도로 죽을 존재가 아니지만, 불꽃에 타버린 상처만은 이 종족도 바로 재생하지 못하는 것 같다. 헬퍼트와 싸우면서 그것을 배웠다.

하지만 하나가 쓰러지는 건 상대도 계산했을 것이다. 오펜은 그 움직임의 기세를 타고서 크리오의 뒤쪽으로 이동했다. 몸을 단련한—것처럼 의태한—레드 드래곤의 젊은 남자가 그 몸을 움츠리고서 코앞까지 접근해 있다. 마술로 어떻게 할 타이밍이 아니다.

'첫 수로…… 쓰러트린다!'

몸은 저절로 자세를 잡았다.

오른손의 단검도 왼손으로 옮겨들고, 쥐었다.

약간 비스듬하게 겨누고, 공격에 쓸 오른손만을 뒤로 빼고서 허리를 낮춘다. 익숙하다면 익숙한 평소와 똑같은 공격 준비지만, 그것과 다른 감각이 머릿속에 싹트고 있었다. 자신의 움직임을 바라보며…… 지금부터 자신이 할 행동을 예상하며, 머릿속에 그리고 있던 것은 적의 모습이었다.

눈앞의 레드 드래곤이 아니다.

성복 차림의 남자—잭 프리스비.

붕권이라고, 그 남자는 그렇게 불렀다. 주먹 기술의 극치에 도달한. 가장 기초적이면서 궁극의 허풍이라고도 할 수 있는 이상.

레드 드래곤은 의외라고 할 만큼 얌전하게, 오른손을 들었다가 내리쳤다. 오펜은 몸을 놀려서 그 공격의 궤도 밖으로 뛰쳐나갔고, 오른손을 뻗어서 적의 옆구리를 노렸다. 타격으로 레드 드래곤을 다치게 할 수는 없다—레드 드래곤 종족에게는 통각도 내장도 급소고 없다. 그래도 일격으로 밀어내고 시간을 벌 필요가 있었다.

적은 민첩했다. 그들 종족 특유의 변형도 쓰지 않고 몸을 뒤로 물러서 이쪽의 주먹을 피했다. 동시에, 이상한 각도에서 왼팔을 길게 늘리고는 얼굴을 향해 수평으로 날렸다.

그것을 오른발 부츠로 받아냈다—그런 각도였다—그리고 오펜은 또 오른손을 찔러 넣어서 적의 몸에 댔고, 뛰어드는 것처럼 박치기를 날렸다. 명중하기는 했지만 약하다. 하지만 적의 몸을 반걸음 정도 물러나게 하는데 성공했다.

'머리로는 알아도…… 그리 쉽게는 안 되네!'

속으로 투덜대면서, 벌어진 공간 안에서 팔을 휘둘러서 왼손에 든 스로잉 대거 두 개를 동시에 투척했다. 짧은 거리를 날아가서, 하나는 빗나갔지만 나머지 하나는 레드 드래곤의 눈 윗부분에 꽂혔다.

이것도 원래 적이 아픔을 느낄 리가 없는 일이지만, 잠깐이라도 주의를 끌거나 시야를 빼앗는 것만으로도 의미가 있었다.

레드 드래곤의 움직임이 멈춘 그 순간에—

"핫!"

아직 지면에 내려놓지 않았던 오른발을 들어 올려서, 무거운 부츠 밑창을 적의 몸 중심에 때려 넣었다.

공중으로 떠오른 레드 드래곤의 모습을 보며, 오펜은 또다시 외쳤다.

"나 세우노라—"

두 손을 뻗고, 마술 구성을 짠다.

"태양의 첨탑!"

화염을 응축한 것 같은 불꽃 구체가 레드 드래곤에게 닿았다. 순간.

폭발이 일어났다. 지근거리에 있는 자신이나 크리오가 말려들지 않게 위력을 줄였기 때문에 레드 드래곤 종족의 몸을 전부 태워버릴 정도의 화력은 없지만. 그래도 온 몸이 불타서 끈끈한 검은 덩어리로 변한 레드 드래곤이 땅바닥에 떨어졌다.

'시간이 너무 오래 걸렸어……'

오펜은 혀를 차고 고개를 돌렸다. 레드 드래곤들은 네 마리가 동시에 덤벼왔다. 나머지 두 마리가 이미 크리오를 죽이고도 남았을 것이다.

'나 하나만 지키는 힘 가지고는, 부족해……'

고개를 돌린 그곳에.

크리오가 가만히 앉아 있었다. 곤란해 하는 얼굴로 옆을 보고 있다. 무사했다. 상처도 하나 없다.

그리고, 레드 드래곤도 보이지 않는다.

"…………?"

영문을 알 수 없는 오펜은 일단 그녀가 보고 있는 쪽을 봤다.

레드 드래곤은 바로 발견했다. 몇 미터 떨어진 지면에, 몇 개의 하얀 덩어리 같은 모양으로, 두 개가 굴러다니고 있다. 간신히 인간 형태가 남아 있기도 했다—하지만, 엄청나게 강렬한 충격을 받아서 그 형태가 무너졌다.

그 둘의 몸통 한복판에 말뚝 같은 것이 하나씩 박혀 있는 것이 보였다. 말뚝이라기보다는 지인 형제 같지만.

"……."

점점 알 것 같아서, 오펜은 위를 올려다봤다. 어느 샌가, 역시나 소리도 없이, 레키가 돌아와서 크리오 뒤에 서 있었다.

레키가 재빨리 지인 둘을 던진 것 같다.

쏴아아아아아! 곤충 같은 위협하는 소리를 내며, 레드 드래곤 둘이 지인들을 튕겨내고 일어났다. 잠시 레키와 마주보며 위협했지만―

퇴각도 갑작스러웠다. 둘은 인간 모양으로 돌아오지도 않고, 숯덩이가 된 동료들을 회수해서 순식간에 모습을 감췄다.

또 잠시 기다렸다가―

오펜은 한숨을 쉬었다.

"끝났나보네……."

"난 아직도 뭐가 뭔지 모르겠어."

크리오가 중얼거렸다. 오펜은 대답하지 않고 크리오의 머리를 살짝 두드렸다. 아직 시체는 눈에 들어오지 않았는지, 크리오는 생각보다 침착해보였다.

레키의 등 위에서 매지크가 몸을 내밀었다. 소년은 주위에 널려 있는 시체 같은 것보다 적이 사라진 방향 쪽에 위협을 느끼고 있는 것 같았다.

"오펜 씨…… 지금 그건, 레드 드래곤…… 인가요?"

"그래. 앞으로는 이런 것들이 줄줄이 튀어나오겠지."

레키는 머리를 낮춰서 크리오를 태우려 하고 있다. 오펜은 멍하니 그 모습을 보며—혼잣말을 했다.

'……지금도, 레키는 레드 드래곤을 다치게 하지 않았어. 반항하는 입장이기는 해도 상대를 적으로 보지는 않았으니까—다른 적을 상정하고 있다는 뜻인가?'

생각하고 있는데, 또 레키의 등 위에서 목소리가 들려왔다. 이번에는 영주다. 주위의 지형을 가리키려는 건지 부자연스레 손을 움직이며,

"여기서 사망한 것이 누구인지는 그렇다 치고, 아직 살아 있는 이들이 있군. 그보다 여기서 한 부대가 적을 붙잡아두고 본대를 도망치게 한 건가."

"……어떻게 그런 걸 알 수 있지?"

오펜이 묻자, 영주는 어깨를 슬쩍 으쓱거렸다.

"많은 인원이 이동한 흔적이 있다—위에서 보면 잘 알 수 있지. 이쪽이다. 이 딥 드래곤이 가려고 하던 쪽에."

"이 놈들은……."

오펜은 시체—라기보다는 살덩어리에 불과한 물체를 흘끗 보고 중얼거렸다.

하지만 질질 끌리는 발소리가 그 말을 잘랐다.

고개를 돌려보니 머리가 흙투성이가 된 지인 둘이 멍한 얼굴로 돌아왔다. 제각기 중얼거리면서.

"이봐, 빚쟁이. 슬슬 말을 해야 할 것 같은데 말이다."

"지금의 저희의 처우에 대해서는 말 할 생각이 없는 그죠?"

"……제발 그만 해라. 나도 미칠 지경이니까."

일단 오펜은 그렇게만 말해뒀다.

다시 레키의 등에 올라타고(지인들은 앞발에), 이번엔 질주가 아니라 걸어갔다—조금전에 일어났던 것 같은 폭발도 레드 드래곤의 추격도 없이, 일단은 평온한 여정이 이어졌다. 조금 전 그곳에서 레드 드래곤을 붙잡아뒀다는 말이 사실인지, 그 뒤로는 기체도 전투의 흔적도 보이지 않았다.

아무 일도 없었다는 듯이, 레키는 묵묵히 걸어갔다. 질주는 레드 드래곤과 싸우지 않고 그곳을 돌파하기 위한 것이었겠지.

딥 드래곤의 등 위에서, 오펜은 지금까지 온 길을 바라보며 생각에 잠겨 있었다.

'레키의 의도는 뭐지?'

목적지는 성역. 그건 틀림없는 것 같다. 거기에 뭐가 있건 간에—

'우리는 데리고 가는 이유가 뭐지? 어떤 것과 싸우려면 레키 혼자서 가면 되는데…… 우리는 방해만 될 뿐이야. 그리고 레키는 성역과 싸우는 걸 바라지 않아. 바라지 않을 거야.'

성역에.

이 대륙을 감싸는 아일망카 결계에 틈이 있고, 거기에 여신이 나타났다. 영주의 말을 믿는다면 그렇게 된다.

그것은 순수하게 대륙의 파멸을 의미하고, 레키가 그것과 싸우려 한다는 것은…… 딥 드래곤 종족의 역할을 생각해보면 쉽게 이해할 수 있는 일이다.

'하지만, 그렇다면 레키와 성역이 대립할 이유도 없는데…… 애당초 영주와 성역이 대립하는 것도 이상해. 대륙에 사는 사람들 전체의 이해가 일치할 리가 없으니까.'

흘끗—영주를 봤다.

최접근령의 영주는 이쪽의 시선을 모른 척 하며 먼 곳을 보고 있다.

'성역에 있는 제2 세계 도탑…… 이라는 것으로 여신을 죽일 힘을 가진 마왕 스베덴보리를 소환하는 게 영주의 계획이라면, 어째서 성역에 안 맡기는 거지? 그리고 성역은 왜 그걸 안 하는 거고? 성역의 전력인 도펠 익스가 성역 바깥에서 파괴활동을 하는 이유는 뭐지?'

도펠 익스. 배신의 기호.

누가 누구를 배신한 걸까.

아렌하탐의 지하에서 만난 인형—태곳적에 천인 종족이 개조한 전투 생물로 변한 것이라는 살인 인형의 말을 떠올리며, 오펜은 얼굴을 찌푸렸다. 모두가 모두를 배신했다. 아무도 사실을 말하지 않는다.

모든 것이 거짓말이고 모든 이가 속고 있다…… 거짓말을 한 당사자조차.

오펜은 고개를 숙이고 눈을 감았다.

기억 속에 떠오르는 것이 있다.

마술의 검에 의해 변모한 괴물의 외침.

천인 종족의 무녀, 이스타시바의 초상화……

펜릴의 숲에서 올려다본 아스라리엘의 말……

5년 만에 타프렘 시로 돌아갔더니 준비돼 있던 과거의 자신과의 대결……

같은 타프렘에 있는 《송곳니 탑》의 피폐……

듣는 이 없는 대륙 구제의 이야기를 계속 전하고 있던 지하 극장……

고회 총본산 도시 키므락의 죽음의 교사들, 그들은 자신의 인상을 전부 바쳐서까지 섬길 것을 가지고 있었다…….

그리고 그 섬길 것을 배신한 자들만이 살아남았다……

키므락 교주의 불사의 저주, 그리고 여신, 파멸……

'거기에 뭐가 있었지? 나는 뭘 봤지?'

그 여행은 전부 과거를 알기 위한 것이었다.

자신의 과거…… 그리고 자신의 가족의 과거, 대륙의 과거까지.

그 모든 것을 보고, 받아들이고, 이해하기 위해서였다.

그래도 여행은 끝나지 않았다. 남은 것이 있어서가 아니다. 모든 것을 씹어 삼키고, 몸속에 남은, 남겨서 키우기로 결심한 자신은 과거의 어느 시점의 자신도 아니고, 살아 있는 지금의 자신이기 때문이다. 살아 있는 지금의 가족, 살아 있는 지금의 세계…… 였기 때문이다.

그렇다면 그 뒤에 걸어온 여로—내시워터, 어번라마, 최접근령. 그곳에서 본 것은 뭘까. 미래는 아니다.

'오히려…… 미래가 없다는 것…… 그것은?'

"그것이 절망이다. 절망이란 뭔가를 알기 위한 여행이었지."

귀에 들어온 목소리에 깜짝 놀라서 고개를 들었다.

말한 사람은—확인할 필요도 없이 영주였다. 어느 샌가 이쪽을 보며 미소를 짓고 있다.

하지만 들려온 목소리는 영주의 것이 아니었다. 꼭 누구의 목소리라고 할 수가 없었다. 누구의 목소리라고 해도 이상하지 않을……

온천 도시의 에리스, 라이언 스푼, 헬퍼트, 다미안 르우, 로테샤, 레티샤, 크리오, 매지크, 레키까지, 모두가 절망하고 있으니까!

영주가 중얼거린 소리를 들은 건 자신뿐인 것 같다—매지크는 지쳤는지 몸을 숙인 채 졸고 있다. 영주가 시치미를 떼고 시선을 돌리는 것이 보였다.

과거와 현재와 미래. 세 여신이 있다고 한다…… 하지만 그녀들은 서로를 모른다. 과거는 현재를 모르고 미래는 현재로부터 단절돼 있다. 키므락 교회는 운명이라는 것의 모습에 대해 그렇게 말했다.

들으라는 듯이 혀를 차고, 오펜은 벌렁 드러누웠다. 치료하는 걸 깜박했던 오른팔의 상처가 따끔거려서 그것을 마술로 막았다.

"오펜. 뭔가 보여~"

크리오가 불러서 눈을 떴다—아무래도 꾸벅꾸벅 졸았던 것 같다. 깜짝 놀란 오펜은 고개를 저어서 잠기운을 쫓았다. 설마 이 상황에서 잠들 줄이야, 꽤나 피곤했던 것 같다.

"뭔가가 뭔데?"

일어나면서 물었다. 레키의 머리에 가려서 앞쪽이 잘 보이지 않는다—크리오의 등을 향해 물었더니, 그녀는 기묘한 표정을 짓고 뒤를 돌아봤다.

"뭐냐고 물어봐도 그냥 뭔가야. 사람이 잔뜩 있어."

"패잔병들인가."

영주가 보지도 않고 중얼거리는 소리가 들려왔다.

오펜은 무시하고 레키의 머리 위로 올라갔다. 레키가 시끄럽다는 듯이 귀를 움직였지만 신경 쓸 상황이 아니다.

변함없는 황야—그 앞쪽에 분명히 집단이 있다. 패잔병이라는 말도, 일단 겉모습만 보면 맞는 것 같다. 수십 명의 검은 사람들이 추위를 피해서 모여 있는 것처럼 꼴사납게 밀집해 있다.

한기가 아니라 다른 것을 피하기 위해서라는 것은 금세 알 수 있었다. 멀리서 봐도 그들이 고개를 숙이고 피폐해져 있다는 것을 알 수 있다.

그들 또한 거대한 딥 드래곤의 접근을 알아차리고 있었다. 이미 몇 명이 뭔가 부산을 떠는 모습이 보인다—지친 동료들에게 뭔가 지시를 내리고 있는 것 같다. 대피일까, 공격일까.

오펜이 떠올린 것은 레드 드래곤에게 살해당한 것으로 추정되는 유체였다. 아마도 그들은 이미 드래곤 종족의 공격을 받았고 여기까지 도망쳐 왔다.

딥 드래곤 종족을 상대로는 저항도 퇴각도 헛된 일이라는 것을 모를 리도 없다.

'……저 녀석들한테 드래곤 종족에 대한 지식이 얼마나 있을까.'

그들의 정체가 자신이 생각한 것이 맞다면…… 다음 행동도 예상할 수 있다.

아직 멀리 있는 그들이 레키의 진행 방향에 포진하려 하고 있다. 감시를 둘 여유도 없었던 그들이 제대로 통제가 될 리가 없다고 생각했지만, 일단 행동을 시작하니 빠르게 움직였다. 순식간에 배치를 시작하고 몇 개의 그룹으로 나뉘었다. 한 그룹에 네 명에서 다섯 명. 그 중에서 공격과 방어를 담당하는 자로 나뉘어서 일제히 공격하려는 포진이겠지. 그렇게 하면 한 사람도 희생시키지 않고 최대한의 화력을 발휘할 수 있다—상대가 딥 드래곤이 아니라면.

어지간한 리더십이 있는 자가 그들을 지탱하고 있다. 그렇게 보였다. 아직 멀리 있어서 개개인의 얼굴은 구분할 수 없다. 오펜은 눈을 가늘게 뜨고 그들을 살피면서 크리오에게 속삭였다.

"……레키랑 말이 통하지?"

"뭐? 응."

크리오가 고개를 끄덕였다. 오펜도 끄덕였다.

"그렇다면 레키한테 말해줘. 저 녀석들, 다치지 않게 하고 지나갔으면 싶다고."

"아마 말하지 않아도 그럴 생각인 것 같은데…… 레키, 들었어?"

크리오가 말했다고 레키가 반응을 보일 리는 없다―사실 고개를 끄덕이기라도 하면 두 사람이 굴러 떨어질 테니까.

그래도 오펜은 거듭해서 경고할 필요는 없다고 생각했다. 분명히 레키는 처음부터 그럴 생각이었겠지. 섬멸할 생각이었다면 이미 그러고도 남았을 테니까. 그 이전에 레키는 그 누구도 다치게 하지 않고 나아갈 생각일 것이다. 그렇게 생각됐다.

레키가 마침내 적의 사정거리로 들어갔고, 그리고 목소리가 들려왔다―좌우로 펼쳐진 포진, 그 양익에서.

"준비! 조준!"

"멸하라!"

그것이 최대의 공격이려나―

좌우에서 날아오는 빛의 다발. 여러 개의 파괴 광선은 망막에 빛을 남겼을 뿐, 소실돼버렸다. 레키가 한 번 노려봤을 뿐인데 전부 소실됐다.

그들의 동요는 숨결에서 느껴졌다. 벌써 그만큼 가까워졌고―그리고 묵묵히, 레키는 그들 옆을 지나갔다. 공격은 없었다. 레키와 엇갈릴 즈음에는 공격을 행한 마술사들도 의식을 잃은 건지 픽픽 쓰러져나갔다. 가벼운 정신지배겠지. 여러 사람을 순식간에, 이 딥 드래곤은 그것을 아무렇지도 않게 해버린다.

레키의 발밑에서 두려워하는 표정으로 이 드래곤을 올려다보는 사람들 속에서, 오펜도 아는 얼굴을 발견할 수 있었다―그들 중에 몇 명은 《송곳니 탑》에 있던 마술사들이니까.

흑마술사들이 술렁이는 중에―

아무런 저항도 없이, 레키는 포진의 제일 깊은 곳까지 도달했다. 거기에 한 남자가 서 있었다. 그 남자의 얼굴도 이름도, 오펜은 알고 있다. 아는 사이는 아니지만 본 적은 있으니까.

그 남자는 팔짱을 끼고, 딥 드래곤을 앞에 두고도 두려워하는 기색도 없이 버티고 서 있었다. 그 거구에 담을 수 있는 만큼 담겨 있는 근육이 검은 제복 속에서 고동치고 있다. 이미 장년에 들어섰지만 오히려 누구보다 풍부한 생명력을 지녔고 훨씬 젊게 보였다. 금색 머리카락은 숱이 많이 적어졌지만 안구에 담긴 격정이 온 몸을 뒤덮고 영기(靈氣)처럼 소용돌이치고 있다―영기라는 게 존재한다는 걸 자기도 모르게 믿어버리게 될 정도로.

"항복해라."

남자는 입을 열고는 오만하게 명령했다.

"함정에 빠진 것은 너희들이다. 우리는 조력을 받고 있다. 《안개 폭포》의 백마술사들이다. 이들이 일제히 공격하면 딥 드래곤이라 해도 움직임을 멈출 수 있다."

명령은 딥 드래곤에게 한 것이지만, 레키는 당연히 대답하지 않았다.

뭔가 말을 하려는 크리오를 손짓으로 제지하고, 오펜이 대신 몸을 내밀며 말했다.

"막을 수 없다는 건 알고 있을 텐데. 허세는 그만두라고. 플루토…… 왕도의 마인."

그렇게.

처음으로 마인의 눈이 오펜 쪽으로 향했다. 강대한 드래곤의 몸에 기생하는 시시한 덤들을—적어도 그의 눈빛은 그런 감정을 웅변해 주고 있었는데.

그리고, 물었다.

"……너는 인간인가? 그 끔찍한 레드 드래곤이 아니라?"

오펜은 레키의 머리 위에서 지상으로 뛰어내렸다. 상당히 높았지만 마술 없이 착지했다.

레키의 앞발에 매달려있는 볼칸이 고개만 이쪽으로 돌리고서 말했다.

"야, 흑마술사. 아까부터 너무 정신이 없는 게 아니냐? 이 몸이 기껏 이 자세에 익숙해졌는데."

"우와. 익숙해졌구나, 형님."

오펜은 도틴의 신음하는 소리도 제지했다.

"부산 떨 일은 아니야. 너희는 거기 가만히 매달려 있어."

"음. 그럼 그렇게 하지…… 그나저나 은근슬쩍 이끼처럼 취급하는 것 같은 기분도 든다만."

그 말은 흘려듣고—

오펜은 다시 플루토 쪽을 봤다.

"댁이 부하를 시켜서 날 스카우트하려고 한 적이 있었지."

일어나면서 그렇게 말했지만 플루토는 코웃음만 칠뿐이었다.

"그래서 어쨌다는 거냐. 그런 놈들은 한 해에 몇 명이나 된다. 그 입구에서 쫓겨나는 놈도. 대륙 흑마술사의 도달점, 우리는 영광의 —"

"…… 《13사도》…… 내가 입궁 사문에 소환됐던 건 5년 전 이다."

그 말을 듣고 플루토의 눈썹이 슬쩍 움직였다.

떠보는 것처럼 오펜을 관찰하고, 그리고 딱 잘라서 부정했다.

"너무 젊군. 5년 전이라면 아직 어린애였을 텐데."

"그랬지."

오펜은 상대가 생각해낼 때까지 기다렸다가 동의했다. 대충 그 나이에 궁정으로 소환된 마술사는 한 사람 밖에 없을 테니까.

기다리는 동안 오펜은 주위를 둘러봤다. 《13사도》들의 진형은 정면에서 밀려온 엄청난 힘 때문에 완전히 깨져버렸고, 레키가 플루토 앞 까지 온 시점에서 더 이상 소용이 없게 됐다. 게다가 구성원 대부분이 쓰러졌고 남은 자들도 함부로 공격에 나서지 못하고 있다.

그런 속에서 오펜은 깜짝 놀라서 눈을 크게 뜨고 이쪽을 보고 있는 키가 큰 여성을 발견했다. 그녀가 겨우 목소리를 낸 것과 플루토가 중얼거린 것은 거의 동시였다.

"너는—"

"킬리란셰로 군!"

마리아 폰은 그 이름을 부르며 뛰어왔다. 원래 《송곳니 탑》의 교사였기 때문에 오펜도 어느 정도 신세를 졌다. 얼굴은 약간 나이든 티가 났지만 그렇다고 크게 변하지도 않았다.

어쩔 생각이었던 건지—손이 닿기 한 걸음 직전에서 멈춰 섰다. 자신의 입장이 생각났기 때문이겠지. 그녀는 일단 헛기침을 하고서 다시 말을 꺼냈다.

"설마…… 어떻게 된 거야?"

"내가 그를 소환했다. 우리 최접근령으로."

그렇게 말하면서, 영주가 레키의 등에서 뛰어내렸다. 그는 상대와 도량을 겨루기라고 하는 것처럼 플루토에게 뒤지지 않을 정도로 초연하게 허리를 곧게 펴고는, 왕도의 마인을 향해 다가갔다. 따진다기보다는 심문하는 말투로, 영주가 쏘아붙였다.

"이쪽도 묻도록 하겠네. 어째서 《13사도》가 여기에 있나. 어제까지는 움직이지 않았을 텐데. 너희는 틀림없이 완도에 있었다—"

아니, 쏘아붙이려고 했을 뿐이겠지. 말은 거기에서 끊어졌다.

플루토의 움직임은 너무나 당돌했다. 그는 팔짱을 풀고는 자기 몸 옆에 세워뒀던 거대한 철퇴를 지면에서 뽑고—너무나도 현실감이 없이, 그것이 무기라고는 생각도 못했는데—그것을 휘둘러서 영주의 발을 내리쳤다. 그렇게 거창하게 내리친 것도 아닌데, 중량이 있는 무기에 발이 부러지자 영주는 어쩌지도 못하고 넘어져버렸다. 그 동안 플루토는 표정 하나 변하지 않았다.

크리오와 매지크가 비명 같은 소리를 지르는 게 들렸다. 오펜도 움직이지 않고 그것을 보고 있었다. 어쩔 도리가 없다.

쓰러진 영주를 내려다보며, 영주가 내뱉듯이 말했다.

"대륙 마술사 동맹의 일원으로서, 대륙에 해를 끼치는 네놈을 말살하는 것도 목적 중에 하나였다—백마술사들이 말한 것처럼 정말로 다미안 르우가 사라졌다면, 그딴 것은 우선순위 중에서도 하위에 불과하지만."

"네놈…… 궁정을 섬기는 자가 귀족연맹에 반항하는 건가. 가소롭구나."

발이 완전히 부러졌는데도 그 고통을 전혀 드러내지 않고—실제로 느끼지 못하는 것인지도 모르지만—영주가 말했다.

비난하는 소리를 낸 것은 마리아 교사였다.

"플루토! 당신은 그래서—"

"난폭하고 단락적이라고 하려는 건가? 내가 이 남자와 몇 년이나 싸워왔는지 알고는 있나! 얼마나 기다렸는지!"

마리아의 말을 완전히 무시하고, 플루토는 철퇴를 다시 지면에 세워 놨다. 생각보다 큰 소리가 울렸다. 바람이 휘몰아치는 황야에.

"《13사도》의 수장으로서, 나는 궁정에 장식해두기 위해서 온존되어왔던 것이 아니다, 알마게스트여."

천천히, 플루토가 영주에게 다가갔다. 철퇴는 내려놨지만 마인의 그 체중만으로도 움직이지 못하는 영주 따위는 간단히 분쇄할 수 있을 것 같았다. 오펜은 언제든지 끼어들 수 있도록 조용히 주먹을 쥐었다—무슨 짓을 해도 영주는 죽지 않을 수도 있다. 하지만 꼭 그렇다고 단정할 수도 없다.

하지만 플로토의 심문, 아니 고문인가? 은 영주로부터 자신이 알고 싶었던 것까지 끄집어낼 가능성이 있다. 실제로 아무것도 감출 생각이 없는 건지, 플루토는 들으라는 듯이 큰 소리로 말했다.

"우리 《13사도》의 행동 목적을 가르쳐주마, 알마게스트. 우리는 오랜 세월동안 네놈의 최접근령과 싸워왔지? 최접근령이 사라진 지금, 다음으로 섬멸할 것은 정해져 있다. 성역이다."

"연맹이…… 내가 모르게 네놈을 움직였다는 건가? 내가 지켜야 할 인류…… 귀족 연맹이 일구이언을 했다는 것인가?"

영주의 물음에, 플루토는 조소했다.

"흥! 일일이 귀족 연맹의 의향을 물을 이유도 없다. 우리의 충성은 어디까지나 대륙 마술사 동맹에게—"

"《13사도》가 독자적으로 움직이다니…… 그건 쿠데타가 아닌가!"

주먹으로 땅바닥을 때리며, 알마게스트가 소리쳤다.

이번에는 플루토도 비웃지 않았다—그저 화를 냈을 뿐.

"귀족 연맹이 신민의 의향도 묻지 않고 성역과 적대하는 것이야말로 진정한 의미로 왕권에 대한 반역이 아닌가! 우리는 그 뒤처리를 하려고 하는 것뿐이다."

"성역이 네놈들이 감당할 수 있는 것이라면 제일 먼저 너희를 부렸을 것이다, 어리석은 것."

감정적으로 말다툼하는—것처럼 보였다.

옆에서 보고 있던 오펜은 냉정하게 간파했다. 이 둘은 청중을 의식하고 연설을 하고 있을 뿐이다. 기대와 달리 내용 자체는 별 의미가 없는 것들이다.

귀족 연맹의 대 성역 자객, 최접근령의 영주 알마게스트.

같은 귀족 연맹을 섬기는 《13사도》의 수장 플루토.

둘은 많이 닮았다. 타고난 지배자. 왕자(王者)였다. 하는 말은 공허하면서도…… 허영이 담겨 있어도, 타인을 움직이는 데 익숙하다.

'……그렇게 느끼는 건 내가 《탑》의 마술사이기 때문일까?'

서부와 동부 사람의 차이라고, 일반적으로 그렇게 말하는 것이 있다. 서부 사람은 독립과 고독을 좋아하고 동부 사람은 지배와 피지배를 받아들인다.

그 때, 같은 서부의 마술사이기 때문일까—마리가 교사가 끼어들었다. 조용히, 그러면서도 무겁게 말했다.

"……도저히 가만히 있을 수 없었던 저희의 심중도 헤아려주시지 않겠습니까. 대륙 그 자체의 운명이 걸린 일이 아니면, 저희도 움직일 수가 없었습니다."

"그래서 멋대로 성역을 공격하고, 레드 드래곤 종족을 상대해서 저만한 희생자를 냈다는 건가. 그것이 무능하다는 것이다!"

영주는 마리아에게도 똑같이 일갈했다.

"이 영주는 인간 종족 전체의 수호자…… 개죽음은 용서치 않는다. 가치가 있는 지시에 따르라!"

"실수는 인정하지."

쓸쓸하게, 플루토가 입 꼬리를 깨무는 것이 보였다.

"놈들은 여섯이 공격해왔다. 둘을 쓰러트리는데 우리 아군의 절반이 희생됐다. 이런…… 성역에 손도 닿지 않는, 이런 곳에서!"

한바탕 소리를 지르고—치켜들었던 주먹을 내렸다. 마인은 한숨을 쉬고서 계속 말했다.

"우리는 오늘 아침부터 여기서 대치하고 있었다. 정체를 보이지 않는 성역과."

"그리고 내일 저녁까지는 전멸하겠지. 네가 굳이 너희를 부리지 않았던 것은 그 자만심 때문이다! 마술만 있으면 뭐든지 해결할 수 있다고 착각하는 그 나약한 정신이—"

"그렇다면 알마게스트. 유이스 코르곤에게 의존하고 지금도 킬리란세로를 소환한 그대의 안이함에 대해 변명해봐라."

딱 잘라서 말하고, 플루토는 오펜 쪽으로 시선을 돌렸다―투박한 풍모 속에 있으면서도 묘하게 담백하고 어른스럽게 보이는 파란색 눈동자를 마주보며, 오펜은 상대의 말을 기다렸다.

그 입에서 나온 말은 대략 예상한 대로였는데.

"킬리란셰로인가. 그 남자의 학생은 더 이상 남아있지 않다고 생각했는데, 마침 잘 됐다고 할 수도 있군. 네놈을 구속한다. 취조는 온정이라고 생각해라."

"구속…… 어떻게?"

오펜은 단지 그렇게만 물었다. 반항하는 데 익숙하지 않은 건지―아니면 너무 익숙한 건지, 정해진 절차라는 것처럼 재빠르게, 마인의 눈썹이 올라갔다.

"네놈도 마술사 동맹원이라면 평의원 중에 한 명인 내 명령에 거역할 여지는 없을 것이다."

"난 동맹원이 아니야. 이미 호적 파였다고."

"동맹의 엿이나 먹으라고 해야 할 규칙과 형식을 논하는 것이 아니다! 동맹은 마술사의 정신 그 자체다―네놈은 마술사이고, 마술사는 태어나면서부터 죽을 때까지 무조건 동맹원이다! 네놈은 정신적으로 동맹에 귀속되어야만 한다! 그렇지 않으면 마술을 버려라!"

실제로 풍압까지 느껴질 정도의 기세로 소리를 질러대는 플루토에게―

최접근령의 영주가 의기양양하게 말했다.

"이 자가 그런 말에 굴복할 것 같은가. 유이스가 그랬던 것처럼―"

"……착각하지 말아줬으면 싶은데."

오펜은 바로 끼어들었다—플루토가 아니라 영주를 향해서.

"날 코르곤이랑 똑같이 취급하지 마. 난 지금부터 《13사도》를 쓰러트릴 건데, 그건 내가 하고 싶은 말이 있기 때문이야. 댁을 위해서가 아니라."

할 말을 잃은 영주와 표정이 더 험악해지는 마인—

오펜은 그 둘을 차례로 봤다.

움직인 사람은 그 둘 중에 누군가가 아니라 마리아였다.

"킬리란셰로 군—"

그리고는 오펜의 팔을 잡으려고 했다. 오펜은 반 걸음 정도 가볍게 물러나서 그녀의 손을 피했다.

그녀의 얼굴이 약간 굳어졌다. 《탑》에서는 마음 약한 생도들을 겁먹게 만들었던 미간의 주름을 짓고, 마리아는 목소리의 톤을 미묘하게 높여서 말했다.

"플루토의 말은 우리가 협력할 수 없느냐는 뜻이야. 그 점에 대해서는 나도 찬성이고."

"제가 하고 싶은 말은 전부 왕도로 돌아가 줬으면 싶다는 겁니다. 영주한테 찬성하는 건 아니지만."

마리아와 플루토는 물론이고, 주위에 있던 《13사도》들이 서로의 얼굴을 마주봤다.

오펜은 전투복 옷깃의 상태를 확인하면서 계속 말했다.

"아니, 다시 말하죠. 당신들의 행동 목적은 성역과 싸우는 것이라고 했는데…… 그 목적을 버릴 수 없다면 돌아가 주시겠어요."

"우리가 네놈의 허가를 받을 이유는 없을 텐데."

가시 돋은 말투의 플루토를 보며, 오펜은 웃었다. 의도한 건 아니지만 빈정대는 투로 말했다는 걸 알았기 때문에.

"그러니까…… 아마도 내가 마술사라는 존재에 귀속대기 때문이겠지. 그냥 둬서 양심의 가책을 느끼지 않는다면 가만히 놔둘게."

"……우리가 그렇게 무력해보여?"

마리아의 목소리에 괴로운 기색이 섞인 건, 역시 그녀가 《13사도》이기 때문이겠지.

오펜은 고개를 저어서 그녀의 물음을 부정했다.

"영주의 말이 틀렸다고 했잖아요. 당신들이 성역에 대해 무력하건 그 반대건, 그건 문제가 아닙니다."

"무슨 뜻이야?"

"성역과 적대해서는 안 됩니다."

그렇게 말하고 레키와…… 그 머리 위에 있는 크리오 쪽을 봤다. 마리아의 주의를 그쪽으로 끌고, 계속해서 말했다.

"제가 신뢰하는 동료가 그렇게 말하고 있으니까."

"우리가 허영이나 정신이 나간 인간이라서, 이런 데까지 와서 희생자를 냈다고 생각하는 거야?"

"성역이 이상하다는 건 인정합니다. 그래서 저는 성역에 가서—"

"네놈이 가면 뭐가 달라진다는 거냐!"

그것은 플루토—완전히 화가 나서 얼굴이 검붉게 물들었다.

오펜은 그를 슬쩍 보고, 말했다.

"한 번 콧대를 뭉개줘야 정신을 차리겠다면, 그렇게 해줄 수도 있는데."

"이 놈이—"

마인의 고함은 무시하고, 오펜은 팔꿈치를 들어서 사각에서 날아온 일격을 막아냈다.

동시에 공격을 막은 오른팔을 뻗어서 그대로 상대가 차올린 발을 잡았다―공격한 사람은 플루토가 아니라 마리아였다. 그녀의 발목을 잡은 자세를 몇 초 동안 유지하고, 시선만 움직여서 정면의 플루토를 봤다.

마리아가 말했다.

"그래, 벌써 5년이나 지났구나. 네 몸이 다 큰 지금은 예전처럼 힘으로 찍어 누를 수는 없겠네……."

"죄송합니다, 마리아 선생님."

오펜은 가볍게 고개를 숙였다. 그러자 마리아가 물었다.

"……사과하는 거야? 어째서?"

그렇게 물었지만, 마리아도 이미 이해하고 있는지도 모른다―오펜은 그녀의 발을 놓아줬다. 펼쳐진 오른손을 다시 쥐어서…… 주먹을 만들었다.

"신체능력만이 아닙니다. 지금의 당신에게는 저한테 이길 수 있는 요소가 하나도 없어요."

주먹은 그대로, 정면에 있는 남자 쪽으로 겨눴다. 플루토는 여전히 화난 표정으로―하지만 지금의 대화를 보면서 어느 정도 냉정해진 것 같았다.

"왕도의 마인 플루토! 순서를 기다릴 필요도 없이―네가 덤벼! 여기 있는 사람 모두한테 가르쳐주지."

큰 소리로, 주위에 있는 《13사도》들에게도 똑똑히 들리도록 소리쳤다. 도발하는 말을 듣고도 플루토는 반응하지 않았다. 그저 조용히, 무기인 철퇴를 집어 들었다.

지금까지의 발작하는 것 같은 고함소리도 없이. 날카로운 빛이 담긴 두 눈은 그대로, 천천히 전투태세를 취했다.

'……생각만큼…… 단순한 사내는 아닌 것 같네.'

오펜은 마음속으로 중얼거렸다.

거대한 철퇴를 치켜든 플루토를 보며—말없이 은 단검을 뽑았다. 여전히 이름도 없는 검. 원래는 머나먼 과거에 이름을 버린 남자가 가지고 있었던 물건이니, 이름이 없는 쪽이 어울리겠지.

'자…… 허세를 부린 건 서로 마찬가지. 이제 내가 이길 지가 문제인데…….'

큰 소리 친 만큼 쉬운 일이 아니라는 건 알고 있다.

거리는 가깝다. 하지만 밀착하려면 플루토의 무기를 피하면서 파고 들어야 하는 거리이기도 했다. 날 끝을 상대에게 겨누고, 오펜은 그 대치를 천천히 맛봤다. 유리하지도 불리하지도 않은 거리. 마술을 쓴다면, 힘이 부족하다는 것은 부정할 수 없다. 하지만 그것이 승패를 가를 정도로 결정적인 차이라고는 생각하지 않았다.

누구도, 한 마디도 말하지 않았다. 마리아 폰도 크리오도 매지크도 《13사도》도, 볼칸과 도틴조차. 영주도 발을 붙잡고 웅크리고 앉은 채, 가만히 이쪽을 보고 있다.

자기도 모르게, 오펜은 이런 생각을 했다. 영주는 이미 이 승부의 결과를 예지하지 않았을까…….

플루토가 뛰쳐나왔다.

잔재주 따위는 없는, 상단에서 내려치는 가장 빠른 일격. 스치기만 해도 몸의 절반은 날아갈 것 같은 엄청난 중량의 무기가 뒤로 뛴 오펜의 눈앞으로 지나갔다. 하지만 철퇴의 머리 부분은 지면을 때리지 않았다─플루토는 내려친 기세를 이용해서 철퇴를 자루째로 한 바퀴 회전시켰고, 다시 상단으로 되돌렸다. 총알을 장전하는 것처럼.

그 빠른 속도를 보면 상대의 첫 공격을 피해도 품 안으로 파고들 수는 없다. 오펜은 단검을 든 자세 그대로 추가 공격을 기다렸다. 플루토가 지금의 속도를 유지하려면 철퇴를 세로 방향으로 휘두르는 수밖에 없다─아무리 빨라도 일정한 동작을 반복한다면, 지금의 자신에게는 그 안으로 파고들 감과 집중력이 있다.

그 추가 공격. 플루토는 철퇴를 내리쳤고, 그리고 손을 놨다.

"──?!"

다시 후방으로 뛰려던 발을 멈추고, 오펜은 몸을 옆으로 틀었다. 그 옆을, 회전하는 철퇴가 수레바퀴처럼 세차게 회전하면서 날아갔다. 뒤로 물러났다면 피하지 못했다. 그리고, 옆으로 도망쳤다면─

플루토의 목적은 순식간에 눈치 챘다. 이쪽의 퇴로를 좌우 둘로 제한하고, 그 뒤에 뛰어든다. 이 마인에게 무기를 잃었다는 정도는 대단한 일도 아닐 것이다. 그 굵직한 두 팔과 체중은 그대로 철퇴와 별 차이가 없는 위력을 지녔을 테니까.

거구가 굉음을 울리며 달려들었다. 플루토의 주먹을, 오펜은 단검의 칼등으로 막아냈다. 소형 무기로는 이 거인의 완력을 막아낼 수 없다─힘에 밀리기 전에 오펜은 플루토의 오른발, 앞으로 내밀어서 착지 직전인 오른발을 걷어찼다. 그래도 체중 때문에 상대를 완전히 주저앉게 만들지는 못했지만, 자세가 무너진 플루토의 주먹에서 힘이 분산되게 만들었다.

상대가 세차게 토해낸 숨결이 얼굴에 닿았다─그만큼 가까운 거리. 오펜은 각오하고, 자신도 앞으로 파고 들었다. 플루토의 거구 속에 숨는 것처럼 몸을 움츠려서 힘을 모으고, 《13사도》의 의장인 검은 옷의 옆구리에 오른쪽 주먹을 댔다.

일절─말 그대로 일절, 플루토는 상관 하지 않았다. 이쪽의 의도를 알아차리지 못했을 리도 없는데, 그대로 전진했다. 오펜은 혼신의 힘을 다해서 그 주먹에 위력을 담았다. 플루토가 몸에 두르고 있는 근육 갑옷을 주먹 끝으로 후벼 파고, 갈비뼈 사이를 헤치며 내장까지 대미지를 전한다. 그 감촉이 확실하게 돌아왔다.

하지만, 그래도 플루토는 멈추지 않았다. 통나무 같은 팔을 치켜들고, 팔꿈치로 내리치는 것이 보인다.

'……못 피해!'

각오하고, 오펜은 그 자리에 엉덩방아를 찧었다. 땅바닥에 누워서 팔꿈치는 피했지만─

다음 순간에는 플루토가 똑바로 누운 오펜의 가슴을 짓밟았다.

움직임이, 멈췄다.

환호성이 터져 나오지도 않았다─플루토가 승리의 함성을 지르지도 않았다. 왕도의 마인은 오펜을 밟은 채, 그대로 가슴을 밟아 뭉개지고, 숨통을 끊어버리지도 않고 멈췄다.

쿵…… 하고, 땅바닥에 닿은 뒤통수에 멀리 떨어진 곳에서 울린 진동이 느껴졌다. 플루토의 철퇴가 이제야 지면에 낙하한 것 같다.

"…………."

플루토는 고개를 슬쩍 갸웃거리고, 거만해 보이는 동작을 했다─하지만 실제로 그것은 으쓱거리며 내려다보는 것이 아니라, 몸이 휘청거린 것이었다. 플루토는 옆구리를 누르고 있었다. 아픔을 참는 것인지 이마에 땀이 흐르고 있다. 대미지 자체는 제대로 들어간 것 같다. 그래도 발을 치울 정도로 자세가 무너지지는 않았다.

도망치지도 못하고 뭔가 수를 쓰지도 못하고, 오펜은 그 《13사도》의 수장을 올려다봤다. 황야의 바람이 플루토의 등 뒤에서 불어와 그의 금발을 어루만졌다.

엄숙하게—갈라진 목소리로. 플루토가 중얼거렸다.

"마음에 안 든다."

그리고, 자신의 주먹과 옆구리를 가리키며, 말했다.

"칼을 썼다면 날 죽였을 텐데. 봐준 거냐?"

"…………."

그 말을 듣고 오펜은 왼손에 들고 있던 단검을 봤다. 한숨을 쉬었다.

"그건 생각도 못 했네."

"그런가. 그렇다면 내가 이겼다…… 하지만."

플루토는 발을 치우고 뒤로 물러났다—그대로 쓰러지려고 했지만, 달려온 마리아가 부축해서 버텼다.

그 마리아에게 뭔가 귀엣말을 하고, 플루토는 그녀에게서 몸을 뗐다.

"집합!"

소리쳐서 남은 《13사도》 부하들을 모으고는 차례차례 재빨리 지시를 내렸다—

오펜은 그 목소리를 들으면서 일어났다. 똑같이 땅바닥에 앉아 있는 영주가 이쪽을 보며 웃고 있다.

마리아 교사가 다가오는 것도 느꼈다. 그녀도 웃고 있다―몇 번인가 본 적이 있는 웃는 얼굴이다. 무모한 학생 때문에 곤란해졌을 때의 약간 쓸쓸한 미소. 허리를 굽히고, 그녀가 속삭였다.

"저 사람이…… 널 동맹에 복귀시킬 방법은 없냐고 물어보네."

대답할 말이 생각나지 않아서 그녀의 얼굴만 보고 있었더니―마리아가 피식, 웃음을 터트렸다.

"흔치 않은 일이야―저 사람이 누군가를 칭찬하는 건."

"오~ 펜~!"

그리고 후다다닥 시끄럽게 뛰어온 것은―

고개를 돌려보니 크리오가 얼굴 전체에 깜짝 놀란 기색을 담고서 말했다.

"오펜, 괜찮아? 어? 그런데 어떻게 된 거야? 오펜이 졌어?"

"……보면 알잖아."

"에~ 어째서."

"어째서는……."

"나, 오펜이 지는 건 처음 봤는데."

"그, 그런가?"

미심쩍어하는 목소리로 말했더니, 크리오 뒤에서 매지크가 얼굴을 내밀었다. 오싹한 것처럼 새파랗게 질린 얼굴로.

"괜찮으세요?"

그 말을 들은 오펜은 고개를 저었다.

"다친 덴 없어. 오히려 저쪽이 봐준 거야. 선생님이랑 쌍벽이라기에 좀 더 치밀한 파이터라고 생각했었는데, 힘만 가지고 밀어붙일 줄은 몰랐다니까. 그리고 저게 진심도 아니겠지. 엄청나게 창피한 꼴을 보였네."

"……그랑 차일드맨, 어느 쪽이 위라고 생각했어?"

마리아가 작은 소리로…… 물었다.

그녀는 미소를 짓고 있다. 농담인 걸까, 아니면 진심으로 궁금해서 물은 걸까. 어쨌거나 그 질문은 대륙의 모든 마술사들이 알고 싶어 했고—그리고 답을 찾지 못했던 의문이었다.

오펜은 떨어져서 부하들을 통솔하는 마인을 보면서 어깨를 으쓱거렸다.

"선생님 쪽이 위겠죠."

"이유는?"

"……아마도 플루토 본인이 그렇게 생각할 테니까."

왕도의 마인이라고 불리는 《13사도》의 수장은 그리 많은 지시를 내리지 않았다. 그는 전원에게 휴식과 대기하라는 말을 전했다. 플루토 주위에 모여 있는 몇 명의 마술사들이 그 유명한 넘버즈—궁정 마술사 지위에다 한정적인 기사 권한까지 지닌 자들이겠지. 부상자들과 사기의 확인, 작전 재검토를 전제로 한 회의를 열기 위해서 정해진 시간까지 마음을 다잡아두라는 등의 목소리가 들려왔다.

'작전 재검토라.'

오펜은 마음속으로 중얼거렸다. 매지크의 도움을 받아 일어났다.

'일단은 내 의견도 받아들여서 고려했다는 건가. 하지만 플루토는 《13사도》를 왕도로 돌려보낼 생각은…… 없겠지.'

이제 와서 뻔뻔하게 돌아갈 정도의 각오가 있다면 애당초 귀족 연맹을 배반하면서까지 전 구성원을 움직이지도 않았을 테고, 처음부터 드래곤 종족에게 도전하는 무모한 짓을 시작했을 리도 없다. 죽을 각오로 밀어붙였겠지. 《13사도》가 일단 죽을 각오를 했다면, 죽을 때까지 계속 도전할 것이다.

'백마술사가 뒤에 있다고, 플루토가 말했었지. 성역에서, 앞으로 열흘 정도면 대륙이 파멸한다…… 다미안에 영주와 같은 것을 예견했다는 건가. 하지만.'

역시 뭔가 앞뒤가 맞는다.

성역과 적대할 이유가 없다.

도펠 익스 같은 놈들이 오랜 시간을 들여서 바깥 세상에 위해를 끼치는 사정을 모르겠다.

레키의 의도도…… 아직 이해하지 못했다.

"뭔가 얘기해주지 않으려나……."

오펜은 소용없다는 걸 알면서도 혼잣말을 했다. 황야에 서 있는 칠흑의 늑대를 보면서.

아직 못 일어난 영주에게는 마리아 교사와 크리오가 붙어 있는 것 같다. 마리아가 구급반을 부르고 있다. 정말로 뼈가 부러졌겠지.

최접근령의 영주. 왕도의 마인 플루토. 레키…… 적어도 이 셋은 오펜의 의문에 대답해줄 수 있다—대답해줄 수 있기 때문에 행동하고 있을 것이다. 이 셋에게는 제각기 대리인도 존재한다. 코르곤. 마리아 폰. 크리오.

모래를 머금은, 마치 눈보라 같은 황야의 질풍. 그 울음소리 속에 플루토의 힘찬 목소리가 울리고 있다.

"회의는 한밤중에 하겠다—그 대까지 교대로 수면을 취하도록. 피로가 남아서 약한 소리 하는 건 듣고 싶지 않다!"

슬슬 저녁때다. 오늘이 끝나면, 앞으로 열흘.

제4장 휴식과, 휴식이 아닌 것

조용한 밤이었다. 그렇게 어둡지도 않은—그다지 요란한 건 아니지만 화톳불도 있다.

크리오가 대충 쑤셔 넣은 식량을 억지로 먹을 필요도 없었다. 《13사도》는 휴대 식량을 충분히 가지고 왔고, 왕도만 있고 싸워본 경험도 없는 그들에게는 식량을 절약한다는 발상 자체가 없는 것 같았다.

"그건 남 말 할 입장이 아닌 것 같은데요."

달그락, 달그락 숟가락 부딪치는 소리를 내며 따뜻하게 데운 캔 수프를 먹고 있던 매지크가 말했다. 매지크의 발밑에는 똑같은 빈 깡통이 하나 더 뒹굴고 있다.

"제가 보기에는 오펜 씨가 더 봐줬던 것처럼 보였어요. 스승…… 아니, 오펜 씨는 요즘 들어서 뭔가 사람이 달라진 것처럼 강해져서, 그 커다란 사람이 왕도의 마인가 뭔가라고 해도 설마 질 거라고는 생각도 안 했거든요."

"사람이 달라진 것처럼 강해지는 일이 어디 있어. 난 딱히 달라지지 않았다고."

오펜 자신은 이미 식사를 마쳤고—앉아 있는 레키의 배에 기대서 누워 있었다. 크리오는 가까이에서, 레키의 다리에 앉아서 건빵을 먹고 있다. 딱딱한 탓에 아무리 씹어도 없어지질 않는다고 투덜댔지만, 그래도 벌써 거의 다 먹은 것 같았다.

식사하기에는 늦은 시간이었다. 밤도 깊어서 《13사도》들의 캠

프 쪽도 전부 잠자리에 들었다. 하지만 잠든 사람들의 숨소리와 함께 속삭이는 소리도 들려오고 있었다. 내용은 알아들을 수 없지만, 거기에 담긴 불안만이 술렁이며 느껴지는…… 그런 속삭임이 밤의 어둠 속에서 소용돌이치고 있다.

저녁 식사가 늦어진 이유 중에 하나는 낮에 전투를 거듭한 오펜이 피곤해서 식욕이 없다고 했더니 다른 사람들이 기다려줬기 때문인데, 그렇지 않은 자들도 있었다.

"우와, 형님 큰일 났어. 이거 완전히 조리 돼 있어! 제대로 된 먹거리야?!"

"음. 무엇을 감추랴, 이 몸은 예상하고 있었다. 차근차근 성실하게 일하다보면 이렇게 보답 받는 날이 올 것이라고."

그들이 지금 먹고 있는 것은, 저녁때부터 계속 먹고 있었기 때문이었다.

"하지만—"

그 때, 매지크가 반론했다. 배가 많이 고팠는지—아니면 많은 마술사들에게 둘러싸인 덕분에 겨우 안심한 건지, 다른 사람의 손이 닿지 않는 등 뒤쪽에 챙겨뒀던 비스킷 상자를 뜯으며,

"실제로 오펜 씨, 레드 드래곤 종족이라는 것도 간단히 쓰러트렸잖아요."

"레키가 끼어들지 않았으면 나도 크리오도 죽었어."

오펜은 흘깃, 크리오 쪽을 봤다. 크리오한테도 들렸을 텐데, 신경 쓰지 않고 건빵과 격투를 벌이고 있다.

비스킷 상자를 여는 매지크의 손놀림이 약간 거칠어졌다.

"하지만 그건 4대 1이라서 그런 거잖아요."

"강하거나 약하다는 게 그렇게 중요한 건가. 누가 누구보다 강하면 그 상대한테 반드시 이긴다는 법도 없는데."

기지개를 켜고 레키한테 기대고 있던 자세를 바로잡은 오펜은, 졸음 때문에 감기기 시작한 눈을 살짝 비볐다. 매지크가 입을 삐죽 내밀고 말했다.

"그야…… 지금은 이런 상황이고, 약하면 죽는 거잖아요. 그리고 역사적으로 봤을 때 마술사는 그 부분에서 가치를 찾아내는 수밖에 없다고, 그렇게 가르쳐주셨고."

"그래도 마술사는 싸우지 않고 살아가는 시간 쪽이 훨씬 길다고. 사실 지면 그 시간도 제로가 되기도 하니까…… 그래서 싸워야만 하지. 어쨌거나 그것보다 중요한 일은 얼마든지 있어."

"그런 건 오펜 씨가 강하니까 할 수 있는 얘기죠."

"글쎄. 난 플루토한테 지기는 했지만 내 의견은 정했어. 한마디로 결과적으로 내가 플루토보다 강할 필요는 없었다는 뜻이겠지? 필요한 일을 필요한 때에 필요한 만큼 할 수 있으면, 나머지는 필요 없는 거야."

길게 말하면서, 오펜은 천천히 야영지를 둘러봤다─숫자가 절반까지 줄었다고 하는 《13사도》 쪽에서는 생기가 느껴지지 않았다. 아니, 반으로 줄지 않았다고 해도 이랬을 지도 모른다. 오펜은 의문을 품지도 않았다. 그들은 최정예라는 간판을 내세우면서 왕도에 있었다. 그 간판 뒤에서 나왔을 때, 그들은 이미 의기소침해져 있었던 게 아닐까.

'여기에 온 뒤로 레키는 앞으로 나아가려 하지 않았다. 순수하게 《13사도》의 생명을 구해주려고 여기까지 서두른 건 아니겠지…… 그들을 쫓아내기 위해서였나? 아니면—

"무슨 생각을 하는지 하나도 모르겠네!"

생각에 잠겨 있던 탓인지, 그 목소리가 접근하는 것도 모르고 있었다.

고개를 들어보니 《13사도》의 제복을 입은 젊은 마술사가 추가 식량 상자를 하나 끌어안은 채로 매지크의 손을 들여다보고 있었다.

거북하다는 듯이 비스킷 상자 내용물을 감추려고 하는 매지크에게 윙크를 하고, 그녀는 붙임성 좋게 말했다.

"얼마나 먹었어? 하지만 이건 아직 먹지 마. 내일부터 먹을 몫이니까…… 식량은 나눠주겠지만, 당신을 몫은 직접 가지고 다녀. 어쩌다 헤어지기라도 하면 안 되니까."

그리고—그녀가 누구인지 알아차린 오펜이 일어났다.

"이자벨라!"

"안녕, 오랜만이야 킬리란셰로 군. 내가 있는 거 몰랐어?"

상자를 내려놓으며—그리고 식량 쪽으로 다가온 지인들을 가볍게 걷어차면서—그녀가 손을 흔들었다. 마리아 폰의 학생 중 하나, 《탑》에서 알고 지냈던 이자벨라였다. 여전히 미인이고, 사람 좋아보이는 웃는 얼굴도 5년 전 그대로였다.

"일단 내가 당신들을 챙기는 당번이야. 이쪽도 마술사?"

물으면서 매지크를 가리켰다. 오펜은 고개를 끄덕이기도 전에, 그리고 매지크가 대답하기도 전에 이자벨라가 혼자서 이야기를 진행했다.

"그렇다면 그쪽은 봐주지 않을 테니까, 내 지시에 백퍼센트 따라야 해. 알았지? 그리고 날 교사보라고 부를 것. 질문은 손을 들고, 내

가 허락했을 때만 해야 돼. 그쪽 여자아이는? 동생? 아닌 것 같네. 그리고 왜 지인들이 있는 거야? 그리고 드래곤은 위험하지 않아? 그나저나 킬리란셰로 군, 잘 지냈어?"

"응? 아…… 으…… 음?"

뭐라고 해야 좋을지 도무지 생각이 나지 않아서 얼빠진 소리를 낸 뒤에—

오펜은 한숨을 쉬었다.

"이자벨라. 이르기트 얘기는……?"

물었다.

그녀의 얼굴에서 웃음이 사라졌다. 항상 웃고 있던 만큼 미소가 사라지면 갑자기 쓸쓸하게 보인다—사실 《탑》 시절에는 그 재주를 구사해서 많은 남자들의 마음을 사로잡았던 것 같다.

하지만 이번엔 연기가 아니었다. 이자벨라는 고개를 살짝 끄덕이고는.

"그 아이 일을 들은 건 아니지만, 대충 각오는 하고 있었어—최접근령에 간다고 전해졌을 때부터. 넌 이르기트랑 만났어?"

"……그래."

"그렇구나. 신기한 인연이네."

그렇게 말하고 이자벨라는 기도하는 것처럼 손을 움직였다.

"하지만 그 아이만이 아니야. 오늘 전투에서 《13사도》는 괴멸. 넘버즈 중에서도 사상자가 나왔어. 마리아 교실 출신 중에 살아남은 건 나 하나뿐이고."

"우리가…… 조금 더 일찍 왔다면."

그녀의 말을 듣고 죄책감을 느낀 오펜이 말했다.

하지만 이자벨라는 고개를 저었다.

"네가 그렇게까지 초인도 아니고, 우리도 그렇게 약하지는 않아. 그래도…… 고마워."

미소를 어느 정도 되찾고, 이자벨라가 잠시 하늘을 올려다봤다. 오펜이 다가가자 이자벨라는 바로 오펜 쪽을 봤다.

물었다.

"이자벨라. 넌 알고 있어? 이 《13사도》의 행동 목적과—"

이자벨라가 손가락을 세웠다. 집게손가락을 자기 입술에 대고, 몸짓으로 묻지 말라는 뜻을 전한 뒤에 어깨를 으쓱거리고는,

"조금 전에 선생님이 말하지 말라고 했어. 나중에 본인이 직접 전한다고. 그러니까 내가 얘기할 수 있는 건 여기까지, 너한테만 설명할 생각이겠지. 솔직히 그다지 기분이 좋지는 않지만."

"그래……."

오펜은 중얼거리고—

자기 일행들을 둘러봤다. 그리고는,

"이자벨라, 뭔가 필요한 게 있다면 이 녀석들한테 설명해주겠어? 그리고 크리오, 매지크, 너희는 우리가 어떻게 여기까지 왔는지, 대략적이라도 좋으니까 이쪽한테 설명해줘…… 이자벨라는 믿어도 돼."

"오펜은 어디 가려고?"

계속 말이 없던 크리오가 건빵의 마지막 한 조각을 삼키고서 물었다. 오펜은 손짓으로 적당히 가리켰다.

"잠깐 걷다 오게. 그리고, 레키?"

들었는지 아닌지는 모르겠지만 일단 불렀더니, 딥 드래곤은 따분

했던 건지 바로 이쪽을 봤다.

"저 너구리 놈들이 식량을 전부 먹어치우지 못하게 적당히 밟고 있어."

그리고 그렇게 말하자, 레키는 알았다는 뜻인지 앞발로 경례 하는 것 같은 자세를 해보였다.

처음부터 찾는 상대가 어디 있는지 정확하게 알고 있던 것도 아니다.

오펜은 반쯤 적당히, 마음 내키는 방향으로 걸음을 옮겼다.

황야의 밤이 불러오는 깊은 어둠에 비해 화톳불은 너무나도 힘없고 못미덥다. 고형 연료와 약간의 장작으로 피운 불가에 모여서 가만히 몸을 웅크리고 있는 이 집단이 《13사도》라고 하면, 그 말을 믿을 사람들이 대체 얼마나 될까—오펜은 그런 혼잣말을 했다. 매지크가 했던 말도 생각하면서.

'……의미 없는 짓이야.'

겨우 하루 만에 숫자가 반으로 줄어버린 궁정 마술사들.

결코 두 번 다시 돌아오지 않는, 결코 대체할 수 없는 생명을 영원히 잃었다.

누구 하나도 되찾을 수 없다.

그들은 내일 당장이라도 전멸할지도 모른다. 그 때 남는 것은 가장 간단하게 교환할 수 있는 것—즉 《13사도》라는 이름뿐이다.

"이런 의미도 없는 것에 의지해야 한다니. 우스운 일이군.

"…………."

목소리가 들려왔고 오펜은 고개를 돌렸다. 어둠 속에서 지팡이를 짚은 남자가 덜어왔다.

알마게스트 베티슬리서—최접근령의 영주였다. 부러진 다리와 그쪽 손으로 짚은 지팡이를 얄궂다는 듯이 가리키며,

"하지만 당분간은 부러진 척을 하지 않으면, 아무래도 혼란을 초래할 테니까……."

"치료하는 데 시간이 꽤 걸렸네."

"치료? 심문이었다네."

그렇게 말하는 영주에게 오펜도 빈정대는 말로 대답했다.

"댁은 다른 사람들 지배할 수 있잖아? 그렇다면 《13사도》도 지배하지 그래."

"내 지배에는 시간이 걸린다. 그리고 그들은 내게 도움이 안 되고."

"그 오만 때문에 최접근령을 잃었을 텐데."

오펜은 그렇게 말하고, 그대로 그의 옆으로 지나가려고 했다. 영주가 심문을 받았다면 그가 온 방향에 마리아 일행이 있겠지. 그쪽으로 갈 생각이었다.

하지만,

"나를 사악한 존재라고, 그렇게 생각하나?"

알마게스트의 말을 듣고 발을 멈췄다.

바로 멈춰선 것은 아니다. 몇 걸음, 이미 지나간 상태였다. 오펜은 어깨 너머로 시선을 보내며,

"사악하다, 어떤 걸 사악하다고 하는 거지?"

"자네라면 그렇게 말할 거라 생각했지. 그래. 이 대륙에는 사악한 것이 존재하지 않는다. 아니, 존재할 수가 없지. 가치관의 차이 같은

흔한 말을 해도 되지만…… 애당초 의미가 없다. 이 대륙에 유일하게 존재하는 것은 절망이기에."

영주는 그렇게 말하고 등을 돌리려 했다. 이번에는 이쪽이 불러 세우게 만들려는 것이겠지. 무시해도 됐고, 그렇게 하고 싶다고 생각하게 만드는 감정이라는 것이 단순한 고집에 불과하다는 것도 알고 있다.

탄식하고, 오펜은 말했다.

"이것만은 인정하기로 했어. 머리로는 알고 있었지만 인정하고 싶지 않았던 일이지. 댁은 진심으로 인류의 수호자가 되려고 하는 거지?"

걸어가려던 영주가 발을 멈췄다.

지팡이가 기울고, 삐걱거리는 소리를 냈─아마도 영주 자신이 생각한 이상으로 지팡이에 체중을 실었기 때문이겠지. 무의미하다고 투덜대면서.

그것은, 모든 이가 똑같은 것인지도 모르지만.

"그러기 위해서 만들어진 존재라네…… 나라는 존재는."

갈라진 목소리로 대답했다.

"나를 만든 다미안 르우에게는 야심이라는 것이 없었을 것이다─적어도 비난받을 만큼은. 그는 단지 힘이 부족했다. 그뿐일 것이다."

"코르곤을 잃고 다미안을 잃고 최접근령을 잃고 딥 드래곤을 지배하는데도 실패했어. 댁한테 아직도 뭔가 역할이 남아 있는 건가?"

대답의 종류에 따라서는 잔혹한 질문이 될 수도 있다. 하지만 영주의 목소리에서는 동요한 기색을 찾아볼 수가 없었다.

"자네의 말을 빌리자면 필요한 때에 필요한 것을 필요한 만큼 쓰면 된다…… 그런 뜻이 되겠지. 분명히 나는 불확정 요소에 의해 많은 것을 잃었지만, 지금 이렇게 자네의 도움을 받고 있다."

그것은 영주가 듣지 않았을 말인데—거기에 대해서도 굳이 묻지 않아도 짐작할 수 있었다. 그보다, 오펜은 웃었다.

"난 댁을 돕고 있는 게 아닌데."

"상관없다. 성역에 도달하고 마왕만 소환한다면, 수단 따위는 아무래도 좋아."

여전히 등을 돌리고 있는 영주에게, 오펜은 계속 생각했던 것을 말했다.

"마왕 스베덴보리라는 게 실제로 존재하는지 아닌지도 모르는데, 그걸 불러내서 우리 편으로 만들 수 있다고 생각하는 거야? 애당초 소환 자체가 가능한가? 그게 가능하다면 이미 성역 쪽에서도 해냈을 텐데."

"기호가 이미 보여주고 있다…… 그렇지 않은가?"

"도펠 익스……?"

"그 이름을 가져야 할 자는 누구인가. 더 이상 그 누구도 알 수 없는 일이라네."

거기서 할 말을 다 한 것인지—알마게스트는 다시 걸음을 옮겼다. 하지만 반 걸음도 가기 전에 정지했다. 밤바람에 맞아서 몸이 흔들린다.

영주의 목소리는 지금까지와 달랐다. 밤기운에 겁을 먹은 것처럼, 약간 떨리고 있다.

"과연 절망이란 무엇인가."

그가 중얼거린 목소리에 오펜은 얼굴을 찌푸렸다.

"……또 그 소리인가."

"그렇다. 결국 해답을 추구하면 거기에 도달하게 된다. 키므락 교회를…… 그곳의 신관을 봤겠지? 그들이 어째서 자기 몸을 희생해가면서까지 마술의 소멸을 갈구하는지. 나는 알 것 같은 기분이 든다."

억지로 뒤를 돌아보려다가 균형이 무너졌겠지. 지팡이가 영주의 손을 벗어나 바닥에 떨어졌다. 영주 자신은 여전히 서 있다. 가슴에 손을 얹고, 그 표정에는 절실하게 바라는 뭔가가 드리웠다―기도하는 것처럼, 그 다음을 말했다.

"나는 어째서 존재하는 것일까. 이와 같은 물음을, 모든 이가 품고 있다. 어쩌면 신들 자신도."

"그런 건―"

오펜은 그것 자체가 의미 없는 질문이라고 대답하려고 했지만, 영주는 완전히 무시하고 강한 어조로 말했다.

"이 세계에는 신이 실제로 존재하고 말았다. 그것은 신에 의한 마음의 구원이 있을 수 있다는 것을 의미하지. 인간이 바라는 신의 모습이란…… 살을 지니고 언어를 구사하는 괴물이 아닐 것이다. 살이 있는 존재, 마음이 있는 존재는 진실한 사랑을 말할 수 없다."

끼어드는 건 포기하는 게 좋겠지. 영주가 대화를 하려는 게 아니라는 건 눈빛을 보면 알 수 있다. 대답할 여지가 없는 말―대답하는 의미가 없는 말.

그런 부류의 말을 뭐라고 부를까. 오펜은 별 의미 없이 연상했다 ―망상이라고. 그리고 또 하나―유언.

"인간은 신을 언급할 때 많건 적건 의인화를 해버린다. 그 이외의 방법으로 신을 언급하기엔 인간이 너무 어리다. 하지만 그 의인화가 진정한 사랑을 이해하는 길을 닫아버린다―종교가는 그것을 알기에 고뇌하는 것이겠지. 하지만 이 세계의 신들은 신들 자신이 궁극적인 의인화를 해버렸다. 이것은 악몽이다! 절망해 마땅하다! 내가 생각하기에 드래곤 종족은 천 년 동안 계속 그 절망에 시달려왔다……."

그것은 망상일까 유언일까. 망상 같은 유언일까. 영주의 말은 멈추지 않고 계속됐다.

"신의 사랑을 잃어버린 이 세계는 신의 장난에 놀아나는 지옥이 되어버린 것이 아닐까…… 바보같은 망상처럼 들릴 수도 있지만, 나는 신이 실제로 존재하지 않는 세계에 가보고 싶다. 그런 세계가 어딘가에 있기는 하려나. 그런 세계라면 인간은 희망을 잃지 않는다. 사람들이 자립하고 사랑을 이해한 이상향이 아닐까."

겨우―

말을 마친 것 같은 영주를 보며, 오펜은 고개를 저었다.

"글쎄. 만약 정말로 그런 세계가 있다고 해도 여기랑 별 차이가 없을 것 같은데."

"……그것은 절망인가?"

"아니. 내가 직접 생각한 견해를 말했을 뿐이야."

그렇게 말하고, 오펜은 밤하늘을 올려다봤다. 감상이 아니다.

별들은 무너질 것만 같은 약한 빛을 내면서 하얀 황야를 비추고 있다. 감상이 아니다.

시간을 체감하고, 오펜은 혼잣말을 했다.

벌써 한밤중이 됐다.

"……시간이 됐다."

회의라고 해도 의장이 있는 것은 아니다. 플루토 이하의 강력한 힘을 가진 마술사들이 모인 곳은 평범한 들판—그것도 풀도 거의 자라지 않은 척박한 땅바닥이었다. 고체연료로 피운 화톳불이 중심에 있고, 그 주위에 마술로 만든 등불이 몇 개 떠 있다.

마술사들은 둥글게 앉아 있다. 하지만 자세히 보면 대부분의 마술사들이 단 한사람의 남자를 보고 있었다. 모두의 시선을 받고 있는 사람은 플루토. 왕도의 마인 플루토였다. 찌푸린 얼굴로, 눈살을 찌푸리고 있다. 사실 이게 기본적인 표정일 수도 있지만.

그 옆에, 보좌하는 것처럼 마리아 폰이 앉아 있다—그녀가 마인의 왼쪽 옆에 있고 플루토의 오른쪽 옆에 빈자리가 하나 있었기 때문에, 그 두 사람이 유난히 특별한 지위에 있는 것처럼 보인다. 하지만 명목상으로는 《13사도》의 넘버즈에 우열이란 존재하지 않는다. 적어도 오펜은 그렇다고 들은 적이 있다. 하지만 플루토가 《13사도》의 수장이라고 불리게 된지도 벌써 20년 가까이 지났고, 명목은 어디까지나 명목으로서 유명무실해져버렸다.

원에 다가가기 전에, 오펜은 그 자리에 있는 마술사들의 숫자를 간단히 세어봤다. 플루토와 마리아를 포함해도 7인. 마리아와 비슷한 또래인 젊은 마술사도 있고, 상당히 나이가 있는 자도 있다.

"제군."

플로토의 목소리.

마인은 오펜이 자리가 앉을 때까지 기다리지 않았다—하지만 목소리를 알아들을 수 있는 거리까지 다가오는 정도는 기다려줬다.

"일단 지금부터 내가 말하는 것은 변명이다. 한심하기도 하고 창피한 줄도 모르며 어리석고 가치도 없는 변명이다. 하지만 내 입으로 말해야만 하는 것이기도 하다. 확인한 결과 금일 우리 《13사도》는 54명을 잃었다. 그 정도 숫자의 마술사가 같은 시기에 한 곳에서 목숨을 잃은 사례는, 오래 전에 있었던 마술사 사냥이라는 암흑기까지 거슬러 올라야만 찾을 수 있을 것이다."

왕도의 마인은 여기까지 단숨에 말했고, 그리고 고개를 깊이 숙였다. 그리고는 땅바닥을 본 채로 말했다.

"잃은 생명에 관해 그대들에게 사과하는 더욱 의미가 없는 일이고, 사과하는 자체가 우스운 일이다. 왜냐하면 나는 이 싸움을 결의한 때부터 이 사태를 예측했기 때문이다—드래곤 종족에 대해 우리의 힘이 거의 통하지 않으리라는 것. 거기에 대해서는 확신이 있었다."

플루토의 머리가 흔들렸고, 천천히 고개를 들었다. 그는 가만히 청중을 바라봤다. 반론을 기다린 것인지도 모른다. 하지만 그 자리에 있는 마술사들은 한 마디도 하지 않았다.

문득 가까이 가서는 안 될 것 같은 기분이 들어서, 오펜은 그 안에 들어가기 전에 발을 멈췄다. 마술 불빛이 얼굴에 비칠까 말까 하는 거리에서 이야기를 들었다.

마리아 교사의 시선이 아주 잠간 이쪽으로 향했다. 하지만 단 한 순간이었다. 그녀는 거의 고개를 숙이고 있었다. 플루토가 계속해서 말했다.

"그래도 우리는 성역과 싸워야만 한다. 이유는 단 하나. 우리가 적임자이기 때문에—성역에 가까운 장소에 집결해 있고, 힘을 지녔고, 짧은 기간에 모든 전력을 소집해서 대항할 수 있다. 그렇기에 우리가 소환됐다."

"누구한테."

—그렇게—

끼어든 사람은 오펜이었다. 모든 사람들의 표정을 살폈는데, 그 질문의 대답을 모르는 사람은 자기 하나뿐인 것 같다.

플루토는 시끄럽다는 듯이 이쪽을 봤다. 무시하려는 것 같기도 했다. 하지만 대답했다.

"백마술사들이다. 그들이 최접근령, 성역, 각각의 계획을 간파했다. 그들이 구체적인 전력으로서 소환한 것이 우리들이었다."

거기까지 빠르게 설명하고, 다시 원래의 청중들에게 말했다.

"우리가 행해야 했던 일 중에 다미안 르우의 말살, 이것은 달성했다. 그리고 다음으로 성역의—가능한 빠른—제압이다. 현재 우리가 여기 이렇게 앉아 있는 이유다. 앞으로 어떻게 할지. 그것을 결정하고 싶다."

"전력을 너무 많이 잃었습니다."

이번에는 《13사도》 중에 한 사람이 말했다. 눈썹이 두툼하고 투박하게 생긴 마술사의 얼굴에 겁먹은 기색이 드리운 것이 보인다.

"이미 절반. 이건 거의 전멸이라고 해도 되겠죠. 그것도 겨우 한나절 만에 일어난 일입니다—게다가 성역에 있는 레드 드래곤 종족은 그게 전부가 아니겠죠?"

"안 그래도 시크 마리스크와 카콜키스트 이스트한을 잃었습니다. 그들에게 최접근령 임무를 맡긴 것은 당신의 실책이 아닙니까."

가장 연장자로 보이는 초로의 남자가 거칠게 쏘아붙였다. 기세가 붙은 건지, 마술사들이 차례로 발언했다.

"좀 더 전력을 모을 시간이 있었을 겁니다─"

"애당초 《13사도》만으로 행동을 시작해야 할 이유가─"

"《탑》과 연계를 취한다는 이야기는? 마리아 교사, 당신이 그것이 가능했을 테고, 애당초 우리의 같은 자리에 이름을 올리는 것이 허락된 것도─"

"우리에게 힘이 없었기 때문이 아니다. 레드 드래곤을 상대로 진형을 취하는 자체가 문제였다. 놈들은 필요하다면 땅속에서도 공격할 수 있다─"

"플루토, 당신은 자신의 화풀이 때문에 우리들의 목숨을 황야에 뿌리고 있는 게 아닌가?"

마지막 한 마디에 그 자리의 소란이 딱 멈췄다. 발언한 당사자로서는 생각도 못 한 일이고 불행한 일이었는지, 깜짝 놀란 것처럼 주위를 둘러봤다. 아무도 그 젊은 마술사와 눈을 마주치려 하지 않았다.

플루토와 마리아 두 사람 외에는. 플루토는 떨떠름한 얼굴로 그 남자를 바라보고 있다. 마리아는 그것보다는 동정적이고.

그대로 입을 다물어버린 그 남자는 무시하고, 플루토가 입을 열었다. 심호흡이라도 하는 것처럼 크게 숨을 들이쉬고,

"……일단 하나씩 대답하겠다. 전력 상실에 대해서는 말한 대로다. 우리는 이미 괴멸한 상태라고 할 수도 있다. 작전 행동의 역할 분담조차 불가능할 정도로 부대를 소모해버렸다. 그리고 성역에 있는 레드 드래곤 종족의 숫자는─굳이 말할 필요도 없겠지만 나도 모른다. 하지만 여섯 보다 적지는 않을 테고, 우리의 적은 레드 드래곤만이 아니다. 그리고. 우리가 딥 드래곤 단 하나를 상대로도 무력했다

는 사실도 기억해두자."

그는 그렇게 말하고 정확하게, 질문한 마술사 한 사람 한 사람을 쳐다봤다.

"시크 마리스크, 카콜키스트 이스트한, 이르기트 스위트하트. 이 세 명. 하나같이 젊지만 실력 있는 자들이었던 이 술자들을 영원히 잃었다. 오늘 잃은 54명과 마찬가지로, 영원히. 그들을 결사의 임무에 보낸 것은 나지만, 나는 그들의 희생에 보답하는 방법으로 우리가 그들의 위업을 헛되게 하지 않는 것밖에 없다고 생각한다."

오펜은 이야기를 들으면서 마리아 교사가 고개를 더 깊이 숙이는 모습을 보고 있었다. 동시에 아직 품 안에 남아 있는 감촉에 주먹이 부르르 떨렸다—죽어가는 이르기트의 체중을 아직도 기억하고 있다. 불에 타버린 그녀는 너무나 가벼웠다.

가능하다면 조금 더 생각에 잠길 시간이 있었으면 싶었다. 하지만 플루토는 바로 그 다음을 말했다.

"전력을 모을 시간이 있었는지 여부. 이것은 확실히 말해서 없었다. 이미 너무 늦었다고까지 생각한다—최접근령 공작에 너무 시간을 들인 것이 뼈아픈 타격이었다. 그리고 같은 이유로 우리는 우리들 이외의 전력에 대한 지휘계통을 확립할만한 시간도 없었다. 《탑》에 연락을 하지 않은 것도 아니다. 그 건에 대해, 마리아 폰이 《송곳니 탑》의 최고 집행부를 움직이기 직전까지 도달했었다. 하지만 그들에게도 자유롭게 부릴 수 있는 만족스런 전력이 없었다. 알고 있겠지만 《탑》은 조용한 내분 상태니까."

차례로 대답하고—그리고 마지막 질문에 도달했을 무렵에는 천하의 플루토도 숨이 가빠진 것 같았다.

"레드 드래곤의 공격에 대해 우리의 진형이 효과를 발휘하지 못했던 점. 분명히 우리는 가장 위험한 상대에 대해 가장 어리석은 책략으로 대항했다. 놈들은 타고난 암살자다. 암살자에 대해 진형을 짜는 요새를 구축하는 것보다는, 호각의 기량을 지닌 마술사가 개별적으로 대항하는 쪽이 유효하겠지. 저기 있는 남자 같은."

갑자기, 플루토가 오펜 쪽을 가리켰다.

"레드 드래곤 종족과 1대 1로 싸울 수 있는 술자가 여섯 명 이상 있었다면 나도 그렇게 지시했을 것이다. 하지만 차선책을 취하는 수밖에 없었다. 그리고 마지막 질문에 관한 것인데……."

마인이 그 이야기를 꺼내자, 질문한 마술자가 말 그대로 부들부들 떨었다. 하지만 플루토는 신경 쓰지 않고.

"아니다. 그것뿐이다."

여러 사람이 일제히 던진 질문을 전부 들었다는 것도 놀랍지만—대답하는 마인의 얼굴에 화난 기색이 드러나지 않은 것도 의외라면 의외였다.

그리고.

"……더 묻고 싶은 것이 있나?"

"성역에 이길 방법을 가르쳐줄까?"

더 발언할 사람은 없다고 보고, 오펜이 말했다.

그 결과, 모두가 무시했다—적어도 몇 초 동안은. 하지만 결국 플루토가 되물었다.

"그것이 낮에 보여준 것 같은 허세가 아니라면."

"간단한 거야. 목적을 조금만 바꾸면 돼. 성역과 싸우는 게 아니라 화해하라고—이런 바보 같은 짓을 전쟁이라고 할 수 있다면 말이야."

"그럴 수 있으면—"

"레키가 있어. 저 딥 드래곤의 이름이야. 성역의 종족과 싸우지 않겠다고 맹세해. 그러면 아마도 레키가 성역까지 데려다줄 거야. 더 이상의 희생자를 내지 않고."

오펜의 제안에 플루토는 잠시 생각한 것 같았다. 빈정대는 표정으로 웃고, 마인이 말했다.

"그래서? 성역까지 침입한 뒤에 틈을 노려서 내부에서 제압하자고?"

"그 때는 레키가 댁들을 죽이겠지. 사실 난 레키가 아니고 레키가 무슨 생각을 하는지도 몰라. 어느 쪽이건 추측일 뿐이야."

"그렇다면 생각할 가치도 없다."

바로 손을 흔들고, 플루토는 이 이야기를 끝내려고 했다.

"우리는 성역과도, 도펠 익스와도 어우러질 수 없다. 놈들이 자신들의 계획을 버리지 않는 한."

"성역—"

그렇게 외치다가, 오펜은 바로 우물거렸다. 얼굴을 찌푸리고, 계속했다.

"성역…… 과도, 도펠 익스와도? 무슨 뜻이야. 어째서 성역과 도펠 익스를 구분해서 생각하는데."

"마리아 폰."

플루토는 눈으로는 이쪽을 보면서 자기 옆에 있는 마술사를 불렀다. 알지도 못하는 놈이 자기가 열중하는 일에 찬물을 끼얹었다고 하는 것 같은, 따분해하는 태도로 지시를 내렸다.

"저 녀석에게 필요한 걸 설명해주게. 아무래도 제일 곤란한 부분만 모르는 것 같으니까."

"알았어요."

마리아 폰은 자리에서 일어나더니 무거운 걸음걸이로 다가왔다—뜸 들이는 건 아닌 것 같고, 피곤해서 그렇겠지. 오늘 하루가 그녀에게 얼마나 중노동이었을지는 말하지 않아도 알 수 있었다. 오펜은 그녀가 가까이 다가올 때까지 기다렸다가 입을 열었다.

"마리아 교사—"

그렇게 불렀더니 고개를 젓고 오펜의 팔을 붙잡고는 작은 소리로 속삭였다.

"저쪽 가서 얘기해."

그녀의 말대로 불빛이 있는 곳에서 떨어졌다. 밤의 어둠이 달라지는 건 아니지만 공기의 무게, 고요함이 더욱 깊어져 있었다. 여러 사람들이 모여 있는 곳과 다른, 둘만이 있는 곳에 감도는 침묵의 농도까지.

그녀의 목소리는 그 한 사람 몫보다 아주 조금 더 조용했다.

"빨리 말해주고 싶었는데…… 미안해. 여러모로 움직이기가 쉽지 않아서."

"아뇨. 저야말로 잘못 물었을 수도 있으니까요."

오펜은 상대의 안색을 살피면서 화제를 바꿨다.

"아시겠지만, 이르기트는 죽었어요. 제가 수습했고."

"그래…… 그럼 나도 플루토처럼 파멸하는 수밖에 없겠네. 지옥이라는 곳을 믿는 건 아니지만."

"아뇨. 그러지 않기 위해서 협력해주셨으면 싶어요. 더 이상 이르기트처럼 죽는 사람이 없게. 안 그러면 이르기트도 편하게 눈을 감지 못할 테니까요. 플루토를 설득해주세요."

"그는 이미 설득 당했어."

"——?"

그녀의 말을 이해하지 못한 오펜은 깜짝 놀랐다. 씁쓸하게 웃고, 마리아가 계속해서 말했다.

"마음에 안 드는 구석도 많겠지만, 그렇게까지 어리석은 사람은 아니야. 처음부터 힘으로 성역에 쳐들어가는 게 불가능하다는 건 알고 있어. 하지만 그럴 수밖에 없었어. 네 제안. 그게 합리적이라는 것도 알아. 하지만…… 받아들일 수 없는 조건을 제시했으니 거절하는 수밖에 없었고, 그는 20년 동안 왕도의 마인 역할을 묵묵히 수행해 온 사람이야. 지금도 마찬가지로 필요한 역할을 하고 있고. 감정을 죽인 채로."

"하지만, 그건 파멸인데."

"그럴 수도 없어. 그래서 그는 필사적으로 파멸하지 않을 방법을 생각하고 있을 거야. 킬리란셰로 군, 너한테 말해둬야 할 일이 있어. 우리 세계를 멸망시키는 건 여신만이 아니야."

별빛 아래, 마치 밤하늘 그 자체의 여식과도 같은 시커먼 옷차림의—

마리아 폰이 말했다.

"성역이, 이 대륙을 버릴 거야. 앞으로 열흘 안에…… 여신이 결계에 침입하기 전에."

제5장 성역과, 성역이 아닌 것

로테샤는 자신을 감금한 그 방 안을 공허한 눈으로 둘러봤다.

하얗다.

너무나 하얗다. 색 따위는 없는 게 아닌가 싶을 정도로.

하지만 결코 투명하지는 않다.

아무튼 인상은 그랬다. 벽, 천장, 바닥, 가구, 벽에 장식된 그림까지 새하얗게 여겨진다. 실제로 그림 속에 있는 것은 빨간 꽃이었다. 본 적도 없는, 이름도 모르는 꽃. 단 한 송이가 피어 있는 꽃의 그림. 손을 벌릴 수도 없는, 캔버스 속에 갇혀 있는 모르는 꽃.

로테샤는 침대에 걸터앉아 있었다. 침대에는 청결한 시트가 씌워져 있고, 반발력이 약한 스프링은 편안하다.

사실은 누워 있고 싶었지만 그럴 수가 없다―침대 중앙에 기묘한 동물이 한 마리 앉아 있다. 자는 건지 아닌지, 움직이지 않는다. 숨은 쉬고 있는지, 옆구리가 천천히 오르내리는 것만은 알 수 있다.

한마디로 이 동물이 이 방의 주인이겠지. 로테샤는 달리 할 것도 없었기 때문에 몇 번이나 그 고양이 같은 짐승을 슬쩍 관찰했다. 크기는 그야말로 고양이 같고, 털은 긴데다 진홍색 갈기가 등을 덮고 있다. 얼굴은 전체적으로 둥그름한데 세모난 귀가 바짝 서 있다. 몇 번인가 주저하면서 등을 쓰다듬어도 반응은 없었다. 그보다는 만졌다는 자체를 깨닫지도 못한 것처럼 보였다. 그게 왠지 죄수처럼 여겨져서, 로테샤는 기분이 더 우울해졌다.

'여기가…… 예전에 아버지가 계셨던 곳인가?'

자기도 모르게 흘러내리려는 눈물이 밖으로 나오기 전에 손으로 문질렀다.

'내가…… 갓난아기인 내가 아버지를 조종해서 여기서 도망쳤다는 거야? 아버지는 지배당한다는 걸 알면서도, 이런 곳으로 돌아오고 싶어서 병에 걸렸고?'

어째서 에드—그 남자가 하는 말을 믿고 있는 걸까.

스스로에게 물으며, 일어섰다. 방 안을 둘러본다. 전부 깔끔하고, 청결하고, 부족한 것도 없고 남는 것도 없는 방. 이 방 밖에서 쓸데없는 소리가 들려온다고 해도 그것이 뭔지 확인하기 위해서 밖에 나갈 필요가 없다. 들을 필요도 없다. 사람은 원래 그렇게 해서 마음의 평안을 유지하는 것이니까.

'그 사람이 하는 말이 전부 거짓말이라고 생각하면 그만이야. 그 사람은 예전에 내 남편이었을 뿐이고, 지금은 이미 날 버리고 제멋대로 행동하고, 살인자고, 거짓말만 하고 있어. 믿는 쪽이 이상하잖아……'

하지만.

자기도 모르게 꽉 쥐고 있던 주먹을 힘없이 내렸다. 알고 있었다.

'에드는 거짓말만 하고 있어. 하지만 사실을 말할 때는, 나도 알 수 있어.'

아버지가 돌아가신 뒤에—에드가 그녀에게서 떠난 이유. 지금은 짐작할 수 있었다. 아마도 아버지가 그에게 뭔가를 넌지시 말했다. 에드는 그것을 확인하려 떠났고. 그리고 결론을 얻어서 돌아왔다.

'아버지와 에드 둘이서 날 싫어하고 경멸했던 거야. 그런데도 난 모르고 있었고. 평범하게 다른 사람에게 사랑받고, 다른 사람을 좋

아할 수 있을 거라고 생각했어. 하지만, 그것조차 잘못된 생각이었어.'

더 이상 의지할 곳이 없다.

믿어 마땅한 애정은 하나도 남지 않았다.

흔들리던 시선이 갑자기 초점이 맞았다. 그것이 기적이라도 되는 양, 로테샤는 깜짝 놀랐다. 빠르게 뛰는 심장을 피부 위에서 억누르고, 다시 생각해보니 로테샤는 단순히 문을 바라볼 뿐이었다.

문.

그녀는 신중하게 방을 가로질러서 그 문에 손을 댔다.

손잡이를 돌린다.

잠기지는 않았다.

나갈 수 있다.

나가려면 나갈 수 있다. 이 방에서.

하지만.

'나간다고, 뭐가 달라지겠어……'

로테샤는 문을 열지 않고 다시 뒤로 돌아갔다. 문 너머를 확인하지 않은 채로.

문손잡이 돌아가는 소리를 알아차린 것은 그 복도가 조용했기 때문이다—

그렇지 않으면 20미터나 떨어진 문에서 나는 소리가 들릴 리가 없다. 죽 늘어선 문 중 하나다. 코르곤은 살짝 고개를 들었지만 바로 원래 자세로 돌아갔다. 복도 구석에 서서 망토 안에서 팔짱을 낀. 그 자세로, 벌써 몇 시간이나.

복도는 정숙 그 자체였다. 자신의 숨소리조차도 들리지 않는다. 하지만.

소리도 없이 다가오는 남자의 모습을, 코르곤은 곁눈질로 보고 있었다. 남자는 숨으려는 생각도 없던 것 같다. 만약 그럴 생각이 있었다면 가까이 다가오기 전에 알아차리지도 못했을 테니까. 설령 몸을 숨길 것이 하나도 없는 직선의 복도라고 해도.

그 남자는 복도 중앙을, 커다란 몸을 흔들지도 않고 똑바로 걸어올 뿐이었다. 성복을 입은 남자. 백 프리스비는 지나가기 직전에 멈춰 서서 말을 걸었다.

"이런 곳에서 뭘 하고 있나."

코르곤은 정확한 사실만을 말했다.

"딱히. 아무것도."

상대가 납득하지 않은 것은 분명했다—잭은 감정 따위는 보이지 않는 흐릿한 눈으로 좌우를 둘러봤고, 그리고는 떨어진 곳에 있는 문들 중에 하나를 보고는 낮은 목소리로 중얼거렸다.

"감시하려면…… 문 앞에서 하는 게 좋을 텐데."

"그녀에게 도망칠 곳은 없다. 감시할 필요도 없고."

이번에도 바로 대답했다. 잭은 질려버린 것 같았다. 목소리에 약간 짜증이 깃들어 있다.

"그렇다면 어째서 이런 곳에 있지."

"아무것도 안 한다고 했을 텐데."

시시한 이야기를 끝내기 위해, 코르곤은 벽에서 몸을 뗐다. 잭과 대치하는 모양으로, 이번에는 자신이 물었다. 필요한 것을.

"상황에 변화는 있나? 제2 세계 도탑은?"

"'사제'들이 막고 있다."

잭 프리스비는 최대한 평정을 유지하고 말할 생각이었겠지만—

사제라는 말을 입에 담을 때는 빈정대는 말투가 섞여 있다는 걸 알아차릴 수 있었다.

"하지만…… 놈들의 말에 의하면 탑을 기동하는 데는 마술사가 필요하다. 신들의 각인을 받은 드래곤 종족으로는 안 된다. 오래전 천인 종족이 후계자로 선택한 종족—즉 인간 종족의 마술사. 소환을 시도하는 것은 상당히 강력한 백마술사가 아니면 불가능하겠지. 또는 그에 필적하는 능력을 지닌 누군가이거나."

"로테샤는 아직 안 돼. 자기 힘을 자각하지 못했어."

문을 가리키며, 코르곤이 말했다.

그건 굳이 말하지 않아도 예상하고 있었을 것이다. 잭의 얼굴에 떠오른 실망한 기색은 그렇게까지 노골적이지 않았다. 그리고 묻는다.

"다미안 르우는?"

"놈은 소멸했다. 최접근령의 영주…… 그러면 가능할 수도 있겠지만, 그는 교환조건으로 성역의 굴복을 요구하겠지. 성역이 받아들일 리가 없다. 그딴 일에 시간을 빼앗기면 제 때 맞출 수가 없다."

"그렇군. 한마디로 그 사제들이 옳다는 것인가?"

"너도 사제가 시키는 대로 최접근령을 없애버리지 않았나?"

나름대로 빈정대는 말이었지만, 잭은 전혀 동요한 기색을 보였다 —처음부터 이쪽도 알고 있으리라고 생각했겠지. 그는 차분하게 대답할 뿐이었다.

"사제들은 알마게스트 베티슬리서라는 존재가 누구인지 확인하기 위해서 내게 최접근령 토벌을 명했다. 알마게스트는 알마게스트고, 자기 자신의 암살에 성공하면 성역을 속일 수 있다고 생각했겠지만……."

"대략적인 경위는 들었다."

말을 자르고, 코르곤이 신음했다.

"가장 강력한 백마술사라. 가능성이 있다면…… 아니, 그건 힘들겠군. 난 그녀가 시키는대로 하게 만들 자신이 없으니까."

"……누구 이야기인가?"

검은 모자 챙 아래에서 기분 나쁘게 눈을 빛내며, 잭이 물었다.

고개를 젓고, 코르곤이 거절했다.

"그녀에게는 그 누구도 명령할 수 없다. 그러니 의미가 없다. 잊어라."

"하지만 그 다미안 르우조차도 결국은 소멸되고 말했다. 그 여자가 누구라 해도 굴복시킬 기회는 있다."

"그 다미안을 없앤 게 그 사람이야. 그리고 대륙을 멸망시키는 것도 결국은 그 사람일지도 모르겠군. 그야말로 재앙 그 자체야……."

코르곤은 대답이라기보다는 혼잣말처럼 중얼거렸다.

그리고 그대로 화제를 바꿨다.

"아일망카의 문은?"

"회수한 마술 무기 중에 어떤 것을 써도 흠집 하나 나지 않는다. 처음부터 절망적인 시도라는 것은 놈들도 알고 있었다."

그 때—

잭의 표정이 약간 변화했다. 옆에서 뭔가 속삭이는 소리를 들은 것처럼, 귀찮다는 듯이 얼굴을 찌푸리고는,

"상황이 변화한 것 같군. 자세한 것은 모르겠지만 긴급히 네가 필요하다는 것 같다…… 사제가."

"나를?"

코르곤이 물었지만 잭은 일단 설명보다 이동할 생각인 것 같다. 손으로 갈 곳을 가리키면서 발을 돌렸다.

그 모습을 보며, 코르곤은 허리에 찬 건에 손을 얹었다. 천인종족이 벼린 무기. 마치 장난감처럼 보이는 직도─벌레 문장의 검.

조는 도망자 비두 크립스터가 성역에서 들고 나간 마검. 프릭 다이아몬드.

그 손잡이를 쓰다듬으며, 코르곤이 말했다.

"하나 묻고 싶은데."

자리를 뜨려던 성복 입은 남자를 불렀다. 그대로, 코르곤이 계속 말했다.

"사제들은 지금도 날 도펠 익스로 인식하고 있나? 난 계속 최접근 령 편에서 도펠 익스와 싸워왔다. 그런데 이렇게 힘을 조금 빌려줬다고 같은 편처럼 다루는 건가?"

잭은 대답하지 않았다. 하지만 대답을 들을 필요도 없었다.

그 사제들은 배신이 익숙하니까.

엄밀히 따지자면 이 성역에는 서로 연결된 통로가 없다.

그렇게 말한 사람은 아자리였다. 하지만 실제로는 모든 통로가 연결돼 있고, 어디서건 어디로든 갈 수 있다. 예전에 이곳을 만든 천인 종족에게는 간단한 발상이었을 것이다―그 쪽이 편하다. 그렇기에 그렇게 한다. 단지 그것 뿐.

하지만 이 통로의 연결 방법을 모르는 자에게는 출구가 없는 미로일 뿐이다. 천인 종족이 없는 지금, 그것을 간신히 관리하고 있는 것은 성역의 사제라고 불리는 자들이고, 그녀들에게는 거역할 수 없다.

성역에서 싸우려면 필승의 때여야만 한다. 아자리의 결론은 거기서 끝을 맺었다.

"즉―"

두 손을 들고, 레티샤는 전투복 위로 몸을 뒤져대는 남자들의 손길을 참으면서 중얼거렸다.

"자중하라는 말이야? 네가? 나한테?"

그것은 실소를 넘어서 화를 내는 말이었지만, 그래도 코에서 흘러나온 것은 바보 같다는 웃음소리뿐이었다. 그녀 바로 옆에서 마치 자신이 신체검사를 하는 입장인 것처럼 당당하게 구는 아자리에게, 이렇게 말했다.

"난 항상 냉정해…… 네가 날 불렀을 때부터. 지금까지도 계속 냉정했고. 네가 제대로 된 정보를 주지 않아도 투정한 번 안 하고 말이야."

"지금 그건 투정이 아니라는 거야?"

그렇게 중얼거리는 아자리의 눈동자에 망설이는 것 같은 그늘이 드리운 것을 놓치지 않았지만, 레티샤도 사정을 봐주지는 않았다.

"최소한 정당한 항의라고 할 수 있는지 아닌지는 모르겠네. 난 이미 미쳐버렸으니까—"

"내가 보기엔 정상이야."

"그래서 문제야. 난 사람을 죽였어! ……어떻게 제정신일 수 있는 거냐고……."

전투복의 숨겨진 주머니에서 마지막 무기—손목에 숨겨뒀던 철심까지 뽑아내는 모습을 보며, 레티샤가 투덜거렸다. 그녀의 몸을 검사하는 남자는 둘. 아니, 그것이 남자라고 부를 수 있는 생물인지는 또 다른 문제지만, 적어도 인간 남성에 가까운 모양이었다. 다른 점은 두 눈이 녹색으로 빛나고 있다는 점. 하지만 신체검사가 끝나고 사소한 것까지도 놓치지 않기 위해서 가늘고 길게 늘렸던 양손 손가락이 보통 크기로 돌아오자 그 녹색 빛도 사라졌다.

레드 드래곤 종족인 그 둘은 말없이 고개를 끄덕였다. 방에 있는 다른 둘을 향해 고개를 돌렸다.

그쪽에는 같은 모양으로 레드 드래곤 둘 사이에 끼어 있는, 평상복에 가까운 차림의 하티아가 있다. 5년 만에 만나서 제대로 인사도 못 한 채 여기로 끌려온 하티아는 아직까지 상황을 파악하지 못한 것 같았다.

'……과연 그럴까.'

먼 곳을 보고 있는 것 같은 그의 얼굴을 엿보며, 레티샤는 마음속으로 중얼거렸다.

'나보다 훨씬 침착한 것 같은데.'

빈정대는 말이기는 했지만, 누구에게 한 말인지는 스스로도 모르겠다.

방안은 새하얀 색이고 벽과 바닥 외에는 아무것도 없다. 문조차도 없다. 아무것도 감출 수 없도록 그렇게 만든 건지, 아니면 방을 꾸민다는 생각 자체를 못 한 걸까. 인간이 아닌 생물이 사는 시설이라면 이런 부자연스런 것이 자연스런 일인지도 모른다. 그 하얀 바닥에 아무리 봐도 인간다운 발명품—각종 나이프, 와이어, 단검 같은 무기가 굴러다니고 있다. 전부 자신의 전투복 안쪽에서 나온 것들이라고 생각하니, 레티샤는 너무나 허무한 기분이 들었다.

　싸운다? 이런 무기는 눈앞에 있는 드래곤 종족의 표피를 긁는 데도 도움이 안 된다.

　레티샤는 고개를 들어서 아자리를 봤다. 동생. 아니, 정확히 말하자면 사촌 동생이지만. 실질적으로 자매로서 자라왔다. 레드 드래곤들은 아자리의 몸은 건드리려고도 하지 않았다—그녀가 정신체라는 것을 알고 있었을까, 한 눈에 알아본 걸까. 겉보기는 살아있던 때와 큰 차이가 없어 보이는데.

　긴 침묵이 지나고, 아자리가 대답했다.

　"팃시 당신이 제정신일 수 있는 건, 우리가 꼭 필요한 일을 하고 있기 때문이야. 안 그래?"

　"위선이야."

　"맞아. 하지만 살아있다는 자체가 위선이야. 이 몸이 되면…… 그걸 알 수 있어."

　아자리는 그렇게 말하면서 자기 가슴께를 가리켰다. 거기에 무슨 표시가 있는 것도 아니다. 하지만 레티샤는 반박하지 않았다.

　그러는 사이에 바닥에 널려 있는 무기들이 사라졌다. 누가 건드린 것도 아닌데, 그냥 갑자기. 무슨 마술은 분명한데, 구성을 간파할 수도 없었다. 아마도 바닥에 장치된 어떤 마술 문자가 발동됐을 것이다. 끝까지 아무 말도 없이, 레드 드래곤 종족의 모습도 사라졌다—

마음을 정하고, 레티샤가 말했다.

"하티아……."

하지만 그는 아무 소리도 못 들은 것 같았다. 그저 멍하니—신체검사 받을 때와 같은 모습으로—앞만 보고 있다. 하지만 그가 보는 곳에는 벽 말고 아무것도 없다.

레티샤는 퍼뜩 뭔가를 알아차리고 아자리 쪽을 봤다.

"너, 저 아이한테 무슨 짓을 한 거야?! 설마 약속을……."

"어기지 않았어. 정신지배가 아냐—솔직히 나한텐 그만한 여력도 없고."

정신체가 된 천마의 마녀는 조용히 부정했다. 가슴에 얹은 손을 천천히 내렸다.

"약속은 지킬 거야. 무슨 일이 생겨도 죽는 건 당신과 나 뿐. 하티아도, 킬리란셰로도 괜찮아…… 포르테도 말이지. 아, 코르곤은 모르겠지만. 그 아이는 내가 제어할 수 있는 상대가 아니니까."

담담하게 말하는 아자리를 반쯤 증오하는 심정으로 바라보며, 레티샤가 말했다.

"너도 죽게 두진 않을 거야. 물론 나도. 넌 지금까지 해온 일의 죄값을 치러야 해. 전부 치르지 못하더라도, 치를 때까지는 소멸하지 못하게 할 테고. 안 그러면…… 선생님이 슬퍼할 테니까."

"…………."

아자리는 아무런 대답도 하지 않았다. 단지 예전만큼—살아 있던 때만큼은—시치미 떼는 표정을 못 짓게 된 것이 분명했다. 눈살을 찌푸리고, 그 표정을 유지한 채로 눈동자가 흔들리고 있다. 본 적이 있는 표정이었다. 최접근령의 어두운 정원이 생각난다. 레티샤를 손가락으로 가리키며, 산채로 불타버린 남자의 얼굴.

레티샤는 오한이 일고 구역질이 나서 몸을 웅크릴 뻔 했다. 그러자 놀라는 목소리가 들려왔다.

"팃시?!"

하티아였다. 이쪽으로 뛰어와서 몸을 잡아준 그의 팔에 매달리며, 레티샤는 어떻게든 목소리를 짜냈다.

"뭐야? 이제야 알았어? 아까부터 계속 불렀는데—"

"미, 미안해. 소리를 못 들었던 건 아니야. 그냥, 나도 잘 모르겠지만…… 생각을 좀 하느라. 왠지 대답을 안 해도 될 것 같아서."

실제로 정신 착란이라도 일으킨 것처럼 손을 흔들어대며—그리고 지금까지 레티샤가 보고 있던 방향을 보면서 기분이 나쁘다는 것처럼 중얼거렸다.

"그나저나 팃시는 누구랑 얘기하던 거야? 아자리가 있었어?"

"그래. 그 아이는 아직 불안정하니까—"

그리고, 레티샤는 그 아자리의 모습을 보면서 설명했다.

"아직 의식하지 않고 다른 사람한테 모습을 보여줄 정도의 재주가 없어. 뭐, 나도 잘은 모르겠지만 본인 말로는 그래. 그래서 너랑 내가 필요하다고 이런 곳까지 데리고 왔겠지."

"여긴 성역이라고! 팃시!"

그제야 알았다는 것처럼, 하티아가 소리쳤다.

"아까 신체검사를 했던 자들, 드래곤 종족이었어……."

"그래, 맞아."

레티샤가 진저리가 난다는 듯이 중얼거리자, 하티아도 혼란스러운지 고개를 저으면서,

"2백 년 동안 인간 종족 중에 그 누구도 들어온 적이 없는 장소인데, 우리가!"

"가능하다면 영광스런 일이라고 생각해줬으면 좋겠는데."

그렇게 말하면서 눈으로는 다시 아자리를 찾았다. 아자리는 어느새 모습을 감췄다. 여력이 엇다는 말은 사실이겠지.

탄식하며 몸을 일으키고, 레티샤는 계속해서 말했다.

"2백 년 동안 인간이 들어온 적이 없다는 말이 사실일까."

"뭐?"

마치 증명이라도 하는 것처럼—

나타난 사람이 있었다.

기척도, 아무것도 없이, 허공에서 튀어나오는 것처럼. 검은색 그 자체를 몸에 걸친 것 같은 남자의 모습. 아니, 어쩌면 검은색 그 자체가 사람 가죽을 뒤집어쓴 걸까.

머리카락이 긴 그 남자를 손가락으로 가리키면서 소리 지른 사람은 하티아였다.

"코, 코르곤!"

"일찍 왔군."

그는 무시하고 그렇게만 말했다—레티샤에게.

레티샤는 고개를 끄덕였다.

"그래. 시간이 없잖아?"

"맞아. 그러니 환영은 해줄 수 없다."

적은 말수로, 코르곤이 말했다. 재촉하는 것처럼 적당히 천장을

보면서,

"이곳의 구조는 알고 있지? 여기서는 사제들이 원하는 대로만 이동할 수 있다. 성역 전반의 통로 연결을 지배하는 것이 그녀들, '사제'다."

"알아."

"조금 전의 레드 드래곤 종족. 그들도 사제와 반목하고 있다. 그녀들의 명령을 받고 싸우러 갔다가 어번라마에서 하나, 조금 전에도 《13사도》를 상대하다가 동료를 둘 잃었다. 하지만 사제에게는 그런 일이 일어나더라도 따라야만 할 정도의 힘이 있다. 이해했나?"

자꾸 긍정하는 대답을 하는 것도 바보 같아서, 레티샤는 그냥 고개만 끄덕였다. 적개심이 있어서 그런 건 아니지만, 코르곤은 거기서 입을 다물었다. 그대로, 험악한 얼굴로 이쪽을 기다렸다.

'그 사제라는 자들에게 성심성의껏 따라야 한다는…… 그런 뜻이야?'

체념하고, 레티샤는 마음속으로 중얼거렸다.

"알았어."

"저, 저기. 코르곤—"

이번엔 하티아가 불렀지만 코르곤은 무시했다. 그리고 말했다.

"이 방은 관문이다. 너희들의 의도가 사제의 뜻에 맞지 않는다면 더 이상은 갈 수 없다."

"……넌 갈 수 있었네."

레티샤가 속내를 떠보기 위해서 묻자, 처음으로 코르곤의 얼굴이 약간 풀어졌다—이쪽이 알고 있다는 걸 눈치 챘겠지.

"그래. 나는 나아갈 수 있었다. 내 목적이 놈들이 이해와 일치했기 때문에.”

‘이해만 일치하면 된다.’

그의 말을, 레티샤는 번역하는 심정으로 해석했다.

‘성역은 이해만 일치하면 거절하지 않을 정도로 피폐해져 있다…….’

“그렇다면 대답할게. 우리는 이 대륙의 파국을 막을 열쇠를 하나 가지고 왔어.”

순간.

말을 마쳤는지 아닌지. 그것조차 모를 정도의 의식의 틈새에서, 눈에 보이는 풍경이 바뀌었다. 전이의 부자연스런 감각조차 느끼지 못했다. 엄청나게 치밀하고 완벽한 구성에 의한 공간전이—직접 겪고도 그렇게 느낄 수밖에 없었다.

레티샤는 말을 마친 순간의 입모양 그대로 멍하니 서 있었다. 방의 풍경 자체는 크게 달라지지 않았다. 하얀 벽과 바닥. 하지만 넓이는 압도적으로 다르다. 살풍경하다는 점은 변함이 없지만 이 방에는 기묘하게 완곡한 모양으로 의자가 줄지어 있다. 원탁이 아니다. 안쪽에 연단 같은 곳이 있고 모든 자리가 그쪽으로 향해 있다. 의자는 슬림하고 심플한 모양. 강당처럼 크고 넉넉한 그 공간에는 정숙한 공기가 필요 이상으로 담겨 있어서 답답한 기분이 들 지경이었다. 또한 아직 이런 방들을 두 곳밖에 못 봤지만, 레티샤는 느끼고 있었다. 성역은 어디나 조용했다. 그 넓이를 채울 만큼, 살아 있는 자들이 존재하지 않는다.

그 의사당—이라고밖에 보이지 않는 모양의 넓은 공간에는 그녀 혼자밖에 없다. 적어도 그녀가 주위를 둘러본 1초 동안은 그랬다. 하지만 시선이 다시 원래 위치로 돌아왔을 때, 연단에 사람이 있었다. 단 한 사람, 녹색 로브를 걸친 여자가. 선명한 녹색 머리카락을 지녔고, 한창 자라고 있는 나뭇잎처럼 반짝이는 두 눈으로 이쪽을 보며, 높은 연단 위에서 내려다보고 있다.

레티샤는 목이 마른 기분이 들어서 침을 삼켰다. 그 모습만은 전설에서, 옛날이야기에서, 교과서에서, 그림에서—본 적이 있다.

인간 종족의 마술사에게 있어 영원의 시조로 여겨지는 존재.

대륙에 존재하는 여섯 종류 짐승의 왕. 그 중에서도 '침묵의 짐승'—노르닐.

윌드 드래곤, 노르닐. 천인 종족.

여자가 들고 있는 팔은, 가늘었다. 동작도 연기하는 것처럼 거창했고, 몸 그 자체가 연기용 도구처럼 보였다. 노르닐이 입술을 벌리는 모습을, 마치 태어나서 여자를 처음 보는 소년처럼, 레티샤는 그저 조용히 기다렸다.

"기나긴 시대를 거쳐—"

목소리도 아름답다. 완전히 사로잡혀서 부들부들 떨며, 열심히 들었다.

"우리는 또다시 고난의 시대를 맞이한다. 그대, 이 때에 잘 찾아왔다."

하티아의 말이 머릿속에 떠올랐다. 여기는 성역이다.

여기는 성역이었다. 키에살히마 대륙의 중앙. 펜릴의 숲에 사는 딥 드래곤이 봉인한 드래곤 종족의 성지—지금은 그 펜릴들이 수호 역할을 하고 있지 않기 때문에 이곳에 올 수 있었다.

피부에 느껴지는 전투복 안감이 너무나 불편하게 느껴져서 몸을 꿈틀거렸다. 이것을 벗어버려야 할 것 같다는 충동이 들었다. 이 성역에서 인간은 거역해서는 안 된다. 25년을 살아오면서 결국 얻지 못했던 안식이 이곳에 있다. 이대로 잠들고 눈을 뜨지 않아도 좋다…….

"우리 그대를 받아들인다. 그대가 우리를 받아들인다면…… 성역의 권유를 받아들인다면."

천인의 말은 귀로 들어와서는 따뜻한 감정이 돼서 머릿속에 달라붙는다. 따뜻하고, 편안하고, 그리고—졸리다.

"……시! 팃시!"

목소리가. 절박한 누군가의 목소리가 들려온다. 귀에 거슬렸다. 안식을 깨트린다. 이 목소리는 항상 자신의 평안을 어지럽히는—계속 어지럽혀온 목소리다. 한마디로 이 목소리가 자신으로부터 필요한 것을 빼앗아간 것이 아닐까? 가족을 붕괴시킨 것은 이 여자다…… 가족의 일원이었던 이 여자.

옆을 보니 그 여자의 모습이 보였다. 눈동자에 초조한 기색을 드리우고 뭔가를 외치고 있다.

5년 전. 《탑》에서 뛰쳐나간 킬리란셰로가 찾던 것은 이 여자다. 지금도 그는 이 여자를 찾고 있다. 아마도 이 없어지면 가족은—적어도 둘만은—원래대로 돌아갈 수 있다.

레티샤는 소리를 질렀다. 그리고 손을 뻗었다. 아자리가 내민 대형 나이프를 받아들고, 몸의 방향을 바꿔서 뛰쳐나갔다.

전속력으로 뛰어가며, 목표로 삼은 것은 단상의 천인이었다. 아슬아슬한 상태에서 정신지배를 벗어나기는 했지만 두개골 내부에 이물질이 들어온 것 같은 아픔이 느껴졌다. 현기증을 참고 달려가며,

레티샤는 투덜댔다.

'치사한 수를…… 쓰다니! 이게 성역이라는 거야?!'

천인 종족 여자가 비명 같은 소리를 질렀다. 전설에 의하면 그 종족에는 여성만이 존재한다고 전해진다. 말도 안 되는 이야기지만, 실제로 남성 천인 종족을 본 사람이 없다. 그리고 그렇기 때문에 천인 종족은 인간 종족과 피를 섞어서 인간 마술사가 태어났다고 한다.

거리는 멀었다. 바닥을 박차는 걸음 하나하나가 답답하다. 몸속에서 흉포한 충동을 터트리며, 레티샤는 단검을 치켜들었다. 그리고―

상기를 느끼고, 옆으로 뛰었다. 급제동 때문에 몸이 뒤틀리고 아파왔다. 아니, 아픔은 그것 때문만이 아니었다. 갑자기 바로 옆에 나타난 거대한 사람 모양. 그것이 내지른 주먹이 몸을 스쳤기 때문이다.

닿았다는 느낌도 없었다. 그런데도 엄청난 충격이었다. 그대로 바닥에 쓰러지고 일어날 수 없게 돼버렸다. 제대로 맞았다면 어떻게 됐을까. 그런 상상을 하며, 레티샤는 차가운 바닥의 감촉에 몸이 떨렸다. 손에서 떨어진 단검은 보이지도 않는다. 시야 밖에 떨어진 것 같아. 바닥에 엎드려서 움직이도 못하는 사이에, 검고 거대한 자가 천천히 그녀 앞쪽으로 걸어왔다.

"그렇군…… 그 유이스인가 하는 마술사와 같은 부류다워. 참으로 흉포하다."

레티샤는 그 남자의 목소리에 반론했다.

"갑자기 사람을 세뇌하려고 한 주제에 할 소리야!"

격한 아픔은 여전하지만 내장에는 대미지가 없는 것 같다―간신히 일어날 정도까지 회복돼서, 레티샤는 뒷걸음질 쳤다. 그 거구의 남자는 무기를 들고 있지 않았다. 지금 그 일격도 그녀가 잘못 본 것이 아니라면 마술에 의한 것이 아니었다. 하지만 위험이 느껴진다. 기적만으로도 몸이 마비될 정도로.

남자의 몸을 감싸고 있는 것은 검은색 성복이었다. 지금은 자세도 취하지 않았다. 두 손을 축 늘어트리고 이쪽을 내려다보고 있다. 키가 큰 레티샤가 봤을 때 시선 높이는 그렇게 차이가 나지 않았다. 그래도 이 남자 앞에 서면 몸을 움츠릴 수밖에 없게 만드는 뭔가가 느껴진다.

"이 남자는 잭 프리스비. 도펠 익스야."

뒤에서 들려온 것은 아자리의 속삭이는 목소리였다.

"내가 가세하면 확실하게 이길 수 있어…… 하지만 당신 혼자 힘으로는 확실하게 질 거야. 이 남자를 쓰러트리는 건 당신 역할이 아니야. 지금은 싸우지 마."

'자기가 부추겼으면서.'

소리 없이 신음하면서, 그래도 아자리의 말이 옳다고 느꼈다. 단상을 올려다보니 천인 종족의 모습은 보이지 않았다. 여기서 싸우고 이겨봤자 의미가 없다.

"……이걸 어떻게 들여왔는지는 모르겠지만."

잭인가 하는 자가 중얼거렸다. 그의 손에는 레티샤가 떨어트린 대형 나이프가 있었다.

"그래도 그만두기를 바란다. 사제를 다치게 하면 이 성역이 어떻게 될지, 그 누구도 모른다."

"코르곤도 그래서 따르고 있는 건가?"

"놈은 최소한 사제를 죽이기 직전까지는 갔었지. 그대는 기회를 잃었다. 두 번 다시 시도하지 않기를 바란다."

"그건 이쪽이 할 말이야. 지금 그건 자위와 경고. 나한테 정신 지배는 통하지 않아…… 다시는 시도하지 마."

레티샤는 그렇게 말하고 허리를 곧게 폈다.

"난 교섭하러 왔어."

"칼을 들고서?"

"자위와 경고라고 했지. 만약의 경우에는 이 성역을 유린할 거야."

나이프를 만지작거리면서 빈정대는 성복 차림의 남자에게, 레티샤가 내뱉듯이 말했다.

남자의 표정을 보면 협박한 본인도 바보 같다는 생각이 들 만큼, 그 큰 소리가 통하지 않았다는 걸 알 수 있었다. 무시하고, 레티샤는 계속해서 말했다.

"난 인간 종족의 대표로서 성역과 교섭하러 왔어."

"그대가? 일개 교사에 불과한 그대가, 무슨 권한으로?"

"그 권한을 가진 인간을 이 자리에 앉히기 위한 교섭이야. 귀족 연맹으로부터 대 성역 교섭의 전권을 위임받은 최접근령의 영주를 말이지."

"그는—"

부정하려는 잭을 제지하고, 레티샤가 말했다.

"그래. 그는 지금 전투에 휘말려 있어. 하지만 이쪽으로 오고 있지. 나랑 같은 마술사들의 선도를 받으면서. 맞아, 난 선발대야. 어차피 이건 당신들한테도 필요한 일 아니겠어. 더 이상 당신들을 지켜주는 딥 드래곤도 없고, 오히려 딥 드래곤을 자기편으로 만든 알마게스트를 막을 힘도, 당신들한테는 없어. 그렇다고 섬멸전 따위를 벌일 시간이, 우리한테는 없고. 그 전에 교섭도 하지 않고 전쟁을 벌일 수는 없어. 무슨 말인지 알지?"

"그대는, 이 성역의 현 상황을—"

"그래, 알고 있어. 그러니까 다시 한 번 사제를 불러. 하지만 지금처럼 정신 지배 따위를 하려고 들면 용서 안 할 거야."

딱 잘라 말하고 상대의 대답을 기다렸다.

여기까지 말한 것만으로도 온 몸에서 땀이 줄줄 흐르는 게 느껴졌다. 조금 전과 다른 이유로 전투복이 답답하게 느껴졌다.

"나는 정치가가 아니다."

남자는 쓸쓸하게 웃은 것 같았다."

"하지만, 그런 내게도 그대에게 그런 권한이 없다는 건 알 수 있다—"

"그렇다면 다른 전권대사의 이름을 말해볼까."

그렇게—

말한 사람은 레티샤가 아니었다. 깜짝 놀라서 뒤를 돌아봤다. 잭도 표정이 변했고, 두 사람의 시선이 동시에, 한 인간에게로 향했다.

아자리가 모습을 드러냈다. 잭에게도 보이겠지. 그녀는 위압하는 것처럼 걸어오면서 다른 곳을 봤다. 교섭할 상대는 이 잭 프리스비가 아니라는 뜻이겠지. 사제가 서 있던 연단 쪽을 보고 있다.

"도펠 익스."

"……응?"

얼굴을 찌푸리고, 잭이 신음했다. 아자리는 무시하지 않고 말했다.

"이건 많은 의미가 담긴 이름이지? 누군가 기억하고 있는 인간이 들었으려나—최접근령의 첫 영주도, 훗날 도펠 익스라고 불렸지. 그는 개인의 이름이 없었어. 대 성역 외교 대사라는 것은 공식적으론 남지 않으니까. 그가 마지막으로 자처한 이름은 차일드맨 파우더필드. 그는 죽었지만 그의 맹약은 살아있겠지? 우리는 그의 후계자로서, 그 맹약을 다하기 위해 여기에 왔어. 모습을 보이라고. 시주마술사 오리오울의 사제들! 나는 오리오울의 유언도 가지고 왔어."

아자리는 가슴에 손을 얹고 공허한 천장의 공기를 향해 그 목소리를 울렸다—마치 육성이 아닌지 착각할 정도로.

"나는 천마의 마녀. 결계 밖에서 세계가 멸망하는 모습을 보고 귀환했다!"

"어떻게 된 거야! 설명해봐!"

단 둘이 남겨진 방에서 하티아가 코르곤에게 따졌다—하지만 건드리지는 않았다. 상대의 눈을 보면 위험 거리가 어느 정도인지는 상상할 수 있다. 코르곤의 기척에서 느껴지는 거리는 자신이 설정한 것보다 훨씬 멀리에 있는지도 모른다. 그렇게 느끼면서도.

"팃시가 어디로 사라진 거야? 왜 우리만 남은—"

"그건 사제가 판단할 일이다. 아까도 말했지만 이 성역 안에서 이동하려면 그녀들의 협력이 필요하다. 아니, 협력이 아니지. 지배당하는 걸 협력이라고 해야 할까……."

"그 사제라는 것이 여기 지배자인가."

움직이지 않는 코르곤을 바라보며, 하티아가 중얼거렸다. 어디선가 엿보는 것 같은 기분이 들어서 주위를 둘러봤다.

하지만 코르곤은 바로 부정했다.

"아니. 이 성역에는 사제라고 불리는 자들도 지배하지 못하는 것이 있다. 그것이 아일망카, 시조 마술사들이다."

"시조 마술사?"

하티아가 묻자, 코르곤은 문득 난처하다는 듯이 미간에 주름을 지었다. 그렇게 거창한 것은 아니지만 분명히 곤혹스러워 보이기는 했다.

"설명…… 네가 이해하려면 어디서부터 설명해야 하지?"

"처음부터!"

"…………."

이 남자에게는 예상 밖의 요구였을 것이다. 겨우 망토 밖으로 팔을 꺼내고 이마에 손을 댔다. 감기에 걸렸는지 확인하는 것 같은 동작이었다.

그야말로 열병이라도 걸린 것처럼 중얼거리는 소리가 들려왔다.

"너한테 처음이라는 건 어느 정도를 말하는 거지. 아무튼 상상도 못 하겠는데……."

"그래, 아예 상상을 초월할 정도로 처음부터 해도 돼. 정말로 모르겠으니까. 어중간하게 얘기하면 되레 이해할 수가 없잖아?"

하티아는 왠지 모르게 자랑스러워하는 것처럼 말했다. 코르곤은 여전히 떨떠름한 얼굴.

"그, 그런가……."

힘없는 목소리로 말을 꺼냈다.

"그러니까, 아자리의 실종은."

"아, 그건 알아."

"……넌 정말 짜증나는 놈이다."

"너한테 그런 소리 들을 줄은 몰랐는데."

무표정한 얼굴로 그런 말을 주고받고, 하티아는 일단 분위기를 전환하기 위해서 헛기침을 했다.

"내가 들은 건 이 대륙이 전멸할지도 모르네 어쩌네, 그런 얘기야. 킬리란셰로가 그걸 막으려고 뭔가를 하고 있으니까 그걸 도와달라고. 그래서 그 녀석이랑 네가―"

그러다가 아자라가 요구한 것까지 말할 뻔 했고, 황급히 말을 잘랐다.

다행이 코르곤은 그 부분을 따지고 들지 않았다. 고개를 끄덕였고, 표정이 약간 풀어졌다.

"그만큼 들었으면 문제없다."

"문제가 없긴 뭐가 없어. 자세한 건 하나도 모른다고. 애당초 왜 성역?―이딴 곳까지 끌려왔는지도 모르겠다고."

"너는 직접 이리로 전이한 건가? 그렇다면 못 봤겠군. 운명의 여신이라고 알려진 최악의 마수가, 이 성역 바로 위에서 나타난다. 열흘 안에. 그것이 나타나면 대륙 전체가 멸망한다."

"말도 안 돼."

하티아가 말했지만 코르곤은 무시하고 하던 말을 계속 했다.

"성역에는 여신을 막을 힘이 없다. 아일망카 결계를 알고 있나?"

그 질문에 고개를 저었다. 그러자 코르곤은 설명하기도 귀찮다는 듯이 탄식했다. 하지만, 그래도 계속 말했다.

"오래전, 신들로부터 마술을 훔쳐난 드래곤 종족. 그들은 신들의 손에서 도망치기 위해 이 키에살히마 대륙으로 왔다. 이것은 신화지. 하지만 그것과 별 차이가 없는 일이 있었고, 드래곤 종족은 이 대륙에 결계를 쳤다. 신들이 들어오지 못하도록 논리의 한계를 설정…… 뭐 그건 됐고, 아무튼 그 결계 덕분에 일시적으로는 무사했지만, 그 대마술에 결함이 있었다는 얘기다."

"결함?"

"결계는 시조 마술사(아일망카)라고 불리는 불사의 마술사가 만들었다. 그들은 쉽게 말해 마술을 마술로서 완성시킨 당사자들, 각 드래곤 종족에 한 명씩 존재하는 자다. 인간 종족에도 시조 마술사가 있지만 그것은 이 결계에 참가하지 않았고, 그걸 기대할 수도 없다."

빠르게 줄줄이 늘어놓는 상대의 말을 간신히 따라가며, 하티아가 맞장구를 쳤다.

"그래서?"

"마술이 드래곤 종족에 의해서 만들어졌다면, 예전에 마술이 존재하지 않는 세계라는 것이 있었다는 뜻이 된다. 마술을 세계에 나타나게 하는 결정적인 계기가 된 것이 아일망카. 그들은 영원히 죽지도 않고 늙지도 않는다. 마술의 근간에 위치하기 때문인지 가장 강력한 마술을 쓴다. 그래서 교만해졌겠지. 그들은 자신들의 힘이 유한하다는 것을 이해하지 못했다."

"흐응?"

"대륙의 넓이에 비해 그들의 힘이 부족했다. 결계는 만전한 것이 되지 못했다. 신들이 들어올 만큼의 틈이 있다. 그리고 지금, 그 틈으로 여신이 침입하려고 한다."

"헤에?"

"……네 맞장구는 왠지 놀리는 것처럼 들리는 데 말이다."

"그런가. 그런 말은 처음 듣는데."

이번에는 이쪽이 곤란해져서, 하티아가 중얼거렸다.

코르곤은 일단 숨을 돌리고, 어느 정도 자각하고 있는 건지 우울한 얼굴로 물었다.

"역시 엄청나게 바보 같은 이야기처럼 들리나?"

"응. 솔직히 열흘 뒤에 세계가 멸망한다고 해도…… 난 다다음주에 디너 약속이 잡혀 있거든?"

"그런가. 그렇다면 그 예정을 기대하고 있으라고. 난 그런 대파국을 막기 위한 에이전트고, 지금도 일하고 있다. 그러니 세상은 멸망하지 않는다. 절대로. 그러니까 넌 돌아가라."

자신만만한 말투도 아니고 그저 담백하게 말하는 코르곤을 보며, 하티아는 고개를 갸웃거렸다. 신음하고 나서 말했다.

"그거, 우리 부하들이 밑에서 사다리 잡을 때 하는 소리랑 되게 비슷하네…… 하지만 한 번도 안심해본 적이 없단 말이야. 신기하게."

코르곤이 반박하지 않았기 때문에, 상대를 보면서 계속 말했다.

"그리고 킬리란셰로는 어디 있냐고. 같이 있는 게 아니었어?"

"아니다. 말해두는데 난 그 녀석과 같이 싸우는 게 아니다. 나는 내 고용주에게 나 대신 그 놈을 넘기고 왔다. 적과 아군 양쪽의 주의를 돌리게 하려고…… 아니, 다른 이유려나? 어쨌거나 그 녀석은 내 방식이 마음에 안 들 테니까. 예전부터 그랬다."

'……그렇단 말이지.'

하티아는 마음속으로 이해했다는 말을 했다. 아자리의 부탁도 입에서 나오는 대로 말한 게 아니었던 것 같다.

심장 위에 손을 얹어서 자신을 가리키며, 하티아가 말했다.

"그렇다면 나도 한 마디 하겠는데, 난 킬리란셰로한테도 아자리한테도 협조할 생각 없어."

"그건 감정적인 의견인가?"

"그래, 맞아. 솔직히 말해서 누가 코미크론을 죽게 했지?"

"내가 그랬을지도 모르겠군. 5년 전, 제1기 아자리 토벌대에 나도 참가했었다면 바보 같은 잔재주를 허락하기 전에 그 마녀를 해치울 수 있었다. 그랬다면 선생님도 코미크론도 죽지 않았고, 킬리란셰로도 바로 돌아왔겠지. 《탑》의 변화를 최소한으로 막기 위해서는 그게 가장 좋은 선택이었겠지."

당연하다는 듯이 말하는 코르곤을 보며, 하티아는 눈이 휘둥그레졌다.

그리고—한방 먹였다고 생각했는지, 살짝 씁쓸한 미소를 지으면서 말했다.

"그 경우에는, 이번엔 네 적개심이 나한테 향했겠지. 네 감정 따위에는 그 정도 의미밖에 없다. 전갈은 항상 어딘가로 독침을 겨누고 있는 법이고, 그것이 어디로 향해 있는지 신경 쓰는 것은 전갈 자신뿐이다."

"……그 말은 선생님도 하셨었지."

"나도 들었다. 아무래도 선생님의 친구인가 뭔가라는 부호가 그런 격언을 좋아해서 선생님한테도 이것저것 떠들었다는 것 같더군.

어쨌거나 나는 5년 전에 그녀의 추격에 참가하지 않았다. 선생님은 내가 아자리를 죽일까봐 두려워했지. 나는 그 여자한테 질 가능성이 있다는 것이 두려웠다. 그녀는 좋건 나쁘건 위협일 뿐이다……."

그렇게 투덜대고, 코르곤은 뭔가를 찾는 것처럼 주위를 둘러봤다 —의자라도 찾는 것 같았지만 방 안에는 대신 사용할 가구조차도 없다. 하는 수 없이, 겠지. 벽에 등을 대고 공기 의자에 앉은 것 같은 자세를 잡았다.

"…………."

잠시 그 모습을 지켜보고, 하티아가 물었다.

"……그거, 편하냐?"

"난 편하다."

진지하게 대답하는 코르곤. 물론 농담을 말할 인물도 아니지만. 하티아는 잠시 고민한 뒤에 맞은편 벽에 가서 같은 자세를 했다.

하지만 바로 그만뒀다.

"아니, 이거 완전히 힘든데."

"난 편하다."

완고하게 같은 말을 되풀이하고, 코르곤은 문득 생각이 났다는 듯이 중얼거렸다.

"……넌 예전부터 날 무서워하지 않는군."

"코미크론도 킬리란셰로도 그랬잖아."

말했다. 그러자 코그론은 무표정하게 고개를 끄덕였고, 그래도 이해하기 힘들다는 듯이 눈을 가늘게 뜨고는,

"그랬지. 하지만, 딱히 내가 너희들을 배려한 것도 아니다."

"뭐, 그게 배려였다고 하면 이상하지."

"네가 아직도 아자리를 용서할 수 없다면, 일단 이 기회를 네 마음대로 활용해라. 너는 네 나름대로 자기 역할을 정해야 한다."

"……뭐?"

갑자기 원해 하던 이야기로 돌아왔고, 제대로 파악하기도 전에 코르곤이 이야기를 진행했다. 벽을 가볍게 두드렸다. 하얗고 아무것도 없는 벽을. 그것을 가리키는 것처럼.

"여기는 성역. 위험한 곳이다. 이 청결한 벽은 뭘 제거해서 얻었을까? 그런 것을 깨닫게 만드는 곳이다."

"무슨 뜻이야?"

영문 모를 안 좋은 예감이 치밀어 오르는 것을 느끼면서 물었다.

코르곤은 뭔가를 확인하는 것처럼 뜸을 들였다—그 동안에 딱히 뭔가를 한 것도 아니었지만, 기척 같은 것을 찾는 것 같았다. 하지만 방에는 여전히 아무도 없고, 변화도 없었다.

그래도 뭔가 만족할 만한 결과를 얻었는지, 코르곤은 고개를 끄덕였다.

"사제들은 우리의 감시를…… 잊어버린 것 같군. 레티샤가 뭔가, 상당히 치명적인 뭔가를 들이댔다. 그건 잘 됐군. 이 틈에 너한테 정보를 건네주겠다. 하지만, 그 전에."

그리고는 일어났다. 공기 의자 자세에서. 그리고, 힘들다는 들이 중얼거렸다.

"……피곤하다."

"영문을 모르겠다니까."

괜히 자기까지 피곤한 기분이 든 하티아가 힘 빠진 목소리로 말했다.

제6장 승자와, 승자가 아닌 것

"내일 아침, 동트기 전—4시부터 행동을 개시한다. 앞으로 딱 한 시간이군."

회중시계를 보고, 마인의 목소리는 어둠 속으로 가라앉았다. 바닥에 쌓여 있는 감정의 색은 탁한 어둠을 꿰뚫어보지 않는 한 알 수가 없다.

플루토의 회중시계는 그 쪽이 더 쓰기 편한 것인지 아니면 오래된 것을 애용한 탓인지, 뚜껑을 뜯어낸 것 같은 흔적이 보였다.

"밤눈이 좋은 드래곤 종족을 상대로 야간에 이동하는 것은 위험하지만, 가만히 기다린다고 해도 그 위험은 달라지지 않는다. 이상, 각자 다른 인원에게도 전달해주기를 바란다. 우리의 목표는 드래곤 종족의 성역이다."

넘버즈가 일제히—아니, 주저한 탓인지 몇 명은 타이밍이 어긋나기는 했지만, 어쨌거나 고개를 끄덕이고 자리에서 일어났다.

플루토가 마술 등불을 손으로 움켜쥐자 어둠이 한층 깊어졌다. 주위를 둘러봐도 《13사도》들은 이미 필요 최소한의 등불만을 남겨뒀다. 하늘의 별, 밤의 달 쪽이 훨씬 눈부시다. 탁 트인 황야가 그것을 반사했고, 달빛은 비스듬하게 쏟아진 광선과 반대 방향으로 반사하는 선이 돼서 기하학적인 문양처럼 보이기도 했다.

줄지어있는 넘버즈들 앞에서, 플루토도 가슴을 펴고 이야기를 마무리했다.

"우리의 힘이 우연히, 행운에 의해 주어진 것이라면, 그것은 위급

할 때에 힘없는 사람들의 방패가 돼서 맞설 의무도 함께 주어졌다고, 나는 그렇게 해석한다. 우리가 맞서는 것은 대륙 그 자체의 존망과 관련된 위기다. 명심하도록."

"예."

넘버즈들은 마리아 폰이 그렇게 대답했다는 사실에 놀란 것 같다. 플루토도 약간이나마 눈썹을 들어 올리고 동요하는 기색을 보였다. 하지만 그 기색은 바로 사라졌다. 조용히 호령하고, 해산했다.

오펜은 그 모습을 몇 미터 정도 떨어진 곳에서 바라보고 있었다. 그 또한 말없이 발을 돌렸다.

동료들이 있는 곳으로 돌아와 보니 모두 잠들어 있었다. 어두운 속에서 둘러보니 모포를 둘둘 말 매지크가, 땅바닥에 적당히 큰대자로 누워 있는 지인 형제가, 레키한테 기댄 크리오가 각각 잠들어 있다. 그들이 깨지 않도록 발소리를 죽이고, 오펜은 다시 한 번 주위를 둘러봤다. 레키는 잠들지 않았고, 고개를 들어서 숲을 똑바로 쳐다보고 있다. 조금 떨어진 곳에서 지팡이를 짚고서 같은 방향을 가만히 보고 있는 영주의 모습도 보였다.

그 때, 무릎을 끌어안고 앉아 있던 이자벨라가 고개를 들었다.

"……얘기 끝났어?"

이자벨라는 계속 깨 있었는지 왠지 피곤한 표정이었다. 아니, 잤을지도 모른다─하지만 제대로 된 꿈을 꾸다가 깨어났을 것 같지는 않았다. 황야에 널려 있던 시체들을 떠올리고, 오펜은 신음했다. 매지크도 크리오도 어떤 꿈을 꾸고 있을까.

그 상상을 떨쳐내기 위해서 살짝 고개를 젓고, 오펜이 중얼거렸다.

"그래. 곧 출발할 거야…… 앞으로 한 시간도 안 돼서."

"사람들 깨울까?"

"아니, 좀 더 자게 두는 쪽이 좋을 거야. 준비는 내가 할게."

그리고 짐 쪽을 봤는데, 이자벨라가 이미 정리해준 것 같았다. 땅을 파서 쓰레기도 묻었다. 이런 꼼꼼한 점이 이자벨라답다.

오펜은 아직 동이 트지 않은 밤하늘을 바라봤다.

"우리가 그렇게 초인인가."

"응?"

되물은 이자벨라에게, 살짝 쓸쓸한 미소를 지어보였다—이자벨라에 대한 뭔가를 생각한 건 아니다. 그저 어떤 표정을 지어야 좋을지를 몰랐다.

"플루토는 전 세계의 무게를 자기 혼자서 지탱할 수 있다고 생각하고 있어."

"맞아. 너는?"

이자벨라의 얼굴에도 곤혹스러워하는 것 같은 미소가 드리우는 것을 보고, 오펜은 자기도 모르게 안도하면서 어깨를 으쓱거렸다.

"난…… 무리야. 그런 생각은 할 수가 없어. 지금까지도 쭉, 나 하나도 제대로 지탱하지 못했으니까."

"무슨 말인지는 알겠어. 우리가 너무 거만해진 게 아닌가 하는 얘기지?"

약간 다른 것도 같지만 오펜은 말을 자르지 않고 상대가 계속 말하기를 기다렸다. 이자벨라는 구부리고 있던 허리를 펴고, 앉은 채로 팔다리를 뻗어서 기지개를 켜면서,

"매지크 군이랑 얘기했어. 저 아이, 너한테 짜증이 났더라고. 세계 최고의 마술사면서 왜 그렇게 자신감이 없냐고."

"키므락에서 세계를 구하려고 하던 인간들을 몇 명인가 봤거든. 얄궂은 일이지만 그런 놈들은 전부 죽어버렸어. 아자리도 그 중에 하나고. 지금 죽을 생각인 플루토나 마리아 선생님을 봐도, 난 그 사람들 등을 떠밀어줄 생각이 들지 않아."

"하지만 사정을 알게 됐으니 막을 생각도 못 하게 됐겠지."

이자벨라의 목소리는 약간 갈라져 있었다.

"나도 마찬가지야. 마리아 선생님을 막으려고 했었어. 이르기트도. 왜 그런 결정을 했냐고. 하지만, 설명을 들었더니……."

"너나 마리아 선생님이 죽기라도 하면, 이르기트가 정말로 날 용서하지 않겠지…… 아무도 희생되지 않을 방법을 생각해야 해."

"그건 이상이야. 하지만 현실은 눈앞에 다가와 있고—"

말하려다가, 이자벨라는 입을 다물었다. 그 사이에 오펜의 조용히 중얼거렸다. 크리오와 매지크와 레키—코를 골고 있는 지인들 쪽으로 시선을 옮기면서.

"나한테는 누군가가 죽는 것보다 절박한 현실은 없어."

그것은 겨우 한 나절 전에 50명도 넘는 사상자를 낸 《13사도》에게는 굳이 말할 필요도 없는 일이 아닐까.

떨떠름한 기분을 참을 수 없게 된 오펜은 그 자리에서 벗어났다. 이자벨라도 붙잡지 않았다. 발걸음은 저절로, 가만히 서 있는 영주 쪽으로 향했다.

몇 걸음인가 걸어갔을 때, 알마게스트가 이쪽이 접근하는 걸 눈치챘는지 고개를 돌렸다. 밤하늘 아래에서 지팡이를 짚은 남자. 얼굴에 드리운 그림자 때문에 나이가 많이 든 것처럼 보인다. 예언자나 사신과도 닮았다.

"이것을 진정 전쟁이라고 할 수 있을까?"

예언자와 닮은 남자—또는 예언 그 자체인 남자는 입을 열자마자 그런 말을 했다. 불길한 미래를 고하는 목소리로 계속 말했다.

"승산이 없다. 이겨도 얻는 것이 없다. 보이는 것은 절망뿐이다."

"거기에 도달할 때까지 이게 전쟁이라는 어떤 조건을 채워야만 얻을 게 있다는 말처럼 들리는데."

오펜은 쌀쌀맞게 말했다.

"우리는 이미 인명을 잃었어. 뭔가를 얻어봤자 그건 메울 수 없다고."

나무라는 말이라는 걸 느꼈는지, 영주는 의젓하게—그것을 용서하라고 말하는 것 같은 미소를 짓고는 조용한 목소리로 말했다.

"성역과의 대립은 피할 수 없다네. 나와 플루토조차도 같이 싸울 수는 없었다. 목적이 같다고 해서 상대를 인정할 수 있는 것 아니다. 게다가 성역은 우리 모두를 버릴 생각이다."

"아일망카 결계의 축소…… 그게 사실이야?"

내쉬는 숨결이 하얀색이 됐다.

황야의 밤이 춥기 때문일까. 아니면 체온이 높아졌기 때문일까. 오펜은 후자 쪽이라고 느꼈다.

영주가 고개를 끄덕였다. 아무도 보는 사람이 없다고 했는지—지팡이를 버리고 두 손으로, 뭔가 둥근 것을 감싸는 것 같은 동작을 했다. 그것을 큰 것에서 작은 것으로 줄여가면서 말했다.

"결계가 너무 넓어서 틈새가 생겼다면 줄이면 된다. 당연한 발상이지. 문제는 축소의 범위다."

그 손을, 두 손이 닿을 때까지 좁힌 뒤에 계속해서 말했다.

"성역은 10년 전부터 이것을 계획했다. 아니…… 200년 전부터인지도 모르지. 어느 쪽이건 좋다. 하지만 결국 천인 종족의 시조 마술사 오리오울을 잃는 사태가 벌어지자, 그들은 본격적으로 궁지에 몰려서 대륙을 배신하기로 결심했다. 내가 그것보다 놀란 것은 도펠 익스의 존재였고."

"그래서?"

"당초에 나는 도펠 익스가 단순히 시위 목적으로 성역 밖에 나타난 것이라고 생각했다. 하지만 위화감이 느껴진다는 것도 인정했다. 성역은 딥 드래곤 종족이 완전히 지켜주고 있다. 위협할 필요가 있을 리가 없다. 그리고 진실을 알게 된 것은 바로 최근의 일이다."

영주는 힘을 주지도 않았고, 표정이 굳어지지도 않았다. 천천히, 그리고 확실하게 말했다.

"축소의 범위가 문제였다. 아일망카는 두 번 다시 도박을 하지 않을 셈이겠지. 즉, 결계의 범위를 최소한으로 줄여서 확실하게 틈새를 없앤다. 아일망카들이 모이는 현실(玄室)—그 방 하나만 남기로, 그들은 대륙 전체를 버린다."

"…………"

마리아한테 한 번 들은 이야기지만 영주가 파악한 정보는 한 걸음 더 깊숙한 곳까지 들어가 있다. 플루토가 얻은 정보는 《안개 폭포》의 백마술사들이 네트워크에서 본 것, 영주가 파악한 것은 다미안이 알아낸 것이겠지.

알마게스트는 그것을 말하고 있다.

"도펠 익스도 성역으로부터 버림받은 자들이다. '사제'라고 불리는 자들이 도펠 익스를 이끌고 있지. 그들은 조금이나마 힘이 될 만한 것들을 모아서 시조 마술사들에게 다가가려 하고 있다. 그것 또한 헛된 저항이라는 걸 알면서도."

"그렇다면 도펠 익스와 우리가 협조—"

오펜이 끼어들었지만, 영주는 바로 부정했다.

"무리다. 착각하지 말게나. 결계의 축소는 필요한 것이다. 도펠 익스는 그 축소 범위를 성역 전역으로 넓히고 싶을 뿐이지. 그것 외에는 전부 버려지게 된다."

그가 손을 내렸다. 영주는 몸을 숙여서 지팡이를 집었다.

"나는 제2 세계 도탑을 써서 마왕을 소환하고, 이미 나타나고 있는 여신을 밀어낼 것이다. 그리고 결계를 보강할 방책을 생각해야만 하고. 굳이 말할 필요도 없지만 이것은 성역의 생각보다, 도펠 익스의 생각보다 확실하게 위험 부담이 적은 계획이다. 급한 불을 끄기위한 대책이라고 생각해도 좋다. 그리고—자네에게도 말했지만, 마왕 소환에 성공할지도 미지수다. 천인 종족조차 겨우 책 한 권을 소환하는 데 긴 시간이 필요했다. 그리고 성공한 경우에도 나타나는 파국의 신을 둘로 늘리는 결과가 돼버릴지도 모른다."

그 지팡이로 지면을 찌르는 것처럼 짚고, 계속 말했다.

"그리고 그 이후의 정치까지 생각해야 한다네. 두 번 다시 성역의 배신을 용납하지 않기 위해, 그들을 복종시킬 필요가 있다…… 힘을 쓰건, 무슨 수를 쓰건."

그리고—그가 손을 멈췄다.

그리고 더 낮은 목소리로 말했다.

"귀족 연맹의 권한으로 《13사도》를 쓸 수도 있었다. 낮에는 그렇게 말했지만, 그들을 앞세우지 않은 것은 성역과 전면 항쟁이 벌어지면 그들이 전멸되리라는 것을 뻔히 알고 있었기 때문이고, 그렇게 되면 인간 종족의 힘이 쇠퇴하는 결과를 초래하게 된다. 사태를 수습한 뒤 성역을 지배하에 두기 위해서는, 가능하다면 《13사도》에 더 이상 소모가 발생하지 않았으면 싶다. 일단 《13사도》를 막고 싶다는 점에서는 우리의 일치가 이해했다고 봐도 되겠지?"

"그래."

영주가 무슨 말을 하려고 하는지.

그야말로 영주의 예언을 훔치는 것처럼, 오펜도 짐작이 갔다.

상대가 얼굴을 가까이 들이대도 물러나지 않는 것은 그런 각오가 돼 있었기 때문이다.

"그렇다면 내 나름대로 조언을 해주지. 하지만, 자네도 이미 알고 있겠지만. 즉, 어쨌거나 플루토다."

목소리를 최대한 줄이고—알마게스트가 속삭였다. 그 말에만 힘을 주고, 삐걱거리는 것 같은 목소리로.

"플루토가 죽으면 《13사도》는 끝난다."

"……그렇겠지."

오펜은 그렇게만 대답했다. 주위를 둘러보니 출발 시간이 돼서 《13사도》들이 꾸물꾸물 움직이는 기척이 밤의 공기 속에서 느껴지고 있었다. 하지만 그들이 본격적으로 일어날 때까지 십여 분 정도의 여유가 있겠지.

'플루토는 전체에서 떨어지는 쪽으로 갔다. 녀석의 성격을 생각해보면 근처에 호위나 자기편을 두지도 않겠지. 안 그래도 지금의

《13사도》는 인원이 부족하니까.'

멍하니 어둠을 바라보며, 추측을 거듭했다.

'단시간에 플루토를 노리는 게…… 가능할까?'

영주에게 가겠다는 말도 안 하고, 오펜은 뛰어갔다.

'기도해봤자 구해줄 신은 없다—이 세계는 그런 세계다. 인간은 실제로 존재하지 않는 신에게만 희망을 가질 수 있으니까.'

발소리를 죽일 생각도 없었지만, 어두운 황야에서 그의 발소리는 울리지 않았다. 어둠 속에서 실체 따위는 없는 것처럼 미끄러지듯 나아간다. 앞으로. 또 앞으로. 밤의 공기를 가르며 나아간다. 공기를 허파에 집어넣고, 토했지만 그 소리도 자신에게는 들리지 않는다.

가능하다면 사색의 잡음도 지우고 싶었다—누가 듣고 따지지도 않겠지만, 사고에 아무 것도 넣어두지 않은 채로 달려가고 싶었다.

'인간은 눈에 보이고 손으로 만질 수 있는 것에 실망한다. 그것은 절대로 기대를 웃도는 일이 없어. 누구나 마찬가지야. 5년 동안 찾아다녀서 겨우 따라잡은 아자리의 말을 듣고, 내가 느꼈던 건 틀림없는 실망이었어.'

보면 볼수록. 만지면 만질수록. 더욱 실망하게 된다.

그리고 결국에는—

오펜은 얼굴을 찌푸렸다. 바란 대로 가슴속의 노이즈가 멀어졌다.

플루토가 있는 위치를 알고 달린 것도 아니다. 어림짐작으로 찾고 있을 뿐이다. 시간 여유도 얼마 없다. 초조한 기분이 드는 것도 자각하고 있다. 까딱하면 또 영원히 돌이킬 수 없는 것을 희생되게 만들 수도 있다. 자신이 초인은 아니지만 할 수 있는 건 다 해야 한다.

조금 전에 회의하고자 모인 지점에 도착했다. 플루토가 간 방향을 감에 의지해서 생각해내고, 또 달려간다.

'하지만, 그래도⋯⋯ 실망해도, 절망해도, 인간은 살아갈 수밖에 없잖아!'

멈춰선 순간에 다시 태어난 사고의 노이즈 때문에, 오펜은 더 빨리 뛰어갔다.

그리고, 달린다.

의식이 사라지고 어둠 속에 녹아든다. 다른 사람과 엇갈려도 알아차리지 못할 정도로. 밤바람에, 어둠의 그림자가 된다는 몽상을 했다.

마침내 어둠 속에서 가로막는 거대한 사람을 발견했다.

발을 멈추지 않고, 한 순간 몸을 숙이고, 그대로 오른발을 치켜들었다.

창처럼 내지른 발끝이 그 사람을 꿰뚫은 것처럼 보였다. 적어도 그럴 생각이었다─몸 중심, 등뼈를 노리고. 맞으면 몇 초는 움직이지 못하게 할 수 있다. 비명 지를 틈도 없이 상대를 무력화시킬 수 있다.

하지만 그 자는 재빨리 몸을 옆으로 돌려서 일격을 피했다. 그리고는 자세가 무너진 이쪽을 향해 가로로 휘두르는 일격을 날렸다. 이를 악물고, 오펜은 몸을 젖혔다─엉덩방아를 찧을 정도로 몸을 낮춰서 타격을 피한다. 일시적이라도 넘어져서 도망칠 수 있는 상대가 아니라는 건 알고 있다. 그대로 균형을 유지하고 재빨리 일어났다.

상대도 멈춰 있지 않았다. 고개를 돌렸을 때는 이미 주먹을 내지르고 있었다.

피할까, 막을까.

한 순간도 안 되는 시간의 선택에 내몰렸다. 적의 주먹 위력은 알고 있다. 막을 수는 없다.

하지만 오펜을 피하지도 않고, 그 자리에서 다시 오른발을 들어 올렸다. 안쪽으로 원을 그리는 모양으로, 극도로 줄인 동작의 발차기. 부츠 굽에 들어 있는 철판이 적의 주먹을 쳐냈다. 궤도를 어긋나게 하고, 상대의 공격 동작이 무너졌을 때 다시 발을 들어서 뒤꿈치로 내리찍는 모양으로 공격했다.

발은 그 사람의 어깨를 노렸지만 감촉이 너무 약했고, 오펜은 혀를 찼다. 적의 공격을 흘린 것까지는 좋았지만, 그 위력 때문에 이쪽도 자세가 무너졌다. 기습의 기세와 발을 사용해서 체중 차이를 메우려고 했지만, 상대의 주먹은 그것마저 능가하는 위력이었다.

위력만이 아니다. 몸 전체를 이동하는 발놀림, 공격 각도, 모든 것이 정확하고 최단거리다.

'흉포한 놈이다, 이 자식은…….'

중얼거리면서, 오펜은 난해한 구성을 한 순간에 짜냈다. 외친다.

"나 춤추노라, 하늘의 누각!"

유사 공간전이. 몇 미터를 후퇴해서 실체화했다.

거리를 벌리자 어둠 속 멀리에 있어야 할 적의 모습이 오히려 또렷하게 보인다.

그것은 침착하게 이쪽을 바라봤다. 거대한 압박감에 처음으로 호흡이 흐트러졌다. 오펜은 다시 전투태세를 잡았다—딥 드래곤과 대치하던 때를 떠올렸다. 최선의 힘을 끌어내서 대항해도 모자란 적.

"킬리란셰로…… 인가!"

그 목소리는 정면의 적에게서 나온 것이 아니었다. 대각선 뒤쪽, 아마도 땅에 쓰러져 있다. 왕도의 마인 플루토가 경악해서 신음하는 목소리로 부르고 있다.

"날 지키러 왔다는, 건가?"

"내가 지킬 수 있다면."

아슬아슬한 긴장 속에서 중얼거렸다. 플루토가 일어나려고 했지만 그 동작을 보면 마인이 이미 상처를 입었다는 걸 알 수 있었다.

'플루토가 이미 부상당했다면…… 여기서는 도움이 안 된다는 뜻인가.'

오펜은 정면의 상대 쪽으로 주의를 되돌렸다. 모든 신경으로 그 적 하나만 살폈다.

그리고, 말했다.

"플루토가 죽으면 《13사도》는 끝난다. 누구나 생각할 수 있는 일이지. 네가 올 거라고 생각하고 있었어."

"레드 드래곤 종족만으로는 불안하다…… 그런 믿기 힘든 말을 들어서 말이지."

그 성복 차림의 남자, 잭 프리스비에게 대답할 이유는 없었을 것이다—

말없이 공격을 재개하리라고 예상했던 오펜은 허를 찔렸다. 그 도펠 익스는 우호적이기까지 한 온화한 목소리로 계속해서 말했다.

"널 기억하고 있다. 싸운 상대는 전부 기억한다. 하지만 살아서 재회한 자는 지극히 적다. 너는 누구냐?"

"난 나다."

짧게 내뱉고, 주먹을 겨눴다.

동시에, 오펜은 낌새를 느끼고 날카롭게 속삭였다. 정면에 있는 잭이 아니라 뒤에 있는 플루토에게.

"안 돼. 아무도 부르지 마! 이놈은 시크 마리스크를 상처도 하나 없이 죽인 놈이다. 부하를 죽이고 싶지 않으면 아무도 부르지 마."

"…………?!"

지시한 내용보다, 이쪽이 뒤도 돌아보지 않고 마인이 소리를 지르려는 호흡을 알아차렸다는 것에 깜짝 놀랐는지도 모른다. 플루토가 신음하는 것 같은 소리가 들렸다.

하지만, 아무튼 말을 들어준 것 같다. 비틀비틀 일어나며, 플루토가 물었다.

"이 놈은…… 드래곤 종족이 아니다. 평범한 인간일 텐데."

"그래서 어쨌다고. 그딴 게 무슨 의미가 있다는 거야."

짜증이 나서 투덜대고, 오펜은 몸을 약간 앞으로 기울였다. 자연스럽지 않고 위험한 자세지만, 정공법으로 이길 가능성은 없다고 직감했다.

"아니, 의미는 있다……."

그렇게 말한 사람은 잭이었다. 오른팔을 내린 채, 왼손만을 이쪽으로 향하고,

"마술사라는 초인을 상대로, 마지막에 맞서는 것은 나 같은 인간이다. 그렇지 않은가? 왕도의 마인이여…… 나는 악령이다."

그리고 이쪽 흉내를 내는 것처럼 상체를 앞으로 숙였다. 아주 조금, 정면에서는 알아차리지 못할 정도로. 하지만 겨우 몇 센티미터지만, 이 적의 일격이 깊게 스치면 그것만으로도 몸이 뜯겨나갈 수 있다.

"악령, 이라고?"

플루토가 물었다.

악령이라고 자처한 잭 프리스비는 역시나 여유 있는 목소리로 말했다.

"내 몸에는 악령이 씌워 있다. 그것이 내 힘이다. 인체의 신비에 자리 잡은 악마다."

"비켜라! 킬리란셰로. 안 그러면 너도 같이 날려버리겠다."

오펜은 뒤쪽에서 날아온 목소리에 전율을 느꼈다. 부상당해 화가 난 플루토는 냉정한 판단력을 잃었다. 정말로 저지를 수도 있다. 하지만……

모자 챙 너머로 보이는 잭의 눈빛을 보고, 오펜은 중얼거렸다. 성복 차림의 남자는 동요하지 않았다.

'이 녀석은 우리가 마술에 의지하려고 하는 단 한 순간을 기다리고 있다.'

동요한 것은 이쪽이었다.

눈을 깜박인 순간, 적의 몸이 시야에서 사라졌다.

단 한 순간에 최고 속도까지 도달하는 순발력과 소리도 없는 동작. 그리고 몸을 뒤덮은 검은 성복. 모든 것이 어둠을 자기편으로 삼고, 쉽게 탐색의 틈새로 파고들게 만들어준다. 잭이 어느 쪽으로 움직였는지, 오펜은 생각하기 전에 구성을 해방했다. 상대가 절대로 쫓아올 수 없는 영역—즉, 하늘로.

"나 비상하노라, 하늘의—"

늦었다. 아니, 중력 중화 구성은 이미 그의 몸을 공중으로 튕겨 올리고 있었다—하지만, 그 때는 이미 잭의 모습도 눈에 들어왔다.

2미터 정도 날아올랐겠지. 같은 고도로 잭도 뛰어올랐다. 몸을 웅크리고, 활시위를 당기는 것처럼 뒤로 뺐던 왼쪽 주먹을 내지르는 모습이 보였다.

'구성을——좁힌다!'

"은령!"

마지막 한 순간에, 구성을 또 변화시켰다.

공중에서 격렬하게 방향을 전환한 탓에 내장을 쥐어짜는 것 같은 압박이 걸려서, 오펜은 고통의 신음소리를 냈다. 그래도 구성은 작용했다. 상승에서 급강하로 전환한 오펜의 몸은 적의 공격을 헤치는 모양으로 선회하고 착지했다. 아니, 지면에 격돌했다고 하는 쪽에 가까울 지도 모른다. 간신히 낙법을 했지만, 몸이 땅에 부딪치는 건 피할 수 없었다. 일어났더니 공중에서 엇갈린 잭은 그대로 곧장 플루토를 향해 돌진하고 있다. 빠르다.

'따라갈 수 없다……'

그래도 잭의 등을 쫓아서, 오펜은 뛰쳐나갔다. 플루토는 적을 기다리는 자세로, 두 팔을 앞으로 뻗고서 소리쳤다.

"참극을 봤다!"

그것이 주문이겠지. 플루토의 구성을 보면서, 오펜은 분한 기분이 들었다. 마인이 날리려고 하는 마술은 틀림없이 강대한 것이고, 정밀도도 속도도 충분하다. 하지만 잭의 공격에 대해서는 너무 느리다.

이대로 가면 플루토가 죽는다. 하지만 오펜은 재빨리 떠오른 구성을 짰다. 속도를 최우선으로, 플루토와 맞서는 모양으로 발을 멈추고, 오른팔을 치켜들었다.

"나 발하노라, 빛의 백인!"

마인의 마술이 발동하는 타이밍에 맞췄다. 거의 동시에, 그와 플루토가 들고 있는 주먹 앞에 하얀 빛이 부풀어 올랐다.

그 직전에, 잭이 이쪽을 흘끗 봤다.

플루토의 마술 위력과 맞서는 형태로, 오펜이 날린 열충격파가 작렬했다. 폭음과 열이 지면을 울렸다. 폭발은 한 순간에 끝났고, 오펜은 그 여파를 얼굴로 맞으면서 한쪽 무릎을 꿇었다. 슬쩍 보니 플루토도 같은 자세로 이쪽을 보고 있다.

얼굴을 마주볼 시간은 거의 엇다. 오펜은 바로 옆에—믿을 수 없을 만큼 가까운 곳에 잭이 서 있는 걸 발견했다.

'협격 당하기 직전에 눈치 채고 바로 여기까지 이동했다는 건가…….'

잭이 날린 왼손을 끌어들일 여유도 없고 아슬아슬하게 피할 만큼 간파하지도 못하고, 오펜은 후방으로 크게 도약해서 도망쳤다.

사실 잭에게 그 정도는 그렇게 어려운 일이 아니었을 것이다—잭에게는 마술이 발동하기 전에 플루토의 몸에 일격을 박아 넣을 만큼의 여유가 있었다. 하지만 오펜이 협격하는 형태를 취했기 때문에 그대로 플루토를 죽이면 뒤쪽에서 날아오는 마술을 피할 수 없다고 판단했고, 공격을 중단할 수밖에 없었다. 공격을 위해서 가지고 있던 여유를 회피와 이동에 사용했을 뿐이다.

플루토가 함성을 질렀다. 장거리를 돌격해서, 측면에서 잭에게 주먹을 날렸다. 잭은 그쪽은 전혀 보지도 않고, 몸을 반전시켜서 왼팔로 플루토의 주먹을 흘려냈다. 단순하게 뿌리친 게 아니다. 플루토의 공격을 막고, 잡지도 않았는데 적의 몸을 끌어당겨서 땅바닥에 엎어지게 만들었다. 네 발로 엎드린 모양이 된 마인을 보며, 잭이 주먹을 허리춤에 댔다.

그가 마지막 일격을 날리기 전에, 오펜이 비트는 것처럼 오른발을 내질렀다. 잭은 이것을 막지 않고 후퇴했다. 몇 걸음 정도 거리가 벌어졌다.

바로 공격하는 척 하고, 잭은 한 걸음 더 물러났다―오펜은 그 틈에 단검을 받았다. 봐주면서 싸울 수 있는 상대가 아니다.

조용했던 황야는 폭발의 여운 때문에 떨고 있다. 술렁이는 소리는 그것만이 아니다. 이변을 눈치 챈 《13사도》들이 소란을 피우기 시작했다. 대지를 태우는 하얀 불꽃이 등불이 돼서 오펜과 주변에 있는 사람들의 몸을 비추고 있다.

잭의 모습은 달라지지 않았다―초조함도, 분노도, 아무것도 찾아볼 수 없다.

반대로 오펜은 《13사도》가 모이는 기척을 환영할 수 없었다. 이 성복 차림의 남자는 최접근령에서 수십 명을 학살했다. 50명이 넘는 최강의 흑마술사들을 상대로 똑같은 짓을 할 수는 없겠지만, 그래도 어느 정도는 비슷하게 재현해버릴지도 모른다.

"해치워주마……."

플루토의 원한 섞인 목소리였다. 왕도의 마인은 격노했고, 땅바닥을 짚었던 손바닥의 모래를 털어내고 있다.

오펜은 그의 앞을 가로막는 모양으로 이동했다. 플루토의 신음소리 때문에 목덜미에 소름이 돋았지만, 신경 쓸 때가 아니다.

성복 차림의 남자는 가만히 이쪽을 보고 있다. 나타났을 때와 변함이 없는―것처럼 보였지만, 오펜은 변화를 알아차렸다. 어느 샌가 객이 오른 손을 공격에 사용하던 자세에서 정 반대의 자세로 바뀌어 있었다. 오른쪽 어깨를 앞에로, 왼손을 뒤로 빼는 모양으로.

"…………?"

의아한 기분에, 오펜도 자세를 잡았다. 자세히 보니 작은 오른팔을 축 늘어트리고 손가락 하나 움직이지 않고 있었다. 오른팔을 다쳤다. 움직이지도 못할 정도로.

'뭐지……? 언제 다친 거야?'

또 하나. 적의 변화. 웃고 있다. 투박한 얼굴에, 옆으로 번지는 기괴한 모양으로 웃고 있다. 그야말로 악령이라도 씌운 것처럼. 그것은 비웃는 것 같기도 했고 축복하는 것 같기도 했다. 마술에 의한 하얀 불꽃에 비친, 검은 웃음.

"네 이름은 킬리란셰로…… 인가."

당돌하게, 성복 차림의 남자가 그렇게 중얼거렸다.

"어디선가 들어본 것 같은 이름이군. 너는 재미있다. 너처럼 강한 마술사를 딱 한 명 알고 있다. 하지만 너는 그 남자와 다르군…… 동질이면서 정 반대……."

"네 오른손, 그거 부러졌지."

무시하고, 오펜이 말했다. 기도하는 것처럼 적을 바라본다.

"성역으로 돌아가. 어제 그렇게 압승했으면서 또 《13사도》를 해치우기 위해서 이런 암살 짓까지 저질렀다는 건, 너희들의 궁핍한 상황을 자백하는 꼴이나 마찬가지라고……."

"자백이고 자시고. 부정은 않는다. 성역은 파멸되어 있다. 이 대륙 자체와 마찬가지로."

도펠 익스는 무사한 왼팔을 들고는 그 웃음을 지웠다. 다시 무표정해진 얼굴도, 허공이라도 들여다보는 것처럼 약간 들어올렸다.

동트기 직전의 검정과 회색이 소용돌이치는 하늘―별빛의 흰색, 그리고 대지에서 타오르는 불꽃이 비친다. 뒤섞여가는 혼돈 속에, 그 남자의 목소리도 녹아들어갔다.

"큰 문제는 아니다⋯⋯ 나는 단지 라이언 스푼의 절망에 답해주고 싶었을 뿐이다. 마찬가지로, 절망하는 자로서."

"그딴 건―"

말하려다.

오펜은 그 말을 삼켰다. 잭의 모습이 사라졌다. 또 시야에서 벗어난 건가 하는 오싹한 기분을 맛보며 주위를 둘러봤지만 그런 기적도 없었다. 성역의 어떤 장치로 회수한 걸까. 완전히 사라져버렸다.

"뭐냐, 지금 그건⋯⋯ 성역은, 이렇게까지 우리를 바보 취급하는 것인가!"

화를 터트릴 대상이 없기 때문이겠지. 플루토가 이를 악물고서 중얼거렸다.

오펜은 고개를 저었다. 불길이 사라지고, 다시 어둠의 장막이 내려왔다.

황야의 소란은 확대되고 있었다. 이쪽으로 뛰어오는 발소리는 한둘이 아니고, 하나같이 당황하고 있다. 비명 같은 소리까지 귀에 들려왔다. 습격을 받고, 결국 이성에 한계가 온 마술사가 있을지도 모른다.

플루토가 선언한 시각까지 앞으로 십여 분. 오펜은 빈정대는 것처럼 신음했다.

⋯⋯정말로, 출발할 생각인가? 출발할 수 있다고 생각하는 건가?

후기

상하권인데 후기. 예, 저도 압니다, 말도 안 되는 일이죠, 죄송합니다. 하지만 담당 편집자분이 후기는 꼭 써야한다고 하더라고요.

하지만 이번엔 페이지수가 미묘하다고 해서 그렇게 많이 쓸 수는 없습니다. 딱 한 페이지만 쓰라고 하더군요. 그렇게 해서, 짧기는 하지만 사과의 말씀을.

시리즈 19권입니다만 지난번 책이 나온 뒤로 너무 모래 걸렸습니다. 다른 시리즈 후기에서 「그 이유는 19권이 나오면 말씀드리겠습니다」라고 적었지만, 죄송하게도 사죄하는 것밖에 드릴 말씀이 없습니다.

아니, 사실은 상하권을 동시에 발매하고 싶었습니다만…… 하으으.

그럼, 다음 권 후기에서 만나기를 바라며. 안녕히~

2003년 3월-
아키타 요시노부

마술사
오펜
뜻밖의 여행

나의 성역으로 열리라 문(하)

그녀는 바로 뒤에 있었다.
살아 있을 때와 똑같은 모습으로.
아자리는 그의 손을 잡고, 그것을 자신의 뺨에 댔다.

오펜은 자신의 문장과 똑같은,
또 하나의 문장을 목에 걸었다.

울지 마! 뭔가가 있을 거야
기적은 아닐지도 모르지만 그것과 똑같은 뭔가가
안 그러면 아무도 살아있을 수 없잖아

CONTENTS

나의 성역으로 열리라 문(하)

애장판 10

나의 성역으로 열리라 문(하)

秋田禎信
Yoshinobu Akita

일러스트 쿠사카 유야　**번역** 김정규　**디자인** 백진화
편집 김보람　**마케팅** 이수빈

나의 성역으로 열리라 문(하)

제7장 장애물과, 장애물이 아닌 것

부대는 동이 트기도 전에 이동을 시작했다.

해가 뜨는 기척만을 느끼면서 밤의 황야를 나아갔다. 전체적인 발걸음은 느리다. 그 걸음의 무게에 진질 끌려가는 것처럼, 매지크는 고개를 숙이고 자기 발밑을 보고 있었다.

앞에는 어두운 밤하늘에 녹아드는 것 같은 검은 숲. 칠흑으로 우거진 펜릴의 숲이 있다. 아직 멀다―절망적일 정도로 멀다. 몇 번이나 한숨이 나온다.

그 때.

"……피곤해?"

걱정하는 목소리를 듣고 움찔했다. 애당초 걱정해줄 만큼 친한 사이가 아니라는 걸 자각하고, 매지크는 신음했다. 고개를 돌려보니 이자벨라가 이쪽을 보며 말했다.

"킬리란셰로 군이나 다른 동료들처럼 저 딥 드래곤에 타면 될 텐데."

그렇게 말하면서 조금 떨어진 곳에서 걷고 있는 거대한 늑대를 가리켰다. 소리도 없어 걸어가는 검은 짐승은 그림자가 걸어가는 것처럼 보이기도 했다.

매지크는 그 짐승의 등에 타고 있는 오펜과 크리오, 영주, 지인 형제들은 못 본 척하고 작은 소리로 대답했다.

"괜찮아요…… 저쪽에 타면 더 피곤할 것 같아서."

"……그래?"

다행이 이자벨라는 더 이상 추궁하지 않았다―매지크는 문득, 켕기는 기분을 느끼며 중얼거렸다.

"아. 죄송해요…… 제가 걸어가지 않았으면 이자벨라 씨―아, 이자벨라 교사보도 같이 걸어갈 필요가 없지 않나요?"

그녀는 피식 웃어보였다. 애교 있는 웃는 얼굴이지만 그늘이 보인다.

"신경 쓰지 마. 킬리란세로 군이랑 같이 있으면 이르기트 얘기를 하게 될 것 같아서…… 나도 그건 힘드니까."

"저기, 당신은 마술사죠?"

갑자기, 매지크가 물었다. 그리고 바보 같은 질문이라고 생각해서 얼굴이 빨개졌다. 매한테 당신은 새냐고 물은 것이나 마찬가지였다. 예상대로 이자벨라는 기묘한 표정으로 고개를 끄덕였다.

"맞아. 난 마술사야. 그쪽 선생님인 킬리란세로 군이랑 다른 교실이지만, 동기라고 해도 되겠지."

"그러니까, 그게…… 제가 물어본 건, 당신이 대단한 마술사냐는 뜻이거든요. 틀림없이, 엄청난 실력에, 강한……."

"글쎄. 그쪽 선생님하고 비슷한 정도는 될 거야."

그렇게 말하고, 그녀는 쓸쓸하게 미소를 지으며 어깨를 으쓱거렸다.

"아냐, 아닐지도 모르겠네. 난 플루토한테 맞서는 건 상상도 못 하니까."

"오펜 씨는 어느 정도의 마술사일까요."

"뭐?"

"제가 아는 마술사는 오펜 씨밖에 없거든요. 그 사람이 대단하다는 건 알고 있어요. 하지만 생각해보니 얼마나 대단한지는……."

이자벨라는 잠시 눈이 휘둥그레져 이쪽의 얼굴을 쳐다봤지만—

마침내, 대답했다. 조금 가까이 다가와서, 목소리를 죽이고.

"잡담으로 물어보는 건 아닌가보네. 그렇다면 진지하게 대답해야겠지. 그런 건 보는 사람에 따라 달라지는 거야."

"달라져요?"

"객관적으로 봤을 때 킬리란셰로 군은 상당히 강한 마술사 중에 한 사람이겠지. 어제 싸우는 모습을 봤으면 누구든 그렇게 생각할 거야. 하지만 나한테는 예전에 호적수였던 상대의 동생이고, 마리아 선생님이 보면 언제까지고 어린애겠지. 그쪽한테는 어떻게 보여?"

되레 질문을 받자, 매지크는 당황했다. 그래도 어떻게든 대답을 했다. 고개를 숙이고, 우물거리면서,

"……무슨 수를 쓰건, 저는 당해낼 수가 없어요."

"그래. 정말로 그 말이 맞을지도 모르고, 의외로 그 사람을 웃도는 뭔가를 이미 가지고 있을지도 모르거든?"

"뭐?"

고개를 드는 매지크에게, 이자벨라가 미소를 지으면서 말했다.

"아까 나도 말했었지. 그쪽이 마술사라면 난 그쪽을 마술사로서 대할 거야. 하지만 솔직히 말해서, 그쪽은 아무리 봐도 한 사람 몫의 마술사로서 활약할 수 있을 것 같은 분위기가 아니고, 실제로도 아직 풋내기니까 그쪽한테 많은 걸 바라지 않아. 킬리란셰로 군은 어떠려나. 난 그 사람이 그쪽을 한 사람의 마술사로 보기 위해서, 힘들게 생각을 바꾸려고 하는 것 같거든."

"그 사람이, 저를요?"

"난 학생을 둬본 적이 없어서 잘은 모르겠지만…… 학생의 자립을 인정하는 건 가르치는 쪽에서도 힘든 일일지도 몰라. 킬리란셰로 군이 생각을 바꾸려고 하는 것처럼, 그쪽도 그 사람에 대한 생각을 바꾸지 않으면 그쪽 혼자만 남겨지게 될 수도 있어."

"…………."

한참동안 그녀의 말을 되새기며, 매지크는 묵묵히 걸어갔다. 마음은 조급하지만 답이 생각나지 않는다. 넘어지는 게 아닐 정도로 빠르게 걸어가던 매지크가 겨우 입을 열었다.

"저는, 마술사로서 한 사람 몫을 하고 싶다고 생각했어요."

"그렇구나."

이자벨라의 목소리는 상냥했다. 그런 이자벨라에게, 자신이 하려는 말의 내용 때문에 주저하면서, 그래도 매지크는 주눅이 드는 기분을 뿌리치고 말했다. 주위를—떨어진 곳에서 마찬가지로 걸어가고 있는, 겁먹고 지친 무력한 사람들의 무리를 팔을 들어 가리키며. 마찬가지로 겁먹고, 지친 상태로.

"하지만, 이게 대륙에서도 최고라는 흑마술사들의 모습인가요? 이건 너무하잖아요."

그들 《13사도》—모든 마술사가 정점이라 생각하며 우러러보는 궁정의 마술사들. 이미 절반이 성역의 힘에 쓰러졌고, 나머지 절반도 지금까지 적이 될 상대의 의지 하나에 따라 파멸될 거라 확신하고 초췌해진 상태다. 포기한 상태로, 단지 그것밖에 방법이 없다는 이유 하나로, 발을 질질 끌면서, 전진하는 것이 아니라 내몰리고 있을 뿐인 사람들.

매지크처럼 동료들을 바라보고, 이자벨라도 탄식했다.

"그러게. 꼴 사나워."

자조하는 느낌이 담긴 그녀의 목소리에는, 빈정대는 기색조차 담겨 있지 않았다.

결국 《13사도》를 막지 못했다.

딥 드래곤의 등 위에서 점점 번지는 아침 햇빛 아래 진군하는 마술사들의 모습을 바라보며, 오펜은 가슴 속에서 중얼거렸다. 그들은 어리석은 자들이 아니다―손도 발도 쓸 수 없는 위험성을 알고 있으면서도 성역에 도전하기 위해서 전진하고 있다.

'일단 지금 내가 할 수 있는 건…… 이쪽과 성역 양쪽의 희생을 줄이기 위해서 움직이는 정도인가. 어제 레키의 반응을 보면, 레키의 의도도 거기에 가까운 것 같았어.'

그리고, 검은 짐승의 털을 손으로 만졌다.

레키는 당연히 묵묵히―말 그대로 소리도 없이―걸어갈 뿐이지만, 그 방향은 확실했다. 지금은 《13사도》와 마찬가지로 성역을 향해, 똑바로 나아가고 있다.

'열흘 뒤에 대륙에 침입하는 여신을 상대로, 성역이 성역 밖을 전부 희색하고 자신들만 살아남으려고 한다면…… 분명히 이 《13사도》의 진군도, 양쪽의 충돌도 막을 방법이 없어.'

성역이 그 계획을 수행하게 둘 수는 없다.

하지만 한편으로는, 인간 종족에게는 여신에 의한 모든 파국을 막을 방법이 없다. 단 하나, 너무나 불확실한 단 한 가지 방법을 제외하고…….

오펜은 곁눈질로, 마찬가지로 레키의 등에 타고 있는 멤버들을 봤다. 최근 며칠 동안 계속 레키의 앞발에 매달려 있게 한 처우에 불만을 늘어놓던 지인들도 지금은 등 위에 타고 있다. 매지크가 내려가서 걸어가겠다고 주장한 덕분이지만, 빈 공간이 한 사람 몫밖에 없이 때문에 지인들은 포개져서 앉아 있다. 결과적으로 불평은 줄어들지 않았다. 그 뒤에는 영주가 있다. 최접근령의 영주, 알마게스트 베티슬리서. 발이 부러진 척 하고 있는 그는, 부목을 댄 오른발을 뻗은 채로 지평선의 아침해를 바라보고 있다.

이 영주가 어젯밤에 겨우 밝힌 내용을 생각하며, 오펜은 이마에 손을 얹고 작은 소리로 신음했다. 대륙을 파국에서 구하기 위해 태어난 이 인조인간 알마게스트만이 여신에 대한 대항 수단을 가지고 있다. 단지 그것을 실행하려면 성역을 지배하에 둬야 한다.

'지금은 나도 이 흐름을 타고 성역으로 가는 수밖에 없어…….'

포기하는 마음과 함께 인정했다. 반대로 영주를 성역에 도착하도록 하기 위해서는 《13사도》의 힘까지 필요하게 될지도 모른다. 레키의 힘은 틀림없이 강대하지만, 성역 전체와 싸워서 그걸 돌파할 수 있을지. 그것은 미지수였다.

그 때.

"오펜."

누가 불러서 사색을 멈췄다. 고개를 들어보니 크리오가, 레키의 머리에서 목을 타고 슬금슬금 미끄러져 내려왔다.

크리오는 오펜 바로 앞에서 재주도 좋게 멈췄고, 말했다.

"저기 말이야. 레키가 이제부턴 가기 힘들어질 테니까 조심하래."

"……그렇게 말했어?"

"응. 다른 사람들한테도 전해달래."

당연하다는 것처럼 얘기하는 크리오의 말을 듣고, 오펜은 잠시 생각한 뒤에 물었다.

"레키가 직접 전하는 게 더 빠르지 않아?"

"나도 그렇게 생각하긴 했어. 하지만, 레키가 스스로 다른 사람한테 의사를 전하면, 뭔지는 모르겠지만 엄청나게 피곤해진다는 것 같아. 원래는 레키가 할 수 없는 일이라고."

"할 수 없다고?"

"응…… 레키가 뭔가 알아듣기 힘든 말을 이것저것 했는데, 종족의 저주나 뭐라나."

설명하는 크리오 자신도 고개를 갸웃거렸다.

거기까지 들으니 조금은 이해되었지만, 오펜은 확인차 속삭였다.

"그런데, 너한테만은 의사를 전할 수 있는 거야?"

"뭐? 응…… 아마도 그럴 거야. 잘은 모르겠지만."

이쪽이 작은 소리로 말한 탓이겠지. 크리오도 입 속에서 중얼거리고는 곤란하다는 듯이 팔짱을 꼈다. 크리오는 자각하지 못한 것 같지만—오펜은 알아차렸다.

'패밀리어다. 크리오는 레키와 의식과 감각을 공유하고 있어.'

딥 드래곤 종족의 정신 지배는 약한 종족에 대한 정신적 접속을 유효하게 한다.

그 지배의 강도에 따라서는 패밀리어 자신이 딥 드래곤의 힘을 빌려서 마술의 힘을 행사할 수도 있다. 오펜은 그 실례를, 몇 개월 전에 서부에서 직접 봤다. 크리오의 피지배 심도는 그렇게까지 깊지 않은 것 같지만.

"그나저나…… 가기 힘들어 진다고?"

다시 하던 이야기로 돌아와서, 오펜은 그 의문을 입에 담아서 중얼거렸다. 크리오 목소리로 들으니 위기감이 희박했지만, 상황을 생각해보면 가볍게 볼 수 없는 경고였다.

"알았어. 일단 전해주고 올게."

오펜은 자리에서 일어나더니 레키의 등에서 뛰어내리기 위해서 아래쪽을 봤다. 제일 가까이서 걸어가는 사람은 매지크와 이자벨라고, 조금 전부터 뭔가 얘기를 나누고 있는 것 같다.

'이자벨라…… 《탑》에 있었던 시절의 이미지는 자신과 타인 모두에게 엄격하고 빠르게 결단하는 경향. 괜히 매지크를 몰아넣지 않으면 좋겠는데.'

"저기, 오펜."

그 때 크리오가 불렀다.

"오펜은 말이야, 영주님 저택에서는 각자 뭔가를 분담해서 해야 한다고 했으면서…… 역시 전부 자기 혼자서 하려는 것처럼 보이거든."

허를 찔린 오펜은 크리오의 얼굴을 봤다—크리오는 미안하다는 듯이 고개를 숙이고 있다.

"그러게. 고민하는데도 시간이 걸렸지만, 실천하는 건 더 어렵네."

금발 소녀에게 웃어보이고, 오펜은 딥 드래곤의 등에서 뛰어내렸다. 몇 미터인가 낙하하는 뒤쪽에서, 지인이 환호성을 지르는 소리가 들려왔다.

"으음! 자리가 났다 도틴. 당장 차지해라, 네 자리를!"

"……내 머리 위에 올라탄 형님이 가야 할 것 같은데……."

그냥 무시하자고 중얼거리면서 착지했다.

놀라 소리낸 사람은 이자벨라였다. 매지크를 남겨두고 달려왔다.

"무슨 일 있어? 킬리란셰로 군."

"레키가 경계하는 것 같아."

그렇게, 발소리도 없이 걸어가는 거대한 검은 늑대를 가리키면서 말했다.

곤혹스런 표정을 지은 이자벨라를 보고, 오펜은 자신이 뜬금없는 소리를 했다는 사실을 깨닫고서 다시 말했다.

"그러니까, 이제 와서 조심하라고 하는 것도 그렇지만…… 레키가 굳이 말했다는 건 뭔가 특별한 게 있다는 뜻이 아닐까."

"그러네. 신경 쓰인다면 플루토 스승이나 마리아 선생님한테—"

그녀가 가리킨 곳은 《13사도》 일행의 앞쪽이었다. 두 사람 모두 지휘관 주제에 선두에 서 있을 것이다.

그 순간까지는 거기에 있었을 것이다.

오펜도 그쪽을 보고 있었기 때문에, 그야말로 한 순간에 일어난 광경을 목격했다.

발생한 사태는 아주 단순했다.

단 한 번, 커다란 소리. 터지는 것 같은 기류였다.

폭발음. 돌풍과, 비명.

마술사들 선두에서 걸어가던 두 사람—하나는 덩치가 크고 또 하나는 여자—가 마치 고무 장난감처럼 하늘로 날아갔다

날아가서 빙글빙글 회전하고, 포물선을 그리며 오펜 일행의 머리

위를 지나서 날아갔다.

"…………."

도저히 영문을 알 수가 없어서, 오펜은 그 모습을 눈으로 쫓았다. 마술사들의 행진이 멈췄다.

궁정 마술사들이 동요해서 술렁이는 속에서,

"와, 왕도의 이대 괴인이 날아갔어……."

이자벨라가 중얼거린 소리만은 유난히 또렷하게 들렸다.

"우리는 왕도에서, 백마술사들의 도움을 받아 이 땅까지 순간이 동해서 왔다."

왕도의 괴인 플루토는 황야에 격돌했으면서도 이마에 혹이 하나 생겼을 뿐이고, 그 목소리를 들어보면 의지의 힘도 잃지 않았다—이것은 갑자기 수십 미터나 날아간 인간으로서는 기록적인 경상이라고도 할 수 있다. 상처에 반창고를 붙이는 것도 거절했다. 위엄 때문이겠지.

같은 거리를 똑같이 날아간 마리아 교사는 철면피인 플루토에 비하면 불쾌한 기분을 완전히 감추진 못했지만, 피해 정도는 비슷했다.

굳이 따지자면 이 이대 괴인—일하는 것들—의 표정에 깜짝 놀란 부하들이 더 당황한 것 같았다. 보이지 않는 벽 같은 것에 다가가서 공간에 전개돼 있을 것으로 추정되는 마술 구성을 찾으려는 자도 있다. 여기에 마술이 작용하고 있다면 구성이 보여야 할 텐데, 통상적으로 익숙한 구성과 성질이 전혀 다른 것이다 보니 상당히 '보기' 힘들다. 함부로 다가갔다가 또 화끈하게 날아가는 사람도 몇 명 있었다. 하지만 이 사람도 다친 덴 없는 것 같다.

또 한 사람이 비명을 지르며 하늘을 날아가는 모습을 올려다보며, 플루토가 혀를 찼다. 하지만 경솔한 부하들을 야단치는 것보다, 그는 넘버즈 요원들에 대한 설명을 우선했다. 말을 이어갔다.

"성역까지 직접 전이할 수 없었던 것은 백마술사가 딥 드래곤 종족을 두려워했던 것과, 이 지점에 벽 같은 결계가 있기 때문이고……."

"서부 쪽에서는 펜릴의 숲까지는 들어갔었는데."

팔짱을 낀 오펜이 중얼거렸다.

플루토가 고개를 끄덕이기는 했지만 그 말은 부정했다.

"아니, 여기도 예전에는 숲이었다. 수해가 후퇴하고 있는 것이다."

"그나저나 결계라고 하셨습니까?"

마술사 중의 하나가 물었고 플루토가 대답했다. 이마의 상처를 가리키며,

"그렇다. 결계다. 다치지 않은 건 요행도 아니고, 사실 웃을 일도 아니다."

그리고는 손끝으로 상처를 문지르며, 화풀이하는 것처럼 투덜투덜,

"내 지식이 맞는다면 이것은 정령 마술이다. 그래서 우리들을 다치게 하지는 않는다―하지만 결코 지나갈 수 없다. 정령마술을 깰 방법은 극히 적으니까."

날아간 젊은 마술사가 저 멀리 지면에서 튕기고 있다. 동료가 급하게 뛰어갔고, 저항도 할 수 없는 힘 때문에 일제히 낙담해서 한숨을 쉬는 모습이 보였다. 그 모습을 보며, 오펜도 같이 한숨을 쉬었다.

플루토에게 물었다.

"펜릴의 숲은 딥 드래곤 종족이 수호하고 있어. 성역이 방벽을 이중으로 쳤다는 뜻인가?"

"그러지 않을 이유도 없지 않은가?"

질려버린 것은 오펜 때문인지, 아니면 드래곤 종족 때문인지. 애매하게, 플루토가 말했다.

그리고 그는 앉아 있는 레키를 가리켰다.

"저 딥 드래곤은 이곳을 돌파할 수 있지 않은가?"

"……레키는 『나아가기 힘들어진다』고 했던 것 같아. 못 지나가는 건 아니겠지…… 라고 생각해."

레키는 등에 타고 있던 영주를 비롯한 짐들을 내려놨지만, 머리 위에 있는 크리오만은 그대로 뒀다. 거대한 딥 드래곤은 가만히 성역 방향을 보고 있다. 그 코끝 몇 미터의 위치에 정령마술의 벽이 있을 것이다.

"백 미터 후퇴해서 대책을 짜자."

플루토가 전원을 향해 큰 소리로 말했다.

그리고는 고개를 돌려서 이번에는 몇 명의 넘버즈한테만,

"거꾸로 생각해보면, 여기만 돌파하면 백마술사들이 우리를 성역까지 전이시켜준다. 네놈이 말한 대로 딥 드래곤 종족이 성역의 수호에서 벗어났다면 이것이 최후의 장애물이 된다."

왕도의 마인의 목소리에는 낙담보다 긴장한 기색이 강해보였다 ―이 결계는 대단한 문제가 아니다. 돌파한 다음에 진짜 곤란이 기다리고 있다는 것을 알고 있다는 뜻이겠지.

"우리가 성역까지 앞으로 백 미터 거리까지 와 있다는 뜻이

다……."

그 문에 귀를 대고 있었던 것은 아니다.

하지만 그러고 있다고 안쪽의 이야기가 들려오는 것도 아니었다. 내용에 대해서도 별 볼일 없는, 시시한 잡담처럼 들렸다. 문 너머의 목소리는 그렇게 또렷하게 들리지는 않았지만 대화가 상상했던 것보다 밝은 분위기였기에, 그는 의아한 표정을 지었다―하다하다 웃음소리까지 들려와서 깜짝 놀랐다. 웃는 건 거의 하티아였지만, 그래도 그 대화 상대도 살짝, 아주 살짝이나마 웃는 것 같은 소리를 내고 있었다.

복도에서 기다리는 시간이 그렇게 길었던 것도 아니다.

하지만 문이 열릴 때까지 그는 몇 번인가 꼬고 있던 다리의 자세를 바꿨다.

마침내 뜸도 들이지 않고 문이 열렸고, 빨강머리 사내가 밖으로 나왔다.

"여, 오래 기다렸지 코르곤."

동문의 후배를 잠시 바라보고, 그는 몸짓으로 그 장소에서 떨어지라고 했다. 그 남자―하티아는 방 안쪽을 향해 한 번 더 작별 인사를 한 뒤에 문을 닫고, 그를 따라서 복도를 걸어갔다.

방에서 떨어졌을 때, 그가 중얼거렸다.

"……어떻게 너는 5분도 안 돼서 그것과 친해진 거지."

"뭐? 어떻게는 뭐가. 그냥 보통이잖아."

하티아의 대답은 가벼웠다. 다른 뜻도 없이, 진심으로 그렇게 대답한 것 같다.

그리고는 얼굴을 찌푸리고 팔짱을 끼고는…… 고민하는 것처럼 덧붙였다.

"굳이 말하자면…… 그녀가 미인이기 때문이라고나 할까. 아야! 왜 걷어차는데."

"설명했다. 저건 인간이 아니야. 성역이 어떤 목적을 위해서 제조한 인조인간이다. 미래를 예지하고, 네트워크를 기만하고, 주위에 있는 인간과 생물을 지배해서 이용할 수 있다. 위험한—"

하지만 그의 설명을 가로막고, 하티아가 끼어들었다.

"지배당하면 좀 어때. 미인인데."

"너, 바보구나."

"뭐? 무슨 소리야. 내가 왜?"

이것도 진심인지, 정말로 상처 받은 표정을 지었다.

하티아를 보면서, 그는 다른 이야기를 꺼냈다.

"됐다. 네가 로테샤를 챙겨준다면 나한테도 도움이 되니까. 힘든 상황이지만 전체적으로는 잘 돌아가고 있는 것 같다."

"무슨 뜻이야?"

"외부에서는 킬리란세로와 《13사도》가 도펠 익스의 전력을 잡아두고, 내부에서는 레티샤가 사제들의 주의를 끌고 있다. 성역은 간단히 장악할 수 있는 상태다."

그는 중얼거리면서 빠르게 걸어갔다.

문득 고개를 돌려서 멀어지고 있는 방을 봤다—로테샤의 방을.

"난 무기를 준비하겠다. 넌 날 도와줄 생각은 없겠지?"

"응. 미안하지만 난 중립을 지킬래."

어느 정도 마술사다운 실무적인 말투로 돌아와서, 하티아가 말했다. 그리고는 이쪽을 보고 뭔가를 알아차렸다는 듯이 얼굴을 찌푸렸다.

"……무기를 준비한다니, 코르곤 넌 이미 무장하고 있잖아."

그 지적에 코르곤은 현재 망토 속에 장착하고 있는 무기들을 생각했다. 마술 무기인 벌레 문장의 검. 그 외에 대형 단검이 한 자루. 와이어 몇 개. 장갑 손끝은 사포처럼 되어 있어서 접근전에서 유효하다. 권총은 다미안이 파괴해버려서 없다.

솔직하게 말했다.

"무장이라고 할 정도는 아니다."

"……그런가."

어째선지 납득하지 못한 하티아에게 부가 설명을 했다.

"좀 더 본격적인 무기를 준비한다. 가능성은 낮지만 《13사도》가 성역에 도달하면 그 놈들과도 대립하게 될지도 모른다. 플루토는 상황에 따라선 힘든 상대다. 확실하게 이기려면 준비가 필요하다."

"킬리란셰로하고도?"

그 말을 들은 그는 어깨를 으쓱거렸다. 대답할 필요를 느끼지 않는다.

하티아는 그 반응을 제 나름대로 해석했는지 또 다른 질문을 했다.

"로테샤는 네 부인이잖아? 왜 얘기를 안 하는데?"

"결혼은 성립하지 않았다. 내 호적은 허위였다."

"그건 완전 결혼 사기잖아."

"그녀의 호적도 양부가 만든 허위의 존재다."

"……그렇구나."

복도를 걸어가는 사이에 연결된 길이 정신없이 변화했다. 이 성역의 통로 연결은 전부 사제들이 담당한다—그래서 성역 안에서 사제들의 심기를 상하게 하면 비참한 꼴을 당하게 된다.

원래는 작은 소리로라도 이런 대화를 해서는 안 된다. 하지만 그에겐 확신이 있었다. 사제들은 《13사도》나 레티샤에게 대응하기도 바빠서 이 대화를 도청할 여유가 없다. 만약 듣는다고 해도 그를 지하 감옥 같은 곳에 처박을 수도 없다. 사제는 피폐해진 성역의 일부였다. 아니, 어쩌면 성역에서 가장 피로해진 부분인지도 모른다.

그 때. 하티아가 뭔가 생각난 듯 크게 말하는 소리가 들렸다.

"하지만, 그 사람이 좋아서 결혼한 거잖아? 코르곤 넌 싫은 짓은 절대로 안 하니까."

"…………."

역시 대답할 필요를 느끼지 못했고, 이번에는 어깨도 으쓱거리지 않고 서둘러 걸어갔다.

회의장은 넓었지만 사람은 적었다.

자기 혼자뿐이다—그렇게, 레티샤는 빈정거리는 말을 덧붙였다. 이 자리에서 살아 있는 인간이라고 단언할 수 있는 사람은 자기 한 사람뿐이다. 그녀 옆에 서 있는 정신체 아자리는 논외. 떨어진 곳에서 노려보고 있는 성복 차림의 남자, 잭 프리스비인가 하는 암살자의 죽어버린 눈은 마치 유령처럼 보일 뿐이다. 그리고 준비된 테이블 맞은편에 앉는 세 여자.

그야말로 망령이었다.

'……나보다 더?'

마음을 읽었는지, 아자리가 사념으로 말을 걸어왔다.

레티샤는 무시했지만 반 이상 동감이었다. 여자들은 전설에 나오는 천인 종족의 차림새를 하고 있다—조금 전에 단상에 나타났을 때와 마찬가지로. 녹색 머리카락. 아름다운 여자의 모습. 하지만 정신 지배에서 벗어나 차분하게 관찰해보니, 그 머리카락이 염색에 불과하다는 것이 일목요연했다. 눈동자도 드래곤 종족의 특징인 녹색이 아니다. 단상에 있을 때는 색이 옅게 들어간 투명 시트를 사용해서 속여 넘겼지만, 지금은 그런 잔재주도 부리지 않았다.

그 여자들은 인간 종족이다. 레티샤는 그렇게 인정했다. 그것이 천인 종족의 차림새를 하고 있다. 대륙에서는 멸망했다고 전해지는 고대 종족으로 분장한 망령. 빈정거리는 소리라도 한 마디 해주지 않고는 참을 수가 없었다.

하지만 실제로는 여자들이 먼저 입을 열었다.

"먼저 그대가…… 어떻게 직접 이곳으로 공간 전이했는지에 대해 물어도 되겠나?"

입을 연 것은 왼쪽 끝의 여자였다—제일 연장자이고, 아마도 리더 같은 입장이겠지. 뜸들이는 거만한 말투였지만 표정의 그늘은 숨기지 못했다. 겨우 여기에 모였을 분인데도 벌써 엄청나게 피곤해 보인다. 문득, 레티샤는 이런 생각을 했다. 어쩌면 늙어 보이기는 하지만 실제 나이는 그렇게 많지 않을지도 모른다.

"차일드맨 파우더필드의 맹약의 힘에 의해."

아자리가 속삭인 말을, 레티샤가 그대로 입에 담았다. 정신체로 존재하는 데 익숙지 않은 아자리에게는 산 자에게 목소리를 들려주는 것마저도 고통인 것 같다. 레티샤는 곁눈질로 아자리를 보면서 탄식했다─실제로 지금 이 자리에서 아자리의 모습을 볼 수 있는 것은 자신뿐이다.

"맹약, 인가……."

상대의 목소리에, 레티샤의 주의가 돌아왔다. 천인종족 모습을 한 여자, 사제라고 하는 그 여자가 힘들게 고개를 끄덕였다.

"그렇군. 그것을 안다면 모든 게 허풍이 아니라 할 수 있겠군."

"맹약은 다가올 때에 성역에 전사를 소집할 것을 인정하는 것입니다. 200년 전, 사제 이스타시바가 성역의 대표자로서 당시의 최접근령 영주와 맺은 것입니다."

"이스타시바는 성역으로부터 추방당한 자다!"

갑자기 격하게, 이번에는 오른쪽 끝자리 여자가 거칠게 말했다─

레티샤는 단순히 아자리의 말을 전하고 있었기 때문에 바로 대답하지는 못했지만, 그래도 일단 상대를 노려봤다.

"어쨌거나 맹약은 유효합니다. 그 증거로 페어리 드래곤 종족의 정령 마술은 우리를 공격하지 않았습니다."

"맹약이 유효하다면 더욱 더, 우리가 그 전모를 파악하지 못했다는 것이 불공정하지 않은가."

그러자 이번엔 가운데 있는 여자가 조용히 말했다. 셋 중에서 이 여자가 제일 차분했다. 단상에 나타났던 것은 이 여자였고, 나이를 생각해보면 지위는 높지 않은 것 같다. 실행 담당으로 부려지고 있다고 봐야 할까.

그녀가 계속 말했다.

"사제 이스타시바와 초대 최접근령 영주가 맺은 맹약은 어떤 조건에 의해 성역에 전사를 소집하는 것이다…… 그리고 성역에 모아 둔 모든 설비, 장비를 사용해서 신들의 마수와 싸우는 것을 인정한다고. 우리는 그 조건을 모른다."

"이를 남용하게 되면 성역에 발칙한 침입자가 횡행하게 될 수도 있다."

오른쪽 끝의 여자가 콧김을 내쉬면서 덧붙였다. 중앙의 여자가 그쪽을 흘끗 보긴 했지만 자기 말을 자른 데 대해서 항의하진 않았다.

"딥 드래곤 종족도 그 맹약에 참가했다. 그녀들이 성역의 수호에서 벗어나게 된 데는 맹약을 방패삼아 선동한 자가 있기 때문이 아닌가!"

"당신들은 어떤지 모르겠지만, 당시의 성역은 맹약에 대해 파악하고 있었을 텐데."

차갑게, 레티샤가 말했다.

"그게 두려워서, 성역이 마술사 사냥을 선동했으니까."

"성역이 인간 종족을 두려워하는 일 따위—"

자리에서 일어나 큰 소리를 지르는 오른쪽 여자에게, 레티샤가 이번에는 아자리의 말이 아니라 자기가 생각한 것을 그대로 말했다.

"두려워하지 않는다면 지금 당장 우리를 여기서 쫓아내봐!"

테이블을 주먹으로 때렸다. 묵직한 고급 테이블이라서 흔들리지도 않았다. 주먹을 울리는 아픔은 무시하고, 레티샤가 물고 늘어졌다.

"최접근령의 인간을 전부 죽인 것처럼 나도 이 자리에서 죽이면 되잖아! 해보라고. 그러면 당신들은 아자리와의 교섭 방법을 잃고 ―"

그리고.

"앞으로 열흘이면 세계 자체가 끝나는데, 서둘러 죽을 필요는 없다. 이쪽의 무례에 대해서는 사죄하지."

찬물을 끼얹은 것은 중앙의 여자였다.

"……허나 그대도 옛사람에 대한 폭언은 자제하기를 바란다. 역사에는 당사자만이 알고 있는 것도 많다. 자랑스레 말할 일이 아니다."

"예."

심호흡을 하고, 레티샤는 주먹을 거뒀다. 슬쩍 보니 오른쪽 끝자리 여자도 얼굴이 빨갛게 달아오른 채로 자리에 앉아 있다.

그리고 우연히 시야에 들어온 성복 차림의 남자가 실실 미소를 지으며 그 모습을 지켜보고 있었다. 광대 짓을 보며 비웃고 있다. 징그러운 웃음이다―레티샤는 혐오하는 시선을 던졌다. 하지만 결국 소용없는 짓이겠지. 질력을 내면서 인정했다. 역사뿐만이 아니다. 당사자 말고는 모르는 일들이 너무 많다.

중앙의 여자가 계속 말했다. 잭의 조소에서 신경을 끌 수 있는 건 고마웠다.

"보기에 그대는 최접근령과의 전투에 말려든 것 같군. 그대는 알마게스트의 일당으로 보이지 않는다…… 화를 내는 것은 지당한 일이지만, 우리로서도 필요가 있어서 그랬을 뿐이다. 200년 전의 마술사 사냥도 그리해서 일어났다고, 나는 그렇게 믿는다."

"그렇다면 지금 일어나는 일에 대해서는?"

다시 아자리의 통역으로 돌아가서, 물었다.

"성역은 아일망카 결계의 축소를 노리고 있다고, 다미안 르우와 백마술사들이 예견했습니다. 그 축소 규모는…… 어느 정도죠?"

"결계를 다시 만들기 위해서는 일단 해제해야만 한다. 다시 만들 기회는 적으면 적을수록 좋지. 그리고 시조 마술사 중에 하나인 오리오울을 잃은 지금, 얼마나 축소해야 만전의 상태가 되는지는 미지수다. 즉, 가장 안전한 규모까지 축소하는 수밖에 없다. 최소한의 규모까지."

"즉…… 성역만 남기고 나머지는 전부 버리겠다고?"

레티샤가 확인하기 위해 묻자, 중앙의 여자는 씁쓸한 미소를 지었다.

"그대, 무지한 척은 그만두도록. 언질을 잡기를 바라는가?"

"저로서는 모르는 것들 투성이입니다. 예를 들자면, 어째서 인간 종족인 당신들이 이 성역을 지배하고 있죠?"

"…………."

물었지만 여자는 애매하게 씁쓸한 미소만 지을 뿐 대답하지 않았다.

잠깐 기다렸지만 상대는 말할 생각이 없는 것 같았고, 레티샤는 짜증을 내며 한숨을 쉬었다. 기본적으로는 아자리의 말을 전하고 있을 뿐이지만, 말하는 사이에 감정이 동조돼버리는 착각도 든다.

다시 한 번, 레티샤가 물었다.

"이 성역에는 드래곤 종족이 얼마나 남아 있죠?"

"그런 질문은 무례한―"

"전혀."

왼쪽 끝의 나이든 여자가 거절하는 말을 자르고, 중앙의 여자가 중얼거리듯 말했다.

눈을 번쩍 뜬 양쪽의 동료들을 무시하고, 그녀는 계속해서 말했다.

"하나도 없다. 드래곤 종족이라 불릴 정도의 힘을 지닌 자란 무엇인가? 지인 자치령에 꼴사납게 굴러다니는 워 드래곤 종족인가? 멸망해서 대가 끊어진 월드 드래곤 종족인가? 딥 드래곤 종족은 성역보다 맹약을 우선했다. 틀림없이, 열흘 이내에 여신에게 도전하고 전멸하겠지."

여기까지 말했을 때, 다른 두 사람의 시선은 거의 적개심이라고 해도 될 만큼 험악해져 있었지만—중앙의 여자는 그것을 가볍게 무시하고 미소까지 지었다. 비웃듯 손을 흔들고, 계속해서 말했다.

"말을 걸어도 두들겨도 페어리 드래곤 종족은 반응하지 않는다…… 예전에 여신과의 싸움에서 오감을 전부 잃었기에. 그야말로 살아있는 시체다! 레드 드래곤 종족은 순종은 해도 달리 할 일이 없어서 따르고 있을 뿐이다. 반항적인 무기력을 휘두르고 있을 뿐."

뭔가 실이 끊어진 것처럼, 여자의 말이 점점 빨라졌다. 하지만 감정이 고양된 데 반해 말은 한 마디 한 마디 정확했고, 어디까지나 냉정했다. 레티샤는 그저 말없이 듣기만 했다. 끼어들 틈이 없기 때문이기도 했지만.

"사제 프리니아, 닥치시오."

결국 드잡이질까지 해서 말리려는 나이든 여자의 팔을, 그 여자—프리니아라는 자가 강렬하게 쳐냈다. 거의 때리는 것에 가깝게. 나이든 여자가 비명을 질렀다. 쓰러진 그녀를 부축하기 위해, 남은 한 명이 뛰어가서 이름을 불렀지만 레티샤는 듣지 않았다. 프리니야의 장광설이 계속되고 있다.

"방랑하는 미스트 드래곤 종족이 무슨 도움이 되지? 자, 드래곤 종족이라 부를 것이 이 썩어빠진 대륙에 남아 있는지 아닌지. 나는 대답하고 싶지도 않다—"

누구도 그녀를 막을 수 없게 된 뒤에.

자연히, 프리니아는 말을 멈췄다. 숙이고 있는 얼굴에 걸린 머리카락을—녹색으로 염색한 머리카락을—털어내고, 그녀는 다시 방금 전까지의 의연한 표정으로 돌아온 것 같았다. 말한다.

"……우리가, 발광했다고 생각하는가?"

'그래, 우리도 그렇고.'

하지만 긍정하는 대답은 목구멍에서 멈추게 하고, 레티샤는 아자리의 말을 정확하게 전하는 데만 집중했다.

"한마디로 지금 이 대화가 완전히 쓸모없는 짓은 아니었던 것 같군요. 하던 이야기로 돌아가겠습니다. 당신들이 봤을 때, 현재 성역이 가진 힘으로 여신에게 대항하는 것이 불가능하다는 뜻이군요?"

"마치 남의 일처럼 말하는구나, 천마의 마녀여."

험악하게, 프리니아가 노려봤다—시선은 레티샤에게 향했지만, 그녀가 실제로 보려는 것은 자신이 아니라 아자리겠지.

사제 프리니아는 그대로, 더 빈정대는 투로 말했다.

"저주받은 키므락시에서 풀지 않아도 되는 봉인을 푼 것은 그대가 아닌가? 네놈의 쓸데없는 짓 때문에 오리올과 여신의 균형이 깨지고 지금 이 파국을 초래한 것이 아닌가. 우리가 어째서 200년 동안이나 키므락과 그 교주에게 손을 대지 않았을까. 그것이 옳은 일이었다고, 그대가 증명해보였다."

"그렇군요. 가능하다면 오리오울 하나를 영원히 희생시키고, 나머지는 행복하게 사는 게 좋다는 뜻인가요?"

그렇게—

바로 대답한 레티샤, 라기 보다 아자리는, 상대가 도발에 넘어오지 않는다는 걸 알아차리고 다시 말했다.

"농담입니다. 하지만 저한테만 책임을 떠넘기는 것도 곤란합니다. 오리오울은 죽을 때를 알고 있었습니다. 시조 마술사 오리오울은 천인 종족의 사제 이스타시바를 패밀리어로 삼아서 감각을 공유했는데, 그래서 이스타시바는 200년이나 전에 아일망카 결계의 파멸을 예견했던 것입니다."

술술 말하면서, 레티샤는 듣고 있는 프리니아의 표정에 아무런 변화가 없다는 것을 보고, 이것이 전부 알고 있는 상태에서 하는 대화라는 사실을 알아차렸다.

"오리오울은 여신에 의해 사멸하기 직전이었습니다…… 사실 죽음을 바라고 있었죠. 여신은 시조 마술사를 죽일 수단을 가지고 있었습니다. 불사의 시조 마술사도 절망하면 죽습니다. 그래서 여신은 결코 오리오울의 목을 놓지 않았습니다. 몇 백 년이나, 오리오울의 자제심이 떨어질 때를 기다리며."

"흐음…… 그렇다면 말하겠습니다. 저희도 아일망카 결계의 붕괴를 예측하고 그것을 위해 준비도 했습니다. 거의 대부분 헛수고로 끝났지만. 오리오울은 오히려 저희의 계산보다 훨씬 오랫동안 살았다고 해야겠죠. 그런데, 그것이 그대가 말한 오리오울의 유언입니까?"

"아닙니다."

그렇게 말하고, 레티샤는 테이블 위로 내밀었던 몸을 거뒀다. 문득 신경이 쓰여서 성복 입은 남자를 흘끗 봤다. 남자는 움직이지 않고 가만히 지켜보고 있다. 이야기를 듣고 있는지, 그것도 모르겠다.

세 사람의 사제라기보다, 지금은 아예 프리니아와 둘이서만 정보를 교환하는 모양이 됐는데, 나머지 둘도 그걸 깨달은 것 같다. 자리로 돌아가기는 했지만 의자채로 뒤로 물러나 있다.

광대한 회의장에 비해 너무나 작은 인원이라고. 레티샤는 마음속으로 중얼거렸다. 어리석은 촌극같다. 이딴 것으로 세계의 운명을 정할 수 있다고, 여기 있는 그 누구도 믿지 않는다. 그럴 만도 하지 —결국 이것은 시간 끌기에 불과하니까.

'그렇지? 아자리.'

가슴 속에서 물었다. 하지만 들었는지 못 들었는지. 여동생은 무시했다.

그 때, 강한 시선을 느끼고 자기가 너무 오랫동안 아무 말도 없었다는 것을 깨달은 레티샤는 황급히 입을 열었다.

"그녀의 유언은 감상적인 부류의 것도 아니었고, 저도 그런 의미로서 가지고 온 것이 아닙니다. 그러니 그 이야기를 하기 전에 몇 가지 확인할 것이 있습니다. 거기에 따라서는 분명히 전부 헛수고가 될 수도 있겠죠."

"이 사태에, 이제 와서 헛수고고 아니고를 따질 필요가 있겠나. 전부 헛수고…… 모든 것이 헛수고다."

프리니아가 투덜댔지만 두 눈은—녹색이 아닌 두 눈은—그다지 자포자기한 분위기가 아니었다. 적어도 프리니아 자신이 그렇게 생각하고 있는 것이 아닌가 싶을 정도로.

"……사제 프리니아라고 하셨죠? 다시 한 번 묻겠습니다. 지금 현재 이 성역을 대표하는 입장에 있는 것이 당신들이라고 생각해도 되겠습니까?"

"죽은 이의 빈집을 대표하는 자라는 의미라면 우리가 맞다."

"어떤 경위에 의한 것입니까? 제가 보고 들은 정보에 의하면 드래곤 종족의 성역에 인간 족족이 있다는 자체가 특이한 일이라고 생각됩니다만."

"그대의 지식이 어느 정도인지는 모르겠지만, 우리의 조상이 이 대륙에 도착했을 때 보호를 위해 맞이해준 것이 이 성역이다. 당연한 일이지만"

자랑하는 것 같은 상대의 태도에 신경이 거슬리는 기분을 느끼며, 레티샤는 자기도 모르게 말실수를 했다.

"그래서, 그 뒤에도 선창의 쥐새끼처럼 멋대로 눌러 살았다는 겁니까? 설마 그렇게 생각하라는 건가요?"

예성대로 프리니아는 기분이 상한 것 같았다—사실 이제 와서 할 말은 아니지만. 말을 중간에 자른 것 때문이 심기가 불편하다는 투로 말했다.

"그 당시, 천인 종족은 이미 쇠퇴한 상태였다. 그녀들은 천 년 전, 신들이 푼 독의 마수 바지리콕에 의해 종족의 절반 이상을 잃었다. 절반 이상. 그 중에는 모든 수컷이 포함돼 있다. 수명이 긴 천인 종족이라고는 해도 멸망은 시간 문제였다."

"그래서?"

"당장 급한 문제는 차치하고, 그녀들은 노동력이 필요했다. 표류해서 도착했을 때, 문화를 비롯한 모든 것을 잃은 인간 종족을 성역 밖에서 교육하는 한편, 일하는 이로서 소수를 성역으로 불러들였다. 그것이 우리의 조상이다. 시간이 지나 성역과 바깥이 대립하게 됐을 때, 바깥에서는 그들을 도펠 익스라고 불렀다…… 그대의 스승만이 그렇게 불린 것은 아니다."

그리고 그녀는 헛기침을 했다. 양쪽 팔꿈치를 테이블에 대고 손에, 고개를 숙여서 손에 얹었다.

"천인 종족이 멸망하고 성역에 어떤 사태가 발생했는가. 아주 바보 같은 이야기다. 이 성역의 시스템은 대부분 천인 종족이 만들었다. 하지만 그녀들은 노쇠해서 서 있기도 힘들어졌고, 시스템의 관리와 사용 방법은 전부 일하는 이들에게 맡기게 됐다. 그리고 어느새, 우리들만이 성역을 관리할 수 있게 되고 말했다."

"부탁해서 그런 겁니까?"

"흥. 말도 안 되지. 우리는 당연히, 그 사태를 자위를 위해 이용했다. 우리는 수십 세대나 이 성역에서 살았고, 이제 와서 밖에 나갈 수도 없다. 그 흉포한 레드 드래곤 종족 같은 상대와 대등하게 살아가려면, 이용할 수 있는 것은 전부 이용할 수밖에 없겠지."

프리니아가 부끄러워하는 것 같지는 않았지만, 아무튼 한참동안 고개를 들지 않았다. 긴 이야기 끝에 마찬가지로 긴 침묵이 찾아왔다. 침묵의 짐승, 천인종족의 모습을 따라한—인간 종족.

기다리는 동안 레티샤는 자기도 모르게 하티아가 했던 말을 생각했다. 이곳은 성역. 드래곤 종족의 성역에 있다. 자신들은 틀림없이 성역에 있다.

거기에 드래곤 종족은 없었다.

허무한 생각을 하고, 곁눈질로 아자리를 봤다.

'아자리가…… 의식하지 않아도 나한테만은 모습을 보여줄 수 있다는…… 그게 사실일까.'

의심해봤자 소용없는 일이다. 그건 알고 있지만, 레티샤는 마음속에서 의문을 곱씹었다. 만약 아자리가 거짓말을 하고 있다면 영원히 밝혀지지 않겠지.

'이 세계에는 거짓이 너무 많아.'

성역은 존재한다. 거짓말.

키에살히마 대륙에는 전쟁 따위가 없다. 거짓말.

차일드맨 파우더필드 교사는 무적의 흑마술사다. 거짓말.

가족은 헤어지지 않는다. 거짓말.

레티샤 마크레디는 터프한 파이터다. 거짓말.

떠올랐다가 사라지는 생각들을 곱씹으면서, 레티샤는 되풀이했다.

모든 것을 삼키지는 못한 채로 탄식하고, 입을 열었다.

"성역 밖에서는 천인 종족이 인간 종족과 혼혈을 추진했다…… 일단 가능성으로서 질문합니다만, 성역 안에서 천인 종족과 관여했다면, 당신들은 마술사가 아니라는 겁니까?"

그 질문에, 프리니아는 머리카락 사이로 한쪽 눈만을 보여서 이쪽을 쳐다봤다.

"우리는 순혈이다. 성역은 인간 종족을 여신의 저주에 말려들게 하는 데 반대했다. 혼혈에 의해 자손을 남기는 실험에 고집했기 때문에 사제 이스타시바는 성역에서 추방당했다."

낮게, 으르렁대는 것 같은 목소리로 계속 말했다.

"종족의 멸망 위기에 처해서, 천인 종족도 필사적이기는 했겠지. 인간 종족과의 혼혈 같은 자포자기는 말할 필요도 없고, 온갖 방법을 모색했다. 사자 소생 장치, 인체 개조, 인조인간…… 번번이 실패했다."

프리니아는 미묘하게 말을 돌려서 혼혈도 그 실패 사례 속에 집어넣었다. 굳이 언급하지 않은 의도를 파악한 레티샤의 표정이 변화한 것도 눈치 챘겠지. 사제는 얼굴을 드러내고는 빈정대는 표정을 지었다.

"멸망의 참상을 가까이서 보면, 인간 종족에 마술사가 존재해서는 안 되는 이유도 이해할 수 있게 될 것이다."

"천인 종족의 마지막을 당신이 직접 본 것도 아니잖습니까?"

레티샤도 빈정대는 말로 대답했지만 프리니아의 표정은 달라지지 않았다.

"절망은, 이 성역에 물들어서 남았다. 닦아도 지워지지 않는 그것을, 우리는 계속 이어왔다……."

받아칠 말이 생각나지 않은 것도 아니었다—실제로 레티샤는 받아치기 위해서 입을 벌리려고 했다. 하지만.

말은 나오지 않았다. 회의장이 고요함에, 머리로 올라오려던 피가 다시 내려갔다. 분명히. 절망은 이곳에 남아 있다.

그리고 프리니아가 중얼거렸다. 혼잣말이라도 하는 것처럼.

"멸망, 이라. 시조 마술사 오리오울이 사멸했다면, 천인 종족의 마술 자체가 소멸하는 것인가……."

그 말을 듣고, 레티샤는 깜짝 놀라서 허리를 곧게 폈다—반응한 것은 레티샤 자신이 아니고, 레티샤의 긴장이 전해진 탓이었다. 사제가 그 이야기를 꺼내리라고는 생각도 못했지만, 이것은 무엇보다 중대한 확인 사항이었다. 경우에 따라서는 전부 헛수고가 된다.

마음을 진정시키고—솔직히 말하자면 정신체인 아자리가 진정하기를 빌면서, 레티샤가 물었다.

"현재, 그 조짐은 보이지 않는 겁니까?"

프리니아는 혼잣말의 연장선 같은 말투로 말했다.

"전례가 없다고도 할 수 없다. 마술 문자는 영원히 효력을 잃지 않을 지도 모르고, 갑자기 전부 소실될 가능성도 있다. 현재로는…… 이 성역의 기능은 손상되지 않았다."

"제2 세계 도탑도?"

이어서 묻고, 레티샤는 상대의 말을 기다렸다. 프리니아는 고개를 돌리고 초연하게 되물었다. 마치, 진짜 천인 종족처럼.

"그렇다면, 그대가 노리는 것은 그것인가."

사제의 얼굴에 드리운 미소. 그것은 연민의 표정이었다.

"제2 세계 도탑은 우리의 관리하에 있다. 가동은 하고 있다—하지만 그것을 다룰 술자가 없다. 예전에 우리는 성역의 설비를 이용해서 그 소환술자를 인공적으로 만들어내려고 했다…… 하지만."

그녀는 손을 옆으로 흔들고 고개를 저어보였다.

"헛된 일이었다. 네트워크의 이상화 인격을 응축한 초인의 개발. 하지만 만들어진 초인은…… 너무 나약했다. 이 성역에서, 절명의 성역에서, 바로 도망쳤다."

말은 거기서 멈췄고, 프리니아의 손도 힘없이 탁자 위에 떨어졌다.

순간, 레티샤는 아자리가 작은 소리로 중얼거린 말을 들었다.

"정말로 도망친 걸까."

"…………?"

레티샤는 눈짓으로, 그것을 사제들에게 물어야 하는지 확인했다
—아자리의 감정은 그것을 단순한 자문이라도 전했다. 정신체인 아
자리는 이쪽의 생각을 알아차린 기색도 없이, 뭔가를 혼자서 되뇌고
있다.

사제도 그것을 알아차렸는지, 모습이 보이지 않는 아자리를 향해
말했다.

"헛된 일이다, 천마의 마녀여. 제2 세계 도탑—소환기는 움직이
게 할 수 없다. 마왕의 소환 따위, 천인 종족의 최후의 망상에 불과
하다."

"…………."

아자리는 대답하려 하지 않았다. 들은 척도 하지 않았다.

프리니아의 눈동자가 차갑게 얼어붙는 모습을 본 것은 레티샤였
다. 천인 종족의 모습을 한 인간 여자의, 떨리는 목소리가 회의장에
울렸다.

"우리는 굳이 너희의 질문에 대답했다. 그러니 답하라. 우리들의
관심은 하나뿐이다."

삐걱…… 탁자 가장자리를 밀고, 삐걱거리면서, 그녀가 물었다.

"결계조차 넘는 맹약은, 아일마카 현실의 문도 열 수 있는 것
인가?"

제8장 침공과, 침공이 아닌 것

밤의 그림자가 황야를 회색으로 그을리게 하고, 지평선이 멀어지면서 더 어두워진다.

가장 짙은 어둠 덩어리는 지상과 밤하늘의 경계에 있었다. 시커먼 숲의 그림자. 펜릴의 숲. 성역을 둘러싼 크고 울창한 숲이다.

그 중에서도 더욱 짙은 칠흑의 털북숭이가 신중하게 움직인다. 거대한 검은 늑대는 일단 움직이기 시작하면 주저하지 않았다. 발소리도 없이 신속하게, 몇 걸음을 걸어간다. 온통 검은색인 털에는 어울리지 않는 금색이 섞여 있다. 등에 올라타고 있는 크리오였다. 그녀는 늑대와 비교하면 놀란 것 같은 기색이었지만, 그래도 딥 드래곤의 목에 매달려서 떨어지지 않았다.

그리 먼 거리가 아니다. 드래곤의 거구로 몇 걸음. 4, 5미터 정도겠지. 그만큼 걸어가도 변화는 없다.

오펜은 참고 있던 숨을 내쉬었다. 뒤에 남은 《13사도》들과 나란히 서서 레키를 지켜보고 있다. 흑마술사들에게서 흘러나오는 탄식하는 목소리를 들으며, 오펜은 혼자서 팔짱을 끼고 있었다.

아니, 완전히 혼자라고 하기는 힘들다—약간 뒤로 물러난 곳에 매지크와 이자벨라가 있다는 것도 눈치 챘다. 《13사도》들은 더 뒤쪽이었다. 약간 덜어져서, 플루토가 철퇴를 손에 들고 떨떠름한 표정을 짓고 있는 것도 안 보이는 것은 아니다. 마리아 폰도 평소처럼 그 옆에 서 있고.

"……돌파할 거야?"

이자벨라의 목소리에, 오펜은 말없이 고개를 끄덕였다.

레키는 단독으로 걸어간다. 딥 드래곤이 통과한 곳은 눈으로 봐서는 아무것도 없는 공간이었다. 하지만 거기에는 정령 마술에 의한 결계가 있다―

갑자기 느껴진 게 있어서, 오펜은 팔짱을 풀고 경계 자세를 취했다. 신음한다.

"아니…… 온다."

기척은 급속히 변화됐다. 레키도 발을 멈췄다. 날카로운 바람이 딥 드래곤의 몸을 핥고, 그 커다란 몸을 지면에서 떼어놓으려고 한다. 눈에 보이지 않는 기류는 황야의 모래까지 끌어들여서 고속으로 움직이는 벽이 됐다. 회오리바람 모양으로 날뛰는 그 흐름이 눈에 보일 정도가 됐다. 레키가 네 발을 지면에 딱 붙이고 고개를 숙이기는 했어도 눈은 크게 뜨려고 하는 모습이 보인다.

딥 드래곤의 두 눈이 녹색으로 빛날 때마다 바람의 맹위도 순간적으로 소실된다. 그것을 몇 번 거듭하면서도, 양쪽의 마술은 한 치도 양보하지 않았다.

'정령마술을 상대로…… 정면에서 대항할 수 있을 줄이야.'

날아온 돌 파편을 팔로 막아내며, 오펜이 중얼거렸다.

하지만 필살이어야 할 정신지배―레키의 암흑마술도 정령마술의 장벽을 분해하지 못했다. 마침내,

"히아아아아악?!"

비명을 지르고, 크리오가 날아가는 모습이 보였다. 하늘 높이, 《13사도》들의 머리 위를 넘어서 날아가는 코스다. 정령 마술에 의해 날아간 것이라면 다칠 리는 없겠지만―

"끌어들이는 운명!"

왕도의 마인이 큰 소리로 외치고, 공중의 크리오를 노리고 마술 구성을 해방했다. 소녀의 몸이 궤도를 바꾸고 수직으로 뚝 떨어지기 시작하자, 그녀의 비명 톤까지 변화했다. 한 순간 뒤, 크리오는 플루토의 품 안으로 무사히 낙하했고, 비명소리도 멈췄다.

레키는 그 뒤로도 한참동안 저항을 계속했다. 하지만 조금씩 몸이 들렸고, 바람의 힘은 더욱 거세졌다. 떨어진 곳에 있는, 원래는 영향이 없어야 할 거리에 있는 오펜까지 그 압력에 밀리기 시작했다.

그리고.

날려간 게 아니라, 레키 자신이 뛰었겠지—후방으로 크게 도약하더니, 오펜과 흑마술사들을 뛰어넘어서 아무것도 없는 지면에 소리도 없이 착지했다. 그 순간, 바람도 멈췄다.

그리고 남은 작은 회오리바람에 마른 나뭇가지가 살짝 날아가는 것이 보였다.

"역시 무리인가."

왕도의 마인이 크리오를 내려다보며 아쉽다는 듯이 말했다. 소녀는 눈이 빙빙 돌 정도로 어지러운지, 비틀거리며 그 자리에 주저앉았다.

그것을 곁눈질로 보며 앞으로 걸어간 플루토는 건드릴 수 없는 정령마술의 결계를 향해 손을 내밀었다. 숨을 들이쉬고, 강대한 마술 구성을 전개하면서 단숨에 주문을 외우려고 했다.

"파국의 날은—"

"소용없어."

마리아 폰이 그 팔을 살짝 눌러서 제지했다.

그녀는 크리오에게 손을 내밀어서 일어나는 걸 도와주고 이렇게
말했다.

"통하지 않는다는 건 나도 알 수 있어. 다 같이 일제히 해봤자 안
되고. 정신사는 이걸 돌파할 수 없을까?"

그리고 찌푸린 얼굴로 주위를—자신이 찾는 망령이 있을 법한 주
변을—둘러보고,

"공간을 무시할 수 있는 백마술사라면—"

"이미 돌파하지 않았을까."

이번에는 플루토가 마리아 교사를 제지했다. 그는 주먹을 쥐고,
짜증을 내면서 그것을 휘둘렀다.

"하지만 우리를 성역에 침공시키는 것이 정신사들의 꿍꿍이다—
유령 놈들만 가서는 문을 노크할 수 없으니까."

"다미안을 없애지 말았어야 했겠지?"

—그것은 흑마술사 두 사람의 목소리가 아니었다. 오펜이 고개를
돌려보니 바로 옆으로 와 있던 영주가 시원스레 웃고 있었다.

그 목소리를 들은 것도 오펜 혼자만이 아닌 것 같다. 그는 그 비아
냥에 대답하기 위해서 숨을 멈췄다. 말한다.

"위노나도."

그냥 빈정거릴 생각이었지만 영주한테는 다르게 들렸는지 눈썹
을 들어올렸다. 재미있다는 듯이 얼굴을 들이밀었다.

"……그녀라면 여기를 돌파할 수 있다는 건가?"

"…………."

오펜은 무시하고 눈을 피했다—하지만, 자기도 모르게 쓸쓸한 미
소를 지었다. 정말로, 이런 것을 어떻게 하는 것이 위노나 같은 인간

이겠지.

장벽 앞에 모여 있는 흑마술사들은 스무 명 정도, 나머지는 후방에서 대기하고 있다. 플루토는 주위에 있는 부하들에게 합류하라고 했다. 《13사도》들은 각각 어깨를 축 늘어트리고 낙담하면서 후방의 본대 쪽으로 줄줄이 물러났다.

보이지 않는 장벽 앞에 남은 오펜은 짜증이 나서 머리를 긁었다. 레키가 움직이지 않기 때문에 크리오도 가만히 서 있다. 금발 소녀는 멍하니 이쪽을 보고 있었다. 매지크와 이자벨라 두 사람도 불안해하는 눈빛으로 저 멀리에 있는 숲을 바라보고.

영주는 지팡이를 짚으면서, 일부러 그러는 것 같은 느린 걸음걸이로 플루토 일행의 뒤를 까라가고 있다. 순서대로 관찰한 뒤에 오펜은 시선을 거대한 딥 드래곤 쪽으로 옮겼다. 상대가 결코 말하지 않는 짐승이라는 것을 알면서도 마음속으로 물었다.

'……하지만 너는 한 번 여기를 지나갔었지? 성역에 가서, 그리고 무리와 결별하고 돌아왔어.'

그 결과, 지나갈 수 없게 됐다.

문득, 생각이 났다.

―나는 주인의 명을 수락할 뿐.

인형이 했던 말. 모든 것이 거짓이라고 주장했던 인형이 했던 말. 뜬금없는 말이기도 했지만 나름대로 뭔가 진실을 말했던 것인지도 모른다.

'성역의 명령에 따르는 자만이 여기를 지나갈 수 있다? 그렇다면 결계를 만들고 있는 마술을 부수지 않는 한은 통과할 수 없다는 뜻인데…….'

그 때.

폭발이 일어났다. 고개를 돌려보니 《13사도》가 집결해 있는 후방에서 마술 특유의 하얀 불꽃의 불기둥이 솟아 있다. 《13사도》중에 누군가가 날린 것이겠지. 폭발은 연속으로 네 번이나 발생했다.

"……젠장!"

오펜은 뛰쳐나갔다. 부정형의 그림자가 불꽃을 피하면서 맹렬한 스피드로 이동하는 게 보인다. 폭음 속에서 흑마술사들의 비명소리가 울렸다.

그가 지나가기도 전에, 레키도 몸의 방향을 바꿨다. 하지만, 이동은 하지 않았다―레키가 한 번 쳐다본 순간, 돌아다니던 부정형 그림자 하나가 튕겨져 나간 것처럼 움직임을 멈추고, 낙하했다.

크리오를 레키와 함께 남겨두고, 이자벨라가 달려와서 이쪽과 합류했다. 약간 늦게, 매지크도 따라왔다.

귀에 손을 대서 비명 속에 섞인 호령을 들은 이자벨라가 속삭였다.

"전투는 계속되고 있어. 기습당했고. 레드 드래곤이야!"

"이쪽에 레키가 있다는 걸 알고도 공격한 건가. 그 자식들 뭐가 그렇게 급한 거야?"

계속 달리면서, 오펜이 중얼거렸다.

그 말을 듣고 이자벨라가 고개를 저었다―그런 건 모른다는 뜻이겠지. 그녀는 어디에 넣어뒀던 건지, 칼날이 긴 장도를 손에 들고 굳은 표정을 지었다.

"땅속에서 공격했어. 딥 드래곤의 사각으로 파고 들어서 우리들만 죽으려고 하는 거야. 막을 방법이 없어!"

"그렇다면—"

말하다가, 오펜도 이자벨라를 따라서 단검을 뽑았다. 그 순간.

아무런 조짐도 없었다. 흙이 부풀어 오르지도, 갈라지지도 않았다. 있는지도 모를 지면의 틈새에서, 칼날처럼 날카로운 일격이 순식간에 뻗어왔다. 오펜은 단검 칼등으로 그것을 쳐내고, 반 걸음 파고 들고는 마술을 날리기 위해서 왼팔을 내밀었다—하지만 그 때는 이미, 지면에서 튀어나온 레드 드래곤은 모습을 감춘 뒤였다.

공격은 정석대로 등 뒤에서 날아왔다. 보지도 않은 채 그것을 피하고, 오펜은 날리려던 마술 구성을 그대로 등 뒤를 향해 전개했다.

"나 세우노라, 태양의 첨탑!"

콰앙! 하얀 불꽃이 주위를 밝게 비췄다.

지면에서 튀어나온 레드 드래곤의 촉수가 그을려서 사라지는 것을 확인하고, 오펜은 눈이 휘둥그레진 이자벨라에게 손을 들어서 신호를 보냈다.

"타이밍만 맞추면 대응할 수 있어. 진정하라고."

"그 타이밍이 안 맞으니까 문제인 건데⋯⋯."

"여러 명이 모여서 사각을 줄이면 그만큼 집중할 수 있어. 분명히 레드 드래곤 종족은 혼자서 수십 명을 죽일 수 있는 파괴력이 있어—하지만 이쪽도 한 사람 몫의 화력으로 레드 드래곤 하나를 행동 불능으로 만들 수 있다고. 매직크! 이자벨라 뒤쪽을 커버해."

빠르게 말했지만, 그러는 사이에 주위가 대낮처럼 환해졌다는 걸 알았다. 고개를 돌려보니 《13사도》가 모여 있는 쪽에서 지면을 광범위하게 태우려고 불길을 퍼트리고 있는 술자가 있다.

오펜은 혀를 찼다.

"지면을 달궈서 땅속의 적을 택우겠다는 건가…… 하지만 저러면 자기들까지 산소결핍으로 죽을 텐데."

이자벨라와 매지크 쪽을 봤다. 레키가 지켜주는 크리오는 물론이고, 《탑》의 일류 흑마술사인 이자벨라라면 매지크도 안전하게 맡길 수 있겠지. 오펜이 쳐다봤더니 이자벨라는 시선만으로도 오펜의 의도를 알아차렸다는 것처럼 고개를 끄덕였다. 오펜도 말없이 동의하는 뜻을 보이고, 전투가 가장 격렬하게 벌어지는 곳을 향해 뛰어갔다.

"살금살금…… 이렇게 말하면서 걸어가면 왠지 조용히 걸어가는 것 같은 게 대단하니까. 입으로 말을 하니까 정말로 조용한 건 아니지만. 뭐 아무튼 대단한 건 대단하다는 생각이야. 소리 지르면서 던지면 정말로 구속이 빨라지는 사람만큼 대단해. 틀림없이."

혼잣말을 중얼거리면서, 하티아는 손에 들고 있는 수첩을 봤다. 메모지가 끼워져 있다. 작은 종잇조각에는 작은 글자가 빽빽이 적혀 있다.

"그러니까, 다음은……."

글자는 엉망진창으로 적혀 있는 것 같으면서도 한 가지 규칙이 있었다―그 규칙에 따라 읽으며, 확인했다.

"흠, 흠. 이 시간이면 사제는 제230에서 256통로의 연결 유지 작업을 해야 하니까, 이쪽을 감시하는 자가 없어진다. 그나저나……

로테샤도 마음만 먹으면 이렇게 자세한 것까지 전부 조사할 수 있구나. 정말 대단하네. 뭐, 성역의 일부라는 것 같으니까."

그리고는 고개를 들고서 통로 저편을 봤다. 그냥 똑바로 이어져 있는 통로처럼 보이기도 하지만, 하티아는 눈치 빠르게 공간의 단열을 발견했다. 통상적인 시각으로는 알아볼 수 없는 것이다. 마술 구성을 보는 눈과 아주 작은 기류의 변화로 간신히 느낄 수 있는 것이었다.

"다섯…… 셋…… 아홉…… 허잇."

엉터리 카운트다운으로 타이밍을 재고, 그 단열을 넘었다.

넘어갔다고 해도 눈에 보이는 것은 변함이 없었다. 똑같은 통로가 또 계속 이어지고 있다. 하지만 하티아는 만족하고 더 빠른 걸음으로 걸어갔다.

'여기가 성역인가.'

하얀 벽에 둘러싸인 통로에서, 그것을 확인했다.

이 성역 자체가 거대한 마술장치이자 보이지 않는 곳에 마술 문자가 배치돼 있다고 한다. 그 보호력이 성역에 사는 이들을 지켜왔다 ―천 년이라는 세월을.

그것이, 앞으로 열흘이면 끝난다.

아자리와 코르곤이 해준 말을 생각하며, 하티아는 탄식했다.,

'그런 소리를 해도 말이야. 사실인지 아닌지…… 열흘이 지나고 나서 어라 아무 일도 없었네요, 가 돼버리면 어쩔 생각인지. 정말이지, 쓸데없는 일에만 자신만만하고 실제로는 앞뒤 일은 생각도 안 한다니까.'

생각하는 사이에도 통로를 걸어가고, 모퉁이를 돌고, 때로는 기다리고, 공간을 뛰어넘는다. 코르곤이 말한 '사제'인가 하는 감시자들의 눈을 피하며, 하티아는 최단거리로 안쪽을 향해 나아가고 있다.

'가도 가도 사람 하나 없네…… 아무리 성역이라고 해도, 정말로 사람이 없구나.'

그 조용함도 청결함도, 병원을 떠올리게 했다. 환자도, 간호하는 사람도 없는 잊힌 병원. 무너지지도, 어지럽혀지지도 않는.

"아냐, 그건 아니야."

하티아는 중얼거리고 발을 멈췄다. 메모를 보고 확인했다─하마터면 잘못된 길로 갈 뻔했다.

하지만 중얼거린 것은 길 때문이 아니었다.

"아니야…… 여긴 묘지였어."

정정하면서, 마지막 한 걸음을 내디뎠다.

살짝 몽롱한 느낌이 오감을 덮쳤지만, 하티아는 침착하게 회복되기를 기다렸다. 이번 전이에서는 다소의 저항을 느꼈다─깊은 층으로 들어가기 위한 긴 도약. 그것을 거쳐, 눈앞에 새로운 광경이 나타났다.

그곳은 통로가 아니었다.

높은 천장과 넓은 벽. 온통 하얀색인 그것들의 경계도 알기 들어서, 허무의 세계에 들어온 게 아닌가 싶은 착각까지 느껴졌다.

의미가 있는 것은 딱 두 가지였다.

하나는 자신이 서 있는 그 지점. 희미한 불빛 덕분에 발밑에는 간신히 그림자도 생겼다.

또 하나는 정면의 벽에 있는 거대한 문.

특별한 장식도 하나 없다. 주위와의 대비 때문인지 그 검은 문은 너무나 묵직하게 여겨졌다. 높이는 대략 5미터, 폭도 비슷하겠지. 이렇게 거대한 문을 만들어야 했던 건, 과연 누가 지나가기 위해서일까. 얄궂다는 생각을 하며, 하티아는 쓸쓸하게 웃었다.

중얼거린다.

"여긴가. 아일망카 현실의 문……."

결코 열리지 않는다고 하는, 궁극의 마술.

아일망카 결계의 핵심이 되는 문.

최소한 코르곤은 그렇게 말했다. 현재 성역이 총력을 기울여도 흠집 하나 내지 못하고 있다. 10년 동안 성역 외 성역 전력이라는 것들을 파견해서 밖에 있는 마술 무기를 가지고와서 시험해봤지만 전혀 소용이 없었다는 이 문.

"열리지 않는 문, 인가."

하티하는 다시 한 번 중얼거리고는 손에 들고 있는 수첩과 거기에 끼워진 메모리를 바닥에 떨어트렸다. 그리고 그 손에서 방출한 불덩어리로 수첩을 태워버렸다.

'……어차피 다시 올 일은 없겠지.'

타서 재가 돼버린 발끝으로 건드려서 산산이 부숴버리고, 두 손을 주머니에 넣고서 기다렸다.

기다리던 것은 변화였다.

마침내—뒤쪽에서 기척이 느꼈다.

하티아는 천천히 뒤를 돌아봤다. 그를 포위하는 것처럼 하나, 둘…… 사람들이 나타났다. 처음에 나타난 둘은 인간 모양이었다. 하지만 그 눈동자가 부자연스런 녹색으로 빛나고 있다. 자세히 보니 그들은 손가락을 몇 배 길이로 늘린, 전투태세로 보이는 상태였다.

레드 드래곤 종족이다.

물론 싸우면 승산은 없다. 하티아는 어깨를 으쓱거리고 손을 뒷머리에서 깍지 낀 자세로 항복했다.

그 태도 때문은 아니겠지만 뒤이어서 몇 명인가, 이번엔 여자 모습을 한 존재가 나타났다. 이쪽은 인간인 것 같았다—전설 속에 나오는 천인 종족 같은 차림새를 하고 있지만, 험악하게 찌푸린 눈의 눈동자는 옅은 파란색이었다. 머리카락은 녹색으로 물들였다.

"당신들이 사제님?"

레드 드래곤 쪽을 경계하면서도, 하티아는 그 여자들을 보면서 물었다.

그 '사제'들은 고개를 끄덕이지는 않았지만, 내뱉는 것 같은 말로 동의했다.

"우리는 성역을 섬기는 사제다. 그대는 그 침입자 중에 하나인가…… 어떻게 여기에 나타났지? 우리에게 들키지 않고 여기까지 올 수 있을 리가 없다."

"글쎄요…… 길을 잃었거든요."

시미미를 떼고 말했다.

사제들이 항상 감시하는 장소가 딱 두 곳 있다고, 코르곤이 말했었다. 일단 이 문. 아일망카 현실로 가는 문.

"……그대를 구속한다."

하티아는 사제 여자의 말에 저항하지 않았다.

마음속으로는 다른 목소리를 듣고 있었다. 코르곤한테 들었던 말이다.

『애당초 사제들의 숫자가 부족한데다 아자리와 레티샤가 휘젓고 있다. 그리고 이 현실은 성역의 급소—거기에 침입자가 나타나면 사제들이 깜짝 놀라서 다른 급소의 감시가 허술해질 가능성이 있다. 그녀들은 자신들의 품 안에 누가 침입하는데 익숙하지 않다. 그 틈을 노려서, 나는 그쪽을 제압하겠다.』

기억 속에 있는 코르곤에게, 하티아가 중얼거렸다.

'……난 딱히 널 도와주려고 하는 게 아니라고. 뭐, 옛 정 때문이라고 해야겠지. 하지만 문제는—'

그리고, 약간 불안해하면서 이렇게 생각했다.

'구속이면 다행이지. 죽인다고 하면 무슨 수를 써서라도 싸워야 했을 테니까.'

그을린 자국이 남아 있는 황야에 아침 해가 떠오르고, 그 둔한 상처자국을 비췄다.

거기에 웅크리고 앉아 있는 인간들의 구부정한 등을 바라보며, 오펜은 한숨을 쉬었다. 간지러운 기분에 뺨을 문질렀더니 말라붙은 피와 먼지가 떨어졌다.

멈춰 서 있는 상태가 아니었다. 걷고 있다. 앞쪽에 《13사도》가 몇 명 모여 있고, 그 중에서도 유난히 눈에 띄는 덩치 큰 남자가 연달아 내리는 지시를 듣고 있다.

"일단 부상자들을 진정시켜라. 의약품을 써도 좋다—어차피 마술만 가지고 치료할 수는 없으니까. 2반은 4반과 합류해라. 뭔가? 무슨 문제라도 있나?"

"그게, 2반 생존자 쪽이 숫자가 적지만…… 2반 반장 프릭 쪽이 연장자라서, 새 반을 2반이라고 불러야 할지 4반이라고 불러야 할지—"

"그런 시시한 일은 알아서 다수결로 결정해. 대신에 내가 2반이라고 부르건 4반이라고 부르건 대답하도록. 알았나."

그가 지시를 내릴 때마다 부하들이 고개를 끄덕이고 뛰어갔다. 오펜은 걸어가는 속도를 늦추고, 마침 플루토가 마지막 지시를 내릴 무렵에 도착했다. 덩치 큰 남자의 눈이 부릅, 불쾌하다는 듯이 이쪽을 봤다.

"뭔가. 또 시시한 진언이라도 하러 왔나."

"아니."

플루토의 적개심은 일단 무시하고, 오펜은 자기 할 말을 했다.

"조금 전 습격의 피해가 얼마나 되는지 물어보려고."

"알아서 어쩔 건가. 우리의 사기를 꺾기 위한 소재로라도 삼겠다는 건가?"

"그만 하라고—뭐, 나도 잘못하기는 했지만. 더 이상 댁들한테 왕도로 돌아가라고는 안 해."

"……호오."

의아하다는 듯이, 플루토가 말했다.

오펜은 다시 한 번 한숨을 쉬었다. 두 손을 허리에 대고 신음하듯이 말했다.

"성역 쪽이 이렇게까지 집요하게 요격한다면, 교섭을 하려고 해도 전력이 있어야 균형이 맞지 않겠어."

"또 그런 소리를 하는 건가—"

왕도의 마인은 그렇게 말하고―자신의 목소리가 너무 크다는 걸 알아차린 것 같다. 내려놨던 철퇴를 집어 들어서 어깨에 메고는 오펜에게 말했다.

"이동하면서 말하지. 서서 이야기하면 눈에 띈다."

"그래."

나란히 걸어가니, 커다란 발소리가 플루토의 작은 산 같은 체격을 더 의식하게 만들었다. 마음만 먹으면 먼지가 떨어지는 소리도 내지 않고 걸을 수 있을 텐데도 그러지 않는 것은 위협하려는 것이거나 상당히 피곤하기 때문이겠지. 위협하려는 생각이지만 사실은 피곤한 게 아닐까, 오펜은 그렇게 생각했다.

먼저 입을 열고 아까 하던 이야기를 계속 한 것은 플루토였다.

"너도 성역의 방식을 봤겠지. 아직도 교섭할 여지가 있다고 믿고 있는 건가. 마리아 폰도 아니고, 그렇게까지 몽상가일 줄은 몰랐는데."

"딱히 평화주의자라서 그런 건 아냐. 하지만 이 상황이 너무나 바보 같잖아―이대로 성역을 정복해서 뭘 어쩔 건데? 열흘 뒤에 직면하게 될 여신인가 하는 괴물을 어떻게든 하지 않으면 다 소용 없는 일 아니겠어."

정곡을 찌른 게 마음에 안 들었는지, 플루토의 얼굴에 불쾌한 기색이 더 짙게 드리웠다.

"그렇다면 나도 같은 말로 대답하지. 가만히 앉아서 성역의 자비를 기다리는 건 더 바보 같은 짓이다. 놈들은 자신들 외에는 전부 버리고 자신들만 살아남을 생각이다."

"그러니까 양쪽을 다 손에 넣어야 한다는 거야."

오펜이 말하자 겨우 관심이 생겼는지, 플루토는 반론이 아니라 질문을 했다.

"무슨 의미지?"

"성역에 흠집을 내지 않고 손에 넣어야 의미가 있어. 레키—저 딥드래곤 말인데, 저 녀석이 하려는 건 한마디로 그런 게 아닌가 싶다는 생각이 들었거든."

"아직도 추상적이군. 그 말투는 왠지 네 스승이 생각나서 짜증이 난다…… 알기 쉽게 말해라."

"한마디로 레키의 의도가 뭔지 생각했다고. 레키의 힘을 생각해보면 우리 힘 따위는 필요도 없을 텐데 이렇게 지켜주고 있고."

그리고 오펜은 떨어진 곳에 있는 검은 늑대를 가리켰다—레키는 크리오에게 이끌려서 지면에 줄지어 누워 있는 중상자들을 치료하는 걸 돕고 있다.

"아마 레키가 우리를 필요로 하는 이유가 있을 거야. 그래서 아까 그 얘기를 생각한 거고. 성역까지는 레키가 데려다줄 거야. 하지만 레키가 결코 할 수 없는 일은 다른 자와 의사를 소통하는 것. 지금은 크리오를 패밀리어로 삼고 있지만 그래도 완전하게 의사를 소통하고 있는 건 아냐. 딥 드래곤한테는 그게 무리니까."

"하지만 결국 저 장벽은 딥 드래곤조차도 통과하지 못했다. 그건 어쩔 건가?"

플루토가 당연한 질문을 했다.

오펜은 잠시 생각한 뒤에 대답했다.

"장벽이 정말로 어쩔 도리가 없는 물건이라면, 성역이 이쪽을 공격할 필요도 없겠지. 뭔가 있을 거야…… 돌파할 방법이."

"저것만 돌파하면 우리는 단숨에 성역으로 쳐들어갈 수 있다."

오펜은 보이지 않는 장애물을 노려보며 신음하는 플루토를 물고 늘어졌다.

"인간 종족의 대표로서 성역과 교섭할 수 있는 인간이 필요해. 귀족 연맹에서는 영주가 그 임무를 맡고 있다고 보면 되겠지. 대륙 마술사 동맹에서는—"

"당연히 평의원인 나다."

당당하게, 플루토가 대답했다.

오펜은 낯빛 하나 바뀌지 않고 고개를 끄덕였다. 거기까지 도달한 데 만족하고, 신중하게 다른 정보를 꺼냈다.

"성역의 설비를 쓸 수만 있게 되면, 최접근령의 영주한테 작전이 하나 있다는 것 같아……."

"어떤 작전이지?"

"성공할 확률은 모르겠어. 하지만 잘만 되면 아일망카 결계의 축소 같은 짓을 하지 않아도 여신을 물리칠 수 있지."

"……."

플루토는 검토하려는 것인지 몇 걸음 걸어가는 동안 눈을 감았다. 그 모습을 보며, 오펜은 이 남자의 나이를 생각했다—40대 정도였던가. 중년이라고도 할 수 있지만 통솔자로서는 젊다. 그 탓인지 마인의 고민은 짧았다.

다시 이쪽을 보고, 말했다.

"《송곳니 탑》의 킬리란셰로. 아마 성은 없었지."

"? ……아, 예. 부모님이 재산도 남기지 않고 돌아가셨으니까."

갑자기 옛날 일에 대해서 묻자, 학생 시절의 말투로 돌아가 버렸다.

왕도의 마인은 신경 쓰지 않고 계속 말했다.

"석세서 오브 레이저 에지…… 인가. 나는 너를 인정한다. 만약 차일드맨 파우더필드가 살아 있었다면, 지금 네가 서 있는 그 자리에 있었겠지."

"……고맙습니다."

"젊은 네게 동년배처럼 인정하고 의견을 구하는 것은 그 남자에게 경의를 표현하기 때문이다. 그 전제에서 묻는다. 솔직하고 성의 있게 대답하기를 바란다―나에 대한 성의가 아니라 이 땅에서 죽어간 동료들에 대한 성의다. 그 성공 확률이라는 것이 어느 정도라고 예상하고 있나?"

협박과도 같은 말투에 숨이 막히는 기분이 들어서 헛기침을 하고, 오펜이 말했다.

"성역이 이미 그 생각을 버렸을지도 모른다는 것까지 계산해야 해…… 그렇다면 성공률은 상당히 낮다고 봐야한다, 그렇게 생각해."

"그래도―"

"그래. 여신에 의한 파국으로부터 대륙 전체의 목숨을 연장시키기 위한 방법은 이것밖에 없어."

"구체적으로 어떤 작전이지?"

그렇게 물을 거라고 각오는 했지만―실제로 자기 입으로 설명해야 하는 상황이 되니 왠지 주눅이 들었고, 그래서 오펜은 목소리를 낮췄다.

"성역에 존재하는 소환장치, 제2 세계 도탑을 사용해서 신을 죽이는 마왕 스베덴보리를 소환하고, 여신을 죽이게 한다. 여신은 장치를 조작할 수 있다는 것 같아."

"……문제점을 지적해도 되겠나?"

"아마 내가 영주한테 한 질문과 똑같은 내용이겠지. 그래도 물어봐. 나도 회의적이니까."

씁쓸하게 신음했지만, 플루토의 목소리에서는 여전히 차가운 기운이 깃들어 있었다. 왕도의 마인이 천천히, 확인하는 것처럼 물었다.

"마왕이라는 것의 존재 여부는 의논하지 않도록 하자. 어차피 우리는 이미 신화나 옛날이야기에 나오는 괴물들과 직면하고 있으니."

"그래."

"먼저 마왕이 여신과 싸워준다는 보장은?"

"없어. 하지만 내가 예전에 본 천인 종족의 메시지에, 여신을 죽이는 수단으로서 마왕이라는 존재가 있다고, 그렇게 해석할 수 있는 내용이 적혀 있었어."

"같은 종류의 메시지는 나도 보고를 받은 적이 있다. 희곡 마왕이었지?"

플루토는 그렇게 말하고 어깨의 철퇴를 고쳐 멨다. 그리고 이어서,

"그렇다면, 마왕이 여신과 싸워서 이긴다는 보장은?"

"없어. 애당초 마왕이 뭔지, 어떤 힘을 지녔는지, 그것조차 모르니까."

오펜은 우울한 기분으로, 솔직하게 말했다.

그것을 성의라고 받아들였겠지. 플루토는 비난하는 태도는 보이지 않았다—최소한 그 정도는.

"여신을 죽인다 치고, 남은 마왕은 어떻게 하면 되나?"

"완전히 나랑 똑같은 의문이네. 그 위험성은 영주도 인식했어. 하지만, 지금 이 대륙에 여신에 대항할 수 있는 힘은 남아 있질 않아. 성역은 쇠퇴하고 있고. 그래서 외부에서 그 힘을 불러올 수밖에 없어."

"이 이야기는, 다른 사람에게는 못 하겠군…… 사기에 문제가 생길 테니."

지휘관다운 점을 신경 쓰며, 플루토가 무겁게 말했다. 분명히 이 작전은 다른 사람들에게 희망을 준다기보다는 곤혹스럽게 만드는 헛소리에 불과하다—오펜도 동의한다는 뜻으로 어깨를 으쓱거리고는,

"하지만 아쉽게도 이게 제일 멀쩡한 안이야. 천인 종족이 일부러 준비해준 소환 장치라고. 송환 수단도 준비해뒀다고 믿고 싶거든. 고려해줬으면 싶어."

"고려하는 수밖에 없겠지. 정신사들에게 검토하라고 하겠다—그 변덕쟁이에 도움이 안 되는 것들이 협력할 생각이 있다면. 뭔가 개선할 점이 있을지도 모른다.

그렇게 말하고, 플루토는 바로 옆으로 벗어나서 큰 걸음으로 걸어갔다—정신사들과 연락을 해도 부하들한테 들리지 않을 곳까지 갈 생각이겠지. 어젯밤에 있었던 잭 프리스비의 습격을 떠올리면 그를 혼자 두는 것이 불안하기도 했지만, 오펜은 굳이 따라가지도 않았다. 기습 공격에 한 번 쓰러질 뻔 하기는 했지만, 두 번이나 똑같은

꼴을 당할 인물은 아니겠지. 그리고 그것은 그 성복 차림의 사내도 알고 있을 것이다.

'잭 프리스비……'

악령.

그것이 영주가 말했던 성복 차림 남자의 별명이었다.

『마술사라는 초인을 상대로, 마지막에 맞서는 것은 나 같은 인간이다.』

비웃던, 그 남자가 외친 소리를 떠올렸다.

『나는 악령이다.』

『내 몸에는 악령이 씌웠다. 그것이 내 힘이다.』

첫 번째 조우에서는 손도 써보지 못하고 졌다―피와 죽음의 맛을 되새기며, 오펜은 응어리진 한숨을 토했다.

실제로 간단히 죽었다고 해도 좋다. 자신이 지금 이렇게 살아 있는 것은 다미안 르우가 소생시켜줬기 때문이니까.

그리고, 두 번째 조우를 거쳐서.

'도펠 익스. 배신자를 전부 그렇게 부른다면, 나도 플루토도 최접근령의 영주도 키므락의 교주고, 전부 도펠 익스다.'

모든 이가 모든 이에게 거짓말을 한다…….

모든 이가 모든 이를 배신한다…….

영주 알마게스트의 말이 들려온다―이 대륙에는 절망밖에 없기 때문에 그렇게 되는 거라고.

'선생님도…… 천인 이스타시바의 손에서 자랐으면서, 그것을 배신해야만 했어. 성역은 지금 대륙 전체를 배신하고 있다. 애당초 이 대륙의 존재 자체가 신들을 배신하고 있다. 반대로 신들도 세계를

배신하고 파괴하려 하고.'

마왕 또한.

오펜의 마음속에 의문이 떠올랐다.

배신할까? 세계 도탑을 써서, 희생을 치러가면서까지 세계서나 희곡 마왕에 나오는 것 같은 지식을 결계 밖에서 소환하고, 필사적으로 희망을 맡긴 천인 종족과 지금 이렇게 매달리려고 하는 자신들의 희망을. 소환된 마왕은 역시나 배신할 것인가.

만약 배신한다 하더라도, 그것을 저주할 수도 없다…… 왜냐하면 여기에는 절망밖에 없으니까.

그 자신의 손으로 죽인 죽음의 교사 네임과 레드 드래곤 종족 헬퍼트.

죽음을 지켜본 쿼바디스, 아자리, 이르기트, 위노나, 라이언 스푼…… 그밖에도 잔뜩.

『나는 단지 라이언 스푼의 절망에 답해주고 싶었을 뿐이다. 마찬가지로, 절망하는 자로서.』

다시, 잭 프리스비가 남긴 말이 생각났다.

"그딴 건—"

어젯밤에 말하지 못했던 부분을, 혼자서 중얼거렸다. 불씨만 남아 있던 분노에 불이 붙는 것을 느끼며.

"그딴 건, 절망만 하는 너한테는 말할 자격이 없어. 라이언의 절망에 대답한 건 크리오야."

여기엔 절망밖에 없다고. 그럴 리가.

내뱉고, 오펜 자신도 빠르게 걸어갔다. 장벽을 통과할 방법을 찾아내려면 시간이 더 걸릴 것 같다. 그 동안에 해둬야 할 일들이 산더미처럼 많다.

　마리아 폰 교실의 이자벨라. 《13사도》의 이자벨라.

　그 직함 하나하나가, 매지크에게는 아무런 의미도 없는 것이었다
—마리아 폰이라는 마술사의 이름은 타프렘시에 있을 때도 들어본
적이 없고, 그 제자인 이자벨라에 대해서는 굳이 말할 것도 없다.

　솔직히 말하자면 대륙 최강의 술자로 알려진 플루토를 힘들지 않
게 물리친—누가 뭐라고 해도 그렇게 보였다—오펜이, 이 들어본 적
도 없는 이자벨라의 힘을 신뢰하는 것처럼 보이는 것도 왠지 화가
났다.

　하지만.

　"……? …………? …………?!"

　뛰어들고, 당장이라도 그녀에게 닿을 것 같던 손이 자기도 모르는
사이에 허공을 가르고 흙을 움켜쥐었다—그리고 당연히 넘어졌고,
그는 비명을 질렀다. 영문도 모른 채 일어나보니 이자벨라는 아무렇
지도 않게 가만히 서 있었다. 그가 움켜쥔 그 자리에서 한 걸음도 움
직이지 않았다.

　마치 손이 몸을 통과한 것 같았다. 이자벨라는 그를 내려다보며
복잡한 표정을 짓고 있다. 신음하는 소리까지 냈다.

　"음…… 이건……."

　그녀가 뭔가를 말하기 전에, 매지크가 엉덩방아를 찧은 채로 소리
쳤다.

"아, 아니! 이건…… 그러니까, 그냥 제가 못난 거고, 딱히 스승—아니, 오펜 씨가 문제인 건 아니고요."

"그건 나도 알아."

그녀는 딱 잘라서 말하고는 팔짱을 끼고서 고개를 갸웃거렸다.

"……그렇구나. 킬리란셰로 군은 아직 너한테 체술은 가르쳐주지 않았네."

"이, 일단, 몸 움직이는 방법 정도는 조금 배우기는 했는데요."

일단 앉아 있으면 왠지 주눅이 드는 것 같아서, 매지크는 그녀에게 대답하면서 일어났다. 바지에 묻은 흙을 손으로 털고 있었더니, 이자벨라가 가까이 다가오지도 않고 그 자리에서 물었다.

"배운 건 마술 제어법 뿐이야?"

그녀의 말투에서 은근히 비난하는 기색이 느껴졌기에, 매지크는 당황해서 말했다.

"그, 그렇긴 한데, 그건 제가—"

거기까지 말했을 때 이자벨라가 손을 흔들어서 제지했다.

"저기 말이야. 난 딱히 킬리란셰로 군이 뭘 가르친 것에 대해 따질 생각은 없으니까 일일이 그렇게 끼어들지 말아줄래."

그제야 그녀의 짜증이 오펜이 아니라 자신의 태도 때문이라는 것을 깨닫고, 매지크는 입을 다물었다.

이자벨라는 말을 자르고, 다른 질문을 했다.

"……매지크 군, 뭔가 신경 쓰여?"

"아뇨, 딱히."

우물거리는 그에게 이자벨라가 웃어보였다.

"지난번에 얘기했을 때 대충 상상했었는데, 마술사의 우울이네."

"예?"

"벽에 부딪쳐서 고민하기 시작한 마술사를 그렇게 부르거든."

그렇게 말하고는 한숨이라도 쉬는 것처럼 어깨를 늘어뜨렸다.

"마술 능력을 지닌 마술사는 어쨌거나 그것을 제어하기 위한 훈련을 받고, 실제로 제어를 실천하는 책임을 가져야 해—그래서 보통 사람보다 아주 조금 많은 우울을 맛보게 되거든. 안 그래도 고민이 많은 어린 시절에."

"…………."

매지크가 아무 대답도 못하자, 이자벨라가 뭔가 의미심장한 미소를 지었다.

"누구나 거쳐 가는 길이야. 나도 킬리란셰로 군도 왕도의 마인 플루토도, 틀림없이 고민했을 거야. 하지만 그러다 알게 되는 거야. 뒤꿈치를 들어봤자 그리 멀리 보이지도 않는다는 걸."

"지금 상황에 만족하라는 건가요?"

"아니. 뒤꿈치를 든 채로 걸을 수 있는 사람은 없다는 뜻이야. 똑바로 걸어가다 보면 언젠가는 보고 싶은 풍경을 찾을 수 있어."

"이자벨라 씨는 지금 보고 싶은 것을 보고 계신가요?"

자기도 모르게 그런 질문을 했다—그랬더니 그녀는 뭔가를 확인하려는 건지 주위를 둘러봤다. 그녀에게 보이는 것이 자신이 보는 것과 같다면, 그것은 거친 평원과 저 멀리 있고 다가갈 수 없는 목적지, 부상당한 동료, 휘몰아치는 바람과 투명한 하늘, 뭉개진 구름…… 그 정도겠지.

아니, 딱 한 가지 그녀에게 보일 리가 없는 것, 그녀 자신의 모습이다. 《13사도》인 흑마술사 이자벨라. 머리카락도 헝클어지고, 모래 때문에 지저분해진 얼굴도 씻지 못하고 있다. 몇 번인가 전투를 치르면서 다치기도 했을 것이다.

그런 그녀가, 조용히 말했다.

"지금 여기는…… 아니네. 하지만 죽어버린 동료들을 생각하면, 난 지금 여기 있다는 긍지로 여겨야겠지."

긍지.

가슴을 찌르는 것처럼, 그 한 마디가 울렸다. 매지크는 고개를 숙이고 중얼거렸다—자신은, 그 긍지라는 것을 가져본 적이 없다.

'한마디로, 그거야…… 강하다든지 약하다든지, 뭔가를 할 수 있다든지 없다든지, 그런 건 아무것도 없어. 지금 여기 있는 인간 중에서 나 혼자만 그게 없는 거야……'

"—저기!"

자기도 모르게 큰 소리를 지르고, 매지크의 얼굴이 빨개졌다.

마찬가지로 약간 놀란 이자벨라가 물었다.

"왜?"

"저기, 이자벨라 교사보는, 싸울 수 있는 사람이죠? 지금 몸놀림을 봐도……,."

"난 마리아 폰의 애제자야. 선생님하고도 비슷한 실력이라고 생각해."

매지크는 힘찬 미소를 짓는 그녀에게 다가갔다.

"그렇다면, 그러니까, 목적지에 도착할 때까지 만이라도 좋으니까…… 저한테 뭔가 한 수 가르쳐 주세요."

"뭐?"

되묻자, 매지크는 자기 가슴을 가리키면서 다시 말했다.

"필요할 때 사람을 막을 수 있는 기술을 하나 가르쳐 주셨으면 싶어요."

"매지크 군, 내 말 제대로 들은 거야?"

곤란하다는 표정으로 팔짱을 끼고, 이자벨라가 물었다.

매지크는 고개를 끄덕였다―목소리가 약간 작아지기는 했지만.

"분명히, 이거야말로 뒤꿈치를 드는 짓이겠죠. 하지만 지금의 저는……. 누군가를 지켜줄 수도 없어요. 아까 습격에서도 이자벨라 교사보가 지켜주기만 했잖아요."

"그래……."

그녀는 아직도 고민하는 것 같았지만, 마침내 어쩔 수 없다는 듯이 매지크를 쳐다봤다. 팔짱을 낀 채로 손가락을 하나 세우고, 그걸 흔들면서 말했다.

"지금부터 내가 하는 말을 이해한다면 가르쳐 줄 수 있는 게 있을 수도 있어."

"아, 예."

반쯤 신음하는 소리로, 고개를 끄덕였다―그러자 그녀는 눈빛이 엄격하게 변해서 말했다.

"첫 번째, 어떤 사정이 있건 간에 도망 칠 수 없는 때 말고는 절대로 쓰지 말 것."

"알겠습니다……."

"그리고 내가 가르쳐준 기술로 쓰러트린 상대한테는 절대로 더 이상의 공격을 하지 말 것."

"……예?"

이해할 수가 없어서, 머리 위에 물음표가 나타났다.

그러자 이자벨라는 한숨을 쉬고서 이렇게 말했다.

"한마디로 기습하는 수밖에 없다는 뜻이야. 상대한테 일격을 날리고 가능한 그대로 도망쳐. 행여라도 과신해서는 안 돼."

"예."

이번엔 대답했다.

이자벨라는 마지막으로, 팔짱을 풀고서 매지크의 양쪽 어깨를 붙잡았다. 힘을 주고 흔들어댔다.

"그리고, 절대로 실패하지 말 것."

"그건—"

"말대답 하지 마. 실패할 생각이 있는 사람한테는 싸우는 기술을 가르쳐줄 수 없어. 게다가 단기간에 속성이면…… 너 하나 죽는 걸로 끝나지 않을 거야. 네가 지키려고 하는 사람까지 죽이게 된다고."

정면에서 똑바로 쳐다보는 이자벨라의 기세에 눌려서, 매지크는 자기도 모르게 숨까지 참고 있었다. 그녀의 눈동자는 말 그대로 진지해서 상대의 타협도, 망설임도 용서하지 않겠다는 빛이 담겨 있었다.

'하지만…… 난, 싸움이라고 부를 만한 것에서 이겨본 적이 한 번도 없는데.'

그것을 생각하자 몸이 부들부들 떨렸다.

위기를 헤쳐 나온 적은 있다—마지막에는 누군가의 도움을 받아서.

'하지만, 그렇기 때문에.'

차분하게, 목에 걸린 무거운 공기를 코로 내쉬고, 대답했다.

"예."

이자벨라는 바로 어깨를 놓아줬다. 뒤로 멋 걸음 물러나서 다시 똑바로 서고는,

"난 귀찮은 제자 따위를 둘 생각은 없어. 가르쳐 줄 수 있는 건 그냥 어지간한 기술 정도. 그걸 어디서, 어떻게 쓸지는 너한테 달렸어."

"예."

"그리고 혹시나 착각할지도 모르니까 미리 말해두는데."

그렇게 말한 이자벨라가 순간적으로 보여준 얼굴은─무슨 이야기를 할지 이미 말해주고 있었다.

"난 킬리란셰로 군이랑 달라서 살살 가르쳐주지 않을 거야."

손에 잡힐 뻔 했던 긍지는 손가락 사이로 빠져나갔고, 매지크는 그 시점에서 후회하기 시작했다.

제9장 천한 것과, 천하지 않은 것

레티샤 마크레디는 자기에게 배정된 방에서의 긴 휴식 시간을 머리카락 사이에 손가락을 꽂아 넣고 고개를 숙인 채로 보냈다. 무릎에 팔꿈치를 대고, 등을 구부리고 있는 동안 시간이 얼마나 지났을까. 질력이 날 정도로 거듭한 한숨과 신음소리 속에서, 차분하게 시간을 잴 만큼의 제정신 따위는 이미 오래전에 사라져버린 게 아닌가 싶은 생각까지 들었다.

'정말이지…… 이 방은 대체 뭐냐고.'

둘러볼 필요도 없이 볼 것이라고는 아무것도 없는 방 안을, 그래도 곁눈질로 관찰했다.

감옥이 아니라는 점에 대해서는 감사해야겠지. 무엇에 대한 감사인지는 스스로도 모르겠지만.

온통 하얀 벽에 둘러싸이고 항상 청정한 공기가 가득 차 있는 방. 문은 안에서만 잠글 수 있고, 통로에 감시하는 자가 있는 것도 아니다. 그녀가 앉아 있는 침대도 청결하고 이 방에 돌아올 때마다 시트가 새로 깔려 있다. 방에 있는 색이라고는 벽에 걸려 있는 작은 그림과 방바닥 한복판에 앉아 있는 기묘한 고양이의 진홍색 털뿐이다. 고양이는 장식품이 아닌가 싶을 정도로 움직이지 않는다. 방에서 나와서 또 한심한 회의인지 뭔지를 열 시간도 넘게 한 뒤에 돌와 보면 몸이 뒤집혀 있을 때도 있었다. 하지만 건드려도 불러도 반응은 없다―살아 있는 건 틀림없지만. 들어 올려도 무슨 짓을 해도 거기에 대응하는 행동은 없다.

대륙에 있는 여섯 종류 짐승의 왕. 그 중에서 '평화의 짐승'—페어리.

그것이 전설의 드래곤 종족이라는 사실을 알아차린 것은, 이 고양이가 몇 번인가 하품하는 모습을 봤기 때문이었다.

"오감을 전부 잃었어."

아자리의 설명은 짧았다. 크게 관심도 없기 때문이겠지.

"외부에서의 입력을 전혀 받아들이지 않아. 상상해보면 정말 오싹해……."

그 아자리는.

정신체가 된 동생은 같은 방에 있다. 이것 또한 질력이 나는 사실이지만, 레티샤는 고개를 저었다. 맹렬한 잠기운과 권태감이 시달리고 있지만, 짜증이 나서 잠을 잘 수가 없다. 차라리 저 고양이처럼 오감을 전부 잘라낼 수 있다면, 틀림없이 처음으로 푹 잠들 수도 있을 텐데…….

그 때. 아자리의 목소리가 귀에 들어왔다.

"잘 자둬. 다음 회합 때까지 아직 두 시간은 있으니까."

"…………."

투덜대며, 레티샤는 고개를 들었다—아자리는 방 입구에, 아무 일도 없다는 듯이 서 있다.

목소리가 귀에 들어온다는 표현은 정확한 것이 아니었다. 레티샤는 한숨을 쉬고, 손가락에 머리카락이 엉켜 있는 모습을 내려다보면서 더 음울한 감정에 사로잡혀 있었다. 아자리의 목소리는 공기의 파장이 아니라, 어딘가 다른 기관을 통해서 전해온다. 이 방은 확실하게 도청되고 있다—아자리는 그렇게 말했고, 자신과의 대화는 절대로 들을 수 없다는 말도 했다.

상당히 의심이 가는 말이기는 했지만, 소리를 내지 않고 생각하기만 해서 묻는 것에도 많이 익숙해졌다.

"여기 온지 며칠이나 됐지?"

그렇게 묻자 아자리가 바로 대답했다.

"사흘 쯤 됐지."

"진전은?"

육성이 아니라서 감정의 가시를 표현할 수는 없다―아니, 그 반대인가? 망설여지기는 했지만, 레티샤는 어두운 감정을 숨기지 않고 들이댔다. 어차피 알아차리건 말건, 아자리는 시치미를 떼겠지.

실제로 아자리는 말 그대로 시치미를 뗀 얼굴로 대답했다.

"없어. 킬리란셰로와 《13사도》는 여전히 정령마술의 결계에 발이 묶여 있어."

"결계를 통과하는 조건을 알고 있다면 네가 가서 가르쳐주면 되잖아."

"지금은 이 교착상태가 필요해."

설명할 때도 주저하지 않는다.

"……무슨 뜻이야?"

레티샤는 따지려고 했지만, 아자리가 대답하지 않으리라는 것도 직감했다. 감각만으로 대화를 하는 사이에, 대답하기도 전에 상대의 대답을 알게 돼버리는 일이 있다―불편하기도 하고 편리하기도 하다. 하지만 묻는 사이에 스스로 대답을 예상해버리면 괜히 짜증만 났다.

예상이 맞아서, 아자리는 대답하지 않았다. 하지만 미묘하게 어긋

난 대답을 했다.

"사제들의 주의는 지금 내부에 있는 우리와 외부의 《13사도》에게 쏠려 있는 것 같아.

"……그것과, 이 성역 바로 위에 나타나고 있는 '여신'이겠지."

레티샤는 천장을 가리키며 신음했다.

가볍게, 아자리가 동의했다.

"맞아."

"설마 진짜 신을 죽이게 될 거라고는 상상도 못했어."

혀 안쪽에서, 레티샤는 자신의 감정을 굴렸다. 맛은 없다. 쓰지도 않고 맵지도 않다.

단지 엄청나게 목이 말랐다.

아자리도 같은 것을 맛보고 있는 걸까─저 징글징글한 정신체라도? 레티샤는 의문을 가졌지만 묻지는 않았다. 아자리는 역시 감정을 드러내지 않고 말했다.

"얼마 안 남았어…… 그게 대륙에 침입할 때까지."

"정말로 어떻게 할 수 있는 거야? 가망은 있어?"

자포자기하기 직전이라는 것을 인정하고, 레티샤는 거친 소리로 말했다─육성으로.

사제들이 도청할 거라고 경고하는 아자리의 눈빛에, 그녀는 입에서 튀어나오려던 말을 간신히 삼켰다.

"네가 사람들을 구할 방법이 있다고 해서…… 나도 널 돕고 있는 거야."

"이 때를 위해, 천인 종족은 많은 유산을 남겼어. 차일드맨이라는 인간을 유사 시간 전이시킨 것까지 포함해서."

"그 유산이 도움이 돼?"

이 의논은 지금까지도 몇 번이나, 기회만 있으면 계속 거듭해온 것이었다. 그래서 아자리의 대답도 알고 있다—그녀는 항상 애매한 말을 해서 다른 이야기로 끌고갈 뿐이었다.

"오리오울의 멸망에 의해 마술 문자의 효력이 소실될 가능성이 있는 이상, 한시라도 빨리 마왕의 소환을 시작해야 하는데 말이야……."

결국은 아자리도 모르는 일이라는 뜻이다.

절망적인 기분으로, 레티샤가 탄식했다.

"어째서, 그 사제들은 반대하는 거야?"

"위험 부담이 너무 커서…… 겠지?"

아자리는 담담하게 말했다. 믿을 수가 없어서, 레티샤는 손을 저었다.

"아무리 생각해도 제정신이 아닌 것 같아. 대륙을 전부 버리고 자신들만 살겠다니." 회합은 실질적으로 사제 중에 한 명하고만 말하는 것처럼 되어 있었다—그 뻔뻔한 사제 프리니아와. 이런 곳에서 평생을 보내고 햇볕도 쬐지 못한 탓인지 차갑고 투명해 보이는 그 피부를 살이 파일 정도로 꼬집어주고 싶다는 생각을 몇 번이나 했는지.

그 성복 차림의 남자는 첫날에만 모습을 보였다. 하지만 그 뒤에는 레드 드래곤 종족에게 회의장을 감시하게 했고. 사제들이 호위도 없이 나타난 적은 단 한 번도 없다. 굳이 말하자면 처음 회의장에 들어왔던 그 때는 1대 1이었지만, 그 때조차도 어떤 장치로 정신 지배를 시도했었다.

"조심성이 많은 건지 겁쟁이라서 그런지는 모르겠지만. 그냥 자기 한 몸을 위한 거잖아."

하지만—

"과연 그럴까."

갑자기 부정하자, 레티샤는 깜짝 놀랐다.

"……무슨 뜻이야?"

그렇게 묻자, 아자리는 뭔가를 계산하는 것처럼 냉정한 눈빛을 보였다. 대답했다.

"딱히. 단지 난 뭔가 알 것 같아. 사실 사제들에게 도움이 안 되고는 크게 중요하지 않겠지. 이런 성역에 갇혀 있으면, 살아가는 것 자체가 그냥 의무를 수행하는 것 같은 기분이 들지 않을까."

이쪽의 반론을 기다리지도 않고 계속 말한다.

"여기 사는 자들에게는 생활이라고 할 만한 게 없으니까. 그저 결계를 유지하기 위해서 이 방법 저 방법을 써가면서 발버둥치는 매일. 그리고 그들이 버리려고 하는 바깥 사람들은? —성역 따위는 알지도 못하고 마음 내키는 대로 인생을 누리고 있어. 그 사제들이 '꼴 좋다'고 해도 난 놀라지 않을 거야."

아자리의 말이 끝났을 때, 레티샤는 험악하게 물었다.

"하지만, 그런 천박한 이야기가 있을 수 있는 거야."

"뭐, 천박하기는 하지. 하지만 다들 그런 게 아니겠어? 괴물 같은 모습이 돼서 5년 동안, 옛 동료들이 목숨을 노리는 속에서 도망 다녀 보라고. 그쪽도 궁지에 몰리면 기꺼이 선생님을 죽일 정도로—"

그런 이야기를 듣고.

레티샤의 인내심에도 한계가 찾아왔다.

"그건 애당초 네 자업자득이잖아!"

하지만 고함을 질러도 아자리는 마치 남의 일이라도 되는 양, 전혀 동요하지 않고 자기 할 말을 계속했다.

"그런가? 그럼 그게 사고였다면, 난 용서받을 수 있었다는 거야? 하지만 정말로 천박한 이야기는 그게 아니야. 내가 원래 몸으로 돌아갔더니 그 순간부터 선생님과 동료들을 죽인 사실을 후회하기 시작했다. 이거야말로 정말로 천박한 얘기가 아닐까?"

"……짜증이 나네. 더 이상 말도 섞기 싫어. 사라져줘."

구역질이 올라오는 가슴을 누르며, 레티샤는 다시 고개를 숙였다.

그래도 아자리는 사라져주지 않았다. 책망하는 것처럼, 저주하는 것처럼 중얼거리는 소리가 들려온다.

"여기 놈들도 바깥을 버리는 데 성공한다면 틀림없이 후회하겠지…… 일이 다 끝난 뒤에야 후회하는 건 정말 편한 일이야."

천박한 것과 천박하지 않은 것의 차이는 그 정도밖에 없다. 감정과는 반대로 아자리가 무슨 말을 하려는 지는 충분히 이해할 수 있었다. 역시 어디선가 감각이 연결돼 있는 탓인지도 모른다. 평소보다 더 이해가 되는 것 같은 기분까지 든다.

"성역을 위해서 바깥을 버리는 걸 용서할 수 없다면, 바깥을 위해서 성역에 부담을 주는 것도 용서받지 못할 수 있다는 걸 생각해야 해."

귀를 막아도 들려오는 아자리의 목소리에서는 비탄이 느껴졌다.

"나 발하노라, 빛의 백인!"

오펜이 날린 열충격파를, 어린아이 모습의 레드 드래곤은 몸을 좌우로 분할해서 회피했다─그리고는 그대로, 둘로 갈라져서 돌진해 왔다.

'본체는…… 어느 쪽이지?'

헬퍼트와 싸운 경험상, 어느 한 쪽이 의태라는 건 알고 있다. 의태는 본체에서 분열하고 몇 초가 지나면 죽어 없어진다. 관찰해서 그 의태를 간파하는 건 불가능하다. 녹색 눈을 번쩍이며 다가오는 두 레드 드래곤을 보며, 오펜은 재빨리 다른 마법 구성을 짰다.

"나 비상하노라, 하늘의 은령!"

동시에, 후방으로 도약했다.

두 레드 드래곤 종족이 동시에 오른팔을 뻗어서 날린 손날 공격을 회피하고, 거리를 더 벌렸다. 의태가 사라질 때까지의 시간은 벌지 못했지만, 그 대신 오펜은 착지하기도 전에 두 손을 앞으로 뻗었다.

"나의 손끝에 호박의 방패!"

압축된 대기의 벽이 적과의 사이에 장애물을 만들어서 시간을 더 벌어줬다.

레드 드래곤 종족의 몸이 기압에 튕겨나고, 후방 쪽으로 비틀거렸다. 마침 수명이 다 됐는지 의태 쪽이 순식간에 무너져 내렸다. 남은 하나를 노려보며, 오펜이 외쳤다.

"나 발하노라─"

하지만.

표적으로 삼았던 레드 드래곤의 모습이 순식간에 사라졌다.

날리려던 구성을 흩어지게 하며, 오펜은 한 손으로 단검을 뽑았다.

'땅속으로 도망쳤나? ……아냐!'

적이 사라졌다고 생각했던 공간의 한 점이 흔들리고—

마치 그림이 일그러지는 것처럼, 투명한 무언가가 돌진해오는 것이 보였다.

'투명화?!'

완전한 투명화는 아니다. 야외에서, 멀리서 보면 바로 구분할 수 있을 것이다.

빛을 투과시키는 것도 불완전했고, 무엇보다 녹색으로 빛나는 두 눈만은 변화할 수 없는 것 같다. 그것은 레드 드래곤이 가까이 다가올수록 더 선명하게 보였다. 허공에 떠 있는 두 개의 눈을 노리고, 오펜은 자세를 잡았다.

주먹을 날리려는 순간, 투명했던 그 레드 드래곤이 모습을 드러냈다. 그리고 그대로 오그라들어서 무너졌다.

'……또, 분열한 의태!'

오펜은 후두둑 붕괴하는 눈앞의 적을 보면서 혀를 찼다. 온 신경을 기울여서 적의 기척을 찾았다. 하지만 오펜이 찾아내기도 전에—

퍼억! …………

충격이 몸을 덮쳤다. 하지만, 직접 닿은 건 아니다.

지면에서 전해져왔다. 눈을 돌려보니 아마도 땅속에서 나타난 것 같은 레드 드래곤이, 거의 두 쪽으로 뭉개져서 움직임이 멈춰 있다.

플루토가 내리친 거대한 철퇴가 레드 드래곤의 몸을 3분의 1정도 날려버리고, 머리를 땅에 박아버렸다. 조금 전의 충격은 이것 때문이겠지.

도약하는 사이에 마인과 가까운 위치까지 온 것 같다. 물론 레드 드래곤은 이 정도 가지고는 아파하지도 않는다—바로 철퇴 밑에서 기어 나와서는 인간 모습으로 돌아가기 위해서 변형을 시작했다.

하지만 이번에는 오펜의 주문이 먼저였다.

"나 세우노라, 태양의 첨탑."

위력을 줄인 불덩어리가 레드 드래곤의 몸을 감쌌다.

순식간에 타버리고 숯 덩어리가 돼버린 레드 드래곤 종족이 그 자리에 쓰러졌다. 레드 드래곤은 이 상태에서도 죽지는 않지만, 표면을 태워버리면 변형할 수 없다. 전투 능력을 빼앗으려면 이것이 가장 빠른 방법이다.

겨우 한숨 돌리고, 손등으로 턱 밑을 닦았다. 그 때, 플루토가 철퇴를 들어 올리면서 말했다.

"……마술을 연발하면 의식이 산만해지는 것 같군. 피로 때문인가?"

학생의 결점을 지적하는 호랑이 교사와 배려와의 중간지점 같은 말에, 오펜은 힘없이 긍정했다. 그리고 고개를 끄덕인 자세 그대로 주저앉았다.

"결제 정도의 공격이기는 해도, 매일 이래서는 말이야."

"일단은 수습한 것 같군."

플루토는 감정도 없이 그렇게 말하고는 주위를 둘러봤다.

그 시선을 따라서, 오펜도 이 넓은 황야 속에서 한 지점에 모여 있는 《13사도》 쪽을 바라봤다. 부상자를 감싸는 모양으로, 싸울 체력이 남아 있는 자들이 주위를 감싸고 있다. 오펜도 그 중에 하나였다. 하지만 어제보다, 그제보다…… 싸울 수 있는 자들의 숫자는 계속 줄고 있다.

레키와 합류한 뒤로 《13사도》에서도 사망자가 나오지 않았다
―그렇다고 해도 회복에 시간이 걸리는 자, 단순히 싸울 의지가 꺾
여버린 자 등등이 매일매일 늘어나고 있다.

그 부상자들을 지키려는 것처럼 중앙에 자리 잡고 있는 레키를 보
며, 오펜이 중얼거렸다.

"……적도 레키와 싸우는 건 피하고, 인간을 먼저 소모시키려고
하는 것 같아."

"그렇군."

당연히 플루토도 알고 있었겠지. 당연하다는 듯이 그렇게 말했을
뿐이었다.

"우리가 여기서부터 한 걸음도 나아갈 수 없다는 것과 같이 생각
해보면 유효하다고 인정할 수밖에 없군."

"하지만 성역도 우리 이상으로 전력이 줄었을 거야."

플루토가 고개도 돌리지 않고 목소리만으로 부정했다―몸짓으로
표현하면 보고 있는 부하들이 걱정할 지도 모른다는 생각이겠지.

"저 정령술사의 결계 때문에 발이 묶인 지도 벌써 닷새다. 전원의
사기는 한계에 가깝다. 다음 희생자가 나오면 붕괴할 지도 모르겠
군.'

"……마음이 많이 약해졌는데. 무슨 일 있었어?"

신경이 쓰인 오펜이 묻자, 왕도의 마인은 쓸쓸하게 웃어보였다.

"아니. 사실을 객관적으로 보고 있을 뿐이다."

그리고, 가버렸다.

앉은 채, 오펜은 신음했다.

'한계라…… 하긴.'

집합한 곳으로 돌아가 보니, 그 생각은 더욱 커졌다.

마술사들은 한 눈에 봐도 지쳐 있다. 체력적으로도, 정신적으로도. 플루토가 한계라고 했던 건, 말 그대로의 의미였겠지.

벌써 닷새나 이 지점에 발이 묶여 있다. 그 동안에 몇 번이나 공격을 받았고 부상자도 속출했다.

설마 《13사도》가 실전 경험이 부족할 거라고—그렇게 말할 사람은 없겠지. 궁정에 모셔져서 기사 급의 대우를 받아왔지만, 이 일류 마술사들의 역할은 한마디로 귀족연맹을 위해서 일하는 것이다. 그 중에는 비공식 임무도 포함돼 있다. 최접근령으로 가는 중에 만났던 암살 기능자 시크 마리스크의 얼굴을 떠올리며, 오펜은 마음 속으로 중얼거렸다. 능력명에서는 초일급, 의심할 여지없이, 여기에 있는 궁정 마술사들은 15세라는 어중간한 나이에 훈련을 포기해버린 오펜 자신보다 강한 마술을 지니고 있다. 체술, 사기, 정신력, 모든 면에서 자신을 웃돌아야 했다.

'하지만, 그래도 드래곤 종족을 상대하기에는 부족하다는 건가.'

그들이 처음부터 의기양양했던 건 아니겠지.

최근 며칠 동안의 소모 때문에 절망의 영역까지 몰리려 하고 있다.

웅크리고 앉은 흑마술사들은 아무 말도 없이, 바람 속에서, 그저 조용히 우울한 시간을 버티고 있었다. 오펜이 지나가도 고개를 드는 사람 하나 없다. 문득, 오펜은 로테샤가 생각났다. 연상이라고 할 정도는 아니지만, 《13사도》들을 지배하는 이 의식의 밑바탕에서 그녀의 어두운 눈빛이 생각났다.

'그러고 보니, 로테샤가 없어진 것 때문에 영주가 무슨 말을 하려고 했었는데. 자세한 얘기를 좀 들어볼까…….'

둘러본다.

흑마술사 집단 속에서는 영주를 찾아볼 수 없었다. 하지만, 그 대신.

"하~ 하하하! 보아하니 지쳐서 죽어가고 있구나 흑마술사!"

귀에 익은 목소리가—아니.

탄식하고, 오펜은 중얼거렸다.

"뭐랄까…… 유난히 그리운 기분이 드네."

천천히 고개를 돌렸다. 사실은 알아차리지 못하고 그냥 지나치던 중이었지만. 거기에는 지인 형제가 서 있었다. 볼칸과 도틴. 이 침묵의 들판에서, 볼칸이 유난히 두드러질 만큼 큰 소리로 소리쳤다.

"핫핫핫. 한때의 평온은 그야말로 한 때, 네놈에 주어진 것은 끝없는 공포와 고통. 원작, 연출 이 몸. 협찬 이 몸. 이 몸 앞에서 틈을 보인 네놈이 잘못 했다고 하면서 허이야~!"

"…………."

검을 뽑아들고 덤벼든 볼칸을 옆으로 피하고 한 대 때려서 땅바닥에 처박으면서, 오펜은 나머지 하나—도틴을, 도끼눈을 뜨고 쳐다보면서 말했다.

"그래서?"

"아니, 형님의 행동 이유를 저한테 물으셔도 곤란한데요……."

차갑게, 도틴이 대답했다.

일단 그 부분은 넘어가고, 오펜은 계속해서 말했다. 모래에 얼굴이 처박혀서 버둥대는 볼칸의 머리를 밟아서 움직이지 못하게 하며,

"혹시 너희들 한가하냐?"

"할 일도 없으니까요."

뜬금없는 소리에 머리를 쥐어뜯으며—

갑자기 생각난 게 있어서, 오펜이 물었다.

"혹시 너희들, 저 정령술사의 경계를 지나갈 수 있냐?"

"형님이 한가할 때 돌진해봤는데 엄청나게 날아갔어요. 뭐랄까, 이렇게…… 무지개 같이."

"안 되는 건가. 그나저나 무지개는 뭐야. 대답하지 않아도 되지만."

딱히 기대했던 것도 아니지만, 더더욱 이해할 수 없어 탄식했다.

"지나갈 수 있는 조건 같은 것도 없는 건가. 있다고 해봤자 드래곤 종족의 생각은 이해 불능이니까……."

투덜대는 것처럼 중얼거리면서.

다가오는 발소리를 듣고, 오펜은 고개를 돌렸다. 발을 끄는 것 같은 소리—페이크 지팡이를 짚으면서 부상자 연기를 계속하고 있는 최접근령의 영주. 알마게스트의 일부러 짓는 것 같은 웃는 얼굴이 눈에 들어왔다.

영주는 지인들에게 인사한 뒤에 이쪽으로 시선을 돌렸다.

"하지만 그들의 사고방식을 이해하지 못하면 그들과의 '교섭'은 생각도 못 할 텐데."

"뭔가 알고 있는 거야? ……저 결계에 대해서도 그렇고."

도끼눈을 뜨고 노려봤다. 하지만 알마게스트는 개의치 않고 고개를 저어보였다.

"글쎄."

"댁은 딥 드래곤을 데리고 성역으로 쳐들어갈 생각이었잖아. 사실은 처음부터 이 결계에 대해서도 알고 있던 것 아냐?"

"여기서 '사실은 그렇다'고 대답할 수 있다면 참 통쾌하겠지."

그것이 재미있는 농담이라도 된다는 양, 영주는 소리 내서 웃었다.

"허나 오랜 친구여. 그것은 반칙이다. 나는 분명히 자네보다 지식과 이해의 범위가 넓지만, 모든 것을 아는 건 아니라네. 자네가 아무리 힘을 자랑해도 전능이 아닌 것과 마찬가지로. 성역의 방위는 예상했지만, 딥 드래곤이 지나가지 못하리라고는 생각도 못 했다. 분명히 내 생각이 짧았다."

"그럼 알아서 그렇게 징그럽게 웃고 있는 게 아니라는 뜻이지?"

빈정대는 말은 무시하고, 오펜이 확인했다.

볼칸의 머리 위에서 내려와 영주 쪽으로 다가갔지만 손은 대지 않았다. 손끝이 닿기 직전에 멈추고, 계속해서 물었다.

"계속 시간 없다고 떠들어댄 것 치고는 꽤나 차분한데 말이야?"

"자네처럼 쓸데없는 일로 바쁜 게 아니니까. 심호흡 할 시간 정도는 있지."

그 때.

"지금이다! 놈은 또다시 이 불사신의 투사 볼카노 볼칸 님에게서 눈을 떼는 어리석은 짓을 저질렀다! 그래서 이 순간, 그야말로 좋은 기회에 날리는 일격 필살의 기습, 그러니까, 허이야아아아아아아!"

그런 고함소리가 들려왔고—

땅바닥에 엎어져 있던 자세에서 갑자기 뛰어 올라서 그대로 무지개 같은 선을 그리며 뛰어오른 볼칸을, 오펜이 주먹으로 때려서 날려버렸다.

힘차게 돌진해오다가 요격당해서 엉망진창으로 낙하했지만, 볼칸은 아직도 주절거릴 힘이 남아 있었다.

"어이해…… 어이해, 이 몸의 기습이…… 또 저 하늘 아래에서 재회하고 죽였을 텐데……."

"너, '지금이다' 라는 소리를 지나고 몇 초나 지났는지는 아냐."

"으음…… 분명히 심플하게 『죽어라 이놈아~』 정도도 좋았을 것 같군……."

의외로 멀쩡하게 일어나는 볼칸에게, 도틴이 어쩔 수 없다는 듯이 뛰어와서 부축해주려고 했다.

그 두 사람을 내려다보며, 오펜은 한숨을 쉬었다. 그대로 물었다.

"너희가 여기 있는 건, 그냥 너희 둘이서 황야를 되돌아갈 수 없기 때문이지?"

"맞아요."

고개를 끄덕인 건 도틴이었다.

오펜은 형제 두 사람을 번갈아 봤다.

생각해보면 지인 종족의 생태는 잘 모른다. 알려고 해본 적도 없고. 대륙 남단의 자치구로 내몰려서 극한의 땅에서 조용히 살고 있다는 게 일반적인 인식이겠지. 그다지 일반적이지 않을지도 모르는 지금까지의 경위에 의해, 오펜은 보다 많은 것을 알게 됐다. 아무튼 튼튼하고 적당히, 어떻게든 살아남은 생명력을 지녔다. 지능은 높다…… 뭐 적어도 인간과 동등하거나 그 이상.

백마술사 다미안 르우가 꺼낸 고스트를 믿는다면, 지인 종족에도 암컷과 수컷이 있다. 하지만 그것이 인간 종족과 같은 의미인지 아닌지는 불명이다. 이런 일화가 있다. 어떤 학자가 지인 종족의 생태를 조사하기 위해 마스마튜리아로 갔다. 지인 종족 사이에는 인간종족과 흡사한 사회 형태가 있고 가족 형태가 있었다. 학자는 지인 종족을 이해하는 것은 그다지 어렵지 않다—적어도 드래곤 종족 같은 영문 모를 것들과 비교하면—고 판단했다.

하지만 학자는 지인 종족에게 특이한 풍습이 있다는 것을 알았다. 한 달에 한 번, 한밤중에 광장에 잔뜩 모여서는 아침까지 계속 치고받고 싸우는 것이다. 학자는 이것이 무슨 축제인지 물었다. 지인은 증식이라고 대답했다.

지인 종족 백 명이 광장에 모인다. 한밤중부터 동틀 때까지, 무차별로, 정신없이 뒤섞여서 계속 치고받는다. 그리고 아침이 되면 어느 샌가 백 한 명이 돼 있다. 대체 누가 늘어난 건지, 치고받았던 당사자들도 잘 모른다는 것 같다.

그것을 본 학자는 병에 걸렸고 지금도 요양 생활을 하고 있다고 한다. 그가 퇴원했을 때 이 사실이 보고되고 발표될 것이라는 이야기가 전해진다.

그 학자는 실제로 존재하지 않는다. 그것이 도시전설이라는 설도 있다. 오펜도 그다지 진지하게 받아들이지 않았다. 하지만 이 순간, 별 생각 없이 그 이야기를 떠올리고—그리고 이유도 없이, 믿고 싶은 생각이 들었다.

잠시 고개를 숙이고 있다가 오펜이 고개를 들었다. 그리고 자신이 말할 내용에 마음이 무거워졌다.

"너희 빚."

그러자 곧바로 볼칸이 고개를 갸웃거렸다.

"음? 빚이라니, 무슨 소리냐?"

"……어째 정말로 잊어버린 것 같네. 뭐 됐고. 그 빚. 이제 안 갚아도 돼."

단숨에 말했다.

"오늘 밤 쯤에 플루토한테 얘기할까 하는데, 부상자라든지 더 이상 여기 있어봤자 소용없는 자들은 왕도로 돌려보내야겠다…… 너희도 그 사람들이랑 같이 가면 왕도까지 돌아갈 수 있겠지."

두 사람을 보니―

딱히 놀란 기색도 없이 멍하니 있다.

잠시 기다렸지만 여전히 반응이 없다.

어쩔 수 없이, 오펜이 재촉했다.

"……왜 아무 반응도 없는데?"

"예전에 한 번 그 말에 속은 적이 있어서……."

냉정하게 말하는 도틴에게, 오펜은 고개를 저어보였다.

"아니, 이번에는 그 대신 뭘 하라든지 그런 게 아니야."

"정말인가요?"

정말 의심이 많다. 아무튼 오펜은 도끼눈을 뜨고 고개를 끄덕였다.

"그래."

"아무것도 안 해도 되니까 그 대신에 빚을 갚으라고 안 할 건가요?"

"그게 무슨 소리야."

겨우…….

볼칸은 여전히 잊어버린 것 같지만 도틴의 안경 너머에 있는 눈동자가 움직이는 걸 본 것 같은 기분이 들었다. 경악해서 입을 떡 벌리고, 도틴이 소리를 질렀다.

"어, 어어어어어쩌서죠! 세상이 멸망해도 그런 일은 없을 거라고 생각했는데."

"뭐, 멸망하기 직전이기는 하지만."

내키지 않는 대답을 한 뒤에─오펜은 이야기를 끝내고 고개를 돌렸다.

"…………."

하지만, 영주의 모습은 이미 보이지 않았다.

"오펜."

부르는 목소리에 그쪽을 봤다. 그곳에는 금발 소녀가 있었다─두 손을 뒤에서 맞잡고, 이쪽을 보고 있다.

이야기를 나누기엔 약간 먼 거리였다. 오펜은 반걸음 정도 뒤로 돌아가서 거리를 좁히고,

"왜?"

물었다.

크리오의 표정을 볼 필요도 없이, 바보 같은 질문이었을 것이다. 볼일이 있으니까 불렀을 테고, 볼일이 없다고 부르면 안 되는 것도 아니다.

하지만 의문이 들어서, 오펜은 크리오 쪽으로 시선을 보냈다. 레키는 없다. 떨어진 곳─부상자들이 모여 있는 캠프에서 조금 전과 변함없이 앉아 있다. 영주의 저택에서 다시 만난 뒤로 크리오가 레키하고 떨어진 적이 없었는데.

크리오는 살짝 헛기침을 하고서 입을 열었다.

"얘기, 좀 하고 싶어서."

"……흐음."

크게 신경 쓰지 않고 고개를 끄덕였다.

그리고 갑자기 생각나서 말했다. 앞쪽을 적당히 가리키면서,

"영주는 찾고 있거든. 걸어가면서 해도 될까?"

"응."

크리오가 살짝 빠른 걸음으로 쫓아왔다. 나란히 걸으면서, 오펜이 먼저 입을 열었다.

"뭔가 달라졌어?"

"뭐?"

깜짝 놀란 크리오에게 말했다.

"아니, 전에 딥 드래곤의 패밀리어가 됐던 사람이 생각나서. 정신 지배가 인격에 영향을 미치는 경우도 있으니까."

"음…… 난 잘 모르겠는데, 어디 이상해?"

"다른 사람도 모르지. 뭔가 표시가 있는 것도 아니니까."

무슨 말을 해야 할지 몰라서, 일단 말했다. 크리오는 피식 웃은 것 같았다.

"오펜도 매지크도, 조금 이상하다면 이상하네."

"뭐, 이런 상황이니까…… 그리고 보니 매지크 녀석이 안 보이네."

그렇게 말하고 주위를 둘러봤다.

주위는 황야지만 넓은 만큼 지형의 요철이나 가려서 안 보이는 곳도 있다. 우연히 안 보인다고 해도 그렇게 이상한 일은 아니다.

바람에 머리카락이 날려서, 크리오가 잠시 멈춰 섰다. 오펜도 따라서 발을 멈출까 했지만, 그대로 걸어갔다. 바로 따라오겠지.

"이상하다면 이상하려나…… 나, 여러모로. 생각하는 게."

"지금까지는 아무 생각도 안 했다는 거야?"

그리 오래 생각하지도 않고 물었다.

크리오는 뛰어서 쫓아왔고, 그대로 말했다.

"음…… 그다지 생각하지 않았던 것 같기는 하네."

"그런가? 아닌 것 같은데."

"오펜은 지금 무슨 생각 해?"

크리오의 질문에 오펜은 한숨을 쉬었다.

"저 정령마술 결계를 어떻게 지나가지…… 려나."

"그런가. 어떻게 지나가는 게 아니라, 지나가지 못하는 걸 확인하고 있는 게 아닐까?"

그 말을 듣고, 이번엔 멈춰 섰다.

허를 찔리고 깜짝 놀라서 소녀 쪽을 보니, 크리오는 기다렸다는 듯이 이쪽을 보며 걸음을 멈추고 있었다. 약간 쑥스러운지 코를 긁으면서 미소를 지었다.

"생각한다는 건 그런 게 아닐까 하고…… 생각하게 됐어."

"뭐, 그렇긴 하네."

인정하고, 오펜이 중얼거렸다.

"무슨 좋은 생각이라도 있어?"

"아니…… 미안해. 그냥 말해본 것뿐이고, 나도 뭔가 좋은 생각이 난 건 아니야."

이번에는 크리오가 앞장서는 모양으로 걸어갔다. 어깨 너머로 얼굴을 절반만 보여주면서 계속 말한다.

"앞으로 닷새였나."

"응? 그래."

고개를 끄덕였다.

크리오는 손가락 다섯 개를 펴고는 그것을 바라봤다—감정도 없이, 가끔씩 보여주기 시작한 공허한 눈빛으로.

"갑자기 이런 말을 들으니까…… 참 이상하네."

"그러게."

"닷새 동안 할 수 있는 일이 뭐가 있을까?"

"응?"

묻자, 크리오는 손가락을 다시 접고 할 말을 생각하며,

"그러니까…… 왜. 역시 이것만은 해둬야겠다 하는 그런 거. 닷새 동안에 다 할 수 있는 일이 있으려나. 난 그런 게 없다는 생각이 들거든. 닷새 가지고는 만족할 수가 없어. 뭘 해도 말이야."

"크리오, 무슨 일 있어?"

크리오가 말하는 내용에서 위화감을 느끼고 물었다.

하지만 그 소녀는 그 질문을 넘겨버리려는 것처럼 어깨를 으쓱거리며,

"오펜도 아까부터 『그러게』 소리만 하잖아."

"아……."

지적을 받고, 오펜은 말문이 막혔다.

"아니, 딱히 진지하게 듣지 않았던 건 아니야. 정말로. 단지……."

변명을 하려고 했지만, 크리오는 살며시 손을 내밀었다. 그만 하라는 뜻이겠지. 빙긋 웃으면서 말했다.

"미안해……. 역시 오펜은 걱정거리가 많구나. 좀 더 조용해진 다음에 얘기하자."

몸을 빙글 돌리고 걸어가는 소녀의 뒷모습과 황야의 바람에 흔들리는 금색 머리카락을 바라보며, 오펜은 쫓아가지도 않고 가만히 서 있었다. 불러 세울 수도 있는 거리지만, 그 뒤에 무슨 말을 해야 좋을지 모르겠다. 영문 모를 불안이 가슴에 떠올랐지만 그것을 붙잡아서 정체를 캐물을 배짱이 없다는 사실을 스스로 인정하는 수밖에 없었다.

자신의 미숙함 때문에 상대에게 상처를 줬다는 자기혐오를 맛보며, 마음속으로 중얼거렸다.

'한계……. 생각해보면 체력은 크리오가 제일 부족할 테니까.'

그것은 자신에게도 할 수 있는 말인지도 모른다.

앞으로 닷새. 무엇을 하기 위해서도, 파멸을 피하기 위해서도 부족한 시간이다.

슬슬 시간이 됐다는 건 알고 있었다.

시계를 보고 안 것은 아니다─

누가 마중 나온 것도 아니고, 이 성역에서는 창밖을 보고 시간 경과를 알 수도 없다.

레티샤 마크레디는 그래도 시간을 이해하고 침대에서 굴러 내려왔다. 바닥에 누워 있던 페어리 드래곤을 밟을 뻔 했지만 상대는 피하지 않았다. 귀찮았지만 레티샤는 몸을 틀어서 낙하를 막았다.

일어나고, 흐트러진 머리카락을 손으로 쓰다듬었다. 이제 와서 몸 가짐을 신경 써봤자 의미도 없지만, 스트레스와 피로 때문에 얼굴이 끔찍한 상태일 거라고 인정했다. 문득, 이대로 일상으로 돌아가면 어떻게 될까…… 그런 생각을 했다. 황야를 방황하고 사람을 죽이면서까지 살아남고, 영문도 모를 세계의 파멸이라는 중압 때문에 피부도 거칠어지고, 게다가 악령에 띄워서 제정신을 잃기 직전. 부상은 아자리의 힘으로 어떻게든 치료했지만, 복부에 총알을 맞았다는 상실감은 아직 기억에 남아 있다.

성역에 온 뒤로는 쓸데없는 논쟁, 끊임없는 정신 지배와도 싸워야 했다. 잠도 제대로 못 자고 같은 편도 없다. 하티아의 행방을 알 수 없게 됐다는 것도 신경이 쓰이지만, 그것을 확인할 수도 없다.

'내가 아직도…… 쓸모가 있기는 한 걸까.'

침울한 중얼거림을 되풀이하며 쓸쓸하게 웃었다.

'정말 어떻게 되려나. 이 꼴로 집에 돌아가면 티피스가 현관문을 열어주기는 할까.'

돌아갈 수는 있을까.

그런 생각을 하고, 레티샤는 더 우울하게 고개를 저었다.

'돌아가고 싶어…… 더 이상 이런 짓을 하고 싶지 않아. 세계 따위는 멸망하려면 하든지. 앞으로 닷새. 그렇게 멸망해서 아쉬운 것 따위, 나한테는…… 없어.'

5년 전의, 그 날부터.

무엇보다 소중했던 동생들과 헤어지고, 무엇 하나도 남지 않았다.

"……정말로?"

들려온 목소리에—

화난 얼굴로 고개를 들고 주먹을 뛰었다. 틀림없는 전투태세로, 레티샤는 적을 찾았다. 하지만 방 안에 정신체의 모습은 보이지 않았다. 그녀의 머릿속에 물음표를 집어넣은 것은 틀림없이 아자리일 것이다. 놀리는 것도 아니고 비웃는 것도 아닌 알 수 없는 속삭임이었지만, 분명히 들렸다.

"나한테 뭐가 남아있다는 거야!"

이를 갈면서 물었다.

아자리는 여전히 모습을 보이지 않았지만, 그 목소리는 더 가까운 곳에서 말한 것처럼 들려왔다.

"당신만의 출발점."

"그딴 건…… 궤변이야!"

"그래도 천박하지는 않은 이야기야."

슥…… 하고.

거의 눈앞에. 아자리가 나타났다.

꽉 쥔 주먹을 내지르지 않고, 레티샤는 그저 상대를 노려보기만 했다. 아자리는 조용히, 계속해서 말했다.

"계속 싸우자. 킬리란셰로도 이제 곧 이 성역에 올 거야."

그 목소리가 너무나 솔직한 탓에. 레티샤는 더 이상 참지 못하고 등을 올렸고, 내뱉었다.

"그 아이도 이제 싫어졌을 거야."

"그럴까. 킬리란셰로의 역할은 직접 선택한 거야. 하티아도, 코르곤도 말이지."

흔들림 없는 확신이 담긴 아자리의 목소리에 또 고개를 저었다.

"이렇게 말하고 있는 거야? 나 혼자 불씨만 남아 있다고—"

"부정은 안 해. 하지만 그 정도만 해도 다행이지 않을까? 더 이상 불타지도 못해. 유령이니까."

"그걸 자각하고 있으면서, 어째서 아직 존재하는 거야……."

다시 고개를 들고 상대를 봤을 때—레티샤는 힘이 빠져나가는 걸 느꼈다. 분노도 탄식도 오래 이어지지 않는다. 절망 속에서는.

레티샤는 두 팔을 뻗었다. 동생을 안으려고 했지만 손에 아무런 감촉도 없다. 이제는 실체인 척을 할 수도 없는지, 아자리는 건드린 것을 알아차리지도 못했다는 것처럼 반걸음 후퇴했다.

"아마도, 말만 할 수 있으면 당신과 말다툼을 할 수 있기 때문이 겠지."

그리고는 출구 쪽을 봤다.

"가자. 우리가 사제의 주의를 끌면 그만큼 다른 사람들이 편해지 니까."

"……그래."

역시 아무것도 남지 않은 손을 쥐며—

레티샤는 고개를 끄덕였다. 처음부터 알고 있었을 것이다. 손에 남지 않아도 전부 없어지는 건 아니다.

제10장 결판과, 결판이 아닌 것

"킬리란세로 군…… 킬리란세로 군."

누가 몸을 흔들면서 이름을 불렀고, 그 목소리에 다긴 초조한 기색에 신경이 날카로워졌다. 꿈을 꿨는지 아닌지도 모를 짧은 꿈에서 깨며, 오펜은 고개를 저었다—

"음…… 벌써 교대 시간인가?"

슬쩍 눈을 떠봤더니 하늘은 아직 어두웠다.

오펜은 자신을 건드리고 있는 손을 의식했다. 어깨를 밀어서 그를 일으키려고 하는 그 손바닥에서는 역시나 긴장된 떨림이 느껴졌다.

"아니야. 중간에 깨워서 미안해. 분위기가 이상해서 말이야."

이자벨라였다. 아직 어둡고 별빛밖에 없지만 그 속에서 얼핏 봐도 안색이 좋지 않다. 이런 곳이다 보니 당연히 화장 따위를 했을 리도 없지만, 그걸 생각해도 심하다—마음속으로 중얼거리면서 몸을 일으켰다.

그 때, 갑자기 빛이 번쩍였다. 떨어진 곳에서, 마술에 의한 폭발이 일어났겠지. 진동이 전해진다. 오펜은 이자벨라의 대답을 기다리지도 않고 소리 내서 말했다.

"……또 습격인가?"

그런 것 치고는 조용하다. 가슴 속에 나타난 부자연스런 느낌을 곱씹으며 주위를 둘러봤다. 황야의 풍경은 변함이 없고 밤의 어둠도 여전하다.

매일 거듭된 산발적인 습격은 흑마술사들이 깊지 잠들지 못하게 했지만, 간신히 희생자는 발생하지 않았다. 피폐해지기는 했어도 《13사도》들은 상황에 익숙해지고 있다―그 중에서 이자벨라가 유난히 긴장한 데서 뭔가 결정적인 변화의 예감을 느끼고, 오펜은 불안을 되새겼다. 드디어 희생자가 나온 건지도 모른다―그 것 때문에 전체의 사기가 무너질 수 있는 상황이라는 플루토의 말도 같이 생각이 났다.

하지만 이자벨라의 대답은 예상을 뒤엎는 것이었다.

"아니…… 습격은 평소랑 다를 게 없지만. 장소가 조금 달라."

"장소가?"

누워 있던 자리에서 주위를 둘러봤다. 오펜은 모포에서 기어 나오면서, 전투복 위에서 굳어진 몸을 확인했다. 이상은 없다. 적어도 없는 것 같다. 그것은 주위를 둘러본 결과와 마찬가지였다. 평소와 다를 게 없었다. 휴게소로 사용하는 이 지점에는 부상자와 함께 휴식 중인 흑마술사들이 자는 텐트가 있다. 오펜은 왠지 《13사도》들과 같이 있고 싶지 않아서 밖에서 모포를 둘둘 만 채로 자고 있었지만.

어쨌거나 그것을 지켜주려는 것처럼 거대한 검은 늑대도 땅바닥에 엎드려서―

거기서 눈을 껌벅거렸다.

"레키가 없잖아."

"딥 드래곤만이 아니야. 없어."

겨우 원점에 다가온 이자발레가 혼란스런 머리를 진정시키려는 것처럼 심호흡을 몇 번 했다.

"플루토 스승도, 마리아 선생님도…… 넘버즈도 없어. 남은 건 부상자를 포함한 《13사도》 절반 정도……."

"뭐라고?"

쉽게 이해할 수가 없었지만, 그래도 마음을 진정시키기 위해서 손바닥으로 얼굴을 훔쳤다. 그러는 사이에 먼저 확인해야 할 일을 생각햇다. 어중간하게 쉰 탓인지, 사고의 회복이 스스로 생각해도 오싹한 만큼 완만했다.

"크리오랑, 매지크는?"

"전 여기 있어요."

목소리가 들려왔다.

자세히 보니 이자벨라 뒤에 매지크가 있었다. 몸을 움츠리고 있는 건 다리를 끌고 있기 때문이겠지.

"너…… 다친 거야?"

오펜이 묻자 매지크는 고개를 저었다.

"아뇨. 그냥 좀…… 넘어져서요."

"그래."

거기에 대해서는 크게 생각하지 않고 이자벨라 쪽을 봤다.

"그래서…… 크리오는?"

"없어."

어두운 목소리로―그래도 확실하게, 이자벨라가 대답했다. 이런 때, 이자벨라는 사양하지 않고 정확하게 대답했다.

레키가 없어졌다는 얘기를 듣고 예상은 했던 대답이었다. 주먹으로 손바닥을 때리면서 또 물었다.

"지인들과 영주는?"

"영주는 모습을 감췄어. 그 지인들은 있고. 왕도로 귀환하는 부대랑 같이. 아직 출발하지는 않았지만……."

이자벨라가 속삭인 말을 들은 오펜은 깜짝 놀라서 큰 소리를 냈다.

"플루토가 귀환부대 편성을 허락한 거야?"

오펜이 어젯밤—이라고 해봤자 겨우 몇 시간 전 일이지만—진언 했을 때는 지금까지 그랬던 것처럼 생각해보겠다는 대답만 했었다. 지금까지였다면 그것은 부정하는 뜻이었다.

플루토의 부하에 해당하는 이자벨라에게도 그것은 의외였겠지. 심각하게 눈살을 찌푸리고 있었다.

"그래. 그래서 이상하다고 생각했어."

"사라진 자들은 어디로 갔어?"

이런 상황에서도 담력이 남아 있는 이자벨라를 보고 자기도 모르 겠지만, 이것도 어리석은 질문이라는 걸 깨달았다. 그녀는 가만히 이쪽을 바라본 뒤에,

"……도망쳤을 것 같아?"

"플루토에 마리아 교사, 《13사도》의 정예…… 없어진 게 이 자들이 아니라면 도망쳤다고 생각하겠지만 말이야."

"그리고 딥 드래곤도."

"눈치 챌 틈도 없는 한 순간에 전부 죽었다고 생각하기는 힘들겠 지. 레키까지 포함됐다면."

그렇다면—

남은 가능성에 대해, 오펜은 고개를 들고 바라봤다. 드넓은 황야 와 밤하늘. 그리고 저 멀리에 보이는 검은 숲…… 그 바로 앞에, 보 일 리가 없지만 엄연히 존재하는 정령 마술의 결계.

"만약, 그 결계를 넘었다면."

이자벨라가 중얼거리는 소리가 귀에 들어왔다.

"그 순간에 정신사들이 성역까지 공간 전이를 강행할 거라고, 플루토가 설명했어. 어떤 계기로 결계를 넘었고, 우리가 알아차리지도 못한 틈에 성역까지 가버렸을지도……"

"어떤 계기, 는 아니겠지."

한숨을 쉬고, 오펜은 이자벨라의 말을 부정했다.

"사라진 멤버들이 너무 좋아. 고의야. 플루토는 부상자와 아슬아슬하게 그들을 지킬 수 있는 전투원들만을 여기에 남겨뒀어."

낮과 밤의 바람은 방향도 온도도 다르지만, 메마른 모래를 운반하는 그 무게는 변함이 없다. 피부를 갉아내는 것 같은 격렬한 바람 속에서, 오펜은 가만히 서서 《펜릴의 숲》을 노려봤다. 방심했다— 듣다 말았던 크리오의 말이 생각났다. 피로와 짧은 휴식을 반복하는 사이에 사고가 정지됐었다.

'돌이킬 수…… 있는 일일까? 이건.'

옷 속에서 소름이 돋았다.

플루토 일행이 성역에 도착했다면 전투는 이미 시작됐겠지. 영주를 데리고 갔다면 제2 세계 도탑이라는 걸 탈취한다는 계획을 받아들일 생각이다. 영주의 안에 대해서는 교섭의 소재로서 제출했던 건데, 플루토의 행동을 응원하는 꼴이 돼버린 건지도 모른다.

모래가 섞인 굳은 침을 삼키고, 오펜은 이자벨라 쪽을 봤다.

"거의 젊은 멤버들이야. 일단은 가장 연장자인 딕이 이끌고 있어. 그가 왕도 귀환부대를 이끌게 돼 있어. 부상자와 전의 상실자…… 그리고 소수의 전투원."

"거기에 우리도?"

"응. 포함돼 있어."

폭음이…….

뭔가를 생각나게 하려는 것처럼, 발밑에서부터 울리고 뱃속을 뒤흔들었다. 그 덕인가 누군가가 떨어진 곳에서 도펠 익스를 요격하고 있겠지. 조금 전부터 들려오는 공격 소리는 드문드문 들렸고, 그것이 낙관할 수 있는 근거가 되는지 아닌지, 거기까지는 오펜도 판단할 수 없었다. 하지만 레키가 없어진 탓에 간단히 몰리게 돼버린 것도 사실이다.

오펜은 전투복의 칼집에 넣어둔 단검을 뽑아서 확인하고 다시 집어넣었다.

"습격은 막을 수 있겠어?"

"모르겠어. 하다못해 마리아 선생님이 남아 있었다면……."

지금까지 힘을 잃지 않았던 그녀의 목소리가 약간 떨렸다.

오펜은 곁눈질로 주위를 둘러봤다―부상자들은 텐트 안에 있지만, 이런 밤중이다 보니 속삭이는 소리라도 귀가 밝은 사람에게는 들리겠지. 동요가 번질지도 모른다.

이자벨라의 어깨를 두드리고, 오펜이 말했다.

"마리아 교사는 플루토와 같이 갔어."

"……응."

약간 약해진 목소리로 말하는 그녀에게, 더 힘을 줘서 어깨를 떠밀었다.

"여기서 널 지키는 것보다 더 중요한 일을 위해서. 그 사람이라면 플루토가 성급한 짓을 하더라도 말릴 수 있어."

또다시 멀리서 일어난 폭발이 보였다. 그것을 가리키며, 계속

했다.

"그래서 일단은 그 사람한테 맡겨두고, 그쪽은 생각하지 말자고. 마리아 교사도 나름대로 널 신뢰해서 여기에 남겨둔 거야. 현재 상황에서 할 수 있는 일을 우선시하자고—먼저 한 사람이라도 많이, 무사히 살아남도록."

"그래야겠지."

고개를 끄덕이고, 이자벨라가 말했다.

오펜은 그녀와 눈이 마주치기 전에 시선을 돌렸다. 매지크한테 손짓을 하고서 말했다.

"넌 이자벨라하고 같이 부상자 텐트를 지켜. 난 습격 쪽을 보고 올게—"

"거기엔 반대예요."

고개를 번쩍 들고, 매지크가 말렸다.

이쪽이 잠깐 놀란 사이에 매지크가 계속 반론했다.

"단독으로 움직이는 오펜 씨 쪽이 위험하잖아요? 도움이 필요한 건 오펜 씨가 아닌가요."

"아니, 난—"

부정하려고 했지만, 옆에서 누군가가 팔을 붙잡는 것을 느끼고 말을 멈췄다. 이자벨라였다.

"피로 때문에 컨디션이 안 좋잖아? 난 괜찮아. 딥 드래곤 덕분에 부상자라고 해도 움직이지도 못하는 사람은 거의 없으니까."

"……그래."

인정하고, 다시 말했다.

"그렇다면 매지크, 넌 날 도와줘. 이자벨라, 아까 말했던 습격이 조금 다르다는 건 무슨 뜻이야?"

그렇게 묻자 이자벨라는 얼굴을 복잡하게 찌푸렸다.

"나도 상황을 전부 파악한 건 아니지만…… 뭐라고 해야 좋으려
나. 지금까지는 적이 딥 드래곤을 두려워하는 탓인지 멀리서 깨작깨
작 견제하는 느낌이었잖아? 오늘 밤엔 그것보다 더 멀어."

"멀어?"

"응. 주력을 끌어내려는 것처럼."

"양동 치고는 너무 노골적이지 않나?"

멀리서 들리는 전투의 소리에 다시 주의를 기울이며, 물었다.

그러자 이자벨라는 곤란하다는 듯이,

"나도 그렇게 생각해…… 딕도 그걸 알고 날 이리로 보냈고. 양동
이라고 해도, 그쪽도 우리 전력을 끌어내기 위해서 자기 전력을 쓰
고 있다는 얘기니까, 결국 이쪽으로 돌릴 여력은 없을 것 같고……."

"그렇구나."

"하지만 상대도 의미 없는 짓은 안 하겠지. 경계하면서, 이쪽도 최
소한 할 수 있는 걸 하자고. 먼저 상대를 무력화한다."

"예."

매지크의 대답을 듣고, 오펜은 이동을 개시했다. 거리가 먼 만큼
뛰어가는 건 바보 같은 짓이다. 하지만 빠른 걸음으로 전투 소리가
들려오는 쪽으로 걸어갔다.

뒤쪽으로 멀어지는 이자벨라를, 고개를 돌려서 보지도 않았다.

그녀는 거짓말을 했겠지.

오펜은 가슴속으로 그런 생각을 곱씹었다.

이자벨라도 알아차렸을 것이다. 전부 거짓말이다. 플루토와 마리

아 교사가 이자벨라나 그들, 젊은 마술사들을 여기에 남겨둔 것은 단순히 성역을 공격하는 것이 전멸을 의미하는 것이라는 걸 알고 있기 때문이다.

모든 《13사도》를 희생시킬 생각으로 여기까지 왔지만, 플루토는 끝까지 나아가지 못했다—그래서 자기들끼리만 성역에 도전하기로 정했고. 만약 그렇지 않으면 전부 설명한 뒤에 갔을 것이다.

'플루토 자식…… 그게 영웅이라는 건가.'

상황을 생각해보면 그 판단이 어리석다고 할 수도 없다.

어떤 방법으로 저항하건 성공 확률은 상당히 낮다. 인원이 많건 적건.

그렇다면 한정된 희생을 선택했다고 봐야겠지. 자신이 실제로 그런 입장이었다면 같은 선택을 했을지도 모른다는 생각도 든다.

아직 멀리 있는 곳에서 부풀어 오른 마술의 빛에, 사람 몇 명의 모습이 비쳤다. 한 순간의 일이라서 무엇과 싸우고 있는지 까지는 모른다.

딕이라는 《13사도》가 아는 사람은 아니지만 이름 정도는 들어본 적이 있다. 아마도 딕 시모슨이겠지. 왕도의 스쿨 출신이고 언젠가 넘버즈 후보가 될 거라고 했던 젊은 마술사다. 최근 며칠 동안에 요격을 맡았던 마술사 중에 눈에 띄는 전과를 올렸던 마술사 한 사람 있었는데, 그게 그 친구인지도 모른다.

"오펜 씨."

매지크가 부르는 소리에 오펜은 어깨 너머로 슬쩍 쳐다봤다. 서둘러서 걸어가던 중이었기에 제대로 대답한 건 아니지만.

"왜?"

"크리오는, 오펜 씨한테도 말 하지 않고 사라진 건가요?"

"…………."

상처받은 것 같은 소년의 표정을 보며, 오펜은 고개를 저었다.

"아니. 뭔가 말하려고 했던 것 같은데, 내가 알아차리지 못했어."

"어째서 크리오가…… 그런 짓을?"

"글쎄. 잘 생각해보면 난 그 녀석이 무슨 생각을 하는지 알아차렸던 적이 한 번도 없었던 것 같아."

오펜이 대답하자 매지크도 더 이상 추궁하지 않았다. 가끔씩 울리는 폭발을 이정표 삼아서 서둘러 걸어갔다.

그 때—

"멈춰라!"

힘찬 목소리가 불러 세웠다.

고개를 돌려보니 바위 뒤에서 각진 윤곽의 호청년으로 보이는 마술사가 한 사람 튀어나오고 있었다. 두 팔을 벌려서 동료라는 신호를 보내며 다가왔다.

레드 드래곤 종족은 사람으로 변할 수 있다—경계는 풀지 않은 채, 오펜은 그 마술사를 똑바로 봤다. 드래곤 종족은 마술에 의한 공격을 하기 전에 눈동자가 녹색으로 빛난다. 그것만 놓치지 않으면 어떻게든 피할 수 있다.

오펜은 말을 건 마술사에게 물었다.

"상황은?"

상대도 같은 것을 경계하고 있겠지. 필요 이상으로 접근하지 않았다. 그래도 작은 소리로 속삭여서 말했다.

"그게 아무도—"

순간, 그 《13사도》의 몸이 옆쪽으로 찌그러졌다.

레드 드래곤의 변신. 그렇게 생각할 정도의 변형이었다. 일격에 허리가 부러지고, 완전히 접혀서 그대로 넘어졌다. 비명소리도 없었다. 그 대신 입에서 액체 상태의 뭔가를 토한 것처럼 보이기도 했다. 메마른 흙에 약간의 습기를 남기고, 그 생명이 끝났다.

아무것도 보이지 않았다. 그저 그 남자가 절명했다는 것만은 알았다. 소리를 지르기도 전에, 혀를 차기도 전에, 뒤로 뛰었다. 날카롭고 무거운 것이 어둠을 가르고 눈앞을 통과했다. 사각에서 사각으로. 맹렬한 발디딤과 함께 뛰어들었다.

매지크가 서 있는 위치는 파악했다. 뒤쪽으로 뛴 것과 동시에 그의 뒷덜미를 붙잡아서 끌어 당겼다. 넘어지지 않은 게 다행이다.

아직 적의 모습은 보이지 않는다. 그 검은 덩어리는 거의 인간에게는 있을 수 없는 속도로 주위를 뛰어다니고, 반드시 사각에서 일격을 날린다.

'잭 프리스비……!'

아직 확인하지 않은 적의 이름을 불렀다.

감에 의지해서 좌우로 몸을 놀리며, 반격할 틈을 찾았다. 마술 구성을 짜고 있을 시간은 없었다. 방어 구성을 짜봤자 적의 일격을 어설프게나마 막을 수도 없다. 공격을 위한 구성은—아마 완성되기도 전에 적의 일격이 날아오겠지.

계속 끌려 다니던 매지크의 몸이, 큰 소리와 함께 갑자기 가벼워졌다. 오싹했다. 완전히 감싸지 못해서 날아가 버린 건지도 모른다.

하지만 왼손으로 잡고 있던 것을 보고, 오펜은 착각했다는 것을 알았다. 잡고 있던 매지크의 웃옷이 찢어져서 손 안에 남아 있다. 매지크 본인은 지면에 무릎을 꿇고 있었다. 한 순간 안심할 뻔 했지만, 사태는 악화됐다. 오펜이 매지크를 남겨두고 회피하면 아마도 잭은 매지크를 죽일 것이다.

'발을 멈추고 맞서는 수밖에—'

아니.

오펜은 발을 멈췄지만. 동시에 적이 아닌 다른 것을 보고 있었다. 매지크는 일어나려고 하지도 않고, 눈을 감은 채 집중하고 있다. 그는 서툴면서도 빠르게 구성을 짜기 시작했다. 공격을 위한 구성을.

'그래선 너무 늦어.'

혼자서는 너무 늦는다. 하지만 매지크의 의도를 알아차린 오펜은 방어를 위한 구성을 준비했다. 외친다.

"나 잣노라, 광륜의 갑주!"

그리고 조금 늦게, 매지크의 목소리도 울렸다.

"나 부순다, 원시의 정숙!"

오펜 자신과 매지크를 둘러싼 빛의 벽 밖에서 공간 폭발의 충격파가 부풀어 올랐다.

폭음과 진동…… 그 뒤에 마술의 벽이 사라졌다. 진동이 아직 남아 있는 지면 위에 서서 주위를 둘러봤다. 어떤 괴물이라도 제대로 맞으면 무사하지 못할 위력이었다. 하지만, 역시 예상했던 곳에는 잭의 모습이 보이지 않았다.

숨을 고르고—오펜은 매지크에게 속삭였다.

"《13사도》의 상투 수단이네."

"예?"

"연계 말이야. 한 사람이 막는 사이에 다른 사람이 공격하는. 그들이 레키를 상대할 때, 봤었지?"

"아…… 예."

멍하니 말하면서 일어나는 매지크에게, 오펜은 계속해서 말했다.

"적의 공격 범위에서 벗어날 수 있었어. 네 덕분이야."

"…………."

고개 숙인 매지크한테서 시선을 돌리고—

오펜은 큰 소리로 외쳤다.

"잭 프리스비! 나와…… 먼저 나랑 싸워라! 네가 다른 놈들을 덮치고 있으면, 난 간단히 네 뒤를 잡을 수 있어."

"과연 그럴까."

투박한 목소리가 대답했다.

정면이었다. 어디에 숨어 있었는지, 갑자기 그 커다란 몸이 나타났다. 어둠 속에 녹아들 것만 같은 검은 성복.

덩치 큰 남자는 담담하게, 계속 말했다.

"이미 너희가 마지막이다."

쓰러진, 파괴당한 시체를 가리키지도 않았다.

"이것으로 너희 전력은 거의 전부 없앴다. 나로서는 이대로 돌아가도 되지만."

그리고는 뭔가가 생각난 것처럼 다시 말했다.

"아니, 그럴 수도 없군……. 너를 그냥 둬서는 안 된다."

"주력은 여기에 없어."

오펜은 그렇게 내뱉었다. 감정 때문에 집중력이 높아진다.

"아니면 플루토와 딥 드래곤까지 죽였다는 건가?"

"그건 무리군…… 플루토라면 이런 수법에 걸리지도 않았겠지.

엇갈린 건가."

간단히 인정하고, 잭이 말했다.

"이쪽의 움직임을 양동이라고 생각한다면, 당연히 너의는 요격을 위해 최소한의 인원만 할당할 것이다. 적은 숫자가 상대라면 나한테도 좋은 일이지……."

"매지크."

잭과 대치한 채, 오펜은 소년을 불렀다. 그러면서도 신경을 곤두세운다—지금까지 인생 중에서 최고조의 전투능력을 끌어내기 위해서.

"예……."

대답한 매지크에게 말했다.

"이 녀석은 내가 상대한다."

"하지만."

"내가 가진 모근 힘, 기술을 써서 싸울 거야. 넌 따라올 수 없잖아? 서로가 뭘 할지 예상할 수 없는 상황에서는 같이 싸울 수 없어."

매지크의 반론에 주저하는 기색이 깃들었다는 건 느끼고 있었다. 그 의사의 틈새를 멩려는 것처럼 빠르게 말했다.

"너한테는 이런 암살자 하나를 쓰러트리는 것보다 더 중요한 일을 맡길게. 이자벨라한테 현재 상황을 보고해. 무슨 수를 써서라도. 그리고 아마도 레드 드래곤 별동대가 부상자 텐트를 습격할 거야. 그걸 막아."

"제, 제가요?"

"빨리 가…… 지금 그걸 할 수 있는 사람은 너밖에 없어!"

큰 소리로 말하자 매지크도 더 이상 매달리지 않았다. 발을 돌려서 지금까지 온 쪽으로 다시 뛰어갔다.

그 뒷모습을 슬쩍 보며, 오펜은 마음속으로 중얼거렸다.

'……생각했던 것보다 빠른데.'

저 재주 없는 소년이 도움이 될 거라고 생각한 건 아니다.

조용히, 그것을 인정했다. 어쩌면 매지크는 대륙에서 제일 약한 클래스의 마술사겠지. 5년 전의 자신—가진 것이라고는 석세서 오브 레이저 엣지라는 별명밖에 없는 미숙하고, 졸렬하고, 생각이 짧고, 건방졌던 킬리란셰로와 같은 수준으로 약하다.

그 시절의 자신과, 지금의 자신과.

매지크와, 그와.

뭐가 다른 건지, 그건 모른다. 어쩌면 킬리란셰로가 저절로 지금의 자신이 된 것처럼, 그 차이는 언젠가 애매해지고. 신경 쓸 필요가 없어지게 되는 건지도 모른다.

'그러니까…… 매지크. 알아차려라.'

주먹을 꽉 쥐고 자세를 잡으며, 중얼거렸다..

'넌 언젠가 반드시 한 사람의 마술사가 된다. 지금은 아니라도, 언젠가 반드시.'

발을 내디디려고 하는 그 순간—

잭의 한 마디가 오펜을 막았다.

"쫓아냈나."

성복 차림의 남자는 두 팔을 옆으로 늘어트린 채 모자챙으로 눈을 감춘 상태로 그렇게 말했다. 오른팔을 봤지만 골절은 치료 받은 것 같다. 성역으로 돌아가면 치료할 수단이 한 두 가지 정도는 있겠지.

다시 한 번 숨을 골랐다. 마술을 이용해서 공간을 정복하는 것과 마찬가지로 오감이 주위에 침투하기를 기다린다. 넓게…… 더 넓게, 정확한 위치로 신경을 뻗어간다.

"아니. 내가 가야 했나 고민했는데."

오펜이 말하자 잭은 입을 옆으로 크게 벌리고, 그 끝을 치켜 올렸다—웃은 것처럼 보이지만 뭔가 웃음이 아닌 것 같은 그 표정으로 부정하는 말을 했다.

"너는 모든 것을 지킬 만큼 강하지 않다…… 아니, 그런 강자는 애당초 존재하지 않는다. 그 현실은 절망의 종자를 키운다. 누구도 피할 수 없다."

"내가 전부 지키는 게 아냐. 난 초인이 아니니까. 난, 평범한 마술사야."

적이 앞에 있지만 동요는 없다. 말로 부정당했지만 마음은 아직 움직이지 않았다.

상대의 모든 움직임을 예측하고 그 모든 것을 단 한 수로 깨트릴 가장 좋은 기술—그것을 몽상한다. 아니, 단순한 공상이라고 할 수는 없다. 잭 프리스비가 펼치는 주먹이야말로 그것에 가깝다.

자세를 잡은 상태로, 오펜은 더 몰두했다. 고한다.

"하지만, 내가 여기서 널 쓰러트릴 거야. 너무 오래 걸렸어."

"한계를 정하는 체념 또한 절망을 키운다. 피할 수 없다."

잭은 거만하게 모든 것을 무시하고는 계속해서 말했다.

"모든 힘을 써서 나와 싸운다고 했는데…… 그렇다면 말해주지. 내 이 힘은 악령의 힘이다."

오른팔을 이쪽으로 향하고, 되풀이한다.

"악령이다. 내 몸에 씌운. 결코 쫓아낼 수 없는 악령이다. 내 인생은 거기서 시작됐다."

성복 차림 남자의 옛 이야기를 들으며, 오펜은 조용히 집중력은 높여갔다. 귀에 말이 들어온다. 그것까지 포함해서, 모든 것을 바라는 세계로 짜 나간다.

잭은 갑자기 지금까지 억누르고 있던 목소리를 크게 터트렸다.

"어릴 때 일이다. 아침에 눈을 뜨니 몸 곳곳의 뼈가 부러져 있었다. 고향의 기도사가 내 그림자 속에 숨어 있는 악령의 모습을 찾아냈다. 내 부모는 모든 악마를 쫓아내는 방법을 시험했고…… 그리고 지쳐갔다."

크게, 그리고 무언가를 끌어안으려는 것처럼 두 팔을 들었다. 산처럼 굵은 팔이 밤하늘을 향해 우뚝 섰다.

"도저히 방법이 없었다. 심할 때는 양쪽 팔다리가 전부 부러지는 때도 있었다. 내 몸은 상처입어 갔다. 제대로 걸을 수도 없게 되어갔다. 어느 날, 말도 할 수 없게 되자, 결국 부모님은 나 자신이 악마라고 간주하게 됐다. 시골 마을이었다. 그들이 미개하다고 탓해도 어쩔 수 없는 일이지."

"말은 마음대로 해도 되는데, 난 내 편할 때 치고 들어갈 거야."

오펜이 견제했지만 상대는 무시했다.

하지만 사실은 말하는 잭 프리스비에게 빈틈이 있는 것도 아니었다─그야말로 침실을 감싸고 있는 정체 모를 악령처럼, 도망칠 곳 없는 목소리가 소용돌이쳤다.

"나는 도망쳐야 했지만 걸을 수도 없었다. 내가 목소리를 듣게 된 것은 그 때였다. 그 목소리를 따라서, 나는 몸을 지킬 수 있게 됐다. 그 목소리에 따랐을 때 비로소 부러진 팔다리를 움직일 수 있었다.

나는 마을에서 도망쳤다…… 그리고 시내로 나갔다. 운이 좋았겠지. 권법 스승을 만났고, 그리고 비로소 악령의 정체를 알았다."

갑자기, 잭이 급격한 움직임을 보였다. 하지만 그것은 돌진도 공격도 아니다. 머리에 쓴 모자를 거칠게 벗어서는 그것을 발밑에 내던졌다. 드러난 그 얼굴은 얼굴에서 이마까지를 전부 뒤덮은 살덩어리에 덮여 있었다.

"타고난 이상 근력. 자신의 뼈를 부숴버릴 정도의. 스승은 내게 그 힘을 쓰는 법을 가르쳐줬다. 쓸데없는 움직임을 하면 뼈가 버티지 못한다. 가장 작은 동작으로만 움직여야 한다. 저절로…… 내가 들은 목소리는 권법의 오의를 전해줬다."

숨을 내쉴 틈도 없이, 성복 차림 남자는 맨 얼굴로 지금까지와 다른 자세를 잡았다. 주먹이 아니라 손가락 끝까지 쭉 펴고, 손바닥을 위로 하고 허리춤에 댔다. 창날 같은 그 손은 지금까지의 것들을 웃돌려고 하는 인체 파괴의 의지를 표현하는 것이겠지.

때려눕히고, 부숴버리고, 찢어발기기 위한 자세였다.

"권법이란 수련이다. 내게는 살아가는 그 자체가 권법 수련이었다—그러지 않으면 서 있기만 해도 다리가 부러진다. 팔을 내밀기만 해도 팔꿈치가 꺾인다."

"……마술 같네."

겨우 입에서 나온 오펜의 말에, 잭이 씩 웃었다.

"그렇다. 힘과 감정을 제어하지 않으면 살아갈 수 없다."

더 이상 말은 필요 없다.

그는 절망 덩어리다. 잭 프리스비 자신도 절망하고 있다. 그리고 아마도, 주먹으로 싸우면 이길 수 없는 적이다…… 대치하는 상대에게까지 절망을 뿌리고 있다.

오펜은 숨을 고르고 주먹을 쥐었다. 몸 전체를 흉악한 칼날로 만든다. 건드리기만 해도 적을 꿰뚫는, 한없이 가늘고 날카로운 칼날이 된다.

방대한 전투경험 속에서, 떠올린다.

'네임 온리와 같은…… 건가. 하지만 잭 프리스비의 신체 능력은 타고난 데다 제어하는 기술도 뛰어나. 비교할 수도 없어.'

"으아아아아아아!"

잭 프리스비의 기괴한 목소리가 울렸다.

순간에서 오늘밤의 악몽까지 꼬리를 늘어트릴 것 같은 긴 목소리와 함께 날아온 적의 일격은 사정없이 빨랐다.

직진이 아닌가 싶은 착각이 들 정도의 속도였지만 결코 직진이 아니다. 보아하니 몸 좌우를 흔들며, 어둠 속에 감시는 기괴한 발놀림으로 돌진해온다. 그 몸놀림의 리듬이 시각에 착각을 불러오고, 휘두르는 팔에 더 큰 위력을 부여한다.

오펜은 말없이 뛰쳐나갔다. 막을 수도 피할 수도 없다. 열풍 같은 잭의 팔 안쪽으로 파고들고, 몸을 낮추고 회전하면서 지나간다―

그 사이에 두 발. 급소에는 미치지 못했지만 잭의 육체에 주먹을 댔다. 하지만 이 기세를 탄 묵직한 것에 아픔을 주지는 못했고, 적의 몸이 얼마나 강인한지만 깨달았다.

서로가 직진했다면 그대로 엇갈렸을 것이다―하지만 잭은 직진하지 않았다. 좌우로 흔들던 것을 한쪽으로 기울이고, 간단히 몸을 반전시켰다. 모든 것이 이상할 정도로 재빨랐다.

오펜도 그냥 등을 보여줄 생각은 없었다. 적의 맹렬한 추격의 틈새를 찾아내서 그곳을 이용해 뒤쪽으로 미끄러져 들어갔고, 어깨와 등으로 쳐올려서 잭을 밀어냈다. 바위를 미는 것 같았지만.

'이 녀석은 바위가 아냐……'

생각하며 발을 디뎌서 그 일격을 더 날카롭게 만들었다.

'두 발로 서서 걷고 있다. 반드시 쓰러트릴 수 있어!'

체중 차이는 절망적이지만, 잭은 오히려 이쪽이 도망치지 않으리라 생각하고 접촉을 피한 건지, 아주 조금이지만 몸을 뺐다. 또 한 번, 두 번 펼쳐지는 잭의 손날을 사격으로 몸을 놀려서 피하고는, 전투복 부츠 날로 적의 복사뼈를 노린다—인대를 끊어버리려고 날린 반격이지만, 잭은 이번에도 춤추는 것처럼 몸을 반전시키고 일단 거리를 벌렸다.

소용돌이에 튕겨난 것처럼, 오펜은 잭의 품 안에서 뛰쳐나왔고, 그대로 반전해서 다시 적 쪽을 보고 섰다. 기세 때문이겠지. 단 한 순간에 거리가 상당히 벌어졌다. 잭은 이쪽을 쫓지 않고 다시 조금 전과 같은 자세를 잡았다.

오펜은 자세를 바꿨다. 상체는 그대로지만 칼집에서 단검을 뽑고 뒤로 뺀 발의 뒤꿈치를 들었다—주먹으로 공격하는 게 아니라면 굳이 지면을 굳게 디딜 필요는 없다. 이것으로 속도를 높일 생각이다.

잭은 주저하지 않고 오른팔을 휘둘렀다. 그 일격을 피하고 팔꿈치에 칼을 대려고 했지만, 낵이 팔을 빼는 쪽이 더 빨랐다. 속도로는 승부가 안 된다—오펜은 자기 자신에게 말했다—타이밍을 맞춰야 한다.

단검을 짧게 좌우로 휘둘러서 상대가 파고들 공간을 좁힌다. 그리고 오펜은 왼손으로 투척용 단검을 두 개, 숨겨진 포켓에서 꺼냈다.

아래에서 떠올리는 것처럼, 일단 하나—잭의 목을 노리고. 피하리라 생각하고 또 하나를 던진다—이번엔 무릎을 노리고.

아래에서 위쪽으로, 위에서 아래쪽으로, 각도가 다른 두 개의 단검을 피하는 건 그리 쉬운 일이 아닐 텐데. 하지만 잭은 파리라도 쫓아내는 것처럼, 팔을 한 번 휘둘러서 두 개를 전부 쳐냈다. 아니—

땅바닥에 떨어진 단검은 한 개 뿐이었다. 오펜이 그것을 알아차린 것과 동시에, 이번에는 잭이 손목만 움직여서 스로잉 대거를 던졌다. 어둠 속에서 번쩍이는 금속색 칼날을, 오펜은 피하지 않았다. 피하면 잭이 숨통을 끊기 위한 일격을 날리리라는 걸 알고 있기 때문에. 숨을 멈추고, 각오하고, 그 칼날을 전투복 가슴으로 받아냈다.

내인(耐刃) 성능이 뛰어난 전투복은 가죽으로 된 표면이 약간 파이기만 하고 단검을 튕겨내 줬다. 그래도 날 끝의 뾰족한 부분은 전투복의 장갑을 관통했다. 아픔을 무시하고, 오펜은 한 걸음 더 파고들었다. 서로의 발끝이 닿을 정도 거리까지.

정면 대치. 적의 움직임을 기다리는 건 어리석은 짓이지만, 아무리 해도 잭의 움직임이 더 빠르다. 하지만,

'일격을 피하고—초근거리에서 승부를 낸다.'

그 결의와 함께.

충격이 찾아왔다.

순간, 무슨 일이 일어났는지 이해하지 못했다. 대량의 물이 머리 위로 쏟아지는 것 같은 어둡고, 무겁고, 호흡을 방해하는 무언가가 오감을 뒤덮는 것을 느꼈다.

본능이 몸에 뭔가를 명령하고 있다—도망쳐—틀어—뛰어—그것들은 전부 이성을 무시하고 튀어나왔고, 오펜 자신의 사고는 딱히

할 일이 없었다. 몸이 날아가는 것을 느끼며, 오펜은 잠들지 않기 위해서 발버둥쳤다. 수마(睡魔)가 아니다. 믿을 수 없는 아픔이 세계를 닫아버리려 하고 있다.

'맞았다…….'

그 생각이 든 것은 오감이 현실로 돌아왔을 때, 등부터 땅바닥에 처박힌 그 순간이었다. 본능적으로 막으려고는 했겠지. 아직 의식은 남아 있다. 하지만 배에서 등으로 내장을 무시하고 꿰뚫린 아픔 때문에 숨도 쉴 수가 없다. 부서진 파편을 그러모으는 심정으로, 오펜은 소리쳤다.

'일어나…… 일어나라고!'

한 순간이지만 아픔이 사라졌다.

흙을 움켜쥐고 몸을 질질 끌며, 벌떡 일어났다. 예상대로 잭은 이쪽의 숨통을 끊기 위해서 다가오고 있다.

몸의 망가진 부분을 확인할 시간은 없다. 발을 끌면서 있는 힘껏 후퇴했다. 하지만 다가오는 적의 공격 범위를, 후퇴해서 피할 수 없다는 걸 깜박했다. 늦었다. 잭이 날린 오른쪽 주먹이 몸통 한복판에 명중한다.

아픔은 없었다.

통각까지 전부 날아간 걸까—그렇게 직감했지만, 아니었다.

주먹의 위력에 떠밀려서 더 뒤쪽으로 밀려나며, 오펜은 그 차이를 이해했다. 지금의 일격에는 전투복 장갑을 뚫어버릴 정도의 위력이 없다.

"……?"

맞은 배를 누르며, 잭을 봤다. 성복 차림의 남자는 공격을 날린 자세 그대로 가만히 있었다. 그 오른쪽 주먹이 변형돼 있다.

"조금 전 타격 때 주먹이 뭉개진 것 같군."

마치 남의 일이라도 되는 양, 잭은 오른팔을 내리면서 씁쓸하게 말했다.

"표적이 공격 범위에 있는데, 중요한 타법에서 실수하다니……
내 실책인가. 아니면 네 반사 신경인가."

"부서진, 건가."

간신히 자세를 잡으며, 오펜이 신음했다. 조금 전 일격이 필살이 되지는 않았지만 심각한 대미지라는 점에는 변함이 없다.

잭은 왼쪽 주먹을 허리에 댄 자세로 바꾸고, 말했다.

"진정 이상적인 타격을 행하지 않으면 내 몸이 붕괴한다. 허나…… 나는 주먹을 하나 잃었을 뿐. 너는 급소에 일격을 맞았다. 더 이상 지금까지처럼 움직이지는 못할 것이다."

'그건 나도 알아.'

몸은 이 자리에서 웅크릴 것을 요구하고 있다―우는 소리를 내며, 위액을 토하고, 발버둥 치다가 모든 것을 닫아버릴 요구하고 있다. 하지만 그런 충동을 전부 의식 깊은 곳에 쑤셔 넣으며, 오펜은 전투 태세를 유지했다.

"그렇게까지 해서……."

아픔 때문에 오그라드는 허파에서, 소리를 짜냈다. 오펜은 천천히, 신중하게 물었다.

"그렇게까지 해서, 성역을 위해서 일하는 이유가 뭐야. 목숨이 아까워서는 아닌 것 같은데."

"하나는, 친구의 죽음에 답하기 위해서."

대답하고, 잭은 목소리를 줄였다.

"또 하나는, 내가 믿어온 것들을 완전히 짓밟아버리는 악마와 만나기 위해, 내게는 싸울 곳이 필요하다."

"네가…… 뭔가를 믿었다고?"

간신히 귀에 들어온 부분만을 물었다.

그러자 성복 차림의 남자는 기도하는 것처럼 고개를 숙였다.

"예전에는, 그랬지."

"절망했나?"

"그렇다."

"그래서 지금은 암살자고."

"이 죄와 벌이 나를 사랑해줄지도 모른다."

마치 참회를 듣는 것 같은 기분이었다―그 엉뚱한 발상에, 오펜은 쓴웃음이 나왔다.

그러면서, 말했다.

"밑바닥에는 빛이 닿지 않아. 기어 올라오려면 위를 보면 된다고…… 뭔가가 있을 테니까."

"뭔가란, 무엇인가?"

그런 흔한 이야기에는 익숙하겠지. 아니면 사냥감이 살려달라고 비는데 질려버린 것인지도 모른다. 잭은 따분하다는 듯이 물을 뿐이었다.

기침을 하고, 오펜은 신음했다.

"글쎄. 알게 뭐야. 뭔가가 있겠지. 뭔가가."

"그렇게 생각하는 너는, 단순히 행복한 자다."

"그런가…… 그럴지도."

정말이지. 마음속으로 투덜댔다.

이 세상은 마술을 얻으면서, 한편으로는 절망이라는 귀찮은 병까지 끌어안고 말았다.

목숨과 몸을 가진 신들이 세계를 전부 멸망시킨다는 피할 수 없는 흐름을.

그런 세계에 바라는 것 따위는, 없다. 그것도 안다. 이해할 수 있다.

'하지만—'

최후의 일격이 될 그 때를 향해, 모든 신경과 남은 체력, 아픔을 참는 자제심을 전부 쏟아 부었다. 조금 전에 타격을 맞았을 때, 단검은 어디선가 떨어트렸다. 시선으로 찾아봤지만 보이지 않는다.

'뭔가가 있을 거야!'

소리치며, 오펜은 발을 내디뎠다.

벌써 몇 번째인 교차하는 순간을 향해, 마음대로 움직여주지 않는 몸을 질질 끌면서 나아갔다.

잭은 움직이지 않았다. 기다리면서, 큰 소리로 웃기 시작했다.

그 웃음의 의미는 모른다—이대로 격돌해서, 누군가가 죽으면 영원히 물어볼 수도 없다. 전투는 다양한 것들을 의미도 없이 닫아버린다.

'그래도, 난 널 막을 거야—이건 살인 타법!'

속도가 부족하다. 한 걸음 내디딜 때마다 온 몸이 아프고 집중력에 금이 간다. 앞으로 반걸음 남았을 때, 오펜은 눈을 감았다. 대미지를 입은 반사 신경으로 피할 수 없다는 건 알고 있다. 모든 것을 감에 맡긴다. 전투 경험을 전부 동원해서 잭의 일격을 예측한다.

반걸음도 안 되는 거리에서, 몸을 틀었고—돌풍이 아슬아슬하게 얼굴을 스치고 지나가는 것을 느꼈다. 잭의 공격이겠지. 그것을 피하고, 오펜은 눈을 떴다. 양팔, 주먹을 겹친 특수한 자세로, 찔러 올리는 것처럼 그 주먹을 잭의 왼쪽 가슴에 박아 넣었다.

'짧은 거리에서의 심장 공격—'

피 맛이 느껴진 건 착각이겠지. 입 안에 상처는 없다.

오펜은 움직임을 멈췄다. 그의 주먹은 잭의 몸에 닿지 않았다.

거기에는 이미 그의 단검이 있었다. 갈비뼈 사이로 찔러 올리는 것처럼 심장을 향해 곧장, 잭의 몸에 깊숙이 박혀 있다.

피가 흘러나오고 있다. 수도꼭지처럼, 단검 자루를 타고 물방울이 계속 떨어진다.

크게 숨을 토한 것은 잭이었다. 이쪽의 몸을 잡으려고 하는 것 같지만 동작은 완만했고, 오펜은 몸을 뒤로 빼서 그대로 이탈했다.

잭의 큰 몸이 무너졌다. 양쪽 무릎을 지면에 떨구고, 성복 차림의 남자가 말했다.

"……승부는…… 이미 끝난 상태였다."

그의 몸에 꽂힌 단검을 보고, 오펜은 중얼거렸다—

'그 때…… 맞으면서 본능적으로 박아 넣은 건가.'

"실로…… 두렵구나!"

목소리를 낼 수 있는 상처가 아니다. 그래도, 즉사했어야 할 그 몸을 떨면서, 잭 프리스비가 말했다.

"너의 그것은…… 뭔가? 피할 수 없다…… 피할 수 있는 자는 없다……!"

그대로 뒤로, 힘없이 쓰러졌다.

땅도 울리지 않고 쓰러진 그 몸을 향해, 오펜은 앞으로 걸어갔다. 잭 프리스비의 얼굴 옆에 웅크리고 앉았더니, 놀랍게도 성복 차림의 남자는 아직도 숨을 쉬고 있었다.

"허나, 이제 어쩔 것이냐……? 너는, 이런 기술로 여신을 죽일 수 있는가?"

거친 숨에 담긴 열기가 차가운 밤공기 속에 하얀 안개를 만든다. 그는 그대로 계속 말했다.

"가능할 리가 없다…… 가능할 리가. 설령 여신에게 승리한다 해도, 이 대륙에 뭐가 남는가……."

그것이 정신없이 하는 말이라는 것을, 알고 있다—하지만, 오펜은 반사적으로 소리쳐서 대답했다.

"남는 건 우리야! 지킬 수 있었던 모든 이가 남아. 너도, 남을 수 있었어! 있었을 거라고!"

"살아남아서 어쩔 건가…… 여신을 멸한 뒤에 남는 것은, 신을 죽인 죄다."

잭은 바로 대답했다. 그대로 길게 말했다.

"물론 뭔가 벌을 받는 것도 아니다. 그것을 벌할 자는 없다. 허나, 그렇기에 그 상처를 씻어낼 수도 없다."

"시끄러……."

오펜이 신음했지만, 잭은 신경 쓰지 않고 계속 말했다.

"그 뒤에, 그런 죄와 함께 대륙이 영원히 존재하리라고…… 그렇게 생각하는가?"

"시끄럽다고!"

오펜은 소리를 질렀지만 애당초 막을 수 없다는 걸—이미 알고 있

었다. 계속 떠들고 있는 남자는 틀림없이 죽는다. 죽어가는 자의 말을 막는 것은, 지켜보는 자로서 할 일이 아니다.

잭이 그것을 알고서 가지고 노는 것처럼 보이기도 했다. 적어도 그 말에는 조소하는 기색도 담겨 있다. 하지만, 패배자의 말은 아니다—오펜은 이를 갈면서 인정했다—잭은 오히려 동정하고 있다. 어리석게도 살아남은 자들을 동정하고, 애도하고, 비웃고 있다.

지금까지 그 누구도 자신을 죽이지 못해서 살아온 잭 자신을 비웃는 것처럼. 그 성복 입은 사내의 절망한 입술에서는 말이 끊이지 않았다.

"정해진 죽음을 피했다면 이번에는 원치 않는 영원의 삶에 번민한다. 인간이 신을 바라지만 그것은 신이 아니다—이곳은 그런 세상이다. 그렇다고 그 신을 죽이면 이번에는 정말로 신의 부재를 인정하는 수박에 없다. 인간은 반드시 파멸하게 되어 있다! 신이 실제로 존재한다고 정해진 그 날부터 그랬다!"

아무래도 숨이 차겠지. 잠깐 쉬었지만, 그 뒤에 또 말을 이었다.

"아무리 살아남아봤자…… 파멸이 기다리고 있다."

"그래서, 절망한 건가?"

오펜이 묻자, 잭이 고개를 끄덕였다. 두툼한 살에 덮인 얼굴에, 뭔가 만족스런 미소를 짓고—말할 자리를 얻어서 기쁘다는 것처럼.

"마음의 평안 따위는…… 살아있어 봤자 소용없다. 잠드는 것 같은 삶을, 평온을, 정신의 안정을, 사람은 바랄 것이다."

"과연 그럴까. 난 지금까지 귀찮은 일들 투성이였지만…… 꽤 재미있었다고."

"후…… 후후…… 너 또한, 언젠가는 절망한다. 마음의 힘이 다한다. 불쌍한 라이언 스푼 킬마크드. 그리고 나와 같이!"

그 말을 끝으로, 잭 프리스비는 숨을 거뒀다. 크게 뜬 눈, 큰 대자로 쓰러진 거구는 더 이상 움직이지 않는다.

그 거인의 얼굴에 손을 대서, 오펜은 죽은 이의 눈을 감겨줬다. 단검은 회수하지 않고 일어났다.

오펜은 부상자 텐트 쪽을 봤다. 전투 소리는 들리지 않지만 빨리 돌아가는 게 좋다.

그렇게 판단하고, 뛰어갔다.

그리고 단 한 번, 격하게 소리를 질렀다.

매지크는 불타버린 텐트 앞에 멍하니 서 있었다. 어쩌다 불이 붙은 걸가. 마술의 불꽃 때문은 아니겠지. 텐트 안에 있던 등불이 쓰러진 걸까. 어쨌거나 무너지고, 쓰러진 텐트는 아직도 은근히 타고 있고, 내부에 생존자가 있다고 보기는 힘들 것 같다.

사실 시체조차 없을지도 모른다. 주위 상황을 보고, 매지크는 생각을 그렇게 바꿨다. 《13사도》들은 텐트 밖으로 나가서 습격자에게 대항하려고 했겠지. 하지만 그 보람도 없이 유해를 흩뿌리고, 죽었다. 마술사들만이 아니라 무력화된 레드 드래곤의 타고 남은 잔재도 굴러다니고 있었다. 아마도 주력이 그 기묘한 성복 입은 남자에게 당하지만 않았다면 충분히 대항할 수 있었겠지만—

지금에 와서는 의미 없는 생각이었다. 자기도 모르게 흘러나온 눈물을 닦고, 매지크는 걸음을 옮겼다. 살아있는 자가 있었다. 텐트 앞에서, 매지크와 마찬가지로 망연자실해 있던 여자가 한 사람. 이자 벨라였다.

살갗이 여기저기 터지고 핏자국이 묻은 그 모습은, 이 짧은 시간 동안에 발생했던 전투가 얼마나 치열했는지를 말해주고 있다. 그녀는 지칠 대로 지쳤다는 것처럼 땅바닥에 주저앉아 있다. 두 손을 짚고, 고개를 숙이고, 뭔가를 계속 중얼거리고 있다.

"난…… 난."

눈물로 물든 자책하는 말은 매지크가 있다는 걸 알고서 하는 말이 아니겠지. 그녀는 이쪽을 보지도 않았다. 그저 울고만 있다. 동료들의 시체에 둘러싸여서, 고통 때문에 울적해져서, 탄식하고, 토하고 있다.

다시 보니 그녀의 부상도 결코 가볍지는 않았다. 가장 위험해 보이는 등의 열상을 마술로 막을 수 있을까 싶어서 매지크가 손을 뻗고 몸을 웅크린 순간―갑자기, 그녀가 고개를 들었다.

당돌한 동작이었다. 그녀는 이쪽을 보고 재빨리 매지크의 손을 잡았다.

"너…… 살아 있었어?"

그녀의 눈동자가 흔들리고―그리고 진정되는 모습을 보고, 매지크는 그녀가 쇼크 상태였다는 것을 알았다. 이자벨라는 고개를 좌우로 흔들고는 겨우 상처의 아픔이 생각났다는 듯이 신음소리를 낸 뒤에 말했다.

"킬리란셰로 군은?"

자신이 보고 온 것을 간추려서 말해주자, 이자벨라는 안심한 것처럼 한숨을 쉬었다―설마 그런 적 하나한테 지는 일은 없을 거라고 생각하는 표정이었다. 매지크는 그 생각을 긍정할 수는 없었지만, 딱히 말로 표현하지도 않았다.

하지만 주위의 참상을 둘러보고, 자기도 모르게 말을 흘렸다.

"……그 뒤로, 여기가 습격당했군요."

회한의 맛을 곱씹으며 얼굴을 찌푸리고, 계속 말했다.

"역시, 제가 여기 남아야 했을까요."

그 말을 듣고도 이자벨라는 고개만 저었다.

"그랬으면 시체가 하나 더 늘어났을 뿐이야. 내가 살아남은 것도 그냥 행운이었으니까. 처음 공격에 정신을 잃고, 그 정령 마술의 벽까지 튕겨나서—그리고는 멀리 떨어진 곳까지 날아갔거든."

"생존자는 없나요?"

"없어."

그렇게 말하고, 한 박자—

이자벨라를 울음을 티트렸다. 두 손으로 얼굴을 가리고, 큰 소리로.

"이건, 대체 뭐야—그래, 각오는 했어. 하고 왔다고. 하지만, 왜 이런 일이 일어나야 하는 거야—"

"저, 저희는……."

쭈뼛쭈뼛, 매지크가 말을 꺼냈다. 이자벨라가 잡고 있었던 손을 놓아서 허전해진 손이 흔들리고 있다.

"저희는, 할 수 있는 일을 해야죠."

"할 수 있는 일이 뭔데?!"

잡아먹을 듯이, 그녀가 소리쳤다. 매지크는 깜짝 놀랐고—말했다.

"울음을 그치는 거예요. 목소리를 듣고 적이 돌아올지도 모르니까. 그렇게 되면, 저 혼자서는 당신을 지켜줄 수 없어요."

깜짝 놀란 이자벨라의 시선이 매지크를 쳐다봤다. 그녀는 허를 찔려서 뭐라 표현하기 힘든 표정을 지었다. 해야 할 말을 잃어버린 것 같은 그녀에게, 매지크가 황급히 고개를 숙였다.

"죄, 죄송해요. 되도 않는 소리를 해서⋯⋯."

하지만.

다시 고개를 들었을 때, 더 이상 우는 얼굴은 없었다. 눈물을 잘 닦고, 이자벨라는 의연한 눈빛으로,

"아냐. 괜찮아. 너무 한심해서 울 생각도 사라졌어. 설마 어린애한테 그런 말을 듣게 되다니. 뭐라고? 날 지킨다고? 보호자 행세 하던 이르기트도 나한테 그런 소리는 안 했어."

그렇게 말하고 한쪽 눈을 찡긋하며 일어났고, 계속 말했다.

"킬리란세로 군과 합류하자. 다음 일은 그 뒤에 생각하고."

"예!"

대답하고, 매지크는 이자벨라를 따라 걸어갔다.

몸을 때리는 강풍 속을 걸어가는 사이에 상처의 아픔은 잊어버렸다. 발은 무겁고, 팔은 올라가지 않고, 똑바로 뛸 수도 없었지만, 그래도 오펜은 발을 멈추지 않았다―살인자로서의 충격은 오래전에 지나가버렸다. 하지만, 그래도 발이 멈추지 않는다. 멈출 수가 없다.

목적지도 놓치지 않았다. 부상자 텐트로, 매지크를 보낸 방향으로 가고 있다. 아니, 역시 모르는 사이에 방향을 잘못 잡았나? 텐트로

가는 길이 너무 먼 것 같았다. 아니면 생각보다 몸에 쌓인 대미지가 너무 커서 뛰지 못하는 걸까.

터질 것 같은 폐에 몇 번이나 산소를 보내도, 열 때문에 흐릿한 시야는 초점이 잡히지 않는다. 몸을 상하로 흔드는 고동이 더욱 격렬해질 뿐이었다. 이대로 계속 뛰어가면 힘이 다해서 쓰러질까, 아니면 터져버릴까, 그런 의문까지 들었다.

순간—

오펜은 기척을 느끼고 멈춰 섰다. 순식간에 숨을 멈추고 자세를 잡았다. 너무나 맑아진 오감이, 그 느껴진 존재를 향해서 지각의 손길을 뻗었다.

거기에 있던 것은 검은 망토로 온 몸을 감싼 남자였다. 긴 검은 머리카락을 밤바람에 흔들며, 마찬가지로 검은색 눈동자로 이쪽을 보고 있다.

그다지 움직이지 않는 입—그 입술에는 상처자국이 있다—이, 말을 한다.

"그래. 네 정신이 신체를 지배하는 힘은 마침내 그 영역에 도달했다."

그리고는 약간 풀어진 말투로, 이렇게 덧붙였다.

"이젠 자신 있게 말할 수도 없군…… 내가 널 이길 수 있다고."

"왜 너랑 싸워야 하는데."

물었다. 하지만 남자는 어깨를 으쓱거릴 뿐이었다.

"글쎄."

코르곤.

오펜은 가슴속에서 그 남자의 이름을 불렀다. 실제로 소리가 나오지 않은 것은 어떤 이름으로 불러야 좋을지 바로 생각이 나지 않았기 때문이다. 상대가 자신을 어느 이름으로 부를지, 그것을 듣지 못했기 때문인지도 모른다.

반사적으로 전투태세에 들어간 것도 상대에게서 적개심이 느껴지지 않는다면 바로 해제하면 그만이다. 그것도 알고 있다. 하지만, 꽉 쥔 주먹이 펴지질 않는다. 상대가 말한 것처럼 자신의 몸을 지배하고 있는 건 아닌 것 같다—빈정대는 심정으로, 그렇게 생각했다.

유이스 엘스 이트 에굼 에드 코르곤. 그는 망토 속에 있던 팔을 꺼내고는 자기 몸을 가리키는 것처럼 움직이고 나서 말했다.

"미리 말해두는데 나는 지금 거기에 있는 게 아니다. 이건 네트워크를 써서 보낸 허상이다."

"……그런 것도 할 수 있어?"

"지금 네트워크를 지배하는 자는 일일이 날 방해하지 않으니까…… 날 두려워해서."

그런 말투도 그의 입장에서는 자랑이라고 할 수도 없겠지—승리하고 지배하는 것을 당연하다고 자부해온 남자였다.

"로테샤를 데려간 것 같던데. 왜지."

"설명해도 좋지만, 너한테는 상관없는 일이 아닐까."

"이제 와서 상관없는 일이 어디 있어."

짜증나는 그대로 내뱉고, 오펜은 앞으로 나아가려고 했다—하지만.

"더 이상 걸어가지 마라. 모르고 있었나?"

코르곤이 조용히 말했다.

"거기서 한 걸음이라도 더 걸어가면 정령마술의 벽이 널 후방으로 날려버린다. 다치진 않겠지만 네가 다시 돌아올 때까지 기다리는 것도 바보 같은 짓이니까."

"…………."

충고에 따르는 것도 마음에 안 들었지만 멈춰 섰다. 한마디로 정령마술의 벽을 사이에 두고 코르곤의 허상과 마주보고 있는 것이다.

그 허상의 남자가…… 천천히, 다시 말했다.

"세세한 건 생략하고, 로테샤는 예전에 성역이 만든 인조인간이다. 다미안이 만든 영주와 동질의."

"뭐?"

뜬금없는 말에 소리를 냈지만, 코르곤은 어디까지나 담담하게 말했다.

"성역의 어떤 장치를 가동하기 위해 만들었다. 영주가 너한테 뭔가 말한 게 있을 텐데……."

"제2 세계 도탑?"

"그래. 이 대륙 내부에서는 그 누구도 볼 수 없는 바깥세상—결계 외부에서 마왕 스베덴보리의 힘을 적절하게 소환하기 위해, 탐지와 미래예측에 성능을 발휘하는 소환술이 필요하다."

그 말에, 오펜은 소리를 질렀다.

"그렇다면. 그걸 알고 로테샤한테 접근했다는 거야!"

"아니. 내가 그걸 알게 된 건 최근의 일이다. 하지만 우연이라고 할 정도는 아니겠지. 나는 영주의 부탁으로 도펠 익스들을 찾아다녔고, 로테샤를 성역에서 데리고 나온 것은 도펠 익스였던 비두 크립스터니까."

"전에도 말했는데, 네가 하는 짓은 하나부터 열까지 전부 종잡을 수가 없어."

"그러지도 모르지만, 그건 누구나 비슷하지 않을까. 플루토는 어떻고. 전부 죽을 각오로 데리고 나왔으면서 부상자를 왕도까지 살려서 돌려보내야겠다고 생각을 바꿨고, 그 결과가…… 이거다."

태연하게 말하는 코르곤한테 짜증을 내면서, 오펜은 간신히 목소리를 짜냈다. 바람 속으로 사라져버릴 것처럼 떨리는 목소리였지만.

"그런 소릴 하려고…… 일부러 기어온 거냐."

"아니. 내 쪽은 준비가 다 됐으니까, 슬슬 너도 참가해야 한다."

"준비라고?"

땀이 스며서 살갗에 한기가 느껴졌다. 오펜이 묻자, 코르곤은 평소의 냉담하고 솔직한 태도로 말했다.

"그래. 너와 《13사도》가 사제들의 주의를 끄는 사이에 나는 성역의 급소를 차지했다."

"뭐라고?"

"하지만 실제로 행동하기엔 부족한 것이 있다…… 네가 성역으로 오면, 그것도 저절로 내 곁으로 모이겠지만."

"무슨 소리야."

영문을 알 수가 없어서 또다시 물었다. 어디선가 자제심이 무너지는 기분도 들었지만, 코르곤의 눈앞에서는 마음을 짓뭉개버릴 수도 없었다―그는 이쪽이 무너지는 것을 막으려는 것처럼, 말과 감정을 제어하고 있다.

"그건 말할 수 없다. 네가 날 저지하겠다고 생각했을 때 이용하기라도 하면 귀찮으니까."

"그러니까 왜 저지하냐고."

"내가 지금부터 하려는 것을, 네가 지지하지 않을 테니까."

"뭘 할 생각이냐고!"

앞으로 나서지는 않고, 그 자리에서 감정만을 터트리면서 외쳤다.

결계는 그런 가시까지 통과하지 못하게 막는 걸까―아니면 코르곤이라는 마술사에게 그런 것을 터트리는 자체가 소용없는 짓인 걸까. 전혀 개의치 않고, 그는 옆을 봤다. 누군가에게 뭔가를 속삭였다. 그런 동작이었다.

다시 이쪽을 보고, 다시 말했다.

"흠…… 오히려 말하는 쪽이 네 행동을 읽기 편해질지도 모르겠군."

"거기 누가 있는 거야?"

화를 참으려고 묻자, 이번에는 간단히 고개를 끄덕였다.

"있다."

"누가. 로테샤?"

"그래. 그것도 있다."

"또 있는 거야?"

코르곤이 예전에 《탑》에서도 거의 혼자였던 이미지가 강한 탓인지, 그 대답이 의외라고 느껴졌다. 그대로 다른 질문을 하려다가―멈췄다. 상황을 생각해보면 흘려 넘겨도 될 정보가 아니다.

"누가 같이 있는 건데. 성역의 급소를 제압했다고 했었지."

플루토가 이미 성역에 도착했다면 같이 싸우고 있을 가능성이 있다. 그렇다면 크리오와 레키가 무사한지도 확인할 수 있을지도 모른다.

하지만 코르곤의 입에서는 전혀 생각도 못 한 이름이 나왔다.

"하티아가 있다. 조금 전까지 감금돼 있었지만 데리고 나왔다."

"하티아……?"

바로 떠오른 것은 반년 전에 토토칸타시에서 재회했을 때가 아니라, 학생 시절의 바보 같은 얼굴이다—그 생각을 읽었는지, 코르곤은 다시 옆을 보고,

"그래. 바보 같은 얼굴이다. 더 좋아졌다. 아니, 더 나빠졌다고 해야 하나."

"…………"

"천성이다. 가르쳐서 어쩔 수 있는 게 아니라—음. 잠깐 기다려."

코르곤이 한 손을 들어서 제지했다.

잠시 옆을 본채로 뭔가를 열심히 들은 것 같더니, 마침내 다시 앞을 보고는 무표정하게 입을 열었다.

"너 때문에 엄청나게 화를 내고 있다."

"그건 알 바 아니고."

"인격에 흠집이 남을 수 있는 폭언을 들었다."

"괜찮아. 그 낯가죽에는 흠집 하나 안 날 테니까."

그거야말로 시시한 일이라고 보증하며, 오펜은 질렸다는 듯이 한숨을 쉬었다. 근본적인 질문을 하나, 큰 소리로 외쳤다.

"왜 하티아가 성역에 있는 건데!"

"딱히 내가 불러들인 건 아니다. 가능하다면 다른 사람들은 끌어들이지 않으려고 했지만, 쓸데없는 짓을 하는 어리석은 자가 하나 있다. 이런 때면 꼭이라고 해도 될 정도로 참견한다. 죽어서까지."

"무슨 소리를—"

"아니, 쓸데없는 소리 할 시간은 없다."

쓸데없는 얘기를 일방적으로 자르고, 코르곤은 자기 발밑을 가리켰다. 서 있는 위치보다 약간 앞쪽이다. 결계를 가리키는 것이겠지.

"알고 있겠지만, 그건 정령마술에 의한 결계다."

그대로 천천히 설명하기 시작했다.

"원래 성역은 딥 드래곤 종족이 지키고 있었다. 이 결계는 쓸모없는 것이었지만, 차일드맨 파우더필드와 성역의 맹약에 의해 남아 있었다. 그는 성역에 이렇게 확약했다…… 인간 종족은 언젠가 딥 드래곤 종족을 능가하고 성역의 방어를 전부 무효로 만들 거라고. 그리고 그 때가 맹약의 때라고."

"맹약? 레키도 그런 말을 했는데……."

"인간 종족이 이 대륙에 도착했을 때, 드래곤 종족은 이미 멸망할 운명이었다. 아일망카 결계라는 비장의 카드를 가지고 있으면서도 그 결함 때문에 신들의 공격을 완전히 막아내지는 못한데다, 몇 번이나 되는 싸움 때문에 치명적일 정도로 피폐해져 있었다."

"그래서?"

오펜이 묻자, 코르곤은 조용히 말했다.

"이미 멸망이 정해진 드래곤 종족들의 성역. 그 일부 파벌은 자신들이 멸망한 뒤에 이 대륙을 이을 자가 필요하다고 생각했다. 나타난 신을 밀어내고 결계를 완전한 것으로 만들 수 있는 후계자가. 옛 성역의 대표자였던 사제 이스타시바와 초대 최접근령 영주였던 차일드맨은—"

"? 자, 잠깐만."

"모르는 지식은 알아서 보충해라. 시간이 얼마 없다고 했잖아. 어쨌거나 그 둘의 밀약이 '맹약'으로서 성립되려고 할 때에 일어난 것이 마술사 사냥이다. 먼저 공격한 것은 성역의 다른 파벌, 간단히 말해서 반 이스타시바파—물론 그 맹약이라는 것을 어둠 속에 묻어버릴 목적도 있었겠지. 실제로 묻힌 것이나 마찬가지지만, 그 밀약은 성역의 제어할 수 없는 부분에 살아 남아 있다."

긴 설명을 마치고, 코르곤은 팔을 들고 손가락 세 개를 펼쳐보였다.

"그 맹약의 일환으로서 이 결계가 만들어졌다. 와선 안 되는 자가 성역에 접근하지 못하도록."

"어떤 조건인데."

묻자, 코르곤은 고개를 끄덕이고 손가락을 하나 접으며 대답했다.

"먼저 이미 성역에 들어온 적이 있는 자. 결계는 이것을 막지 않는다."

또 하나.

"또 하나. 결계가 막지 않는 자가 인도한 자. 결계는 이것도 막지 않는다."

그리고 마지막 손가락을 접으며,

"결계는 이것을 항시 유지한다. 예외로서 지나갈 수 있는 것은 죽음을 각오하고, 진심으로…… 성역에 다려는 자다."

전부 듣고—

눈앞에 있는 보이지 않는 결계. 그것이 처음으로 눈에 보인 것 같아서, 오펜은 손을 뻗으려고 했다. 하지만 닿기 전에 손을 가슴까지 거뒀다.

이마에 땀이 흐르는 것이 느껴진다. 그 전투 직후인데다 계속 뛰어왔으니 어쩔 수 없는 일이다. 직감적으로 그렇게 변명을 했지만 잘못됐다는 건 자각하고 있다. 그딴 이유 때문이 아니다.

벽 너머에 있는 코르곤은 변함없는 말투로 계속 말하고 있다. 그 목소리가 귀에 들어오기는 했지만 그의 흘려들었다.

"솔직히 말하자면 나도 조금 전에 이 정보를 얻었다…… 사제 하나를 추궁했더니 불더군. 성역도 이 맹약의 존재를 생각해낸 것은 겨우 며칠 전의 일인 것 같지만."

오펜은 고개를 들고 마음을 다잡을 생각으로 중얼거렸다.

"……한마디로, 마음먹기에 따라서 지나갈 수 있는 벽이라는 건가……."

"단순하지만 잔혹한 조건이지. 이 벽은 진심으로 지나가기를 바라는 자만이 지나갈 수 있다. 킬리란셰로, 네가 지나갈 수 있을까? 시험받는 것은 네 각오다……."

"지금 그 말을 믿는다면, 내 각오인가하고는 상관없이 네가 초대하기만 하면 들어갈 수 있다는 뜻이 아닌가?"

"나는 거기에 없다. 허상이다. 그래서 인도할 수 없다."

그렇게 말하는 코르곤의 말투가 너무나 차갑게 느껴졌다—실제로는 지금까지와 별 다를 것 없겠지만.

"죽을 각오라고?"

참지 못하고, 오펜이 투덜댔다. 코르곤을 노려본다. 허상을.

"……그럼 여기를 지나간 놈들은 죽을 생각이었다는 건가."

코르곤은 대답하지 않았다. 실체가 없는 망령 같은 검은 망토, 크게 뚫린 두 눈, 그 모습을 향해 거듭해서 물었다.

"크리오까지."

역시 코르곤은 움직이지 않았다. 사실 단순히 크리오의 존재를 기억하지 못하는 것인지도 모른다.

마지막으로 봤던 크리오의 모습을 떠올리려고 했다―하지만 그럴 수 없다는 것을 깨닫고, 오펜은 입술을 깨물었다. 쓸쓸하게 웃고 떠나간 크리오의 표정이 너무나 어울리지 않았기 때문일까.

오펜은 천천히 오른발을 앞으로 내디뎠다. 결계가 있다고 생각되는 위치까지 걸어갔다. 소용돌이치는 돌풍이 몸을 감쌌다…….

그리고, 지나갔다.

단순한 밤바람이었다. 강한 바람이었지만 그의 몸을 날려버릴 정도의 힘은 없다. 한 걸음, 두 걸음 걸어갔다. 대단한 거리는 아니다. 어느새 코르곤―그 허상의 거의 코앞까지 도달해 있었다.

안도할 여유도 없고, 의기양양할 정도의 자부심이 있었던 것도 아니다. 그저 화를 터트릴 곳을 찾고 싶어서, 오펜은 코르곤의 얼굴을 노려봤다.

"죽을 각오라고? 난 죽을 생각 따위 없어. 하지만 지나왔다."

물어뜯을 듯이, 말했다.

"사람을, 너무, 얕보지 말라고."

"딱히 놀라지도 않는다."

코르곤은 아무렇지도 않게, 얼빠질 정도로 간단히 인정했다.

"원리만 알면 의외로 누구나 지나갈 수 없는 것이다…… 무의식적으로 죽음을 거절했던 자가 의식의 범주에 들어가게 됐기 때문이겠지. 마인드 셋과 같은 원리다. 차일드맨도 이 결함을 알기 때문에 조건을 비밀로 했을 테고."

그렇게 말하면서 슬쩍 뒤로 물러나서―거리를 벌렸다.

완전히 허탕 친 기분에 곤혹스러워 하면서, 오펜은 퍼뜩 뭔가를 알아차렸다.

"……플루토한테도 똑같은 걸 가르쳐줬나."

대답할 필요도 없다는 뜻일까. 코르곤은 고개를 살짝 갸웃거리기만 할 뿐 아무 말도 안 했다. 목적을 달성하자마자 바로, 그 모습을 어둠 속으로 지워버리려고 한다—

그 순간.

이대로 보내서는 안 된다. 그 사실을 알아차렸다.

사라져가는 코르곤의 어깨를 붙잡기 위해, 오펜은 손을 내밀었다. 하지만 이미 상당히 흐릿해진 그 상은 건드리지도 못했다. 헛손질을 한 손을 끌어안으며—말로 표현할 수 없는 기분 나쁜 촉감이었다—오펜이 소리쳤다.

"잠깐! 아직 말하지 않은 게 있어."

"……뭐지."

그렇게 물은 코르곤에게, 졸라대는 것처럼 말했다.

"처음에 말한 것. 코르곤, 넌 성역에서 뭘 하려는 거야."

한 순간이었지만 그게 고민하는 기색이 보였다—대답하려고 입을 연 것도 틀림없다. 하지만 그 입에서 나온 것은 부정하는 말이었다.

"생각이 바뀌었다. 네가 직접 확인하러 와라. 어차피 그 때까지는 나도 아무것도 못 한다. 승부는 너한테 달렸다."

그 모습이 완전히 소멸됐다. 어둠 속에 있었던 검은 허상이 사라졌다고 경치가 크게 달리진 것도 아니지만.

코르곤의 목소리는 마지막으로, 지금까지 말하지 않았던 이름을 언급했다.

"빨리 성역으로 와라. 레티샤도…… 아자리도. 네 가족은 모두 거기에 있다."

그것은 예언이 아니라 예정—

거듭해서 가슴에 울린 목소리에.

"그래. 예정일뿐이야."

오펜도, 말했다.

욱신거리는 아픔과 함께, 신음했다.

'—정말이지, 이놈이고 저놈이고.'

고개를 들고 주위를 둘러봤다. 결계를 넘으면 아마도 정신사들이 성역으로 전이시켜줄 텐데, 그게 언제일지는 그쪽의 변덕에 달려있다.

그 전에 매지크와 합류하기 위해, 오펜은 큰 소리를 질렀다.

제11장 적과, 적이 아닌 것

"상당히, 살벌하게 노려봤다."

"그렇구나."

하티아는 그렇게 대답하고는 내키지 않는 무기 체크를 다시 시작했다—코르곤의 목소리를 안 들은 건 아니고, 일단 귀는 기울이고 있다. 애당초 무기와 코르곤, 그 두가지라면 똑같은 것이라고 봐도 좋다.

전돈도 하지 않고 바닥에 쌓여 있는 것은 과거에 천인 종족이 만든 마술 무기들이다. 대부분은 사용 방법도 모르는 무용지물이다. 마술 문자를 해석하고 제대로 다룰 수 있게 되려면 나름대로 시간이 필요하다.

그런 잡동사니들을 하나하나 확인한다. 하지만 오른쪽에서부터 왼쪽으로 보고 지나가면, 오른쪽 끝에 새로운 잡동사니들이 산더미처럼 나타난다. 그 짓을 계속 반복했다. 해도해도 끝이 없다.

"그러니까."

내키지 않지만 고개를 돌리고 상대를 불렀다.

"이제…… 이만하면 될 것 같아. 자리도 없고."

그리고는 주위를 가리켰다.

실제로 쌓여 있는 잡동사니들이 실내를 상당히 차지하고 있다. 그가 제지한 것은 그 방의 제일 높은 곳에 서 있는 소녀였다—그녀는 이쪽을 보지도 않았고 제대로 된 반응도 전혀 없었지만, 그래도 전이 작업을 중단해준 것 같았다. 멍하니, 병적인 것이 아닌가 싶을 정도로 공허한 눈빛으로 장치의 중심을 보고 있는 로테샤를 바라보며, 하티아는 한숨을 쉬었다.

방 그 자체가 장치였다. 전체적으로는 원통형이고 천장이 높다. 무너질 정도로 쌓여 있는 잡동사니들도 천장까지 닿을 정도는 아니었다. 제일 밑에 있는 바닥은 새하얀 색이고 완만하게 우묵한 모양이다. 이음매가 보이지 않는 순백색 벽과 바닥은 이 성역 전체의 특징이기도 했지만, 특히 밀폐된 이 공간에 있다 보니 하티아는 자기가 냄비 속에 들어와 있는 것 같은 기분을 지울 수가 없었다.

출입구로 사용되는 문 같은 것은 없다. 벽은 바닥과 달리 문양 같은 것이 빽빽하게 기입돼 있었다. 양각도 아니고 음각도 아니다. 도료로 그린 것도 아니겠지. 재질 자체의 문양이라도 되는 양, 복잡한 마술 문자가 벽을 가득 채우고 있다.

벽에는 그것 외에도 또 하나, 바닥과 천장의 중간쯤에 테라스 같은 모양으로 사람이 쉴 수 있는 공간이 있다―거기까지 올라가기 위한 사다리도 계단도 없고, 난간도 없어서 편하게 쉴 수 있을 것 같지도 않지만. 그 공간에 있는 것은 작은 의자뿐인데, 그 의자가 쓸데없이 많았다. 원 모양으로 빙 둘러서 수십 개나 되는 의지가 있는데, 로테샤는 그 중 하나에 앉아 있다.

천장에는 바닥처럼 문양 같은 것이 없다.

"……왔군. 플루토."

문득 귀에 들어온 코르곤의 혼잣말에―

하티아는 시선을 옮겼다.

마찬가지로 바닥에 서 있지만, 코르곤은 이쪽에 등을 돌리고 벽을 보고 있다. 물론 그냥 벽을 보고 있는 게 아니라, 그가 보고 있는 그 장소의 문양이 빛나면서 외부의 영상을 보여주고 있었다. 지금 비치는 것이 어디인지는 모르겠지만, 아마도 이 성역의 바로 바깥이 아닌가 싶었다. 밤의 숲에, 마치 눈 같은 모래먼지가 어둠을 흐릿하게 만들고 있다.

이쪽의 시선을 눈치 챈 걸까. 코르곤은 슬쩍 고개를 돌려서 마침 하티아가 손에 들고 있던 검을 보고는 계속해서 말했다.

"……소환기는 작동하고 있지."

말없이, 하티아가 고개를 끄덕였다. 이 장치―방―또는 성역 전체? 코르곤한테 들어서 그것이 어떤 기능이고 어떤 이름인지는 알고 있다.

제2 세계 도탑. 마왕의 소환기.

하티아가 신경 쓴 것은 코르곤이 조금이라도 로테샤를 보지 않을까―였다. 하지만 코르곤은 딱히 그녀를 신경 쓰지도 않고 그냥 주위를 둘러보고는 모아놓은 잡동사니들, 천인 종족의 마술 무시를 바라보고 있다.

그냥 감촉이 마음에 들었던 그 단검을, 하티아는 벨트에 꽂았다. 이 잡동사니들은 전부 이 성역의 다른 곳에 있었던 것들이고, 로테샤가 시험 삼아 이쪽으로 불러낸 것이다.

"그나저나 단순히 물건을 이동시키는 거라면, 천인 종족은 좀 더 소규모의 장치로도 가능했을 텐데."

굳이 말할 필요도 없는 말을 하며, 하티아는 또 다른 마술 무기를 집었다. 이번에는 좀 더 비실용적인 모양의 채찍이다. 하지만 무게가 마음에 안 들어서 다시 내려놨다.

그리고, 하티아가 또 말했다.

"이 장치의 힘은 훨씬 큰 것 아닌가?"

"그래. 아직 제대로 다루지 못하고 있다."

코르곤은 그렇게 말하면서 아주 슬쩍 로테샤 쪽을 본 것을, 하티아는 곁눈질로 보고 있었다. 그의 눈빛을 보고 싶었다. 아주 약간이나마 감정이—애정 까지는 아니라도—보이는 걸까. 아니면 말 그대로 평범한 인조인간으로 여기고 있는 걸가.

하지만 너무나 짧은 순간이었기에 많은 것은 알 수가 없었다.

어쩔 수 없이 다시 물건을 고르는 일로 돌아가서 제일 가까이에 있는 산더미를 보고.

파티아는 깜짝 놀라서 중얼거렸다.

"코르곤…… 이거 뭐야?"

"검이군."

그리고 코르곤은 소리도 없이 다가와서 아무렇지도 않게 말했다.

검이라는 건 보면 안다. 그 검 자루를 손가락으로 건드리고, 하티아는 계속해서 말했다.

"이 모양, 그림에서 본 적 있어."

"그렇겠지, 유명한 물건이니까."

"세계수 문장의 검(휴프노카이엔)이잖아!"

하티아는 크게 당황해서 손가락을 떼고 뒷걸음질 치면서 소리쳤다.

코르곤은 이상하다는 듯이 말했다.

"그렇군."

"그렇군은 무슨! 마수를 죽이는 비검이잖아?! 전설의 케시온 뱀파이어도 해치운—"

"그러니까 그렇다고 말했다. 그런 마검이 이 성역 말고 어디에 있을 거라고 생각했나."

아주 당연하다는 듯이 말하는 코르곤에게 반박하려다가—

하티아는 아무리 말을 해봤자 그게 정답이라는 걸 깨닫고 입을 다물었다. 절절하게 탄식하고.

"그렇구나…… 여기는 성역이구나. 아무래도 실감이 안 가지만."

"갖고 싶으면 가지고 가든지."

별 관심도 없다는 것 같은 코르곤의 말을 듣고, 하티아는 다시 마검 휴프노카이엔을 봤지만.

"……됐어. 이런 걸 가지고 있으면 훔쳤다는 게 들킬 테니까."

"이제 와서 신경 쓸 사람도 없을 것 같은데."

"까딱하면 이런 걸로 공격당할 수도 있는 거잖아…… 우리."

질력이 났다. 벨트에 꽂은 단검을 보며 이것도 다시 내려놓을까 고민하는 사이에, 어느샌가 코르곤이 아주 조용해졌다. 그쪽을 보니 역시나 코르곤이 또다시 벽의 영상을 보고 있었다.

'어떻게 된 거야…… 이 둘은.'

사제들의 틈을 노려서 이 장치를 제압한 건 코르곤이었다—

그리고 로테샤한테 며칠 안에 장치를 이만큼 다룰 수 있게 되라고 지시한 것도 코르곤이다.

두 사람은 협력하는 것처럼 보이기도 했지만 직접 말을 나누는 경우는 거의 없다. 지금에 와서는 로테샤는 인형처럼 표정도 없고 저 위치에서 움직이지도 않는다. 식사는 고사하고 잠도 안 자는 것 같지만 몸이 상한 것 같지도 않다. 그렇다고 건강해 보인다는 것도 아니지만…….

어쨌거나 하티아는 이마를 살짝 눌렀다. 인형 같은 오테샤. 그렇다고 저 공허한 얼굴을 인형 얼굴에 그린다면, 저 인형술사는 틀림없이 미쳤다고 할 것이다.

"밖에서는 전쟁이 벌어졌군. 플루토도 대단한 배짱이다."

코르곤—또는 미친 인형술사는 속 편하게 그런 소리를 중얼거렸다.

전혀 다른 소리를 하려다가, 하티아는 그의 등을 향해 좀 더 실용적인 대답을 했다.

"앞으로 나흘 남았지? 슬슬 마무리인가? 어느 쪽이 이길지는 모르겠지만."

"난 게임에서 져본 적이 없다."

"그래, 알았어."

그의 자기 자랑에는 익숙했기 때문에 적당히 넘기려고 했지만—

"사실이다. 비결이 있다. 이길 때는 평범하게 게임을 하면 된다.

웬일로, 코르곤이 확인까지 했다.

거기에 관심을 가지고, 코르곤이 물었다.

"질 것 같을 때는?"

"자리에서 일어나 그 자리를 뜬다. 굳이 붙잡아서 게임을 계속 하게 만들려는 자는 없으니까."

"……그걸 이겼다고 할 수 있나."

"이긴다는 건 그런 것이다. 다른 이들이 시시하다고 생각하는 곳에서 혼자서 목숨을 걸고 자신의 만족을 손에 넣는다."

무슨 말인지 이해를 못 하는 건 아니다.

하지만 그가 반론하기도 전에 코르곤이 몸의 방향을 바꿨다. 망토

자락을 펄럭, 하고 날리고,

"난 슬슬 나가야 할 것 같군."

"킬리란셰로는?"

"금방 올지…… 조금 더 걸릴지. 정신사들한테 달렸다. 하지만 언젠가는 오겠지. 그 전에, 나는—"

말하는 중에 코르곤의 모습이 사라졌다.

올려다본다. 로테샤한테는 변화가 전혀 없다. 하지만 그녀가 전이시킨 것은 틀림없다. 그녀는 코르곤이 지시하지 않아도 마치 미래를 읽기라도 한 것처럼 사전에 그 요구에 대응하는 것까지 가능해졌다.

'정말로…… 어떻게 된 거냐고, 이 둘은.'

이해하지 못하고, 눈을 돌리며—

코르곤의 모습이 사라진 그 제2 세계 도탑에서, 하티아가 중얼거렸다

"하지만 이 게임에 돈이 걸려 있다면, 빠지려고 해도 그냥 보내주지 않겠지."

모르는 사이에 돈을 떼이는 일도 있다.

'한마디로…… 넌 어딘가 이상하다는 뜻이야.'

마음속으로 그렇게 말하고, 하티아는 가볍게 하품을 했다.

그 때, 레티샤는 자리를 박차고 일어났다.

회의장 테이블을 뛰어넘어 그 위를 미끄러지는 것처럼 지나가서는, 정면에 있는 사제 프리니를 향해 주먹을 치켜들었다.

황급히 들어온 다른 사제의 귀엣말을 들은 프리니아의 일그러졌던 얼굴이 더 굳어지는 것이 보였다. 뭔가를 예감했겠지. 그리 멀지 않은 거리를 단숨에 좁혀가는 그 시간동안, 레티샤는 그런 것을 생각했다. 아픔에 대한 공포 때문일까—이제 와서? 이제 와서 맞는 것에 대한 공포를 느끼는 걸까. 그녀는 계속 절망에 대해 말했는데.

그래도 일말의 죄악감과 함께, 레티샤는 프리니아의 얼굴을 때렸다. 갑작스런 일에 몰려오는 다른 사제들과 떨어진 곳에 서 있던 호위 역할을 맡은 레드 드래곤 종족—사제가 얻어맞기를 기다렸다가 겨우 움직이기 시작한—이 날린 촉수를 적당히 쳐내고, 그대로 쓰러진 프리니아를 향해 달려갔다.

사제는 기절하지 않았다. 그 목을 움켜쥐고 일으켜 세워서, 레티샤는 목에 손을 댄 채로 그녀의 뒤로 파고들었다. 인질을 잡는 모양으로, 회의장 쪽을 봤다.

"움직이지 마!"

소리를 질러서 그 자리에 있는 모든 이들을 견제했다.

테이블 앞에 있던 두 명의 사제, 그리고 소식을 가지고 회의장으로 뛰어 들어온 젊은 사제들은 물론이고, 본격적인 전투태세에 들어가려던 레드 드래곤 종족 둘까지 움직임을 멈춘 것은 의외였다—경우에 따라서는 프리니아가 죽거나 말거나 움직일 수도 있다고 생각했는데. 레티샤는 반쯤 안도하면서 나머지 절반으로는 비웃었다. 정말이지, 나는 점점 거칠어져만 간다…….

"만족했나, 마술사여."

괴로운지 거친 숨을 쉬며, 프리니아가 말했다.

레티샤가 아무 말을 안 하자, 사제가 계속해서 말했다.

"그래, 우리가 졌다―제2 세계 도탑은 배신자의 손에 떨어졌다. 성역 통로의 연결 지배도, 세계 도탑 쪽이 우선권을 가졌다. 성역을 빼앗겼다!"

술렁―아직 보고를 듣지 못했던 나머지 사제들의 안색이 달라졌다. 레드 드래곤조차 서로 얼굴을 마주봤다.

동료들에게 그것을 전하려는 것인지, 프리니아는 말을 멈추지 않았다.

"우리가 네놈들에게 정신이 팔린 틈에…… 이리도 간단히 성역의 감시를 돌파하다니! 200년 동안 그 누구도 돌파하지 못했던 것을. 로테샤를 이용했나?!"

"그렇겠지."

바로 옆에서 소리치는 프리니아의 목소리가 귀찮아져서, 레티샤가 긍정했다.

하지만 프리니아의 기분은 그걸로 가라앉지 않은 것 같다. 사제는 자기 목을 죄고 있는 레티샤와 팔에 손톱을 박아 넣어보려고 발버둥치고 있다.

"이것은 그대들의 책략인가. 맹약을 언급해서, 그것이 우리의 역할인 것처럼 생각하게 만든 것인가."

"그래. 맹약은 성역의 대와 방어 중에 일부를 무효로 만드는 조건을 갖추고 있지만, 아일망카 현실의 문까지 무효화하는 건 아니야."

"네놈이 우리의 주의를 끌고, 그리고 우리가 아무것도 못 하는 사이에―"

사제의 신음하는 소리를 듣고 레티샤가 발끈했다―눈앞에 있는 사제의 귀에 대고 고함소리를 쏟아 부었다.

"아무것도 못 했다니, 말은 잘 하지! 위협을 줄이기 위해서 《13사도》를 공격한 것도 다 알고 있어!"

손가락에 힘을 주면서, 시선으로 주위를 견제하고,

"원래 선생님의 맹약은 이런 식으로 써도 되는 것이 아니었어. 당신들이 좀 더 밖을 봤다면—"

"그대들이…… 좀 더 우리들을 돌아봤다면……."

얼굴에 산소 결핍 증상을 보이면서도 처절한 미소를 짓고, 사제 프리니아도 화가 담긴 목소리로 말했다. 목소리는 갈라지고, 기침까지 하며, 외쳤다.

"우리 성역의 자들이야말로 노예였다! 아닌가!"

"그래, 스스로 노예가 돼버린 기묘한 지배자겠지!"

소리 지르는데—

문득, 뒤쪽에 기척이 느껴졌다. 영감(靈感) 같은 것을 믿는 건 아니지만, 만약 있다면 이런 것이겠지. 실제로 정신체의 존재를 지각했으니까 그것일 수도 있다.

갑자기 나타난 그 기척이 그녀에게만 들리는 목소리로 말했다.

"……시간 벌기는 그만 해도 돼. 난 마지막 회복을 마쳤어. 전이할 수 있어."

"넌 항상 타이밍이 안 좋다니까."

사실은 한 마디 정도 더 해주고 싶었지만—레티샤가 아자리에게 투덜댄 것과 프리니아를 앞으로 떠민 것은 동시에 일어난 일이었다.

그리고 같은 시각, 균형 감각에 위화감이 느껴졌다. 중력, 공간, 시간, 그런 것들로부터 해방된 장소를 이동하는, 이 공간 전이에도 익숙해졌다고 할 수도 있지만, 힘이 강하기는 해도 조잡한 아자리는 아직 순식간에 모든 것을 끝낼 수가 없다. 또한 소모도 컸다.

잠시 후—실제 시간으로 얼마나 지났는지는 모르겠지만—공간을 뛰어넘은 그녀가 서 있던 것음.

콰앙!

머리카락을 그을리는 열풍에 깜짝 놀라고, 폭음에 귀청이 떨어질 것 같은 기분을 맛보며, 레티샤는 그 자리에서 넘어졌다. 축축한 흙의 감촉에 토할 것 같았지만, 어쨌거나 여기가 어디인지는 바로 짐작할 수 있었다. 밖이다.

아직 어둡다. 하지만 동틀 때까지 그리 오래 남지는 않은 것 같다. 팔다리를 움직여서 잡을 것을 찾고 간신히 일어나서, 레티샤는 응시했다. 폭발은 그녀 바로 가까이에서 일어났고, 아직까지 불꽃이 일고 있다. 그 하얀 빛은 의심할 여지도 없이 마술에 의한 불꽃이다. 또, 어둠 속에서 목소리가 들려왔다.

"⋯⋯은의 섬광⋯⋯!"

밤의 어둠을 똑바로 꿰뚫는 하얀 빛이 레티샤 바로 옆을 스치고—

깊은 숲 안쪽에서, 조금 전의 두 배는 되는 폭발을 일으켰다. 또다시 발밑이 무너져서 넘어질 뻔 했지만, 가까이에 있던 덩굴을 붙잡고 간신히 버텼다.

몇 가지는 판명됐다. 여기는 밖. 뭔가를 하지 않으면 죽는다.

"정말이지, 넌 타이밍이 안 좋다니까!"

모습이 보이지 않는 아자리에게 다시 한 번 투덜대고, 레티샤는 뛰어갔다. 주문 같은 소리가 들려온 방향을 향해, 발밑의 상황도 확인하지 않고 계속 뛰어갔다.

'지금 그 목소리는 마술사였어⋯⋯ 마술사라면, 최소한 적은 아

니야.'

"한 사람만 제외하고."

또다시 머릿속에 아자리의 목소리가 울렸다.

큰 소리에 고막이 찢어져도, 연속으로 폭발하는 마술 속을 달려가고 있어도, 그 목소리는 또렷하게 알아들을 수 있었다.

아자리가 무슨 말을 하는지는 이해할 수 없었지만, 아자리는 이미 쓸데없는 이야기일 거라는 생각을 하고 있었다. 분하지만, 물었다.

"……무슨 뜻이야?"

"현재, 이 상황을 가장 높은 곳에서 부감하는 건 누구지?"

"…………."

소리 내서 이름을 말하지 않아도 생각은 그대로 전해졌겠지. 대답도 없이, 아자리는 앞으로 나아갔다.

"사제로부터 제2 세계 도탑을 빼앗기 위해서는 코르곤을 이용할 수밖에 없었지만…… 이번엔 그 코르곤을 막아야 해."

"어떻게?"

이번에는 아자리가 대답하지 않았다.

상대의 사고를 읽을 수 없는 건 너무 불공평한 게 아닌가—그런 생각을 하면서, 레티샤는 얼굴을 찌푸렸다. 그리고 나무뿌리에 걸려서 넘어질 뻔 했다. 길도 없는 숲속을 불빛도 없이 달려가는 것은 쉽지 않은 일이다.

자세를 바로잡자 아자리의 목소리가 들려왔다.

"킬리란셰로가…… 그 성복 남자를 죽였어."

등줄기가 오싹해지는 기분을 맛보며 자기도 모르게 멈춰 섰다.

죽였다. 그런 말을 당연하다는 듯이 토하고, 아자리는 계속해서 말했다.

"그 아이는 선생님 이상의 마술사가 돼서 이 성역에 올 거야."

"거기에 무슨 의미가 있는데?"

레티샤가 가시 돋은 목소리로 물었지만, 아자리는 그 빈정대는 말에는 대답하지 않았다. 그리고,

"현재 무적이 된 코르곤을 막을 가능성."

"그래서?"

"이미 죽어서 자격이 없는 나는 내릴 수 없는 결단을, 그 아이에게 맡길 거야…… 오리오울의 유언을 전하고서."

다시 뛰어가려던 레티샤는 거기서 다시 발을 멈췄다. 시선만 움직여서 뒤를 봤다—거기에 아자리가 없다는 걸 알면서도, 아무도 없는 어둠을 바라보면서, 레티샤는 큰 소리로 말했다.

"? 무슨 뜻인지 모르겠는데."

"몰라도 돼. 어차피 천박한 애기니까."

예상대로 아자리에게서 돌아온 대답은 거절이었다. 탄식하고, 앞으로 나가갔다.

그러는 사이에 마술 공격, 폭발의 빈도는 극단적으로 줄어들었다. 그것이 적을 격퇴했다는 의미인지, 저항한 보람도 없이 전멸했다는 의미인지는 모른다. 레티샤는 그저, 신경 쓰지 않고 계속 걸어갔다. 이제 와서 행운 따위는 기대하지 않는다. 하지만 마지막에 떠밀어서 회의장 바닥에 넘어트린 사제 프리니아의 얼굴을 생각하자, 가슴 속에 일그러진 감정이 떠오르는 것을 자각했다. 최근 며칠 동안 자신도 몇 번이나 울었다—하지만 패배를 인정하면 노예가 된다.

그리고 돌아갈 집을 잃게 되는 것이다.

'싫어…… 난 돌아갈 거야. 다 같이 돌아갈 거야.'

레티샤는 중얼거렸다.

"코르곤이, 그렇게 감당할 수 없는 상대가 된 거야?"

분명히 그는 차일드맨 교실에서도 상위에 해당하는 실력자였다.

그 사실을 인정하지 않는 건 아니지만, 그렇다고 해서 세계의 멸망이나 드래곤 종족 같은 것들과 같은 수준으로 취급할 상대라고 생각해본 적은 없다. 마술 규모에 관해서는 아자리와 대등하거나 아래, 레티샤 자신보다는 약간 웃돌지만 정면으로 싸우면 어떻게든 싸울 수 있다고 생각한다.

근처에서 물소리가 들렸다—주의하면서, 둑 모양으로 된 흙더미를 넘는 사이에 아자리가 대답했다.

"5년 전 시점에서, 그의 능력은 극에 달했어. 그 뒤에 최접근령 영주에게 협력하는 형태로 엄청난 숫자의 실전을 경험해왔거든."

"실전 경험이 차이가 난다는 거야?"

"그래. 경우에 따라서는 암살자로 활동했던 선생님 이상으로."

"…………."

젖은 흙에 빠진 발을 빼며, 레티샤가 말했다.

"……그 경험에 대항 할 수 있는 사람이, 마찬가지로 5년 동안 각지를 방랑했던 킬리란셰로라는 얘기야?"

"그 점에 대해서는 나와 당신, 포르테는 비교도 안 되잖아? 게다가 정면으로 싸우면 어떻게든 될 거라고 생각하는 데서 이미 얘기는 끝났어."

그 말을 듣고 얼굴이 빨개질 뻔 했지만—밤의 어둠으로 어떻게든 감추고 뛰어갔다.

불안한 발밑과 어둠 때문에 등불이 있었으면 싶었지만, 함부로 주위를 비춰도 되는지 결단을 내릴 수가 없었다. 아자리가 도와주는 덕분인지 새카만 어둠 속에서도 어떻게든 뛰어갈 수 있다. 반대로 말하자면 공간 전이를 사용한 뒤다 보니 아자리의 지각 능력은 그 정도밖에 안 된다. 위험 얘기를 하자면 물소리도 마음에 걸렸다. 나무들과 물. 틀림없이, 이곳은 성역 상부의 숲일 텐데.

"코르곤은 대체 뭐야."

짧게, 말이 흘러나왔다. 몇 년이나 같은 교실에서 배운 사이인데, 그에 대해서는 유난히 아무것도 모른다. 잡담을 나눈 기억도 없다.

아자리도 마찬가지였다. 하지만, 간단히 답이 돌아왔다.

"그는 그야. 언제나 그는 자기가 하고 싶은 대로 할 뿐."

"그게 너랑 뭐가 다른데?"

별 생각 없이, 반사적으로 물었다—

하지만 아자리에게는 예상 밖의 질문이었던 것 같다. 픕, 하고 웃은 것 같은 기척이, 영문 모를 심연에서 전해져왔다.

"그러게. 천마의 마녀와 민폐 방문자—둘 다 민폐라는 건 틀림없어. 분명히 닮았을지도 모르겠네."

"그럼 말려야겠네. 뭘 하건 간에 바보 같은 짓을 할 테니까."

살짝 얄미운 농담을 던지고, 몸을 앞으로 더 기울여서 길을 살피며 걸어가는 중에, 마침내 어둠 속에서 뭔가가 흔들리는 것이 보였다. 어두워서 잘 모르겠지만 사람처럼 보이기도 했다.

'사람 같은 뭔가가 있어…… 적? 같은 편?'

보다 신중하게, 숨을 죽였다. 아자리의 사념 통화는 개의치 않고 날아왔지만.

"······그가 누구인지, 다르게 생각할 수도 있어."

"어떻게?"

레티샤 쪽은 그렇게 마음 놓고 소리를 낼 수가 없었다. 입속에서 중얼거리는 소리로 물었다.

하지만 아자리의 목소리도 작아진 것 같았다─배려 때문이 아니다. 감정의 문제겠지.

"초인 로테샤 크립스터는, 찾기 위해서 밖에 나온 게 아닐까."

그 중얼거린 소리의 의미를 이해하지 못하고, 레티샤는 눈만 껌벅거렸다.

"찾아?"

"그래. 이 성역에 없는 인물을 찾으려면······ 밖으로 나가는 수밖에 없겠지."

"뭘 찾는데."

물으면서, 단숨에 흙더미를 뛰어 내려갔다─지금부터는 대화 따위를 할 수 없다. 단숨에 목표까지의 거리를 좁히고, 그리고 상대를 확인하고 행동해야만 한다.

"한마디로 천사와 악마, 그 양쪽이 눈독을 들인 인물이라고 해야겠지, 그는."

의미 불명에 불과한 아자리의 목소리는 무시하고, 레티샤는 온 몸의 근육을 사용해서 도약했다. 뿌득뿌득, 가느다란 나뭇가지가 뺨을 스쳤다. 나무 사이를 헤치고, 뿌리 위를 뛰어넘고, 레티샤는 온 감각을 앞쪽을 향해 집중했다.

시야를 가로막는 어둠으로─

또, 다른 색이 섞인다.

불똥이 날리고, 소용돌이치며 춤추는 것 같은. 그런 색으로 보였다. 들이쉰 공기의 맛도 달라졌다. 불꽃이 아니다. 하지만, 너무나 쓰다.

'……뭐야……?!'

허파가 기침을 하려고 하는데, 멈출 수가 없다.

중량이 증가한 바람을 헤치는 것처럼 계속 돌진하다가, 레티샤는 마침내 인내심의 한계를 느꼈다. 두 손을 앞으로 내밀고, 외친다.

"……불빛이여!"

빛의 양을 줄였고, 한 순간만 유지했다. 약간의 빛을 이용해서 앞쪽을 비춰보니, 틀림없이 사람의 그림자가 존재했다. 지금 그 주문의 빛으로 이쪽이 있다는 것도 눈치 챘겠지. 도박이지만, 공격당하기 전에 이름을 말하는 수밖에 없다.

"나는 《송곳니 탑》의 레티샤 마크레디—"

씁쓸한 공기 속에서 소리를 질렀다.

"당신은 누구지?!"

대답은 없다. 순간적으로 보였던 상대와의 거리와 이쪽의 속도를 생각해보면, 슬슬 멈추지 않으면 격돌할 것이다.

아니, 그것이 적이라면 이미 그 자리에 있지도 않겠지. 이미 다른 곳으로 이동해서 공격 준비를 하고 있는지도 모른다.

'이쪽도 나름대로 준비를—'

방어를 위한 구성을 떠올린 그 순간.

갑자기, 발밑의 땅이 사라졌다.

"——?!"

손도 쓰지 못하고 낙하했다. 요란한 물소리와 살을 에는 것 같은 냉기—팔다리에 감기는 끈끈한 어둠. 무자비하게 입과 목으로 들어온 물 때문에 비명도 지르지 못하고, 레티샤는 절망감에 사로잡혔다. 물에 빠졌다!

'빠져 죽는다!'

긴급 회피를 하려고 해도 주문을 외울 수도 없다. 밤의 어둠에, 발이 닿지 않는 수심. 최악의 조합이었다.

'아자리! 도와——'

그때.

뭔가가 팔을 붙잡고 거칠게 끌어올렸다.

살았다는 기분보다 새로 추가된 그 고통 때문에 레티샤는 몸을 비틀었다—뭔가를 때리려고 했는지도 모른다. 하지만 주먹은 허공을 때렸을 뿐이다. 팔을 붙잡은 그 손은 이상한 힘으로 그녀를 들어 올리더니, 마찬가지로 아무렇게나 내던졌다. 다시 낙하한 곳이 딱딱한 지면이라는 것에 감사하며, 레티샤는 겨우 눈을 크게 떴다. 물에 빠진 때부터 눈을 감고 있었다는 걸 이제야 깨달았다.

그곳에는 불빛이 있었다.

역시나 빛의 양을 줄이고, 빛 자체에 지향성을 지니게 했겠지. 단 한 점 외에는 전혀 비추지 않는다. 그 한 점이란, 한마디로 레티샤 자신이었다. 역광 너머에 아는 얼굴이 보인다…….

"마리아 교사."

레티샤가 속삭이자 오랜만에 만난 그 마술사는 짧게 고개를 끄덕였다. 마리아 혼자가 아니다. 또 한 사람이 있다. 그녀를 끌어올린 사람은 아마도 그 덩치 큰 남자겠지—온 몸이 흠뻑 젖어 있었다.

머리카락에서 떨어지는 물방울을 손으로 털어내고, 그 남자는 말없이 마리아에게 신호를 보냈다. 철수 신호처럼 보였다.

마리아는 바로 지시에 따라서 빛의 방향을 바꿨다. 곧바로 빛 자체는 거의 보이지 않게 됐다. 그녀가 비춘 방향이 돌아갈 방향이라는 뜻이겠지. 아무도 그 이상은 설명해주지 않았다. 정치 큰 남자가 앞서가고 마리아가 손짓으로 따라오라고 했다. 레티샤도 말없이 고개를 끄덕였다. 조금 전 큰 소리를 낸 건 역시 어리석었는지도 모른다.

폭발 소리는 들리지 않지만 전투의 기척은 계속되고 있는 것 같다. 빠른 걸음으로 걸어가는 마리아의 등을 다라, 레티샤는 젖어서 무거워진 전투복을 질질 끄는 모양으로 따라갔다─마리아가 비추는 불빛이 걸어가는 방향 외에 다른 것을 하나, 아주 잠깐 비췄다는 것을 눈치 챘다. 딱히 의미가 있는 행동은 아니었겠지만.

하지만, 조금 전에 자신이 본 것도 그것이었다는 걸 이해했다. 지상에는 없었다─그것은 호수 위에 있었다. 인간 모양인 것은 틀림없다. 여자였다.

기도하는 것 같은 모습으로, 긴 머리카락으로 먼 상공에 매달린 것처럼, 여자 하나가 호수 위에 서 있다.

어둠을 물들이고 있는 것이 작은 모래라는 것도 알았다. 그 모래 섞인 바람을 뭐라고 부르는지, 도무지 생각이 나지 않는다.

하지만 아자리가 작은 소리로 중얼거렸다.

"여신의 바람─누런 흙먼지(黃塵)……."

전이가 끝나자마자 킬리란셰로와 헤어지자, 이자벨라는 자기 가슴에 손을 얹고 스스로를 달랬다. 어둠 속. 최후의 장소에 왔다. 시간은 없다. 상황은 가혹. 동료들은 틀림없이 고전하고 있다.

그렇다면 자신이 할 일은 정해져 있다. 최선의 가능성을 향해, 한 걸음이라도 나아간다.

고개를 들고, 어둠 저 너머에 있는 모래먼지의 기척을 노려본다. 희미하게나마 들려오는 전투 소리는 지금 전투가 벌어지고 있는 성역이 얼마나 광대한지를 말해주고 있었다. 이곳은 아직 입구라고도 할 수 없는 상부의 숲일 뿐이다.

그 때.

"이자벨라 교사보는 《13사도》 사람들을 찾을 건가요?"

매지크가 아직도 거기 있었다는 사실에 살짝 놀라며, 이자벨라는 고개를 돌렸다. 불투명한 눈빛으로 이쪽을 보고 있는 소년에게 고개를 끄덕였다.

"그래. 선생님하고 플루토 스승을 찾아야 하니까. 너도 같이 갈 거야?"

묻자, 그는 고개를 좌우로 저었다.

"아뇨…… 오펜 씨가 크리오를 찾으러 간다고 했으니까, 저도 그쪽으로 가려고요."

"그럼 빨리 따라가야 하지 않아?"

"괜찮아요. 나중에 쫓아갈 거예요. 제가 따라간다는 걸 알면 귀찮다고 생각하지 않겠어요?"

그리고는 자신의 스승이 뛰어간 어둠 속을 바라보며, 매지크가 중얼거렸다.

이자벨라는 굳이 더 이상 추궁하지 않았다. 그러자 소년이 우물거리면서, 뭔가를 다시 말했다.

"그리고, 전…… 그러니까, 교사보께 고맙다는 인사를 드리고 싶거든요. 최근 며칠 동안 같이 있어 주셔서, 정말 고맙습니다. 가르쳐주신 것들은 잊지 않을 게요."

"제발 내 충고도 잊지 않았으면 좋겠네."

고개를 숙인 매지크에게 한쪽 눈을 찡긋해 보이고, 이자벨라는 상대가 대답하기도 전에 어둠 속으로 뛰어갔다. 훈련된 마술사는 어느 정도 밤눈이 좋지만, 이 숲속은 조금 이상할 정도로 어둠이 짙었다 —잠시 뛰어가는 사이에 불빛을 만들어야겠다는 생각이 들었다.

'동틀 때까지…… 얼마나 남았지?'

주문과 함께 광명을 만들어내고, 그것을 허공에 띄우면서 하늘을 올려다봤다. 복잡하게 얽힌 나뭇가지와 잎사귀들이 지붕처럼 위쪽을 뒤덮어서, 푸르고 거무스름한 그림자로 지상을 짓누르고 있다. 거대한 어둠 속의 작은 도깨비불이 오히려 어둠을 더 강대해 보이게 만들어주고 있다.

'원시적인 공포에 질 때가 아니야.'

이자벨라는 주머니에서 끈을 꺼내서 머리카락을 꽉 묶고 앞을 바라봤다. 마지막 습격 덕분에 식량도 무기도 전부 잃어버렸지만, 앞으로 나아갈 의지만은 남아 있다. 어둠은 두렵지 않다—그렇게 생각할 정도는. 부상자 텐트를 태워버린 불꽃. 거기에 비하면 두려워할 것은 아무것도 없다.

'성역 놈들. 용서 못해.'

불빛으로 시야가 확보된 발밑을 확인하며 한 걸음을 내디딘—

순간.

공기가 일그러지는 것을 온몸으로 느꼈다.

공간 전이와도 비슷했다. 살갗을 짓누르는 것 같은 압박감과 저항할 수 없는 대기의 구속. 가벼운 구토 증상과 뭔가에 맞은 것 같은 충격이 느껴졌지만, 어디를 얼마나 맞았는지도 모르겠다.

그녀는 그 자리에 넘어졌다. 넘어지자, 그녀의 뒤쪽에 있던 큰 나무가 도려내는 것처럼 크게 터지는 것이 보였다. 파열음은 컸지만, 짧았다. 느껴진 그 충격은 그 파열 때문이겠지—나무 줄기에 파인 구멍은 나선형 소용돌이를 그리고 있다. 그리고.

모든 것을 확인한 뒤에, 저 멀리서 들려온 소리가 있었다. 복도 모퉁이에서 대걸레가 쓰러지는 것 같은, 딱 하나뿐인 긴 박자. 그 소리는 울리고, 마침내 사라졌다.

"…………?!"

영문을 모를 채, 이자벨라는 일어나려고 했다—뇌진탕이다. 몇 번인가 몸을 좌우로 기울이고 있는데 또 같은 충격파가 몸을 덮쳤다. 이번에는 발밑이었다. 지면을 뚫고, 그 파괴력이 화려하게 흙을 뿜어 올렸다. 단지 그것뿐인 폭발이지만 위력은 엄청났다. 비명도 없이, 그녀는 또다시 뒤로 넘어졌다. 조금 전과 마찬가지로, 메마른 소리가 뒤늦게 들려왔다.

이해할 수가 없어서 시선을 이리저리 돌리다가 갑자기, 생각이 미쳤다.

'……불빛을 노리고 있어!'

부조리와 분노에 체온이 상승했다. 감정 덕분에 몸의 균형을 되찾을 수 있을지는 미묘하지만, 이런 상황이다 보니 뭐가 됐건 매달리고 싶었다.

계속해서 공격이 날아올지. 이자벨라는 귀를 기울이고 기다렸다. 그 먼 곳을 살피는 귓가에—

"저격이라네."

아주 가까이서 들러온 목소리에, 깜짝 놀랐다. 놀라서 휘둥그레진 눈에 사람 모습이 보인다.

쓰러져 있는 그녀의 머리 위에서, 남자 한 사람이 자기 얼굴을 들여다보고 있는 것 같았다. 그 목소리는 조용하고 차분하게 말했다.

"미안하군. 날 노리는 공격이야. 강철의 후계의 기척을 느끼고 이곳으로 왔는데…… 다른 자가 있었나."

"……당신은……?"

기침을 하고, 물었다.

동시에, 상대가 한 말을 머릿속에서 모색했다. 저격? 그런 무기의 존재는 《탑》에서는 공공연한 비밀이었다—몇 미터 거리에서 정확히 노릴 수 있는 권총을 시험 제작했다고.

하지만 적이 저격할 수 있는 거리까지 다가와 있다면, 그걸 알아차리지 못했다는 것도 이상한 일이다. 또한 나무 표면을 도려낼 정도의 위력이라니, 권총으로는 말도 안 된다.

남자는 손을 들어서 그녀의 얼굴을 만졌다—순간적으로 뭘 위한 행동인지 이해하지 못했지만, 신기하게도 불쾌한 감촉은 아니다.

그리고는 그대로 설명했다.

"이 사정거리와 명중도는 《송곳니 탑》에도 있는 저격 권총과는 다르다네. 시조총이라고 하는데…… 뭐, 탄두와 총신을 극단적으로 만든 것이지만, 그걸 안다고 해서 대항 수단이 있는 것도 아니니까.

마침내 인간의 손으로 마술을 뛰어넘은 병기를 만들었지. 백에서 수백 미터 저격이 가능하다네. 그만한 거리를 맹렬하게 회전하면서 날아오는 탄환의 위력은…… 지금 본 대로네."

그리고, 이자벨라는 갑자기 몸이 가벼워진 것을 느꼈다—이 남자가 무슨 짓을 하려는 것인지는 모르겠지만, 부상이 사라진 것 같은 기분까지 들었다. 백마술사가 같은 존재인지도 모른다. 어쨌거나 생각은 뒤로 미루고 벌떡 일어났다.

남자는 이 어둠 속에서도 간단히 이쪽의 움직임을 눈으로 쫓을 수 있는 것 같았다. 당황하지 않고 이쪽을 보며, 말했다.

"약점이라고 한다면…… 탄환이 그리 많지 않다는 점이군. 내가 만들게 한 탄환은 백 발도 안 된다. 품질을 유지하기 위한 비용이 너무 많이 들거든."

"당신이 만들게 했다고?"

이자벨라가 물었지만 그것은 무시당한 것 같았다.

남자는 거창한 동작으로 일어나더니,

"또 하나. 사용자가 극도로 집중해야하기 때문에 심하게 피로해지지. 눈 깜박하는 사이에 표적을 놓칠 수도 있으니까. 평소에는 약물을 사용해서 겨우 안정시켰지만……."

"당신은…… 최접근령의 영주?"

이야기 내용과 목소리를 통해서 겨우 짐작한 사실을 말했더니, 그는 웃음을 머금은 목소리로 긍정했다.

"그렇다네. 이것을 은혜라고 생각한다면, 자네가 플루토와 합류한 뒤에도 나와 만났다는 얘기는 하지 말아주게—아무 말도 않고 그를 떠났거든."

"잠깐만요. 이게 당신이 만들게 한 무기라면, 당신을 쏘는 건 대체 누구죠?"

손을 뻗어서 그를 잡으려고 했지만—

그의 모습은 마치 어둠 속으로 녹아버리는 것처럼 사라졌다. 실제로는 그녀가 눈대중을 잘못 했을 뿐이겠지만.

흐릿한 그림자로 보일 뿐이었지만, 그가 고개를 젓는 모습은 알아볼 수 있었다. 부정하는 동작이 아니라 뭔가를 확인한 것 같았다.

"나를 쏘고 있는 건…… 날 데려가고 싶어 하는 자라네."

그리고,

"……저격 거리를 생각해봤을 때, 유난히 이동 속도가 빠르군. 소환기를 이용한 공간 전이인가? 자네, 미안하지만 내가 신호하면 다시 불빛을 만들어줄 수 있겠나?"

"예?"

"그리고 그 뒤에는 가능한 반사적으로 행동해줬으면 하네. 보고, 그래야 한다고 느낀 대로 행동해준다면 내가 도와주도록 하지."

"아니, 저기……."

망설이는 사이에 남자가 짝, 손뼉을 쳤다.

"지금이다!"

"에잇, 젠장!"

투덜대고, 이자벨라는 주문과 함께 마술 구성을 해방했다. 마술의 불빛이 부활하고, 약간 강한 빛이 주의를 비췄다. 그리고.

이자벨라는 자기 눈을 의심했다. 빛이 갈라버린 어둠에는, 빛을 비춰도 어둠을 유지하는 부분이 있었다—날개를 펼친 인간 모양으로. 양쪽 날개는 격렬하게 날갯짓하고, 그 끝에 날카로운 발톱이 하나 달려 있다.

검은 날개의 괴생물은 날아올라 똑바로 영주를 노렸다. 표적이 된 최접근령의 영주는 태연히 자신을 덮치려는 괴물을 바라봤다.

"알마게스트 베티슬리서!"

그리고 영주도 거기에 대답했다.

"유이스 엘스 이트 에굼 에드 코르곤 스베덴보리!"

두 사람이, 이름을 부르는 것이—

무슨 의미가 있는 걸까. 이자벨라는 알 수 없었지만.

굳이 말할 필요도 없이, 그녀는 반사적으로 행동했다. 다리를 똑바로 들어 올리고, 괴생물의 옆구리를 걷어찼다. 자기가 생각해도 등줄기가 오싹해질 만큼 회심의 움직임이었다. 이자발라의 발바닥에 떠밀려서 저 멀리 지면에 굴러 떨어진 생물은, 자세히 보니 평범한 인간이었다—게다가 아는 얼굴이다. 검은 망토로 몸을 감싼 검은 머리카락의 남자.

차일드맨 교실의 기분 나쁜 남자—코르곤!

"이건 주문의 마무리다. 아직 멀었군!"

자기를 걷어찬 이자벨라는 무시하고, 코르곤은 영주만 보면서 그렇게 외쳤다. 망토 속에서 잡고 있던 검을 가로로 휘둘러서 영주에게 뭔가를 시도한 것 같았지만.

영주는 후방으로 뛰어서 그것을 피했다.

"무슨 소리. 세계의 끝은 눈앞까지 와 있다."

뻔뻔한 얼굴로, 그런 말을 할 여유까지 있다. 코르곤이 혀를 차고 칼을 집어넣었다—어디 있었는지도 모를 칼집 속에.

"멀다—로테샤 쪽이 소환 장치를 발동하기 쉬울 거라고 생각했는데, 혼자서는 부족하다. 영주, 댁도 같이 가줘야겠다."

'뭐냐고!'

이자벨라는 이해할 수 없다는 생각을 하면서 뛰쳐나갔다. 격투술에는 자신이 있었지만, 그렇다고 해서 얼핏 봐도 암살 기능 훈련을 받았다는 걸 알 수 있는 엘리트 교실의 이 남자를 상대로 싸울 수 있을 거라고 생각한 적은 없다. 하지만 신기할 정도로 가볍게 느껴지는 몸을 실컷 약동시켜서, 이자벨라는 측면의 사각에서 코르곤을 덮쳤다. 심플한 앞차기가 그 남자의 어깻죽지를 살짝 스쳤고, 이어서 변화를 준 옆으로 날리는 하이킥까지 코르곤의 얼굴을 때렸다. 일부러 넘어졌겠지—큰 대미지도 없다는 듯이, 그는 바로 일어났다. 처음으로 이쪽을 보면서 망토 속에 있던 손을 드러냈다.

그 오른손에, 작은 단검을 쥐고 있는 게 보인다.

"《13사도》인가……."

상처자국이 있는 입술을 불쾌하다는 듯이 움직이며, 코르곤이 중얼거렸다.

이쪽은 기억하고 있는데 상대는 그녀를 잊어버렸다. 애당초 복도에서 마주쳤을 때 인사나 하는, 그 정도 관계였다. 이자벨라는 씁쓸하게 웃으면서 상대가 내민 칼에 맞춰서 방어 자세로 바꿨다.

쫏…… 쫏…… 그 칼날의 움직임을 따라서 새 지저귀는 소리 같은 것이 들려왔다. 코르곤의 숨소리일까, 아니면 자신이 혀를 차는 소리일까. 그것이 끊긴 순간, 코르곤이 반원을 그리는 모양으로 나이프를 내질러서 자신의 목을 노렸다.

'죽일 셈이야?!'

이자벨라가 뒤로 물러나자 쫓아왔고, 높이를 바꿔가며 몇 번이나 찔러댔다. 몇 번째였을까, 그녀는 코르곤의 손목을 잡으려고 손을 뻗었다─잡은, 것처럼 보였다. 두 팔로 감싸듯 코르곤의 오른손을 붙잡았다.

하지만, 거기엔 칼이 없다.

순식간에 왼손으로 옮겨간 코르곤의 단검이 시야 한쪽 구석에서 번쩍이는 것이 보였다. 아무것도 안 하면 죽는다. 그 오한을 견디지 못하고, 그 자리에서 엉덩방아를 찧었다─재빨리 회피해서 나이프를 피하는 데는 성공했지만, 그게 끝이었다.

더 이상 움직일 수 없는 상태에서, 코르곤의 발이 옆구리를 차올렸다. 눈앞이 어지러워질 정도의 격통에 신음소리를 내고, 이자벨라는 몸을 웅크렸다. 침을 잔뜩 토하고 고개를 들어보니 코르곤은 이미 거기에 없었다.

"……이제 와서 나를 막을 수 있을 것 같나."

멀어져가는 그의 등이 그런 말을 하고 있었다. 그는 영주를 보고 있고, 영주는 어쩔 수 없다는 듯이 어깨를 으쓱거리고는,

"힘을 자랑하는 것은 어리석은 짓이다."

"일단 죽여서 끌고 갈 수도 있다. 어차피 다시 살아날 테니까."

서로 살벌하게 노려보고는 있지만 말투는 얌전하다.

어쨌거나 고통 속에서 간신히 고개를 들고, 이자벨라는 둘의 대화를 들었다. 하다못해 몸이 다시 움직이게 될 때까지 사태를 이해해두고 싶다.

거리는 그대로, 그러면서도 점점 기척이 날카로워졌고, 코르곤이 품 안에서 또 다른 무기를 꺼낸 것 같았다. 총, 이겠지─하지만 그녀

가 알고 있는 권총과는 모양이 전혀 달랐다. 분명히 영주가 말했던 대로 저격 권총과도 달랐다. 총신만 해도 1미터 가까이나 되는. 그런 장대한 무기를 어떻게 다루는 건지는 모르겠지만, 한 손으로 사용하는 물건은 아닐 것이다. 총신 위에 작은 망원경 같은 것까지 있다. 이 어둠 속에서는 크게 도움이 안 되겠지만, 그런 것으로 봐야 할 정도로 먼 거리를 노리는 무기라는 뜻일까.

무기를 꺼낸 건 단순한 위협이겠지. 그 위력을 뼈저리게 느낀 몸이라 전율이 느껴졌다―공포심을 떨쳐내고, 이자벨라는 영주의 안색을 살폈다. 하지만 최접근령의 영주는 딱히 개의치 않는 것 같다.

"로테샤는 아직 바라지 않는 상대를 전이시킬 정도까지 장치를 다루지는 못한다. 하지만 네가 한 순간이라도 바란다면 그 순간만은 마음대로 할 수 있지.

말을 거는 것은 거의 코르곤 쪽이었다. 거기에 대해 영주가 대답하고.

"그렇군…… 그래서 말로 농락하려는 건가."

둘의 관계는 잘 모른다. 하지만 오래 알고 지낸 사이처럼 보이기는 했다. 《송곳니 탑》의 엘리스 교실과 귀족연맹의 비장의 카드인 최접근령의 영주가 어떻게 엮이게 됐는지는 모르겠지만.

코르곤의 낮은 목소리는 뱀이 위협하는 소리 같았다.

"난 이미 제2 세계 도탑을 손에 넣었다. 동시에 성역도 나한테 따를 수밖에 없게 됐고―여신을 죽인 뒤의 성역은 간단히 지배할 수 있겠지. 세계 도탑은 성역의 중추, 급소다. 이제 마왕만 소환하면 된다. 네가 바라는 조건은 전부 갖춰져 있다."

"문제는 소환의 성패 여부다. 실패하면 의미가 없어."

"그러니까 로테샤와 같이 해라. 혼자서는 부족해도 둘이서 한다면 성공할 확률이 높아진다."

펄럭, 망토를 휘날리고 코르곤이 앞으로 걸어갔다.

"와라, 영주. 전부 끝내자."

"나중에—"

처음으로.

지금까지 유창하게 말하던 영주가 우물거렸다. 씁쓸한 웃음과 함께 다시 말했다.

"나중에, 가겠다. 반드시."

"…………."

코르곤은 한참동안 말이 없었다. 아니, 겨우 몇 초 정도였는지도 모른다. 하지만 침묵 치고는 장대한 것이다.

마침내—

"좋다. 준비가 됐다는 걸 알았으니 어차피 올 수밖에 없겠지."

말을 마치자마자 코르곤의 모습이 사라졌다.

이자벨라도 겨우 움직일 수 있게 돼서 간신히 몸을 일으켰다. 영주는 계속 허공을 바라보고 있다—코르곤이 사라진 곳이 아니라, 그저 의미도 없는 허공을. 그 때까지 보지도 않았던 아무것도 없는 공간을.

"……미안하네. 방패로 삼아서."

"지금 그 얘기는…… 뭐죠."

아직도 아픈 매를 누르며, 이자벨라는 영주에게 다가가려고 했다—발이 마음대로 움직였다면 그랬겠지. 하지만, 실제로는 한 걸음을 옮기기도 전에 영주가 등을 돌렸다.

"플루토와 합류하고 싶겠지. 자네가 예상한 방향이 맞네. 서두르는 게 좋을 거야. 그는 성역의 입구를 찾는 대로 성역을 제압하기 위해 돌입할 테니까."

"그것도…… 방패인가요?"

혀에 이상한 맛을 느끼며, 따졌지만—

억지로 반걸음을 내디디면 그 사이에 영주는 한 걸음 멀어졌다. 목소리만은 대답했다.

"나는 처음에 자네들에게 왕도로 돌아가라고 했다…… 그것이 최선이었고. 자네들의 죽음에는 아무런 의미도 가치도 없기 때문이다."

"우리는……."

매달리려고 한 목소리도 영주에게 전해졌는지 아닌지. 그는 점점 멀어졌고, 뒷모습은 점점 작아져갔다.

바로, 그녀가 만든 마술 불빛의 범위에서 나가버렸다. 안 보이게 된 상대를 향해, 이자벨라는 큰 소리로 외쳤다.

"우리는…… 그냥, 상황인거야?!"

거기서, 발이 멈췄다.

영주는 발이 부러졌을 텐데—이제 와서 생각이 났고, 이자벨라는 고개를 저었다. 누가 치료해줬을까. 아니면 뭔가 다른 이유일까. 그건 모르겠지만 어차피 쫓아가는 건 무리일 거라는 사실만은 이해할 수 있었다.

'마리아 선생님을 만나자.'

고개를 들고, 목적의식을 가졌다.

'그리고, 따지고, 우는 소리라도 한 번 하고…… 협력해서 싸

우지.'

무슨 일이 있어도 주저앉아서는 안 된다.

울어도 되지만, 후회하고 싶지 않으면 주저앉아서는 안 된다. 자신을 달래고, 이자벨라는 지금까지 걸어가던 방향을 향해 걸음을 옮겼다.

킬리란셰로 핀란디.

가문의 이름도 없는, 《송곳니 탑》의 킬리란셰로.

강철의 후계.

스스로 지은 오펜이라는 이름.

또는 그를 부르는 상대에 따라 각각 의미가 달라지는 오펜이라는 이름.

어깻죽지에서 단검 칼집을 분리했다―이미 단검 그 자체는 없다. 칼집은 보지도 않고 어두운 발밑으로 던졌다. 전투복의 무장도 이제 얼마 안 남았다. 단검류는 다 써버렸다. 폭발시킨 권총도 영주의 저택에 두고 왔다. 그런 무기들도 이름과 마찬가지로 헤아릴 수는 없다. 그것을 사용한 모든 상황에서, 자신의 목숨이 끝날 가능성이 있었다. 그리고 무언가를 대가로 삼아서 그것들을 헤쳐 나왔다.

양쪽 주먹을 맞부딪치자 얼어붙은 밤공기 속에 소리가 울렸다. 잭과 싸우면서 입은 상처는 완치되지 않았지만 마술로 어떻게든 했다. 눈을 감고 감각을 확인했다. 모든 것은 고요 속에, 폭발력을 유지한 채로 정돈돼 있다. 확신하는데 시간은 필요하지 않았다.

무기는 없어도, 의지는 확실히 남아 있다.

아군도 없이, 혼자라도 앞으로 나아갈 수는 있다.

손에 남은 것…….

문득 생각이 나서, 오펜은 전투복 가슴팍에 손을 넣었다. 지퍼를 조금 열고 가슴에서 은세공 펜던트를 꺼냈다—검에 감긴, 외다리 드래곤의 문장. 대륙 흑마술의 최고봉 《송곳니 탑》에서 배웠다는 증거.

그는 그것을 잠시 바라보고, 그대로 온 바깥쪽에 늘어트렸다. 전투에 방해가 되겠지만 그러고 싶었다.

그리고 다른 주머니에서 또 하나—똑같은 문장을 꺼냈다. 모양은 같지만 이것은 그의 것이 아니다.

문장 뒤에는 그것의 원래 소유자의 이름이 새겨져 있다.

그 이름은 단 하나지만, 역시 하나의 것이 아니다.

아자리 캐트시.

가문의 이름도 없는, 《송곳니 탑》의 아자리.

그녀를 부르는 사람마다 의미가 다른, 그 이름.

그는 그것도 겹쳐서 목에 걸었다.

　—성역에, 세 가족이 모인다—

가족이 있는 곳.

그 말의 의미를, 어둠에게 물었다.

오펜은 대답이 돌아오기도 전에 걸어가기 시작했다. 성역. 최후의 장소로.

순간, 뜨거운 빛이 모든 것을 감쌌다.

제12장 구원과, 구원이 아닌 것

빛 속에서, 모든 이가 그 목소리를 들었을까.

오펜은 의아했다. 불꽃은 틀림없이 살을 태우고 호흡을 방해했다. 하지만 못 견딜 고통은 아니었다―마치 적당히 조절한 것처럼.

《……곧 찾아올…… 맹약의 때……!》

'딥 드래곤인가!'

오펜은 마음속이 아플 정도로 울리는 그 외침의 정체를 짐작했다.

열풍은 곧 사라졌다. 사라져가는 불티의 소용돌이를 따라, 오펜은 고개를 들었다―숲 곳곳에 불이 나 있다. 흔들리는 불꽃은 신기할 정도로 번지지 않는다. 오히려 근처에 있는 호수에서 흘러나온 개울과 지하수에 닿아도 꺼지지 않았다. 어쨌거나 불꽃은 어둠 속에서 세상의 모습을 잘라낸 것처럼, 일부분만을 비추고 있다. 나무들의 뿌리, 거기에 흔들리는 호수 수면의 일부, 바람에 춤추는 나뭇가지와 잎사귀, 그림자 속으로 숨으려는 작은 동물들의 당황한 뒷다리.

불꽃은 불규칙한 것 같으면서도 한쪽 방향을 향해 고개를 기울이고 있었다. 수많은 화톳불을 뛰어넘어, 오펜은 그것을 보고 있었다. 바람이 불기 때문이겠지. 불티와 다른 모래먼지가 뒤섞이는 곳이 있었다. 호수가 있다. 아마도 이런 상황이 아니라면 아름다운 고아경이라고 생각했을 것이다―거대한 줄기가 서로 몸을 기대고, 작은 나무들을 거느리고, 뒤얽히고, 호수에 그 몸 절반을 담그고 있다.

그 호수 위에, 뭔가가 있다.

수면 위에도 화톳불이 밝혀져 있다. 두 개의 커다란 불빛을 받으며, 여자 모습을 한 것 하나다 두 손을 가슴 앞에 모으고 눈을 감고 있다. 긴, 자기 키보다 훨씬 긴 머리카락이 그 몸을 매달고 있는 것처럼—하지만 모 자체가 떠 있기 때문인지 머리카락 쪽은 완만하게 흔들리며—상공으로 이어져 있다. 빛은 하늘까지는 닿지 않아서, 머리카락이 어디로 이어져 있는지, 그 이상은 알 수가 없다.

멀다. 그 얼굴을 판별할 수 있는 거리는 아니다.

그것과 눈싸움하듯, 호숫가에 칠흑의 짐승 무리가 줄지어 있다.

수십, 수백이나 되는 거대한 검은 늑대가 녹색 눈동자로 그 여자를 보고 있다—호수에 못 들어가는 건 아니겠지. 원래 딥 드래곤 종족은 수생 생물이라고 전해진다. 늑대들은 뭔가를 기다리고 있다.

'맹약…… 그것이 성립되면…… 여신과 싸우는 건가?'

오펜은 중얼거리고는 호숫가로 뛰어갔다. 이 딥 드래곤 무리 속에 레키와 크리오가 있을 가능성이 높다. 다행히 드래곤들은 호수의 여자를 노려보기만 할 뿐, 다가오는 파도는 신경 쓰지 않는 것 같았다.

곁눈질로 봤다. 호수의 여자. 같은 것을 본 적이 있었다. 그것은 지저호에서, 게다가 팔뿐이었지만…….

'저게 여신…….'

앞으로 사흘이면 완전히 들어온다고 하는 운명의 여신.

호수 위에 누런 흙먼지가 휘몰아치고 있다. 수면 위에서 불타고 있는 것은 수면에 쌓인 누런 알갱이들이겠지. 나무들과 마찬가지로 방해가 되는 딥 드래곤들 사이를 헤치고 뛰어가면서 찾았지만, 크리오의 모습은 보이지 않았다. 큰 소리로 불러볼까도 했지만, 말없이 가버렸다는 것을 생각해보면 좋은 생각이 아닐지도 모른다.

그 때—

"그녀는 여기에 없다네."

시야 구석에서 얼굴을 내민 것은 뻔뻔한 얼굴의 영주였다.

자기도 모르게 멈춰서고—살짝 후회하며, 오펜이 물었다.

"뭐라고?"

"레키라면 이 무리 어딘가에 있겠지만."

그리고 영주는 줄지어 있는 딥 드래곤들의 좁은 틈새를 빠져나와 서 주위를 가리켰다.

"하지만 크리오 에버래스틴은 레키와 떨어져서 성역 내부로 들어 갔다."

"어째서!"

화가 난 오펜이 소리를 지르자—

영주는 갑자기 쉬었다가 다른 말을 했다.

"겨우 쫓아와줬군. 일단은 안심했네."

어설픈 수작에 짜증이 나서, 오펜은 또다시 소리를 지를 뻔 했다. 하지만 아슬아슬하게 감정을 억눌렀다. 그래봤자 이 영주는 대답하 고 싶은 것만 대답할 테니까.

"여기서 날 기다릴 거면 왜 먼저 갔지? 덕분에—"

오펜이 묻자, 영주는 속 편하게 말했다.

"그 상황이었기에 자네는 잭 프리스비를 쓰러트리고 필요한 결의 하나를 손에 넣었겠지. 그게 잘못 됐다는 건가?"

"……도저히 마음에 안 들어, 넌."

"어쩔 수 없다. 자네가 좋아하는 것보다는 싫어하는 쪽이 유도하 기 쉬울 것 같으니까."

사람도 아닌 영주가 빈정대는 소리는 전부 무시하고, 오펜은 따져

댓다.

"성역으로 들어가는 입구는? 《13사도》는 무사한 거냐?"

"플루토는 이미 성역 최후의 방위부대를 물리치고 성역 내부로 돌입했다."

"어디야."

"안내하지."

그리고, 손짓을 하고서 영주가 걸음을 옮겼다. 약간 저항감이 들기는 했지만 오펜도 그 뒤를 따라갔다. 영주는 호수를 향해 걸어갔다. 불꽃은 사라지지 않았지만 숲은 다시 조용해졌고, 흔들리는 불꽃의 그림자만이 말없이 춤추고 있다.

어두워서 알아보기 힘들지만, 마침내 지면에서 전투의 흔적이 보이기 시작했다. 긁어낸 것 같은 파괴의 흔적. 행동불능이 된 레드 드래곤 종족. 게다가 쓰러져서 움직이지 않는 《13사도》의 몸……

영주는 일일이 멈춰 확인하지도 않고, 폭발의 압력으로 지면에서 벗겨진 흙덩이 위를 큰걸음으로 걸어갔다. 전투가 일어나고 얼마 지나지도 않았겠지. 탄내와 호숫가의 안개와 누런 먼지, 그것들이 제각기 대기를 점유하려 싸우고 있다. 갑자기 영주가 고개를 돌렸다.

"조심하게. 곧 호숫가니까."

"나도 알아."

호수 위에 떠 있는 여신을 보고, 오펜이 신음했다. 아직 그렇게까지 가까운 거리는 아니지만 아까보다는 가깝다.

"그래. 저것이 여신이다."

영주가 굳이 말할 필요도 없는 말을 했다—거기서 끝내지도 않고 계속 말했다.

"운명의 세 여신이라고 전해지는데, 저 여신 자신이 어떻게 생각하는지는 신만이 알겠지. 썰렁한 농담이지만."

"……꼼짝도 안 하는데."

바람에 흔들리는 머리카락 말고는 미동도 하지 않는다. 그 사실을 지적하자 영주가 웃었다. 평소의 그 흐릿한 웃음.

"눈도 뜨지 않았다. 이번에야말로 결계를 완전히 통과할 수 있다는 여유일까…… 아니면, 겨우 며칠 동안의 자비인지도 모르지."

"딥 드래곤은 공격할 생각인가?"

호숫가에 줄지어 있는 거대한 검은 늑대는 오로지 여신에게 시선을 집중하고 있다. 그 시선으로 온갖 물질을 지배하고 말살하는, 막대한 살상력을 가진 눈빛이다.

알마게스트의 웃음이 갑자기 사라졌다—단 한 순간. 불쌍하다는 듯이 주위를 둘러보고, 그 남자가 입을 열었다.

"지금 본격적으로 공격하면 반격 당해서 되레 전멸한다. 딥 드래곤 종족은 그걸 알고 있다."

"그렇다면……."

"때를 기다리고 있다네. 여신이 결계를 완전히 돌파할 때까지 앞으로 수십 시간. 그 동안에 한 줄기라도 여신에게 상처를 줄 틈이나 균열이 생기지는 않을까. 딥 드래곤 종족의 맹약이란 바로 그것이다. 차일드맨 파우더필드는 인간 종족이 그 기회를 만들 것이라고 아스라리엘과 약속했다네. 신기하게도 아스라리엘은 그 말을 믿었고. 2백 년 전, 그것은 아무런 근거도 없는 헛소리였을 텐데."

그 이름을 듣고, 오펜은 고개를 저었다.

"선생님 자신이 믿었기 때문이야."

"글쎄, 어떠려나. 어쨌거나 딥 드래곤 종족은 지금 이 순간까지 그것을 믿고 여기서 기다리고 있다. 내가 제시한 맹약은 거부하고, 선대 영주를 믿었는데…… 결과적으로는 잘 된 일인지도 모르겠지만 나로서는 아쉬운 일이군."

크게 집착하는 것 같지는 않은 말투였지만, 그래도 거짓말은 아니겠지. 약간 자조하는 투로, 영주는 말했다.

오펜은 대답하지 않고 앞을 가리켰다. 이미 호수 언저리라 더 가면 호수에 빠지는 수밖에 없다. 약간 절벽 모양으로 된 그곳에 서서, 영주는 수면을 내려다봤다. 무엇을 확인한 건지 고개를 끄덕였다.

"여기다."

"어디라고?"

물으면서도 예상은 했다. 벼랑 끝으로 다가가서 마찬가지로 아래를 내려다보니 시커멓고 탁한 수면이 보인다. 그리고 물 밑에 돌로 만든 받침대 같은 것이 잠겨 있다.

"저것이 성역의 입구다. 정확히는 전이 장치지만."

어두운 물속에 있는 그것을 볼 수 있었던 것은 장치 자체가 약간 빛나고 있기 때문이겠지—복잡하게 조합된 마술 문자들이 차례로 깜박이면서 어떤 규칙을 전하고 있다. 공간 전이에 필요한 난해한 마술 구성일 텐데, 그것은 호수 밑바닥에서 사냥감을 유혹하면서 깜박이는 도깨비불과도 같았다.

그 연상을 간파했으리라. 영주는 다시 한 번 확인하는 것처럼 말했다."

"여기서 뛰어내리면 수면에 닿기 직전에 성역으로 전이된다. 평소엔 당연히 작동하지 않지만. 안쪽에서 이걸 열어 둔 자가 있다."

"그게 누군데?"

오펜이 물은 순간에—

영주가 이미 뛰어내리고 있었다. 수직으로 떨어진지 1초도 안 돼서, 정말로 물소리도 없이 영주의 모습이 사라졌다. 뛰어내릴 때 같이 떨어진 듯한 흙과 모래가 파문을 일으킨 게 보였다.

숨을 들이쉬고, 오펜도 뛰어내렸다. 자신의 유사 공간 전이만이 아니라 드래곤 종족에 의한 진짜 공간 전이도 몇 번인가 경험했지만, 거의 기분 좋은 것은 아니었다. 하지만 오래 걸리는 일은 아니다. 아랫배에서 미지의 장기가 목구멍까지 밀려 올라오는 것 같은 위화감과 함께, 이번 전이는 끝난 것 같다.

다시 시야가 트이자 어둠과 불꽃의 두 가지 색밖에 없던 바깥과 달리, 오로지 한 색밖에 없는 세계가 펼쳐져 있었다—흰색. 하얀 바닥과 벽, 통로 안쪽까지 전부 하얗다. 진흙과 피로 범벅이 된 전투복이 너무나 엉뚱한 존재처럼 여겨졌다. 내쉬는 숨까지 더러운 건 아닌가 싶은 켕기는 기분이 생겨났다.

성역이겠지. 고개를 들어보니 그 자리에 가만히 서 있는 영주의 모습이 있었다. 여유 있게 팔짱을 끼고 있었지만, 이쪽의 시선을 보고는 입을 열었다.

"여기서부터는 내가 안내하지 않으면 앞으로 갈 수 없다네. 성역의 통로와 방은 전부 세세하게 분리돼 있고, 그 연결은 전이 장치에 의해 이루어지지. 걸어가면서 그 조합을 해석할 여유는 없겠지? 원래 이 성역을 지배하는 자의 감시를 피해서 중추까지 가는 것은 지극히 곤란한 일이었다."

"그런데, 지금은?"

"오랜 세월 성역을 지배했던 자가, 지금은 그 주도권을 잃었다."

"주도권을 빼앗은 자는?"

묻지 못했던 것을 다시 질문했다. 이번에도 영주가 제대로 대답하지 않을지도 모른다—그렇게 걱정했지만, 알마게스트도 이번에는 대답했다.

"유이스다. 로테샤의 도움을 받아서 제2 세계 도탑을 손에 넣었다. 현재 성역 통로의 연결도 제2 세계 도탑 소환기의 우선권이 압도하고 있다. 성역 쪽도 그것을 되찾으려 하고는 있겠지만, 90% 정도는 지고 있다고 봐야겠지."

"그렇다면, 어떻게 가더라도 90% 정도는 코르곤 마음대로 된다는 건가……."

그게 왜 문제인지는 모른 채, 불안한 마음과 함께 중얼거렸다.

황야에서 봤던 허상—그 목소리, 말했던 내용.

그리고 말하지 않았던 내용.

떠올리는 사이에 더욱 혼란스러워졌다. 그 때 영주가 끼어들었다.

"하지만 나머지 10%를 사용하면 유이스의 눈을 피하는 것도 가능하지."

"도망쳐서 뭘 할 수 있는데? 그보다 뭘 하면 되는 거야."

날카롭게 묻자, 영주는 미소와 함께 고개를 저었다.

"그걸 정하는 것은 내가 아니다."

'그래, 그렇겠지.'

쓸쓸하게 생각하며, 오펜은 통로 안쪽을 봤다. 끝없이 이어진 하얀 길. 구역질이 날 정도로 청결한 하얀색 일색이다.

아마도 자신은 그것을 더럽히기만 하는 자겠지. 성역에는 걸맞지 않은. 아무리 먼지를 털어봤자 오염자로서 들어가는 수밖에 없다.

'먼저 크리오부터.'

마음속으로 확인하고, 안쪽을 향해 걸어갔다.

영주도 따라왔지만 딱히 아무 말도 하지 않았다.

통로를 따라 곧장 걸어가며, 잘 주의하면 영주가 한 말도 이해할 수 있었다―통로는 평범하게 이어진 것이 아니라 곳곳에서 강제로 전이시키고 있다. 확실한 마술 구성이 느껴지지 않는 것은, 이 성역 자체가 거대한 장치이기 때문이겠지. 통로에는 아무도 없다. 밖에 있었던 것 같은 전투의 흔적도 없다.

안내판이 있는 것도 아닌데다 통로의 생김새도 거의 똑같기 때문에, 한참 걸어가다보니 불안한 기분이 엄습했다. 오펜은 얼굴을 찌푸렸다. 애당초 자신이 어디로 가고 있는지도 모른다.

하지만 어차피 《13사도》도 마찬가지로 적당히 걸어가고 있을 것이다.

'거 봐.'

몇 번인가 전이를 거쳤을 때 앞쪽에서 이변을 느끼고, 오펜은 뛰어갔다. 저 멀리 모퉁이 쪽에서 폭음과 함께 마술의 하얀 불꽃이 뿜어져 나왔다.

통로 앞에서 그것이 잦아들기를 기다리는 사이에 영주가 따라왔다. 경계하면서 모퉁이 너머를 들여다보니, 그 안쪽은 지금까지의 통로와 다른 상당히 넓은 곳이었다. 연단 하나를 둘러싸는 모양으로 의자들이 질서정연하게 늘어선, 거대한 회의장 같은 곳이었다. 그 광대한 회의장에 소수의 인간들이 거리를 두고서 맞서고 있었다―

아니, 꼭 인간은 아니다.

단상에 한 덩어리로 모여 있는 자들은 천인 종족처럼 보였다. 몇 번인가 봤던 초상화나 전설에 나오는 모습과 흡사하다. 하지만,

"저것이 사제다. 천인 종족 행세를 하고 있지만 인간이지. 먼 옛날, 노예로서 이 성역에 끌려온 인간 종족의 후예다. 그녀들이 오랫동안 성역을 지배해왔다. 지금은…… 저 꼴이지."

저 꼴. 영주는 언급을 피했지만 오펜은 실제로 보면서 그 뒤에 이어질 말을 떠올리지 않을 수가 없었다─좁은 단상에 모여 있는 그 모습은, 배가 가라앉는 것이 두려워서 한 덩어리로 모여 있는 쥐 무리가 생각나게 했다.

그녀들을 둘러싸고 몰아붙이고 있는 것은 좌석 쪽에 흩어져 있는 《13사도》였다. 물론 얌전히 의자에 앉아 있는 게 아니라 의자와 테이블 위에 올라가서 서 있다. 백 명도 넘었던 대륙 정예 흑마술사들, 여기 있는 자들이 그 생존자 전부라면, 그 숫자가 10분의 1 이하까지 줄었다는 뜻이 된다. 후방에서 그들을 바라보며, 오펜은 그 숫자와 이름을 일치시키고 있었다. 사제와 가장 가까운 위치에 버티고 서 있는 왕도의 마인 플루토. 그 옆에서 주위를 경계하는 마리아 폰. 약간 뒤쪽에, 잘 합류한 것 같은 이자벨라도 보였다. 젊은 마술사는 그녀 한 사람 뿐이고, 나머지는 넘버즈 급의 궁정 마술사들이다. 아니, 젊은 마술사가 또 한 사람 있다.

깜짝 놀라서 이름을 불렀다.

"팃시!"

마지막으로 봤던 전투복 차림의 누나가 《13사도》한테서도 사제한테서도 거리를 둔 위치에 서 있다. 속삭인 소리가 들렸는지. 그녀의 눈이 이쪽으로 향했다. 머릿속에 울린 것은 이르기트의 목

소리.

『가족이 모인다…….』

뛰쳐나간 것은 단순히 반사적인 행동이었다. 회의장으로 발을 디딘 순간, 살기가 느껴져서 위쪽을 봤다.

선고의 화염을—전투의 징후를 잊고 있었다. 아마도 그 때의 광열파 때문이겠지. 레드 드래곤 종족 하나가 입구 위쪽 벽에 붙어 있었다. 상반신만 무사하고 나머지 하반신은 불에 타버린 잔해가 돼서 벽에 늘러 붙어 있다. 그 멀쩡한 상체를 휘둘러서, 채찍처럼 휘어진 팔이 덮쳐왔다.

'쳇—!'

마술로 방어하면 늦는다. 몸을 막는 데 필요한 장비도 없다. 오펜은 재빨리 두 팔을 내밀어서 머리를 지키려고 했다. 레드 드래곤 종족의 위력 앞에 전투복의 강도 따위는 시시한 것이지만, 그래도 일격에 죽는 것만 막으면 다음 수를 쓸 수도 있다. 어차피 만전의 상태가 아니면 대항할 수 없는 잭 같은 적은 이미 존재하지 않는다.

그렇게까지 시나리오를 생각했던 것은 아니다. 한마디로 본능적으로 죽음을 한 수 뒤로 미룬 것에 불과했다. 자제심에 의지하며 일격의 결과를 기다렸다. 그랬더니.

소리도 없이, 레드 드래곤이 날린 손날 공격이 튕겨났다.

그리고 마치—마치 그런 적 따위는 처음부터 존재하지 않았다는 것처럼, 레드 드래곤의 모습이 사라졌다. 그리고.

공중에, 몸을 웅크리고 놀리는 것처럼, 춤추는 것처럼, 보인 모습이 있었다.

곱슬진 검은 머리카락, 갈색이 도는 동그란 눈동자. 사촌이라서 크게 닮지는 않았지만, 신기하게도 친누나처럼 행동해서 그것이 부자연스럽다고 생각하는 사람도 없었다. 허공에 나타난 그녀는 팔을 한 번 휘두르고는 그 자리에 고정됐다.

입술이 벌어진다. 귀에 익은 육성과 많이 닮은 사념 대화가 전해져왔다.

"······이런 데서 죽게 둘 수는 없잖아······."

그 눈은, 웃지 않았다

두 번 다시 웃지 않을지도 모른다. 그런 생각이 들 정도로 비장한 빛이 담겨 있었다.

"역시 너한테도 보이는구나, 내가······."

14일 뒤, 성역에서 세 가족이 모인다.

아직 사흘은 남았지만.

레드 드래곤의 기습을 받고서야 겨우—오펜은 숨을 내쉬었다.

"킬리란셰로 군!"

큰 소리로 부른 사람은 이자벨라였다. 오펜이 그쪽을 보니 무사하다는 것을 알리기 위해 손을 들고서 상대를 제지했다.

그리고 다시 아자리가 있던 공간 쪽을 봤지만, 모습을 감췄는지 그녀의 모습은 없었다. 그야말로 환각 같았다. 동요를 억누르기 위해 심호흡을 하면서 회의장을 둘러봤다. 그 자리에 있던 《13사도》도 사제들도, 갑작스런 침입자 때문에 놀란 것 같았다. 그 속에서 처음에는 몰랐지만, 의자의 그림자와 통로에 움직이지 못하게 된 드래곤 종족과 상처 입은 사제, 마술사들이 있다는 걸 알았다.

크리오의 모습은 어디에도 없다. 오펜은 침묵 속에서 큰 소리로 외쳤다.

"이 안에, 라이언 스푼의 관계자는 있나."

단상에 있는 사제들에게 한 말이었다.

하지만 대답 따위는 없어도 상관없었다—오펜은 계속해서 외쳤다.

"그 녀석은 죽었다. 알고 있겠지. 많은 희생을 내고, 그 녀석도 마침내 죽었다. 헬퍼트토, 잭 프리스비도! 너희들, 자기들이 무슨 짓을 했는지는 알고 있나. 이제 그만둬!"

"암살자 차림으로 갑자기 나타나서는 우리에게 그런 소리를 하다니. 그대는 누구인가—"

사제들의 수령으로 보이는 여자가 뜸들이며 말했다.

그딴 것이 너무나 귀찮아서, 오펜은 그 말을 무시하고 이번에는 플루토를 향해 말했다.

"이자벨라한테 들었나? 귀환 팀은 전멸했다!"

플루토는 오펜에게 등을 돌린 채, 목소리 하나 떨리지 않고 대답했다.

"타이밍이 좋지 않았다. 우리가 성역으로 향했다는 것도 모르고, 도펠 익스의 주력이 그쪽을 공격했나."

하지만 목소리는 변함이 없어도, 그 목 근육에 힘이 들어가서 부풀어 오른 것은 훤히 보였다.

"덕분에 우리는 큰 저항도 없이 성역에 침입할 수 있었다…… 만약 이 사실이 역사에 기록된다면, 후세 사람들은 이 또한 내 책략이라고 하지 않을까. 그래도 좋다. 이 대륙에 후세가, 미래가 존재한다면 그 정도 악명은 짊어지겠다!"

"그건 좋지만, 이 사제들은 이미 이 성역의 실권도 쥐고 있지 않

아. 겁먹게 해봤자 아무 도움도 안 된다, 플루토여.”

허세부리는 플루토의 말에 뻔뻔하게 끼어든 자는—알마게스트였다. 입구를 통해 어슬렁어슬렁 들어와서 냉담하게 전체를 흘끗 보고는 계속해서 말했다.

“네가 할 일은 이미 끝났다. 수고했다.”

플루토는 고개를 돌리고는 무표정한 얼굴로 영주를 노려봤다. 죽일 생각으로 마술을 날릴 수도 있다. 얼핏 봐도 그런 기백이었지만.

그대로, 마인은 한숨을 쉬었다.

“알고 있다.”

기세도, 감정도, 아무것도 없는. 그저 지칠 대로 지쳤다는 탄식과 함께 고개를 저으며 말했다.

“한마디로 나는 도움이 안 되는 싸움을 해왔다. 이제 와서 애송이에게 그런 말을 듣지 않아도 안다. 전부, 너희 젊은이들을 살리기 위해서 해온 어리석은 짓이다.”

그렇게 말하면서 이쪽으로 보더니, 플루토는 또다시 한숨을 쉬었다.

마인은 손을 들고는 또렷하게 들리는 목소리로 부하들에게 지시를 내렸다—이 넓은 회의장을 쉽사리 지배하고도 남을 성령으로.

“이곳을 임시 본거지로 삼아서 성역 제압을 수행한다! 저기 있는 사제인가 뭔가를 구속하고 이 시설을 관리할 수 있는 방위 위치를 알아내라!”

“죽여 봤자 말은 안 한다. 그녀들은 이 권익만으로 200년이나 성역을 지배해온 일족이다—”

찬물을 끼얹는 영주의 지적을, 플루토가 걷어찼다.

"닥치고 있어라 괴물. 부러진 다리는 어떻게 붙였나?"

말다툼 하는 두 사람을 슬쩍 보며, 오펜은 발소리를 죽이고 레티샤 쪽으로 다가갔다. 레티샤는 아자리가 등장한 뒤로 계속 이쪽을 보지 않는다. 그래도 오펜이 다가오고 있다는 건 바로 알아차렸는지, 부상당한 것 같은 이자벨라 쪽으로 걸어가려고—

"기다려!"

걸어가려고 했을 때, 오펜이 레티샤의 팔을 붙잡았다. 레티샤의 몸이 뭔가에 겁이라도 먹은 것처럼 떨리고 있는 게 느껴진다.

그녀의 주의를 끌기 위해 정면으로 가서, 오펜은 다시 한 번 레티샤에게 말을 걸었다.

"사소한 건 이제 묻지 않을게…… 뭐 이런저런 일이 있었겠지. 하지만, 아까 내가 본 그건."

"나쁜 유령이야."

레티샤는 그 말만 하고는 다시 도망칠 길을 찾으려는 건지 이자벨라 쪽을 보며 말했다.

"이자벨라, 다친 게—"

하지만, 자기가 말해놓고도 무리라는 걸 알았겠지. 그녀의 말은 그대로 말꼬리가 기어들어가서 끊어졌다. 이미 마리아 교사가 이자벨라의 옷을 뒤집고 응급 처치를 시작했다.

포기한 건지, 레티샤는 겨우 오펜 쪽을 봤다.

"……조금이나마 안심했어. 그걸 처음 봤을 때는 두 번 다시 술을 마시지 않겠다고 맹세할 뻔 했었지. 포르테가 말한 대로 의사한테 가봐야겠다고. 이번엔 나 혼자 망상이나 헛것이 아니라고 할 수 있어. 이건 행운이겠지."

약간 착란 증상이 있는 것 같다. 진정시키려고 팔을 만지자, 얻어맞기라도 한 것처럼 몸을 떨었다—그런 레티샤를 몰아붙일 생각으로, 오펜이 못을 박았다.

"그럼, 팃시한테도 보이는 거야."

"마음만 먹으면 다른 사람한테도 보이게 할 수 있다는 것 같은데, 그러면 엄청나게 소모된다는 것 같아. 실제로 이미 한계에 가까울 거야……."

주위를 둘러보고—지금은 레티샤한테도 보이지 않겠지—불안하다는 듯이 손을 흔들고는,

"그럼 나도 사소한 얘기는 안 할게. 지금 성역을 제압한 건 코르곤이야."

"코르곤의 목적은?"

오펜이 묻자, 레티샤는 망설이느라 시선을 이리저리 돌린 것 같았다. 하지만 이번엔 도망치지 않았다. 고개를 끄덕이고 대답했다.

"제2 세계 도탑 소환기에 의한, 마왕 스베덴보리의 소환."

"……이쪽 계획하고 똑같잖아. 그러다면 왜 그 자식은 내가 그걸 방해할 거라고 생각하는 거야?"

"아자리도……."

짧게 중얼거린 레티샤. 하지만, 바로 다시 말했다.

"난 모르겠어. 그 둘이 무슨 생각을 하는지, 하나도."

"크리오는?"

잊고 있던 건 아니지만, 겨우 기회가 생겨서 물었다. 회의장에는 없다. 《13사도》와 같이 있을 거라고 생각했는데, 예상이 빗나갔다.

레티샤는 또 고개를 젓고는,

"모르겠어. 성역에 들어올 때까지는 같이 있었는데. 갑자기 뛰어가서…… 쫓아가야겠다고 생각은 했지만, 아직 성역 내부에도 적이 있을 수 있으니까, 함부로 움직일 수는 없어서."

"왜 그런 무모한 짓을. 죽고 싶어서 환장한 것도 아니고."

오펜 자신도 조금 전에 레드 드래곤의 기습 때문에 목숨을 잃을 뻔 했다. 이 성역에 아직 그런 전력이 남아 있을 가능성이 있다―그게 아니라도, 미지의 장소니까 함정이 있을 수도 있고.

말없는 레티샤에게, 오펜은 안심하라는 눈짓을 보냈다.

"내가 찾아볼게. 어떻게든 찾을 수 있을 것…… 같으니까."

그리고는 플루토와 말다툼을 끝낸 영주 쪽을 슬쩍 보고,

"저 자식한테 부탁해야 하는 건 마음에 안 들지만."

"킬리란셰로, 저기―"

레티샤가 뭔가를 말하려고 한 그 때.

그녀의 옆얼굴에 그림자가 드리웠다. 왕도의 마인 플루토, 그 거구가 어느샌가 레티샤 옆에 와 있었다.

"레티샤 마크레디. 협력에 감사한다. 그리고―"

덩치 큰 남자는 투박한 몸을 접는 모양으로 인사했다.

"그리고, 계속해서 내 지시에 따라줬으면 한다. 우리의 전력은 심각하게 부족하다."

"뭐? 아…… 알았어. 물론 나도 동맹원이니까 요청에는……."

그녀가 우물우물 대답하는 사이에 플루토가 고개를 들었다.

그 남자는 지금 와서는 존재한다고 할 수도 없는 《13사도》를 아직도 이끌고 있다. 이쪽으로 향한 상대의 얼굴을 마주보고 머릿속

에 떠오른 생각은 그런 것이었다. 실상은 누구보다 플루토 자신이 제일 잘 알고 있겠지. 그래도 그 자신은 그것을 불쌍하다고 생각하지 않을 것이다.

이 덩치 큰 남자야말로 대륙 마술사 동맹의 긍지를 한 몸에 보여주고 있는 존재다. 온 대륙의 마술사들이 이상으로 삼은 것은 바로 이 대마술사겠지. 긍지가 높고, 자제할 줄 알고, 튼튼하고 강력하다. 명쾌, 그리고 정통이기도 하니까.

"킬리란셰로."

플루토는 다시 한 번 고개를 숙였다. 그 자세 그대로 계속 말했다.

"미안했다. 고맙다."

하지만 의미를 모르겠다.

"……? 미안하다니?"

오펜이 묻자 플루토는 천천히 몸을 일으키고,

"내 판단 때문에 자네를 위험하게 했다."

"고맙다는 건?"

"자네가 그 성복 차림 남자를 쓰러트려준 덕분에 이자벨라만이라도 살아남았다."

아주 진지한 얼굴로 말했다—실제로 거의 진심이겠지.

자기도 모르게 어깨에 힘을 빼고, 이쪽도 진심을 담아서 말했다.

"댁한테는 못 당할 거라고 생각합니다, 정말로."

그렇게만 말하고—

고개를 돌려보니 영주가 기다리고 있었다는 듯이 이쪽을 보고 있었다.

웃고 있다. 아니, 웃는 게 아니다—항상 짓고 있는 냉소라면 그걸 웃는 얼굴이라고 할 수도 없다.

'왜 날 기다린 거지?'

그런 질문을, 가슴속에서 던졌다.

이 최접근령의 영주라는 고스트가 대륙 흑마술사의 극치이자 영웅인 플루토가 아니라 사람을 죽이는데도 익숙해진 무참한 떠돌이에 불과한 자신을 기다린 것은 어떤 이유 때문일까.

이해할 수가 없다. 하지만, 알 것도 같다.

'절망이란 무엇인가…….'

이 여행 중에 몇 번이나 들었던 말. 결국 거기에 도달한다.

그것을 묻지 않고 자신에게 속삭이며, 오펜은 가까이 다가오는 영주에게 던지는 질문인양 생각했다.

'어째서 난 절망하지 않는 걸까.'

영주를 향해 걸어간 것은 오펜이었다. 눈앞까지 다가갔을 때, 오펜은 작은 소리로 알마게스트에게 말했다.

"크리오를 찾고 싶어. 이 성역 어딘가에 있어."

"간단한 일이지."

영주는 그렇게만 말하고 고개를 끄덕였다.

장치는 자신이 기동하고 있다는 징후를 무엇 하나 보여주지 않는다.

그것이 마음에 안 드는 건 아니다—그 장치 안에 있는 수밖에 없으니까, 그것이 태동이라도 시작하면 마음이 편하지 않겠지. 하지만 허전한 것도 사실이었다. 미적지근한 흰색밖에 없는 고요 속에 있다 보니, 생각이 거기에 미치면 가만히 있을 수가 없다.

유이르 엘스 이트 에굼 데드 코르곤. 자기 이름을 읊조리며, 그는 안고 있던 시조총을 바닥에 내려놨다. 총알을 장전해둔 상태지만 더 이상 쓸 일도 없다. 모든 것은 순조롭다. 성역 자체는 급소를 제압당해서 허무하게 와해됐고, 《13사도》는 여기에 도착하는 동안에 전력을 전부 소모했다. 그를 위협할 수 있는 존재는 이제 하나……

'위협해?'

사실 따지고 보면 위협 당할 이유도 없다.

대륙을 구하려 하고 있다. 게다가 그는 실패하지 않았다—항상 그 확신과 함께 살아왔다. 그리고 그것을 전부 수행하면 보다 확실해진다. 그것을 방해하는 자가 있다면 그것은 부조리다.

다시 한 번, 장치 안을 둘러봤다.

바닥에 널려 있는 잡동사니들은 더 이상 잡동사니가 아니다. 장치의 시험과 성역의 저항력을 깎아내는 의미로 소환했지만, 지금에 와서는 그 의미도 없어져서 굳이 돌려놓을 필요도 없다. 심심풀이 삼아서 그것들을 뒤지고 있던 하티아도 질렸는지, 지금은 장치 중턱에 있는 소환술자용 의자에 앉아 있다. 옆에 있는 로테샤한테 말을 걸고는 있지만, 대답은 거의 돌아오지 않는다.

하티아의 시시한 잡담은 그야말로 잡담일 뿐이었고, 신경 쓰지 않으면 아무 소리도 없는 것이나 마찬가지였다.

"일 따위는 크게 재미있는 것도 아니라니까 결국 그런 거지만 그걸로 급료를 받고 있으니 즐거울 리가 없지—"

바닥 중앙은 완만하게 우묵한 모양으로 되어 있는데, 넓은 면적 때문에 경사가 거의 느껴지지 않는다. 이 장치의 모양, 일일이 큰 의미는 없을 것이다. 그 증거로 비슷한 기능을 가지고 있을 타프렘시의 세계 도탑은 모양이 다르다.

하지만 수도 없이 적혀 있는, 그리고 숨겨진 장소에서도 잔뜩 적혀 있을 마술 문자. 이 구성을 이루는 치밀한 마술이 아일망카 경계 너머에서 필요한 것을 소환한다.

불러들이는 것은 마왕 자체가 아니다. 마왕의 힘이다. 힘만을 불러들인다.

필요한 것은 소환술자. 목표를 정확히 포착하고 끌어들이기 위한 술자.

그리고 소환된 마왕의 힘을 제어할 술자──즉, 마왕의 대역을 맡을 자.

불러낸 힘은 무한에 가깝다. 어떠한 것도 가능하다. 여신을 죽이는 정도는 간단한 일이겠지.

그 자신의 작은 소원도 이룰 수 있다.

그는 고개를 들었다. 아직까지도, 하티아의 쓸데없는 소리는 계속되고 있다.

"그녀는 이 모퉁이를 돌아간 곳에 있다."

영주의 말을 듣고 더 빨리 걸어가야 할지. 아니면 멈춰 서서 잠깐 쉬어야 할까.

어느 쪽이 좋을까──아니, 이런 상황에 어느 쪽이 부자연스러울까.

바로, 오펜은 그런 생각을 했다. 결국은 어느 쪽도 선택하지 못하고 지금까지와 같은 속도로 걸어갔다. 성역의 어딜 가도 똑같은 통로를 걸어가고, 모퉁이를 돌고, 넘어왔다. 모퉁이를 하나 더 돈다고 뭔가가 달라질 리가 없다.

모퉁이를 돌자.

그곳 또한 통로였다. 막다른 곳에서 좌우로 갈라져 있는데, 그 통로는 어떤 기둥을 감싸는 것 같은 모양으로 완곡하게 휘어져 있다. 정면에는 하얀 문이 있고, 닫혀 있다.

알마게스트가 예언한대로 거기에 소녀가 있었다.

문을 보고 있다. 손을 내밀었을 때 등 뒤의 기척을 알아차렸겠지. 이쪽을 봤다. 틀림없이 크리오다―약간 야윈 것처럼 보이는 건 표정 때문일까.

"오펜……."

깜짝 놀란 눈빛으로 중얼거리는 소리가 성역의 하얀 통로에 울렸다.

"크리오."

오펜은 이름을 부르며 앞으로 나섰다. 그녀가 아무것도 대답하지 않는다는 걸 확인한 뒤에 계속해서 물었다.

"어떻게 된 거야? 어째서―그러니까―그런 짓을."

애매한 질문이었지만 나름대로 통한 것 같다. 크리오는 눈을 감고는 문 쪽으로 도망치려는 것처럼 상반신을 문 쪽으로 돌렸다. 그래도, 대답은 했다.

"상담하려고 했어…… 처음에는. 하지만, 오펜이 힘들어 보이기도 했고, 그리고 말한다고 뭐가 될 것 같지도 않았고, 나 때문이기도 했고⋯⋯."

"무슨 소리야? 지금까지 내가 힘들건 뭐가 될 것 같지도 않건 네 탓이건, 다 떠넘겼잖아."

"이번엔 말이야, 조금, 달라."

"달라?"

그렇게 물었지만 뭔가 분위기가 이상해서 곤혹한 기분이 들어서, 오펜은 억지로 웃어 보였다.

"우리가 할 수 있는 건 거의 끝났어. 뒷일은 맡겨두기만 하면 돼. 솔직히 그다지 벌이가 좋은 일은 아니지만—"

"질 거야."

갑자기, 크리오가 대답했다.

말투는 강하지 않았다. 하지만 생각할 여지도 없이, 바로 말했다.

"모든 계획이 실패하고, 레키네는 여신한테 이기지 못해. 세계는 전부 끝나고, 아무것도 남지 않아."

"⋯⋯왜 그렇게 생각하는데?"

"레키가 그렇게 확신해."

머리가 아프기라도 한 것처럼 자기 이마에 손을 대고—크리오는 힘줘서 말했다.

"이 적은 절대로 없앨 수 없어, 이 적한테는 절대로 이길 수 없어, 절대로 질거야, 잘대로 살아남을 수 없다고, 레키가 그렇게 생각하고 있어!"

"패밀리어 증상이다."

작은 소리로, 영주가 속삭이는 소리가 들려왔다. 이쪽이 들었다는 걸 알았는지 계속 설명했다.

"원래 존재하지 않을 딥 드래곤 종족의 자아를, 사역마의 자아가 멋대로 날조해서—"

"아니야!"

소리친 탓에 멈출 수 없게 돼버렸는지, 크리오가 몸을 떨면서 소리를 질렀다. 머리카락이 곤두설 것 같은 기세로 영주에게 따지고 들었다.

"요 며칠 동안 얘기하면서 알았어—레키는 말이야, 이미 죽어 있어. 영주님네 저택에서, 영주님은 기적이라고 했지만, 아니었어. 레키는 자기를 무리에서 떼어내고, 다른 것이 된 자신에게 다시 접속했어. 상하관계도 아니야. 어번라마 때랑 달라…… 뒤섞여서 완전히 하나가 돼버렸어!"

단숨에 소리치고, 오열하고, 크리오는 몸을 돌려서 문을 열어젖혔다. 저 너머가 보이지 않는 통로로 들어가자 크리오의 모습도, 문도 통로도 사라져버렸다.

"크리오?!"

오펜은 뛰어가서 이젠 아무것도 없는 평범한 벽을 몇 번 두드렸다—하지만, 밀어봤자 당겨봤자 아무것도 없다. 영주에게, 큰 소리를 질렀다.

"뭐야 지금 그 문은!"

"큰일났군. 다른 경로로 쫓아가려면 번거로운데……."

"크리오는 어디로 간 거야?"

마지막으로 한 번 세게 두드린 오펜이 묻자, 영주는 뭔가를 생각하는 것처럼 살짝 눈살을 찌푸렸다.

"이 성역을 자유롭게 돌아다닐 수 있다는 것은, 그녀는 틀림없이

딥 드래곤 종족의 정신 능력을 사용하고 있다. 그렇다면 조금 전에
한 말도 거짓말은 아니겠지. 어디로 갔는지에 대해서는, 이 성역에
가치가 있는 장소는 이제 단 두 곳밖에 없다."

"어디하고 어디인데?"

"제2 세계 도탑과 아일망카 현실이다. 아일망카 현실에는 무슨 수
를 써도 들어갈 수가 없다."

"…………."

이야기를 들으며, 그제야 벽에서 떨어진 오펜이 한숨을 쉬었다.
생각보다 크게 동요했다. 크리오의 말 하나하나가 너무 엄청났다.

자신이 진정됐다고 생각될 때까지 기다렸다가 영주에게 물었다.

"제2 세계 도탑에는?"

"어렵지만 통로는 남아 있을 것이다. 실제로 이곳도 내가 사용하
려고 생각했던 통로 중에 하나니까."

"다른 통로는!"

"꽤 멀리 돌아가야 하고, 유이스에게 포착당할 위험이 크ㅡ"

"상관없어!"

성급하게 말을 잘랐다. 나아가야 할 통로를 선택하기 전에 영주
쪽을 보자, 영주는 한쪽을 손가락으로 가리켰다.

"이쪽이다."

"젠장, 대체 뭐냐고."

시킨 대로 걸어가면서, 오펜은 화풀이하는 심정으로 투덜거렸다.
우리가 할 수 있는 일은 거의 끝났다. 나머지는 맡겨두기만 하면 된
다ㅡ사실 진심으로 그렇게 생각한 건 아니다. 또 시시한 거짓말을
했다는 사실 때문에 화가 났고, 부상과 피로에 의한 소모 때문에 초

조한 기분이 더욱 심해졌다.

"댁도 크리오랑 같은 생각이야?"

"뭐가 말인가?"

이쪽은 상당히 서둘러서 걸어가고 있는데, 영주는 신기할 정도로 느긋한 동작으로 여유 있게 따라오고 있다―지금도 태연하게 물은 상대를 보며, 오펜은 탄식했다.

"우리는 결국 지는 건가."

"승률이 낮은 도박이라고, 자네 자신이 말했을 텐데."

"그렇긴 한데……."

정곡을 찔러서 말문이 막혔고, 그 뒤로는 말없이 걸어갔다.

승률이 낮은 도박이라고 해도 잘 될 거라고 믿고서 걸어보는 수밖에 없다. 그렇게 각오하고 여기까지 왔다.

'하지만, 왜 하필 크리오가. 레키의 영향인가.'

그 때.

"믿었던 것을 잃으면 사람은 쉽사리 절망하지."

묻지도 않았는데, 영주가 말했다.

무시할까 했지만 결국 초조한 기분을 당해내지 못했다. 오펜이 물었다.

"크리오는 뭘 잃은 거지."

"그녀의 말을 들어보면……."

"레키인가."

성역의 통로가 딱히 복잡하진 않지만, 영주가 가리킨 쪽으로 걷다 보면 굳이 멀리 돌아가는 것 같은 기분이 들었다. 쫓는 대상이 가까이에 있다는 느낌도 없다보니 그런 기분이 더 크게 들어서, 오펜은 몇 번인가 영주의 지시를 거스르고 싶다는 충동을 억눌러야 했다.

계속 빙글빙글 도는, 보기에는 아무것도 변함이 없는 미궁을 넘어서—

갑자기, 영주의 안색이 바뀐 것을 알아차렸다.

"……유이스에게 들켰다."

그 목소리에서는 조금 전까지의 여유가 느껴지지 않았다. 뛰어가며, 오펜이 물었다.

"그러면 어떻게 되는데?"

"유이스는 로테샤만으로는 소환기를 다룰 수 없다는 것을 알고, 나도 제2 세계 도탑으로 데려가려 한다."

"하지만 우리가 가는 곳도 제2 세계 도탑이잖아?"

상대가 왜 걱정하는지 이해하지 못하고 물었지만, 영주의 설명도 이해할 수가 없었다.

"유이스의 주문을 끝까지 들으면 내가 그러고 싶지 않은 이유를 알 거라고 생각하네만. 아쉽게도 아직 확신은 없다."

"?"

도무지 모르겠지만, 영주는 더 이상 설명하려 하지 않았다.

그 대신, 좀 더 실용적인 것을 말했다.

"이대로 서두른다고 해도 조금 부족하군…… 크리오는 아마도 우리가 도착하기 전에 제2 세계 도탑에 들어간다."

"크리오는 뭘 하고 싶은 거야."

새로운 통로의 연결로 뛰어들고—

전이가 끝날 때까지 약간의 위화감을 맛보고, 오펜은 더 서둘렀다. 늦더라도 서둘러야 한다. 그렇게 생각하고, 얄궂은 기분이 들었다. 그건 역시 헛된 짓일까.

영주와, 그 대답이 동시에 쫓아왔다.

"유이스를 막을 생각이겠지."

"어째서."

"맹략의 성립과 동시에 딥 드래곤 종족은 싸움을 개시한다. 그리고 전멸할 것이다. 즉, 그런 얘기다."

담담하게 말하는 영주를 보며—감정을 터트릴 상대가 잘못됐다는 건 알면서, 오펜은 소리를 질렀다.

"하지만, 그러지 않으면 결국은—"

"어차피 이길 수 없다면 똑같은 일이라고 생각했는지도 모른다."

"젠장. 코르곤을 막는다고? 그런 짓을 하면 크리오를 제일 먼저 죽일 거야. 그 자식은…… 그런 놈이야."

"그렇군."

너무나 간단히, 알마게스트가 동의했다. 그리고는 덤이라는 듯이 말했다.

"그 다음 문이다. 소환기로 가는 긴급 돌입구다. 억지로 열려면 좀 귀찮겠지만—"

그쪽을 보니.

통로 오른쪽에 문이 있었다. 분명히 다른 문들과 모양이 다르고 튼튼해 보인다. 하지만, 열려 있다.

의아하게 생각하면서 들여다봤다. 안쪽이 캄캄해서 뭐가 있는지 보이지 않는다. 공간이 끊겨 있는 탓이겠지.

눈짓으로 묻자, 영주는 김이 샜다는 것처럼 중얼거렸다.

"……이곳은 원래 아일망카 현실 다음으로 경계가 엄중했던 문이었는데. 굳이 말할 필요도 없지만 사제들은 제2 세계 도탑에 다른 드래곤 종족이 다가오지 못하게 했다."

"코르곤이 열어놓고 기다린다는 건가⋯⋯?"

오펜은 신중하게 문을 밀면서 신음하는 것처럼 혼잣말을 했다. 하지만 영주는 바로 고개를 저었다.

"아니. 여기를 지나가면 그곳은 이미 소환기 안이다. 레드 드래곤 하나라도 그것을 알아차리면 유이스는 궁지에 빠진다. 그런 위험을 무릅쓰면서까지 이렇게 할 메리트는 없겠지."

"그렇다면—"

"유이스는 배신당했다."

영주는 그렇게만 말하고—그리고, 처음으로, 오펜보다 먼저 그 통로로 뛰어들었다.

순식간에 모습이 사라졌다. 오펜도 혀를 차고 그 뒤를 따라갔다.

마지막 통로라고 해서 지금까지 지나온 것들과 다를 것은 없었다. 성역의 모든 규격은 기분 나쁠 정도로 통일돼 있다. 아마도 소수의 천인 종족이 전부 만든 탓이려나.

뛰어들 때의 각오, 짧은 위화감, 그리고 결과. 아무것도 다를 게 없는 프로세스. 다시 시야가 트였을 때 눈에 들어온 것 또한 변함없는 하얀 벽—하지만 전부 통일된 곳이었던 만큼 사소한 것 때문에 그 성역다운 요소가 무너지게 된다.

회의장에서 본 것은 시체였다. 여기서 본 것은⋯⋯ 말하자면 혼돈이다.

크고 작은, 모양도 엉망진창인 도구 같은 것들이 산더미처럼 쌓여 있다. 그 방은 천장이 극단적으로 높아서 자기 몸이 작게 느껴졌다.

실제로 넓이도 꽤 넓었다―어지럽혀져 있기는 해도. 새하얀 공간에 두드러지는 것처럼 배치된 그 도구들. 하지만 도구들은 성역 전체와 비교해도 신기할 정도로 특이하게 느껴지지 않았다. 한마디로 그것들도 천인 종족이 만들었기 때문이겠지. 그것들이 마술 무기라는 것은 1초도 안 돼서 알 수 있었다.

짧게 주위를 둘러봤다. 방은 세로로 긴 원기둥 모양인데, 중간에 원기둥을 둘러싼 칸막이 같은 통로가 있다. 거기까지의 높이는 10미터도 안 되겠지. 의자가 빽빽하게 줄지어 있고, 그 중 하나에 눈에 익은 모습이 보인다. 감정도 없이 허공을 바라보는 로테샤, 그 옆에…… 하티아.

오펜의 침입에 놀란 표정을 지은 것은 하티아였다. 로테샤는 아무런 반응도 없고. 그리고,

"……코르곤!"

거기에 있던 것은 기묘한 모습이었다.

코르곤은 방 중앙에 있었다. 검을 뽑고, 그 칼날을 똑바로 전방을 향해 뻗고 있다.

크리오는 그 바로 앞의 바닥에 쓰러져 있었다. 외상은 없다. 굳이 말하자면 놀라서 엉덩방아를 찧은 모양이었다. 입을 벌리고, 눈앞에 있는 것을 보고 있다.

그 두 사람이 보고 있는 것은―둘 사이에 서 있는 영주였다. 코르곤의 검을 손바닥으로 막아서, 깊숙이 찔렸는데 피도 나지 않는다. 보는 그대로 크리오를 감싼 걸까.

영주 쪽에서 뭔가 행동을 보인 것도 아니다. 그저 코르곤이 거리를 벌리기 위해서 뛰어 물러났다. 검을 손에 들고, 뒤쪽 벽까지 물러

난다. 검은 마술무기로 보이는 직도이며, 칼날이 약간 빛나는 것처럼 보인다. 벌레 날갯소리 같은 귀에 거슬리는 잡음이 울리고 있다.

"크리오!"

넘어져 있는 크리오의 등을 향해, 오펜이 뛰어갔다. 어깨를 붙잡고 흔들자 크리오가 슬쩍 이쪽을 봤다—눈물이 고인 파란 눈동자로.

"……여기 있는 사람이 오펜이 아니라 다행이라고 생각했어."

이가 부딪치는 소리가 날 정도로 떨면서, 빠르게 속삭였다.

"오펜한테 죽는 건 싫으니까. 하지만, 하지만—"

"무슨 소리야?"

크리오는 천천히, 오펜의 손에서 빠져나갔다—하지만 몸은 떼지 않고 오히려 다가왔다. 팔로 안을 수 있을 정도로 다가와서, 그리고,

"하지만…… 오펜을 죽이는 건, 더 싫어."

"…………?!"

그녀의 살기를 느낀 순간에 뒤로 물러났다.

크리오의 손에 있던 작은 단검이 선명하게 번쩍였다—어디에 감춰뒀던 건지, 손바닥 안에 감출 수 있는 작은 칼날이다. 오는 중에 마술사 중에 누군가한테서 조달했겠지. 칼날은 오펜의 배를 스쳤지만, 전투복 표면이 튕겨냈다.

소녀가 울며 소리쳤다.

"그러니까…… 방해하지 마!"

"레키 얘기라면—헛되게 희생되게 두지 않을 거야. 나도 그 괴수한테는 이래저래 빚진 게 있고. 그러니까."

"어떻게 해줄건데? 오펜이 그 여신을 죽여줄 거야?"

들켜서 필요가 없어진 단검을 바닥에 팽개치고—크리오는 더 거

친 목소리로 말했다.

"못하잖아?! 여기까지 오는 동안에도 마술사들이 잔뜩 죽었는데…… 그리고 이겨봤자 죽은 사람은 끝이잖아. 여신한테 이겨봤자 레키는 죽는 거잖아?!"

"그렇다고―"

착란을 일으킨 크리오를 붙잡으려고 몸을 날렸지만, 이미 예상했던 걸까. 크리오가 도망치는 쪽이 더 빨랐다. 오펜에게 등을 돌리고는 검을 들고 있는 코르곤을 향해 곧장 달려갔다.

물론 운동 속도라면 오펜이 훨씬 빠르다. 하지만 상처의 아픔과 집중력이 떨어진 것이 방해를 했다. 오펜이 뻗은 손은 크리오의 금발도 붙잡지 못하고 허공을 갈랐다.

그리고, 크리오는 코르곤의 칼날을 향해 뛰어들었고―

영주 옆을 지나치려고 했을 때, 알마게스트가 뻗은 손에 떠밀려 넘어졌다. 그냥 넘어진 게 아니다. 잡을 것이 없었선지, 크리오는 멀리 날아가서는 구석까지 굴러갔다. 그야말로 크게 다칠 수도 있는 기세였지만 상처 하나 없이, 그저 충격 받은 표정으로 일어났다.

순간.

오펜의 인내심에 한계가 왔다.

"크리오, 너―"

분노한 목소리와 함께, 주먹을 치켜들고 뛰어갔다.

그 주먹을 내리치는 건 간단했다. 크리오는 피하지도 않고 이쪽을 보며, 새파랗게 질렸고, 그리고 눈을 감았고…….

주먹은 얼굴 옆을 스치고 벽에 닿았다.

힘을 빼지는 않았다. 딱딱한 벽에서 전해지는 감촉은 예상대로 격한 아픔이었다. 주먹이 안 맞았다는 걸 알았겠지. 크리오가 눈을 떴다. 그 눈빛에 깃든 것은 안도도 분노도 아니었다. 체념도 아니다. 착란조차 아니고. 결연한 의지의 빛이었다.

주먹을 벽에 댄 채로, 오펜이 말했다.

"—거짓말 했지."

"오펜, 나……."

"말 해. 이제 와서 뭘 미안해하는 거야. 말하면 내가 어떻게든 할게. 여신이고 뭐고 죽여줄 테니까. 그게 꼭 필요하다면, 그렇게 할게."

말하면서, 마비된 것처럼 감각이 없는 주먹을 벽에서 때고, 그 손을 크리오의 뒷머리에 댔다. 약하게나마 끌어안은 것은, 크리오가 다시 오열을 터트렸기 때문이다. 작은 소리로 말하기 시작한 그녀의 목소리를, 귀를 가까이 대고 들었다.

"어번라마에서 말이야. 레키가 나랑 몸이 바뀌었을 때…… 나, 바로 간단히 돌아갈 수 있다고 했었지."

"? 그랬지."

"그거, 거짓말. 사실은 완전히 섞여서, 내 힘으로는 돌아갈 수 없어. 그 다미안이라는 사람도 경고했었어."

"……."

오펜은 대답하지 않았지만, 그것은 이야기를 이해하지 못해서가 아니라 직감적으로 어떻게 된 것인지 깨달았기 때문이다.

크리오는 조용히 울면서 계속 말했다.

"이번에 레키가 한 건, 그거야. 레키랑 나를, 완전히 똑같이 만드는 것. 왜 그랬을 것 같아? 성역이었나? 이 사람들이 영주님의 계획을 알아차리고, 딥 드래곤 모두에게 영주님과 나를 죽이게 하려고 했잖아."

"……그래."

"레키는 자기를 무리에서 떼어내고 나랑 다시 접속하면, 무리에서 떨어져서 그걸 저지할 수 있을 거라고 생각했어. 그것 말고는, 무리를 막을 방법이 없어서, 그렇게 했어."

"개개의 딥 드래곤이 그런 것을 생각할 수 있는 자아는—"

없다고 부정하려 했지만, 품안에 있는 크리오가 그것을 무시하고 세차게 고개를 젓는 감촉이 느껴졌다. 크리오는 콧물을 들이키고는 오펜의 배를 때리려는 것처럼 만졌다.

"레키는 자기가 생각하고 행동하는 것 같지만, 내가 원하는 대로 따르는 것뿐이야. 그래서 레키는 바로 성역으로 가지 않았어. 내가 가고 싶지 않으니까! 나랑 마음을 공유하면서, 레키는 이제 레키가 아니고, 난 내가 아냐. 레키도 나도 죽었어…… 결국 우리가 레키를 희생시켰을 뿐이야. 그래. 그런 좋은 기적이 일어날 리 없었어!"

"돌아갈 방법은, 없는 거야."

그렇게 물었더니.

"있어!"

짜증을 터트리는 것처럼, 크리오가 소리를 질렀다.

"가장 해선 안 되는 방법이 있어. 나나 레키가 죽으면 남은 쪽은 원래대로 돌아가."

단숨에 말하고—갑자기 힘이 빠졌는지 얌전해졌다. 고개를 숙이고 중얼거린다.

"여신 따위는 상관없어. 이기건 지건, 레키는 무조건 죽을 생각이야. 그래야 날 해방시켜줄 수 있으니까."

아니.

오펜은 온 몸이 긴장되는 걸 느꼈다. 크리오가 어깨를 늘어트린 것도, 고개를 숙인 것도, 울다 지쳐서가 아니다.

찰칵—작은 금속 부딪치는 소리가 들렸다. 크리오도 숨길 생각이 없었겠지. 경고하는 건가. 그렇다면…… 비키지 않으면, 쏠 생각인가.

천천히 팔을 떼고 뒤로 물러났다. 두 걸음. 물러나자, 크리오가 작은 두 손으로 꽉 붙잡듯 들고 있는 물건의 전체상이 보였다. 엄지손가락 두 개로 해머를 세우고 있다. 조금 전에 들린 건 그 소리였다.

헤일 스톰. 총의 이름까지 읽을 수 있을 것 같았지만 착각이었다. 총구를 들이밀면서, 크리오가 말했다.

"하지만 내가 먼저 죽으면…… 레키는, 적어도 죽지 않을 생각으로 싸울 수 있잖아?"

눈물에 젖은 크리오의 뺨에 새로운 눈물방울 두 개가 흘러내렸다.

"제일…… 싫은 건. 레키는 내 사고를 반영하고 있어. 레키가 날 해방시켜주고 싶어 하는 건, 내가 마음 속 깊은데서 그러길 바라고 있으니까. 그건…… 너무하잖아. 나, 레키한테 다시는 그런 짓을 안 시키겠다고 생각했었는데."

"……네가 그걸 가지고 있을 리가 없는데?"

총구를 보며, 오펜이 중얼거렸다. 기억을 더듬는다—자신은 그 총을 딱 한 번 폭발시켰다. 그 상태 그대로라면 탄환은 남아있겠지만, 제대로 쏠 수 있는 상태도 아니다. 물론 제대로 쏠 수 있을 가능성도 있다. 사고는 언제나 확률 문제일 뿐이니까.

이렇게 마주보고 있어도 자신과 크리오, 어느 쪽이 위험한지는 모른다. 하지만 그런 것보다, 오펜은 질문을 계속했다.

"사용 방법을 알고 있는 것도 이상한데. 어떻게—"

"여긴 참 신기해. 뭔가…… 뭔가 말이야. 정신을 차려보니 무기가 손 안에 있어. 쓰는 방법도…… 알고."

그리고 크리오는 꿈이라도 꾸는 것처럼 시선을 이리저리 돌렸다.

오펜은 깜짝 놀라서 머뭇거렸다.

"너, 누구한테 조종당해서."

"아무러면 어때. 그딴 건. 이거, 내가 날 쏠 수 있으면 편할 것 같은데, 대체 왜지. 그럴 수가 없어."

공포일까 죄악감일까. 크리오가 겨눈 총구는 크게 흔들리고 있다. 손가락이 방아쇠에 얹혀 있다. 언제 폭주해도 이상하지 않은 상황.

"오펜…… 오펜은, 아무도 안 죽게 할 수는 없잖아? 내가 죽어도 말리지 않을 거잖아."

"날 쏜다고 위협해봤자 난 널 죽이지 않아. 그런 건 말 안 해도 알잖아."

마음을 먹고, 말했다.

크리오도 전에 없이 솔직하게 고개를 끄덕였다.

"응…… 맞아. 내가 오펜을 쏠 리가 없어."

그리고 몸을 돌리더니 총구를 똑바로 다른 사람에게 겨눴다—코르곤에게.

떨리던 손도 멈춰 있다. 이상적인 자세로 무기를 겨누고, 망설임 없이 표적을 겨누고 있다.

'저건…… 맞는다.'

총이 자신에게 향했을 때보다 더 많은 식은땀이 흐르는 것 같다. 코르곤은 무기를 겨누고 있어도 차가운 눈으로 노려보고 있을 뿐이다. 만약 쏜다면 코르곤은 크리오를 죽이겠지. 그건 확신할 수 있다. 자신이 뛰어들어서 저지할 수 있을지, 확답은 할 수 없다…….

기척으로 찾았다. 크리오와 자신은 몇 걸음 정도 떨어져 있다. 코르곤과 크리오는 좀 더 떨어져 있지만, 코르곤은 크리오를 죽이고자 수단을 안 가리겠지. 코르곤 바로 옆에 영주가 있고, 방금 그 행동을 보면 크리오를 지켜주려는 건 이해할 수 있다. 그런 한편으로.

'크리오가 방아쇠를 당기는 건…… 말리지 않는 게 아닐까?'

감일 뿐이지만, 오펜은 그렇게 예감했다. 영주는 코르곤을 죽이고 싶어 하는 게 아닐까. 크리오가 코르곤을 죽이는 건 막지 않을지도 모른다.

하티아는 바로 위에 있지만 거리만 따지면 여기 있는 누구보다 멀다. 로테샤도 마찬가지고.

지금 이 균형을 흔들어서는 안 된다—오펜은 숨을 들이쉬는 소리도 죽이고, 천천히 말했다.

"그래. 이 세계에 기적 따위는 없어. 신이 없으니까. 믿고 기도하는 따위는 할 수도 없지."

하지만 오래 가지는 않았다. 총을 겨눈 크리오의 옆얼굴을 보며, 목소리가 갈라진다.

"그래서…… 스스로 잘 생각해야…… 겠지. 네가 나한테 그렇게 말했어. 아니, 말하지는 않았나. 하지만, 그렇게 생각하게 했어."

평소 같으면 대단한 거리도 아니다. 바로 뛰어들 수 있었겠지. 하지만 손을 뻗지도 못하고, 뛰어가지도 못하고, 그저 목소리만 전하는 수밖에 없다.

"그러니까! 네가, 울지 마! 뭔가 있을 거야! 기적은 없을지도 모르지만, 그것과 같은 것이. 안 그러면, 아무도 살아갈 수 없잖아!"

크리오의 표정은 변함이 없다.

하지만, 살짝―사격 자세가 흐트러지지 않을 정도로 살짝, 입술을 움직였다.

"……레키가…… 울었어. 내쉬워터에서. 내 앞에서. 라이언, 앞에서. 뭐라고 하면서 울었을까. 몰랐어. 지금까지. 지금도 몰라. 정말 슬픈 목소리였어. 정말로……."

의식을 집중한 탓이겠지. 목소리에는 억양도 없고, 너무나 무뚝뚝하게 들렸다.

"레키가 없어진다고. 그렇게 생각했어. 하지만 바로 돌아와줬고."

하지만 그렇게 억누른 평정이 오래 가지 않는 건 크리오도 마찬가지였다. 격하게, 세게, 소리를 질렀다.

"만약 이게 기적이라면, 그렇다면 더, 나도 레키를 위해서 뭔가를 해줘야 하잖아?!"

'쏘지마!'

오펜은 소리를 낼 틈도 없이 빌었다.

크리오가 방아쇠를 당기자 해머가 움직였고, 권총의 기계 구조가 납 탄두를 사출했다.

총이 튀고, 그 반동이 크리오의 팔을 때렸다.

탄환의 행방은 눈으로 쫓을 수 없다. 하지만 틀림없이, 초탄은 코르곤 바로 앞에서 금속 부딪치는 소리를 내며 옆으로 빗나갔다―코르곤이 들고 있는 검이 빛나고 벌레 날갯소리 같은 소음이 더 거세게 들린다. 일종의 방어 효과겠지. 저격 권총의 위력을 막을 정도인.

크리오는 기세를 타고 두 번째 방아쇠를 당겼다. 같은 프로세스로 또다시 탄환이 날아간다.

하지만.

영주가 살짝, 손을 뻗었다. 코르곤 옆에서, 그 손을 건드리려는 것처럼. 하지만 실제로 영주의 손가락이 건드린 것은 빛나고 있는 검이었다. 갑자기 그 칼날의 빛과, 벌레 날갯소리가 사라졌다.

코르곤이 동요한 표정을 짓는 모습을, 오펜은 오랜만에 봤다.

고막을 찌르는 것 같은 강렬한 소리를 울리며, 코르곤의 검이 중간에서 부러져 날아갔다—탄두가 직격했겠지. 부러진 검의 자루도 버티지 했고, 코르곤의 손을 벗어난 검 조각 두 개는 그대로 벽에 부딪치고 바닥에 떨어졌다.

총격의 반동으로 크리오가 몸을 뒤로 젖히고 있다. 그 자세를 바로잡기 위해서 한 순간의 공백이 발생.

그 순간에 뛰어들려고, 오펜은 바닥을 박찼다.

동시에, 뒤에서 떠밀었다. 재빨리 몸을 숙여서 피하려고 했지만 늦었다.

그를 떠밀려고, 뒤에서—정말 당돌하게—매지크가 튀어나왔다.

크리오의 몸은 이미 돌아와 있다.

총을 겨누고 있는 상대는 여전히 코르곤이고, 매지크도 알아차렸겠지. 눈동자가 살짝 흔들렸다.

이대로 다가가면 폭발할 지도 모른다. 그 상황에서.

매지크가 소리쳤다.

"널 좋아해애애애애애애!"

………….

크리오의 어깨가, 확실하게 움찔거렸다.

눈이 휘둥그레져서, 이쪽을 봤다—하지만.

아마도 크리오한테 매지크는 보이지 않았겠지. 매지크는 이미 땅바닥에 닿을 정도로 몸을 낮추고 사각으로 도망쳤으니까.

기세 좋게 발차기를 날렸다.

매지크의 발이 그대로 크리오의 정강이 위쪽을 때렸다. 한쪽 다리가 아니다. 매지크는 두 발을 써서 크리오의 두 다리를 노리고 있다. 잘 먹힌 건 우연이겠지—아무리 크리오의 체격이 날씬하고 노리기 쉬웠다고 해도, 동시에 급소 두 곳을 노리는 건 좋은 생각이 아니다.

하지만 어쨌거나, 일단 먹히고 나니 효과는 확실했다. 크리오는 어떻게 해보지도 못하고 뒤로 넘어졌다. 그리고 넘어지면서 놓친 권총이 완만한 포물선을 그렸고—

코르곤이 재빨리 튀어나와서 공중에서 움켜쥐었다. 그리고 몸을 돌려서 그 총으로 주저 없이 영주를 노렸지만.

영주도 이미 거기에 없었다. 뛰어 올라가기라도 한 걸까. 단 한 순간에, 위쪽 좌석—원기둥을 사이에 두고 로테샤와 마주보는 위치로 이동했다.

"소환기 안에서는 내게 거역하지 않는 게 좋다네, 유이스. 나는 로테샤보다 숙련된 술자니까. 검의 '벌레'만 밖으로 전이시킬 수도 있지."

"……."

대답 없이, 코르곤은 총을 내렸다. 그 시선이 부러진 검으로 향했다.

하지만, 그보다.

오펜은 쓰러진 크리오와 그런 크리오를 붙잡고 있는 매지크 쪽을 봤다. 붙잡혔다기보다는 안겨 있는 쪽에 가까우려나. 크리오는 머리라도 부딪쳤는지 정신을 잃었다. 그건 그것대로 그다지 좋은 상태라고 할 수 없지만, 아까보다는 낫다고 할 수 있다.

크리오를 안고, 매지크 자신이 제일 놀란 표정을 지었다.

"자, 잘 됐다……."

"뭐야 그건."

오펜이 일단 물어보자, 매지크는 오펜을 보면서,

"아니, 그게…… 이거면 틀림없이 허를 찌를 수 있을 거라고. 이자벨라 교사보다……."

"뭐랄까, 엄청나게 썰렁했거든."

"알아요. 저도 안다고요. 하지만 어쩔 수 없잖아요! 이렇게라도 해야 도움이 되니까, 썰렁해도 좋아요! 예, 얼마든지…… 아으으."

"울 것까진 없잖아. 뭐…… 너도 마술사다워졌다고 봐야 하나."

깜짝 놀란 매지크를 옆으로 밀치고 크리오의 얼굴을 봤다—크리오는 의식을 잃고, 얼굴에 눈물자국만을 남긴 채 눈을 감고 있다. 그녀의 얼굴을 건드려도 반응이 없었지만 호흡은 위험해 보이지 않았다. 눈꺼풀을 벌려서 확인하고, 오펜은 겨우 안도의 한숨을 쉬었다.

침묵이 불안했겠지. 매지크가 설명하려는 것처럼 말했다.

"중간에 다른 길로 들어가서, 못 따라오는 줄 알았어요."

"어떻게 여기까지 왔어?"

물었다. 그러자 매지크는 애매하게 주위를 둘러보고—

"아니, 좀 기분이 나쁘기는 했지만 이상한 목소리가 안내해줘서…… 이 상황도 어떻게든 알려줬고요."

"그래."

짧게 맞장구를 친 오펜은 두 사람을 남겨두고 몸을 일으켰다. 짐작 가는 건 있다. 하지만 그것에 대해 생각해봤자 의미는 없다.

시선이 향한 곳에는 코르곤이 있다. 5년 전과 똑같이 어두운 눈으로 부러진 마검을 보고 있다. 감정을 드러내고 있어도 보이지 않는다. 그것이 이 남자인데, 검을 보는 모습에서는 확실하게 화가 났다는 걸 알아볼 수 있었다. 의미는 모르겠지만, 이 남자에게는 뭔가 의미가 있었겠지.

"크리오가 일어나기 전에 전부 끝내주세요."

매지크가 크리오의 몸을 질질 끌고 후퇴하며 말했다.

"할 수 있겠어요?"

"그래, 그렇게 할게."

크리오의 얼굴을 한 번 더 볼까. 망설였지만, 오펜은 보지 않았다.

잭 프리스비와—크리오.

헬퍼트, 라이언, 하나같이 했던 말. 그것을 떠올리며.

오펜은 씁쓸하게 웃었다.

"그래. 기적은 없어."

그 말에 코르곤이 반응했다. 이쪽으로 고개를 돌리는 최강의 암살 기능자 유이스 엘스 이트 에굼 에드 코르곤. 그 남자에게 하는 말은 아니지만, 오펜은 천천히 중얼거렸다.

"기적에 의지하면 신에게 이길 수 없으니까. 인간이니까 그 신을 죽이는 방법을 저질러야 해. 그런 사실을. 알게 됐어."

"로테샤, 쓸데없는 자들을 밖으로 내보내."

코르곤의 선언은 바로 이뤄졌다. 매지크와 크리오의 모습이 순식간에 사라졌다—하티아는 그대로였다—그것이 조금 이해하기 힘들었던 걸까. 코르곤이 의아하다는 눈으로 빨강머리 후배를 흘끗 봤지만, 더 이상은 신경 쓰지 않았다.

"동질이면서…… 정 반대. 그런 뜻인가."

그렇게 중얼거리고, 총의 무게를 확인하려는 것처럼 손을 들었다.

그 총을 흐르는 듯이 허공의 한 점을 향해 겨누고는—위협하는 목소리로 말했다.

"하지만 이것으로 전부 모였다. 킬리란셰로와 같이 들어오면 눈치 챌 것 같아서 그 아이와 같이 들어왔겠지…… 잔머리를 굴리기는. 숨지 말고 나와, 아자리."

"숨은 게 아니라, 모습을 보이는 자체가 고통인데 말이야."

그리고—

총구 끝에 앉는 모습으로, 아자리가 모습을 드러냈다.

"다 모였다."

코르곤의 목소리에는 아주 약간의 감개가 담겨 있었다.

"네트워크를 지배하는 소환술자가 세 명. 현 시점에서 준비할 수 있는 최대의 성공률이다."

"……뭐, 소환은 성공할 수도 있겠네."

아자리는 쌀쌀맞았다. 총에서 뛰어내리더니 바닥에 도착하기 전에 다시 떠올라서—영주와 로테샤와 같은 고도까지 상승했다. 하지만 원기둥 주변의 좌석이 아니라 장치 중앙에서 정지했다.

"역시, 다미안 대신 내가 하는 쪽이 좋았겠지. 다미안은 힘을 전부 소모할 수 있는 이 마술에는 참가하지 않을 테니까."

"그건 네가 노린 것이겠지."

이번에도 냉정하게, 코르곤이 대답했다.

오펜은 조용히 그 모습을 보고 있었다. 눈에 띄지 않도록 위치를 옮겨서, 코르곤이 들고 있는 총의 사각을 찾았다. 그야말로 한여름의 광장에서 그늘을 찾는 것 같은 짓이었지만.

실제로 코르곤은 이쪽의 움직임을 살피는 걸 제일 우선하고 있겠지—쳐다볼 때마다 시선이 마주친다. 그래도 오펜은 기회를 살폈다.

"그리고 우리의 소환에 의해 그대는 주문의 마지막을 찾아내고?"

대화에 끼어든 자는 영주였다. 거기에도 코르곤은 낮은 목소리로 대답했다.

"드래곤 종족은 큰 착각을 하고 있다. 신들이 나타나는 것을 단순한 재앙이라고 여겨서 도망쳤지."

그는 일단 권총을 안전한 자세로 고쳐 쥐고서 계속 말했다.

"다른 생각을 해야 했다. 기껏 나타나서, 무한한 힘이라는 알기 쉬운 것으로 바뀌어줬다. 그걸 이용해야 한다."

"그 시대, 드래곤 종족의 감정을 생각해보면 어려운 일이었을 것이다."

"나약하다. 세계를 상대하려면 중간에 마음에 꺾여서는 안 됐어."

딱 잘라서, 코르곤이 단언했다.

"무한에 가까운 마왕의 힘으로, 나 자신을 마왕으로 만든다. 신들이 몇 번을 나타나건 내가 막아낸다. 대륙을 영원히 지킬 수 있다."

그 때—

그것에 대해, 하티아가 물었다.

"마왕이…… 된다고? 인간이 아니게 된다는 거야?"

놀랐다기보다는 질렸겠지. 목소리가 상기됐다.

코르곤은 대조적으로, 더더욱 확신을 가진 목소리로 말했다.

"그게 뭐가 문제지. 어차피 나는 이미 이 대륙에서 무적의 존재가 아닌가. 마왕이나 마찬가지다."

"뭐든지 할 수 있는 힘을 써서 뭐든지 할 수 있는 자를 만들어내 겠다…… 하하하, 그 모순이 이번에는 어떤 신들을 불러들이려나."

메마른 소리로 웃은 알마게스트에게도, 코르곤은 흔들림 없는 태도로 말했다.

"어떤 것이 나타나건 상관없다. 마왕은 모든 것을 죽인다."

"그렇군. 그렇다면 네가 마왕이 될 수 있을지─그 전에 여기서, 네가 유일한 마왕술자가 되어야만 하겠군."

영주의 말과 함께.

사람들의 시선이 자신에게 쏠리는 것을 느꼈다.

그 때 오펜은 이미 멈춰 서 있었다. 사각을 찾아냈기 때문이 아 니다.

결국 오펜이 서 있던 곳은 코르곤의 정면이었다. 도망치려고 사각 을 찾는 짓이 바보같다는 생각이 들었다.

"코르곤. 넌 무적이 아냐."

거리는 몇 걸음. 오펜은 자세를 잡으면서 그렇게 말했다.

당연히 같은 거리에서, 코르곤도 총구를 오펜에게 겨눴다.

"잭 프리스비와 똑같은 말을 하는군, 킬리란셰로."

"그래. 그 놈의 악령이 옮았나봐."

공포는 없었다. 그 대신, 성복 차림의 남자와 대치했을 때의 고양 감도 없다.

그저 이긴다고 믿고 있다.

"코르곤. 잭 프리스비가 날 비웃었다. 이건 나를, 자신 있게 비웃었다고. 그 비웃음을 기억하고 있기 때문에, 난지지 않아."

"그 부상으로 말인가."

그것은 도빌이 아니다. 아마도 코르곤은 진심으로 걱정해줬겠지.

하지만 필요하다면 방아쇠를 당기지 못할 사내가 아니다.

모든 것을 받아들이고, 그래도 오펜의 마음은 움직이지 않았다. 생각난 것은 소년 시절―《송곳니 탑》에서 대치했던, 스승의 감정 없는 얼굴이었다. 그 때 차일드맨 교사는 이런 경지였을까. 대답을 바랄 수 없는 질문을, 머나먼 기억을 향해 던졌다.

"하지만, 거기까지야…… 두 사람 모두."

하티아였다. 이쪽을 내려다보며 말했다.

"잠깐 쉬면서 여기를 좀 보라고."

시키는 대로 그쪽을 봤더니 하티아는 마술 무기처럼 보이는 단검을 로테샤의 목에 들이대고 있었다. 정작 로테샤는 아무런 반응도 없이, 초점도 없는 눈으로 방 중앙을 보고 있을 뿐이다.

이것은 들으라고 한 말이 아닌 것 같지만, 하티아가 작게 중얼거리는 소리가 들려왔다.

"결국 나는 이런 역할인가……."

그리고,

"아, 거기까지야 코르곤. 조금이라도 움직이면 이 아가씨를 죽일 거야. 그러면 이 거창한 실험도 끝장이겠지?"

말로 견제하면서 못을 받았다.

"잊지 않았겠지. 네트워크의 보좌…… 고스트 제거가 내 역할이야. 고스트도 나름대로 급소가 있어. 네가 못 한다고 나도 못 할 거라고 생각하지 말라고."

"착각하는 게 아닌가 하티아. 이건 대륙의 파국을 막기 위한 유일한 수단이다."

코르곤이—움직이려던 총구를 원래 위치로 되돌리면서 말했다.

하지만 하티아는 꿈쩍도 하지 않았다.

"정말이지, 좋은 건지 나쁜 건지, 난 항상 이 꼴이라니까. 세계가 멸망한다고? 나한테 세계라는 건 2주 뒤까지 잡혀 있는 디너 약속뿐이야. 거창한 게 아니라고. 아무튼 말릴 수 있는 싸움은 말린다. 당연한 일 아니겠어."

그리고 완전히 질렸다는 말투로 이렇게 말했다.

"솔직히 너희들 바보냐? 누가 세네 약하네. 그거밖에 모르냐. 뭘 정하고 싶으면 사다리타기라도 하든지."

잠깐의 침묵—

코르곤이 이쪽을 봤다. 진지한 얼굴로, 틀림없이 이렇게 말했다.

"……그럼, 사다리타기로 정할까."

"뭐?!"

순간.

퍽, 뭔가를 떠미는 소리가 났다. 그리고 비명과 함께 바닥에 격돌하는 소리. 하티아였다. 위쪽 좌석에서 떨어졌다.

그쪽을 보니 로테샤가 하티아를 떠민 것 같다. 그녀는 자리에서 일어나 있었다. 그리고 손끝으로 뭔가를 그리자—

소리도 없이, 그녀의 손에 장대한 무기가 나타났다.

그것은 총 같았다. 하지만 권총과는 크기가 다르다. 로테샤는 긴

총신을 힘들지 않게 들고는 똑바로, 코르곤을 향해 겨눴다. 총신 위에 있는 조준기를 보며, 사격 자세로 제지했다.

'저건…….'

저것의 이념 정도는 《탑》에도 있었다. 크기는 저격 권총과 비슷하다―하지만 그 사상을 끝까지 뻗어 가면 이런 모양이 될 것이라고 예상했다.

시조총. 명중도가 높은 저 총에 이 거리라면, 훈련받지 않은 초보자가 다뤄도 명중할 가능성은 있다.

만약 맞는다면, 즉사겠지. 라이플탄의 위력이라면 인체 따위는 순식간에 산산조각 내버린다.

코르곤도 로테샤를 향해 권총을 겨눴다. 하지만 다음 순간에 코르곤의 손에 있던 무기가 사라졌다. 영주가 웃고 있다.

텅 빈 손을―그대로 손가락을 뻗으며, 코르곤은 으르렁거리는 것 같은 소리를 냈다.

"뭐가…… 불만이냐…… 로테샤!"

전혀 어울리지 않는 상황이었지만, 마치 구애하는 동작처럼 보이기도 했다. 창 너머에 있는 아가씨를 향해 팔을 들고 소리치는 남자
―

"내가 네게 지배당하면 된다고…… 그렇게 말하는 건가. 그러면 괴로운 것은 너 뿐이 아닌가. 네가 인간이 아닌 건 이제 어쩔 수 없는 일일 텐데."

하지만 그의 목소리에는 분노가 담겨 있었다.

"이게 불만인가…… 난 네게 지배당하지 않았다…… 누가, 어떻게 봐도, 절대로. 하지만 나는 널 필요로 한다…… 적어도 지금 이

순간은. 넌, 그걸로 부족하다는 건가!"

총소리가 그 소리를 막아버렸다.

단 한 발의 총탄. 동시에, 코르곤이 쓰러진다. 엄청난 충격에 암살자의 몸이 튀었다. 그대로, 움직이지 않는다.

시시한 것을 버리는 것처럼—흥미도 없다는 동작으로, 로테샤가 총을 던졌다. 과거의 천인 종족들이 만든 잡동사니 위에, 최신예 병기가 꽂혔다.

"계속 고민하라고. 일부러 빗나가게 한 것인지 그냥 안 맞은 것인지. 이 순간, 당신이 지배한 것인지 내가 지배한 것인지. 내가 소멸하면, 당신은 평생 알 수 없으니까."

로테샤는 대답 없는 코르곤의—에드의 몸을 향해 그렇게 말하고는, 쓰러지는 것처럼 원래 있던 자리로 돌아갔다.

"복수는 이걸로 됐어. 난, 그래도…… 즐거웠던 때도 기억하고 있으니까."

코르곤에게 외상은 보이지 않았다. 하지만 탄환이 머리를 스친 건지 의식이 없다. 바닥에 떨어지면서 바로 기절해버린 하티아와 함께, 두 사람의 모습이 사라졌다. 장치 밖으로 쫓겨났겠지.

장치가 가동하기 시작했다.

누가 뭘 어떻게 한 건지. 그건 모르겠다. 하지만 장치 곳곳에서 마술 문자가 불규칙하게 깜박이고, 빛이 번지고, 그리고 뒤섞이면서 여러 겹으로 형태를 바꿔간다. 소리는 없지만 어디선가 부르는 소리가 들린 것 같은 기분도 들었다. 장치 바닥에 혼자 남아서, 오펜은 경계했다. 할 일은 없지만 가만히 있을 수도 없다.

알마게스트, 로세탸, 아자리. 세 사람이 각자의 위치에 있다. 영주와 로테샤는 마주앉아서. 아자리는 그 중앙에.

그들을 올려다보며, 오펜은 장치 속에서 증폭되어가는 구성과 힘을 이해하려고 했다—하지만 바로 포기할 수밖에 없었다. 평범한 힘이 아니다. 보통 사람이 아닌 셋이 구성을 기동하고, 한없이 연쇄시키면서 아슬아슬하게 고정해간다.

구성을 '짜는' 것을 가장 충실하게, 가장 치밀하게, 가장 극단적으로 처리하고 있을 뿐이다. 장치에 준비된 마술 문자를 전부 사용해도 부족한 건지, 조합은 지수(指數)적으로 더 복잡해져간다.

그 속에서, 신경 쓰이는 것이 있었다. 로테샤가 했던 말을 되풀이한다.

"……소멸?"

대답한 것은 영주였다. 그도 자리에 앉아 있다.

"소환기 사용에는 희생이 필요하지—솔직히 이 정도 대마술씩이나 되면 제어만 해도 존재가 소멸하게 된다. 인조인간이란 참으로 편리하군. 필요하다면 죽을 수 있다."

"하지만, 그건."

한 걸음 내디디며, 오펜이 소리쳤다.

하지만 영주가 기선을 제압하고 하던 말을 계속했다.

"어차피 누군가가 해야 하는 일이고, 누이가 하지 않으면 더 많은 이들이 죽는다. 여기 있는 좌석은 실내가 허전해서 숫자를 맞춰놓은 게 아니라네, 그건 이해하겠지?"

차가운 시선으로 이쪽을 보고—알마게스트가 말했다.

"필요하다면 사람을 죽일 수 있는 자네가 아니라면, 여기로 데리고 올 가치는 없었다. 그 의미를 이해하겠나?"

"……젠장!"

"신중을 기해야 했다, 강철의 후계. 헛되게 하지 마라. 이긴다는 것은 필요한 희생을 치르고 앞으로 나아간다는 것을 뜻한다."

영주의 모습에서 먼저 색채가 사라지고, 윤곽이 흐릿해지고, 그리고 목소리도 여러 개가 겹친 것처럼 되더니 알아들을 수 없게 돼버렸다.

구속이 가속되는 장치 안에서, 영주의 신체는 허무하게 분해됐다. 이어서, 로테샤도 똑같이 소멸됐다.

"아자리……!"

오펜은 장치 중앙에 떠 있는 누나를 불렀다.

그녀의 몸도 비스듬하게 찢어지고 있다. 팔다리를 뻗고 있는 건 균형을 잡기 위해서가 아니겠지. 만약 그렇다고 해도 그럴 수 있는 위치가 아니다. 그녀는 점점 고도가 낮아지고—구성의 중압을 견디기 힘들다는 듯이 점점 고개를 숙였다. 귀신같은 얼굴로 버티고 있다. 하지만 그 승부는 이미 훤히 보인다.

아무것도 할 수 없는 자신을 저주하며, 오펜은 중얼거렸다.

"아자리도…… 여기서 사라지는 거야."

문자의 흐름이 나선을 그리며 상승한다. 그것은 정점에 도달한 뒤로 방사상으로 쏟아지는 것 같기도 하고, 그대로 사라지는 것 같기도 했다. 힘의 범류 속에서, 힘없는 속삭임 따위는 너무나 무력했다. 하지만 아자리의 속삭임은 알아들을 수 있었다.

"……힘을 절약하는 측면에서는, 다미안이 나보다 훨씬 뛰어났겠지. 난 이렇게 존재하는 자체만으로도 낭비가 너무 많아. 아마 이게 마지막이겠지. 말할 수 있는 것도."

대답하려고 했지만 말문이 막혀서, 오펜은 고개를 저었다. 상대가 공중에 있다 보니 그쪽으로 뛰어갈 수도 없다.

괴로워하는 겉모습과 달리 아자리의 목소리는 부드러웠다. 이런 목소리는 몇 년이나 못 들어본 것 같은—그런 생각이 들 정도로, 상냥했다.

"날 잘 봐, 킬리란셰로."

"…………."

"싸울 테니까, 잘 봐."

"아자리! 난—"

고개를 들어서 그녀를 보려고 했지만, 아자리의 모습은 이미 알아볼 수 있을 만큼의 형상도 남아 있지 않았다. 그녀의 몸은 흐릿해지고, 천장을 뒤덮을 정도로 변형돼서 퍼지고 있다.

하지만, 틀림없는 아자리였다. 그녀의 목소리가 말했다.

"시조마술사 오리오울의 유언과…… 내가 결계 밖에서 본 세계가 멸망하는 모습을, 너한테."

"나한테?"

"너한테만 전해줄게. 그러니까 네가 판단해. 만능의 힘, 스베덴보리가 관장하는 마법…… 불가능이 없는 힘인 만큼, 그것을 가장 좋은 형태로 실현하렴."

심장이, 뜨끔하고 아팠다. 부상 때문이 아니다. 주먹으로 가슴을 누르고, 오펜이 중얼거렸다.

"나한테…… 그런 건……."

"착각하지 마. 너한테 그런 자격이 있다든지, 네 판단이 특별해서가 아니야. 하지만, 네가 해야만 해."

아자리의 경고가 아픔을 풀어주지는 않았지만 가슴 속의 묵직한 것만은 치워줬다. 가슴에 댔던 손이 저절로 떨어지고—

홀연히, 아자리가 사라졌다. 마술 문자의 혼돈도 정지했다. 한기가 느껴져서, 오펜은 주위를 둘러봤다.

그녀는 바로 등 뒤에 있었다. 살아 있을 때와 똑같은 모습으로.

아자리는 오펜의 손을 잡아서 그것을 자신의 뺨으로 가져갔다. 감촉은 없다. 하지만, 서늘한 체온은 느껴진다.

전염된 것은 그것만이 아니었다. 그녀의 말, 그리고 말 이상의 것, 그 모든 것들이 직접 밀려왔다.

"세계를 거의 대부분 다시 만들 수도 있어. 네가 바라는 역사로 바꿔 쓸 수도 있고. 그것은 힘이라고 할 수도 없는 만능이니까. 하지만."

그녀가 그 손을 떼는 것도, 당돌했다. 슬며시 몸을 떼고, 그대로 사라졌다. 하지만 목소리는 변함없이 들려왔다.

"필요한 것은, 절망에서 해방되는 것…… 알지? 그것은 절망을 없애는 것이 아니야."

"그래."

아자리가 접촉해서 전해준 바깥 세계의 기억—

그것을 곱씹으며, 오펜은 대답했다.

"알고 있는…… 것 같아. 뭐가 필요한지. 모두가 구원받기 위해서는, 희생도 균등하게 치러야해. 초인은 세계를 구하지 않아."

"킬리란셰로."

멈춰 있던 마술 문자가, 다시 움직인다—

"안녕."

"안…… 녕."

망각의 인사를 나누고, 그녀는 사라졌다.

그리고.

흘러넘친 힘을 접하며, 오펜은 눈을 감았다. 어디로 가는 걸까. 어떻게 될까. 생각할 필요는 없다. 하지만 흐름에 닿기만 해도 이해할 수 없다. 모든 것은 그가 내릴 명령을 기다리고 있다. 소환기가 불러내고, 장치에 의해 제어되는 마술의 힘.

아니, 그것은 힘이라고 할 수도 없는 만능. 만능에 가까운 극한.

의식을 정지하는 것은 두려웠다—시간을 멈추면 수천 년을 간단히 뛰어넘어 버릴지도 모른다. 이동은 조금이면 된다. 하지만, 이 대륙에서 가장 튼튼한 벽을 뛰어넘는다. 오펜은 조용히 명했다.

공간 전이를 마치고, 눈을 뜬다.

그 장소를 본 적은 없다. 아마도, 수백 년—어쩌면 천 년, 본 사람이 없지 않을까. 먼지 하나 떨어지지 않은 바닥에 손을 짚은 자세로, 오펜이 중얼거렸다.

"현실, 인가……."

그 방을, 둘러본다.

어둡다. 불빛이라고 할 만한 것은 없지만, 암흑이라고 할 정도도 아니다.

상당히 넓었다. 어지간한 운동장만큼이나. 육각형의 한 변에 지금 오펜이 서 있는 입구가 있다. 그곳에는 열리지 않는 문이 있다. 다른 모든 각에 하나씩, 커다란 상자가 설치돼 있다—바닥에서 천장까지, 한마디로 높이가 10미터 정도 되는 거대한 상자다. 모두 정면에 뚜껑이 있고, 닫혀 있다.

관이다. 오펜은 알아차렸다. 여섯 개의 관. 전부 똑같이 생겨서 모양으로 구분할 수는 없다.

아무것도, 아무도 없다. 아일망카 현실은 너무나 조용했다.

장치 안의 소란을 가공의 것이라고 만들 정도의, 뼛속까지 차가워질 것 같은 고요함에 오펜은 몸을 부르르 떨었다. 두려워할 필요는 없지만 모든 신경을 써서 주의를 기울였다. 그 관에 들어 있는 것은 불사자, 죽은 자보다 오랜 존재였다.

그들은 오랜 시간 동안 이 현실에 틀어박혀 있었다―아니, 봉인돼 있었다.

마침내…….

"누구냐!"

영묘에 목소리가 울린다. 모셔진 당사자들의 목소리가.

소리도 없이, 관 하나하나의 뚜껑이 열리는 모습을, 오펜은 지켜봤다. 여섯 개의 관. 그 중 다섯 개가 열린다. 열리지 않는 관이 누구의 것인지는 생각하지 않아도 알 수 있었다.

뚜껑 안쪽에서, 녹색으로 빛나는 눈이 이쪽으로 향해 있다.

정면 왼쪽 관에서는 거대한 짐승이 모습을 드러냈다. 그 중량을 떨어져 있어도 전해진다. 올려다봐야 할 정도로 높다. 강철의 말이었다. 마찬가지로 금속제인 갈기를 흔들며, 무적무결의 생물로서의 긍지가 우뚝 서 있다.

그 좌우에서 나오는 생물 또한 거대했다. 한쪽은 바위 같은 모습을 굴리는 것처럼, 둔중한 움직임으로 기어나온다. 요새처럼 거대한 껍질을 두르고, 이 넓은 현실을 좁게 만든다. 토해내는 증기가 불규칙한 그림을 그리는데, 이 괴수가 공기를 흔들 때마다 그것 또한 사라진다.

대륙에 있는, 여섯 종의 짐승의 왕. 그 중에 '파멸의 짐승'—슬레이프닐.

대륙에 있는, 여섯 종의 짐승의 왕. 그 중에 '불사의 짐승'—트롤.

그리고 또 하나. 낮은 자세의 조용한 맹견—그 모습은 잘 아는 늑대와 비슷했지만 역시 이쪽의 체격이 더 크다. 매끈한 칠흑의 털은 갑옷이라기보다는 그림자, 그림자라기보다는 밤…… 소리도 없이 다가오는 차가운 운명 그 자체와도 같았다.

그리고 그들과 달리 극단적으로 작은 생물도 있다. 진홍의 체모를 두른 소형 사자. 말 그대로 고양이처럼 오만하게 꼬리를 세우고 있다.

마지막으로 인간 모습을 한 것이 있다. 이것은 질리도록 알고 있다. 그것이 진정한 모습이 아니라는 것도.

그들 드래곤 종족의 수장들이 자신을 둘러싸는 것처럼 줄지어 있다. 그리고 그 중에서도 대표이겠지. 강철의 군마가 우레 같은 목소리를 울렸다.

"너는 누구인가. 이곳은 성역에서도 가장 신성한 장소. 대륙에서 가장 중요한—"

"알고 있어."

오펜은 그렇게 말하고 몸을 일으켰다.

"댁들을 막으러 왔다."

"우리를? 막으러?"

이해하지 못했는지, 아일망카가 물었다.

"그래."

오펜은 그 말을 막고, 한 걸음 걸어갔다.

"댁들이 아일망카 결계를 만든 뒤로 천 년이 지났다는 것 같아— 물론 내가 그 시간을 체감한 건 아니지만."

"우리는 체감해왔다."

군마의 말은 예상했던 것보다 유창했다. 그 모습을 보지 않고 듣는다면 인간과 대화한다는 착각이 들 정도로. 하지만 목소리는 틀림없이 세월을 느끼게 했다. 엄숙하게, 아일망카가 말을 이었다.

"천 년이라는 시간은…… 그 시간을 살아가는 자의 잠을 길게 만든다. 허나 아마도 우리는, 보다 오랜 시간을 보내게 되겠지."

"오리오울은 죽었어. 그녀는 두 번 다시 시간을 체감할 수 없다고."

그 말이 현실에 감도는 불사의 썩은 내를 밀어내지는 못했지만, 그래도 워 드래곤의 콧대를 꺾을 수는 있었던 것 같다. 동요에 의해 생겨난 그 틈에, 자신의 말을 흘려넣었다.

"난 그 유언을 전하러 왔어."

"오리오울이 죽은 건 알고 있다."

"하지만 그녀가 죽기 전에 뭘 봤는지, 그건 모르겠지."

어깨를 으쓱거리고, 오펜은 아일망카들의 얼굴을 순서대로 둘러봤다. 이미 드래곤 종족의 상징인 녹색 눈빛이 들어와 있다. 마지막으로 뚜껑이 닫혀 있는 관을 보고,

"그녀는 세계의 멸망을 보고 죽었다."

"결계 밖은 현세에 나타난 신들에게 유린당하는 파국이다. 그딴 것은 듣지 않아도—"

"과연 그럴까. 그녀가 본 멸망은 바깥세상의 것일까? 아니면……."

오펜은 그렇게 중얼거리고 더 앞으로 나아갔다. 아무렇지도 않게 걸어갔다. 현실 중앙까지.

아일망카들이 제지할까—그것도 생각했지만, 아무도 소리를 내지 않았다. 문득, 그들이 인간 마술사의 존재를 알고 있을지에 대한 의문이 떠올랐다. 이 현실 밖에서 일어난 천년 동안의 정보를 가지고 있을까. 오리오울의 죽음을 알고, 그리고 결계의 축소를 생각한 것을 보면 뭔가 정보원은 있다고 봐야겠지.

"너는 성역의 존재가 아니군."

그렇게만 물은 워 드래곤에게, 오펜은 고개를 끄덕였다.

"그래. 난 댁들이 모를 수도 있겠지. 인간이라는 종족의—"

"거인 종족이군."

연민의 감정이 담긴 파괴의 눈빛을 드러내며, 군마가 말했다.

"…………."

오펜은 잠깐 주저했지만 상대에게 동의했다.

"그렇다."

"오래전 신들과 함께 죽고, 신들과 함께 멸망했다. 신들이 나타나면서 너희도 무시무시한 힘을 지니고 나타났다. 이 대륙에 도달했을 때, 인간 종족들이 소란을 피웠지……."

"……지금은 그 인간 종족을 지인 종족이라고 불러. 우리가 대륙 대부분의 땅에서 살고 있다."

어느 정도 추측했지만, 아일망카의 말을 듣고 확신했다. 그것을 말했다. 목표 지점까지 걸어가서, 오펜은 멈춰 섰다. 주위, 모든 방향에 아일망카가 있는 그 상태에서.

"댁들은 자신들만의 지식을 얼마나 숨겨두고 있지?"

"지금에 와서는 소용없는 것들이다. 신들이 나타나서 원래의 신들과 다른 것이 된 것처럼, 너희도 지금은 진정한 의미의 거인이라고 할 수 없다. 이제 와서 전할 가치도 없는 지식이다."

"그 도움이 안 되는 지식을 모아서, 대륙을 버리고 결계를 축소하겠다는 바보 같은 생각을 했다는 건가. 여기서 한 걸음 밖으로 나가서 뭔가를 확인해보지도 않고."

"여신이 결계에 침입하면 세계 종언의 약속―전세계 질량의 강림도 일어날 수 있다. 여신을 죽일 정도의 힘을 사용하면 여신이 그런 결심을 하도록 부추기게 될 수도 있다. 결국 결계에 구멍이 있는 한 종언은 피할 수 없는 것이다. 대륙의 연명을 위해 다른 방법은 없다."

오펜은 워 드래곤의 말에 반론했다.

"대륙 전체를 희생시키고, 이 바보 같은 현실인가 하는 것만 남기는 게 최후의 수단인가."

하지만―

그렇게 따져도 상대는 꿈쩍하지 않았다. 엄숙하게 말한다.

"대륙 전체? 너는 이 키에살히마 대륙이라는 것이 오래전에 존재했던 세계 전체에 비해 어느 정도나 되는지, 그것을 알고서 말하는 것인가……? 우리가 버리고 도망친 위대한 고향…… 전체에 비하면 티끌에 불과하다. 불쌍한 작은 섬이다……."

그야말로 동정이었다. 신처럼 자비로운 눈으로, 강철의 군마가 오펜을 내려다봤다.

거대한 것과 작고 약한 자. 그것이 마주하는 그 허공에서, 워 드래곤이 동정하는 말을 맺는다.

"같은 일이다. 이 대륙 하나가 남았다고 해도 그것을 세계 전체라고 할 수는 없다. 우리의 현실 하나와 크게 다를 것이 없다."

"헛소리야."

"마술의 존재 또한 헛소리다. 따지고 보면 신들이 나타나는 것도 언어유희가 현실이 된 것에 불과하다."

체념한 것인지, 묵직한 목소리가 더 무거워진다.

"이 세계는 언어의 유희에 농락당하고, 그리고 멸망한다. 우리는 그에 저항한다. 이것이 진정 언어유희라면, 한 조각이나마 살아남는 것에 의미가 있다……."

"하지만—"

기다렸다가, 오펜이 부정했다.

"하지만 결계를 줄여봤자 구멍은 없어지지 않아. 난 그렇게 생각하거든."

이건 예상하지 못했겠지. 아일망카는 꿈에서 깬 것처럼 무거운 머리를 흔들고는 의문이 담긴 목소리로 말했다.

"무슨 의미인가?"

"세계를 완전하게 만들 수는 없다는 거야. 오히려 구멍이 있으니까 결계가 성립되는 거라고."

"그것은 근거가 있는 말인가?"

"아니. 하지만 어차피 상관없어. 너희들한테 시험하게 만들 생각은 없으니까."

말하고, 오펜은 팔을 들었다. 엄포를 놓기 위한 자세가 아니다—

멀리서, 아직까지 귓속에 들리는 목소리가 있다. 소환기는 아직도 작동 중이다. 이곳으로 전이하기 위해서 힘을 한 번 썼지만, 마왕의 힘은 아직 남아 있다.

아일망카들이 일제히 반걸음 정도 밀려난 것이 느껴졌다. 그가 힘을 준 것도 아닌데. 그저, 소환기와 그가 서 있는 이 자리가 연결됐다는 것을 느꼈겠지.

제어는 여전히 완전했다. 아자리의 백마술사로서의 의지에 이제 와서나마 감탄했다. 결국 이것을 위해 많은 희생을 치렀다. 많은 사람들이 목숨을 잃었고 성역도 파괴됐다.

누군가가 바란 순간도 아니고, 누군가가 원했던 결말과도 다르다. 하지만 결판은 내야만 한다. 오펜은 조용한 심정으로 말했다.

"아일망카 결계는 완전한 안전을 추구하는 의지다―그래서 신들은 이것을 억지로 열어버리려고 나타나지. 단순한 균형을 뿐이야. 결계에 의해서 완전한 안전을 꾀하려고 하기에 반드시 결계에 틈이 생기고, 그 틈을 통해 파국의 미지가 밀려온다. 그런 균형이야. 결계가 있기에 온다. 결계가 없으면 굳이 오지 않는다. 모든 것은 말장난이라고, 네가 말했지. 그 말이 맞았다."

"허나 결계를 치우면 우리는 나타난 신에 대해 무방비해진다!"

이것은―누가 한 말일까. 워 드래곤의 목소리는 아니다.

신경 쓰지 않고, 오펜은 대답했다.

"그래, 맞아. 어쩌면 만에 하나, 우연히 여신의 습격 때문에 종족이 멸망하게 될지도 모르지. 하지만, 그게 원래의 세계야. 생명으로서의 위험부담이야."

"허무주의인가!"

미스트 드래곤이 비명 같은 소리를 질렀다. 오펜은 고개를 저었다.

"아니! 아무리 가혹한 세계 속에서도 의지는 그것을 바라는 방향으로 향한다! 결계는—세계를 닫아버리는 벽 따위는, 처음부터 필요없었어!"

"너는 미쳤다……."

"세계를 만든 아일망카 결계가 이 대륙에 종말을 낳았다는 얘기라고!"

통로가 열렸다.

제2 세계 도탑에 나타났던 마술문자가 하나, 또 하나씩 현실로 전이했다. 마술의 효과는 그대로, 마왕의 힘을 전해준다. 그 힘과 함께 떨고, 읊는다.

"스베덴보리의 힘이 말해줬다. 스베덴보리는 예전에 인간이었고 섭리와 섞여서 신과 동일해진 선인(仙人)이라고. 아득히 먼 옛날, 그런 인간이 있었다—하지만 그는 시조마술사가 되지는 못했다. 그는 힘을 바라지 않았으니까!"

비명소리가 들렸다. 전부 죽는다. 멸망이 온다. 아일망카의 목소리가 애원하는 것으로 변했다.

하지만, 오펜은 결연하게 무시했다.

"마술이라는 일그러진 힘을 바란 것은 댁들이야. 제어도 못 하는 바보 같은 힘이라고! 좋아. 나타나버린 것과는 공존하자. 하지만 예속되진 않아. 절망 속에서도 살아갈 수 있다고 믿고, 이렇게 한다!"

외치고, 오펜은 팔을 아래로 휘둘렀다.

"마왕의 힘으로, 아일망카 결계를 해제한다! 안쪽에서라면 이 결계를 부술 수 있다!"

몸이 흔들리고, 두 개의 문장이 얽히고, 아주 작은 울음소리 같은
소리를 냈다.

하늘이 소용돌이친다.

새벽을 물들이는 다홍색 하늘에서, 중천의 아직 어두운 곳까지.

거무스름한 구름을 가르고, 대기의 흐름이 나선을 그린다.

뭔가를 돌파하려는 송곳처럼. 뭔가를 찢어버리는 톱처럼.

성역 바로 위에서, 그 호수의 수면이 격렬하게 흔들리고 있었다.

호반에 모여 있던 칠흑의 짐승들이, 마침내 일어나 머리를 숙이고
전투태세에 들어갔다.

조용한 수면에 거품이 일고, 떠 있는 황진을 빨아들여서 가라앉
힌다.

호수 위에는, 여자가 있다. 그 머리카락이, 팔랑 하고 떨어진다.

어쩌면 여자는 예정보다 빨리 결계를 빠져나왔다고 이상하게 여
겼을지도 모른다.

수백 년 동안 통과하지 못했던 결계가 갑자기 사라지고 있다고 의
아해했는지도 모른다.

신이면서 신이 아닌 뇌는 그것을 생각하는 것보다 눈뜨는 것을 우
선했다.

짐승이 짖었다. 길게.

늑대들은 차례로 일어나 동료들의 목소리에 대답했다.

마침내 자유의 몸이 된 여신 앞에, 그 울음소리의 노래가 한없이 펼쳐졌다. 전부 동시에—

키에살히마 대륙 최후의 날, 그 여명에.

칠흑의 늑대는 호숫가를 박차고 여신을 향해 돌진했다.

아침노을을, 다시 어둠으로 물들이려는 것처럼.

그리고, 멀리 떨어진 곳에—

최접근령에서 성역으로 이어지는 황야.

그곳에는 전투의 상처가 남아 있었다. 끊이지 않는 바람이 불고 모래가 시체를 뒤덮고 있지만.

불에 탄 텐트가 아직 남아 있다. 그 지면에서.

불쑥.

그을린 텐트 밑에서, 그 그을린 곳을 뚫고 손이 튀어나왔다.

그것은 엉금엉금 기어 나와서는 간신히 상반신을 땅 위로 내밀었다. 하나가 아니다. 둘.

"이거 참, 죽는 줄 알았다 도틴."

"뭐…… 죽을 뻔한 다음에 이런 말을 하는 것도 그렇지만, 산다는 게 겨우 이 정도일지도 모른다는 생각이 드네."

콜록, 하고 모래를 토하며 투덜댔다.

누구보다 강한 두 사람은 역시나 아직 살아 있었다.

에필로그

왕도 생활은 그리 길지 않았지만 쾌적하기는 했다.

하지만 병실 생활이다 보니 재미가 없었다.

귀족이 경영하는 큰 병원인 만큼 병실 창밖으로 보이는 왕도의 경치는 장관이었다. 원래 병원 생활도 어린 시절에는 그럭저럭 겪어봤었다. 크리오는 잠옷 옷깃을 매만지고 침대에서 내려오려고 했다—하지만 할 일이 없다는 것을 생각하고는 그대로 발을 거뒀다.

일주일. 멍하니 1인실 천장만 바라보며 지냈다. 왕도 이송은 정신없었고, 여기에 도착한 뒤로 아는 사람들은 하나같이 엄청나게 바쁜 것 같았다. 의사가 심신이 쇠약해졌다면서 입원하라고 했는데, 결국 여기 처박아두면 편해서 그런 게 아닌가 싶다.

세상은 나름대로 떠들썩해진 것 같지만, 일상은 아무런 변함이 없다—아니, 이 왕도에 한정해서 생각해보면 일주일 전과 비교해서 아무것도 달라진 게 없을 것이다. 사람들은 며칠 동안 이어진 '비가 오지 않는 폭풍'을 어느 정도 이상하다고 생각하면서도 평소와 똑같이 일을 하고, 학교에 가고, 놀고 있다.

'이러면 안 돼.'

눈물이 나오려는 걸 알고, 크리오는 생각을 그만뒀다. 며칠 동안 이런 짓을 반복하다보면 나름대로 늘게 된다. 흘러나온 눈물을 손으로 닦고, 눈물 자국을 전부 지웠다.

그리고는 진정하기 위해서 심호흡을 반복. 상처는 언젠가 낫는다…… 하지만.

노크 소리가 정신 집중을 방해했고, 크리오는 화를 내는 게 아니라 놀랐다—면회를 오는 경우는 거의 없고, 의사가 살아 있는지 확인하러 올 시간도 아니다. 당황해서 침대의 이불을 가슴까지 끌어올리고, 매일매일 심하게 삐치는 머리카락을 신경 쓰면서 대답했다. 누가 왔는지 알고 있는 건지도 모른다.

문이 열렸을 때, 그렇게 생각했다.

거기에 서 있는 사람은 오펜이었다. 그렇게 기분 나쁘진 않지만 왠지 빈정대는 분위기의 마술사. 최근 며칠 동안 입던 전투복을 벗고 평상복으로 돌아왔다. 이상한 모양으로 부푼 배낭을 바닥에 내려놓고 인사라도 하듯 손을 들어보였다. 크리오도 말없이 인사했다.

한참동안 말없이 주위를 둘러보고, 오펜은 창밖을 보며 말했다.

"누런 먼지는, 이제 안 내려와. 한동안 꽤 시끄러웠지만 여신이 없어지니까 완전히—"

"그 창문, 안 열려."

창틀에 손을 댄 오펜에게, 크리오가 중얼거리듯 말했다. 눈을 껌벅거리며 이쪽을 본 오펜이 말했다.

"유리도 아니고, 그 창문…… 왜, 내가…… 처음에 꽤 난리를 쳤거든."

"아…… 그랬구나."

여기가 어떤 병실인지 생각이 났는지, 오펜이 떨떠름하게 신음했다. 1층에 있는 본격적인 격리실하고는 다르지만, 이 살풍경한 병실은 입원 환자에게 자극을 주지 않도록 되어 있다.

고개를 숙이고, 크리오가 중얼거렸다.

"여신은 없어졌어…… 딥 드래곤은…… 그 여신을 어딘가 먼 곳으로 전이시키기 위해 뛰어들었고, 전부 죽어버렸어."

나무랄 생각은 아니지만—앞머리 너머로 올려다보면 상대의 표정에 어두운 그림자가 있을 것 같다.

오펜이 한숨을 쉬었다.

"그래…… 딥 드래곤 종족은 기회를 안 놓쳤어. 결계 붕괴에 맞춰서 여세를 몰아 여신을 전이시켰지. 여신이 어디로 갔는진 모르겠지만—영영 돌아오지 않을 수도 있고, 당장 내일 돌아올 수도 있겠지."

"그걸로, 된 거야?"

"글쎄. 하지만 난 운석이 떨어지지 않을까 걱정하는 것과 똑같다고 생각하거든. 신들은 아일망카 결계만 없어지면 굳이 이런 작은 섬을 노리지도 않겠지. 최소한 확실한 파국은 이젠 없어."

그가 술술 대답한 것은 같은 대답을 몇 번이나 되풀이했기 때문이겠지. 실제로 많은 사람들이 똑같은 것을 캐물었을 테니까.

이불 가장자리를 찢어지지 않을까 싶을 정도로 꽉 쥐고, 크리오는 힘없이 중얼거렸다.

"오펜은, 틀림없이, 해야 하는 일을 했어…… 그렇게 생각해. 하지만, 난—"

"레키 일이 어쩔 수 없었다고 생각하진 않아. 로테샤도, 영주도 죽었어 이르기트도. 라이언도 죽었어. 그밖에도."

"…………"

오펜은 말하면서, 바닥에 내려놓은 배낭이 있는 곳으로 돌아가서 몸을 숙였다—지금까지 몰랐는데 거기에 뭔가를 숨겨온 것 같다. 꺼내는 동작을 하며, 갑자기 다른 얘기를 꺼냈다.

"레키가 말했지. 레키만 무리에서 떨어져 개체의 의지를 가졌다고.”

“하지만, 그건…….”

“하지만, 레키가 그렇게 말했어.”

항변하려는 크리오를 막고, 오펜이 말했다.

그리고, 검은 덩어리를 들고 일어나서는—

“이거. 밖에 있었어.”

그가 들고 있는 것.

말 그대로 검은 덩어리였다. 살아 있다—추운지 떨고 있다. 손바닥 정도 크기밖에 안 되는, 작고 검은 강아지였다. 눈도 뜨지 못하고 귀도 막혀 있지만.

크리오는 심장에 공기 덩어리라도 들어간 것처럼 숨이 막혔다. 어떤 말이 생각날지, 자신도 모르겠다. 하지만, 침대로 다가오는 오펜과 그 손에 있는 생물을 보며, 간신히 한 마디를 입에 담았다.

“밖에……?”

“바로 요 앞에. 문 앞.”

그러면서 오펜이 가리킨 곳은 자신이 들어온 문이었다. 손을 내밀어서 그 강아지를 받아들고, 크리오는 가슴에 고인 숨을 토해냈다.

“그렇구나. 내가 문만 열면 거기에 있었구나…….”

떨고 있는 강아지를 관찰한다.

그것은 자고 있는 걸까, 아니면 약해진 걸까. 구분할 수가 없다. 하지만 분명하게 살아 있다. 안으면 다칠까봐 무서워서 꼭 안지도 못하지만, 분명히 거기에 있다.

“레키……? 레키 맞아?”

그 질문에 오펜이 부정했다.

"몰라. 하지만 그 종족은 이 한 마리만은 살아남게 했어. 아직 눈도 못 떴고, 딥 드래곤 종족을 키우는 방법을 아는 사람은 하나도 없어. 애당초 제대로 클지도 모를 일이지만……."

그는 이미 몸을 돌리고, 내려놓았던 배낭을 집는 중이었다.

"네가 정할 일이야. 두 번 다시 똑같은 일을 겪고 싶지 않다면, 그건 어쩔 수 없는 일이고."

울어선 안 된다—

자신에게 말하고, 크리오는 눈물을 참았다. 이것은 기적이 아니다. 기적 따위라고 생각하면, 이 약한 생물은 틀림없이 죽을 것이다. 그녀가 도와주지 않으면.

일단 이 눈도 뜨지 않은 딥 드래곤은 추워하는 것 같다. 실내 온도가 그렇게 낮은 건 아니지만, 아직 몸이 너무 작은 탓이겠지. 이불 위에 올려놓고 손을 대서 몸을 덥혀주며, 크리오는 오펜 쪽을 봤다.

"오펜은…… 어디로 가려나보네, 그 짐."

"그래."

그는 깔끔하게 고개를 끄덕였다.

"어차피 딴 길로 샌 여행이었고. 당분간 혼자로 돌아갈까 해. 팃시한테 너희들 챙겨달라고 해놨으니까, 토토칸다까지 같이 가면 돼."

"쓸쓸해."

생각난대로 말했다. 힘차게 튀어나온 말은, 그리 길진 않았지만.

"난 그거, 엄청 쓸쓸해. 오펜은 안 쓸쓸해?"

무슨 말을 하건, 이건 작별 인사다. 마음 속 어딘가에선 그걸 알고 있었다.

오펜은 웃었다. 평소의 빈정대는 것 같은 얼굴에, 이게 한계라는 것 같은 웃는 표정이었다.

"쓸쓸해. 그러니까, 언젠가 다시 만날 거야. 하지만—"

그리고는 배낭끈을 어깨에 메고, 손을 뒤로 돌려서 흔들었다.

"그래도 이 말은 해야겠지. 안녕."

그대로 오펜은 겨우 몇 걸음을 걸어서 병실 밖으로 나가버렸다. 문을 열고, 모습을 감춘 직후에 또 노크 소리가 들렸다.

"……?"

다시 돌아왔나 싶어서 들어오라고 했더니, 이번에 들어온 사람은 오펜이 아니라 매지크였다. 최근에 몇 번인가 병문안 왔을 때와 마찬가지로, 센스가 좋다고 할 수 없는 식사를 가지고 왔다—병원 밥이 맛없다고 했더니 병원카페에서 음식을 사오는 건 대체 무슨 센스인지, 크리오는 마음속으로 궁금해 했었다. 그건 그렇다 치고, 허겁지겁 병실로 들어오는 매지크한테 물었다.

"지금 그 앞에서 오펜 못봤어?"

"응? 만났는데."

"잠깐 얘기라도 하지 그랬어. 오펜, 출발한다고 하던데."

문을 가리키면서 말하자, 매지크도 약간 떨떠름한 눈으로 그쪽을 봤다. 하지만, 그래도 의지는 굽히지 않았다.

"뭐, 얼마 전에 얘기 했으니까."

"그래도."

"됐어."

그리고는 침대 옆에 음식 꾸러미를 내려놓고, 크리오가 어지럽혀 놓은 어제 가지고 온 음식을 정리하기 시작했다.

"너무 크게 생각하지 않는 게 좋아. 아마도, 뭐든 말이야."

5년 전에 의기양양하게 찾아왔고, 그리고는 바로 돌아가야만 했던 왕도의 거리는, 그 안을 걸어가며 둘러보니 정말 장엄하고 화려했다. 그립다는 기분이 드는 건 이상한 일인지도 모른다—오펜은 얼굴에 드러내지 않고 씁쓸하게 웃었다—하지만, 왠지 분명히 그리운 느낌이다. 생각해보면 여기서 자신이 여행이 시작됐던 것 같다.

　　가로수마다 나무 이름이 적힌 표지판을 건 건 누굴 위한 친절일까. 그건 모르겠지만 읽을 생각이 없으면 상관없는 일이다. 서두를 필요는 없는 여행길이지만, 오펜은 빠른 걸음으로 왕도의 길을 나아갔다.

　　어디까지 계속될 여행일까.

　　살아 있는 한, 같은 멋진 말을 해도 그렇게까지 계속될 리는 없다.

　　왕도의 하늘은 맑았다.

　　올려다보고, 두 팔을 벌리고, 기지개를 켜도 다른 사람들과 부딪치지 않는다. 그런 넓은 길 한복판에서.

　　"그래…… 일단은."

　　소리 내서 중얼거렸다.

　　"어디든 좋으니까, 제일 먼 곳까지 걸어가볼까."

　　눈부시게 빛나는 태양을, 손가락으로 가리켰다.

후기

끝났다…… 전부…….

가혹한 감량과 제6라운드 때 관자놀이에 맞은 야부키의 일격, 그리고 다운됐을 때 로프 반동 때문에 뒤통수를 세게 부딪치면서 발생한 뇌출혈에 의해—

그러고 보니, 그 시합은 타이틀매치도 뭣도 아니었지 아마.

아니, 헛소리 할 때가 아니었습니다.

먼저 이 작품, 끝까지 발매가 미뤄지고 또 미뤄져서 많은 분들께 폐를 끼쳤습니다.

솔직히 자백하자면 이 원고는 2002년 12월에는 완성됐어야 합니다. 이미 탈고한 상권과 함께, 잘만 되면 동시에 간행할 생각이었습니다.

……그런데 말입니다.

상권을 다 썼을 때 갑자기 몸 상태가 악화. 상권 발매 당시 편집부에서 "하권 발매 타이밍은 여름쯤이라고 공지하면 되겠죠?"라고 확인하서서, "예, 그 때까지는 어떻게든……"이라고 대답했지만, 쉽사리 회복되질 않아서…….

집필 페이스가 현저하게 저하된 상태에서, 그렇다고 잡지 연재를 펑크 낼 수도 없어서, 그쪽에만 매달리게 됐습니다.

솔직히 말하자면 재작년쯤부터 몸 상태가 안 좋다는 건 느끼고 있었습니다.

몸이 망가져가는 걸 참으면서 계속 일했더니, 이번에는 일을 못 할 정도로 망가진 거죠. 이런 건 어린애들도 알 텐데, 이제야 배웠습니다.

아무튼 작품을 기대해주신 분들께는 뭐라 드릴 말씀이 없습니다. 정말 죄송합니다.

아무튼.

이 오펜이라는 작품은 이번 권으로 끝입니다.

먼저 독자 여러분, 이 작품에 관여해주신 많은 분들, 작품과는 딱히 관계없지만 제게 관여해주신 많은 분들께 균등하게 감사 인사를 드립니다. 정말 고맙습니다.

아시는 분들도 계시겠지만 이 시리즈가 시작된 지도 벌써 10년이나 됐고, 작자의 서툰 발걸음으로 어떻게 여기까지 오게 됐습니다. 정말 많은 분들의 응원을 받고, 번번이 다른 분들께 폐를 끼쳐가며, 이런 나약한 작자가 잘도 도망치지 않고 여기까지 했구나…… 하는, 한심한 생각도 합니다.

마지막 권이고 담당 편집자분의 부탁도 있어서, 시리즈를 시작하게 된 계기에 대해 이야기해볼까 합니다.

저는 후지미쇼보의 『판타지아 장편소설 대상』이라는 신인상, 제3회 출신입니다. 2003년에 발표된 동 대상이 제15회. 한마디로 제가 준입선 한 뒤로 벌써 12년이나 지났네요.

이건 어디선가 인터뷰할 때 대답했던 것도 같습니다. 아키타가 고등학교 때, 아르바이트를 해서 당시에 이미 멸망의 길을 걸어가던 MSX라는 컴퓨터를 샀더니 거기에 워드프로세서 기능이 있었고, 타자 연습도 할 겸 썼던 것이 응모작이었습니다(뭐, 계기라는 게 다 그런 것 아니겠습니까).

이게 정말 대단한데, 그 워드프로세스는 파일 한 개의 용량이 원고지 열 장 분량밖에 안 됩니다. 작품 하나를 쓰려면 파일을 30개도 넘게 만들어야 한다는 거죠. 한 줄을 추가하려고 해도, 까딱하면 열 개가 넘는 파일들을 수작업으로 수정해야 하는 물건입니다. 정말 영문을 모르겠습니다.

그건 그렇다 치고, 이 응모작은 아마도 제가 태어나서 처음으로 시작부터 끝까지 쓴 이야기가 아니었나 싶습니다…… 아, 얘기가 샜네요. 잘못 알고 계신 분들이 많은데, 이 응모작은 오펜 시리즈 제1작품이 아닙니다.

전혀 다른 이야기입니다. 이 응모작으로 데뷔한 뒤에 2년 정도 편집부에 원고를 들고 찾아갔습니다. 학생이기도 해서 그다지 부담은 없었고, 다 해서 5~6작품 정도 들고 갔던 것 같습니다(알아서 퇴짜 놓은 것까지 하면 더 쓰기는 했습니다만……). SF 스타일도 써봤고, 미스터리 스타일도 써보고, 재미있다면 재미있었지만 역시 담당 편집자 분의 표정을 떨떠름했습니다.

"그러니까, 재미없다는 건 아닌데 말이야…… 뭐랄까, 애니메이션이나 만화의 재미 같은 게 있잖아. 그런 스타일로 좀 해보면 어떨까."

그렇군요, 하고 생각해봤는데—

어라.

이유는 없지만, 사실 저는 중학생이 되면서 갑자기 TV를 안 보게 됐었습니다.

스무 살 정도가 됐을 때 이것도 별 이유 없이 방에 TV를 들이고 보기 시작했는데, 덕분에 TV나 연예계에 관련된 지식이 몇 년 분, 하나도 없습니다. 담당 편집자분이 예를 들어주신 애니메이션 같은 것도 전혀 모릅니다. 애니메이션은 초등학교 때 자주 봤던 메카닉 전쟁물 정도밖에 기억이 안 나고…….

그런데 우연히도 그 조언을 들은 당시에, 어린 시절에 봤던 애니메이션의 새로운 시리즈가 방영됐습니다. 뿔이 달린 무시무시한 왕궁에 사는 일가가 지구 연방을 상대로 독립 전쟁을 벌이는 이야기라고 할까요…… 슬프지만 이건 전쟁이라든지…… 뭐 그런 이야기의 새 시리즈는 역시 상당히 정신 나간 내용이었습니다. 타이어 달린 우주전함이 "이걸로 지상을 전부 짓밟아버리겠다." 같은 소리도 했었습니다.

저녁쯤에 방영된 그 애니메이션을 멍하니 보면서, "그렇구나, 이런 얘기구나." 라고 생각한 걸 보면, 제 머리도 상당히 이상했겠죠.

그렇게 해서.

마법사 같은 것이 우주를 날아다니면서 빔을 쏘고 칼로 쨍쨍쨍 칼싸움을 하면서 뭔가 그럴듯한 대사를 외치는, 그런 작품의 이미지가 떠올랐습니다.

일단 우주는 치워버렸습니다…… 그걸 생각해보면 아직 어느 정도 이성이 남아있었던 것 같다는 생각도 들고, 대체 왜 안 했을까 하는 생각도 듭니다.

"주인공은…… 연방의 허연 놈은 안 되겠지. 좋았어, 그럼 까만색. 까만색이면 되겠지."

그리하여, 이건 지금까지 아무한테도 말한 적이 없다고나 할까 오히려 숨겼던 사실인데.

시리즈를 시작할 때 몇 번인가 질문을 받은 적이 있습니다. 왜 '마술사(魔術師)'가 아닌데? 라고.

물론 그렇게 하면 글자의 시각적 느낌이 좋지 않을 것 같다는 이유도 있지만, 사실 마술사(魔術士)의 '사(士)'는 그거의 '사(士)'입니다. (주 : 기동전사(機動戰士) 건담)

편집부에 원고를 들고 가던 시절에, 편집자 분께 보여드리지도 않고 알아서 탈락시킨 원고도 몇 개인가 남아 있었습니다. 그 중 한 작품에서 캐릭터를 몇 개 유용하고 변형해서 이 시리즈 첫 작품을 만들었습니다. 이것도 인터뷰에서 말한 적이 있는데, 오펀(처음에는 이런 이름이었습니다)은 그 탈락 원고에 등장했던 서브 캐릭터고, 삐딱한 성격의 마법사였습니다. 캐릭터 조형의 모델은 모래시계 눈을 가진 그 사람입니다.(주 : 드래곤랜스에 등장하는 레이스트린 마지어)

1권을 쓴 시점에서는 속편을 쓸 생각이라고는 털끝만큼도 없었는데, 갑자기 담당 편집자께서 "다음 권도 써둬, 혹시 모르니까"라고 하셔서 당황했습니다. 당시에 저는 이미 학교를 졸업하고 취직한 상태였습니다. 하지만 그 때는 아직 연수 기간이라서 퇴근도 일찍 했기 때문에 학생 때와 큰 차이도 없었습니다. 어떻게든 2권 이후의 전개를 생각했습니다. 일단 끝난 이야기를 더 벌이려면, 차라리 1권의 설정을 대부분 없었던 걸로 해버리는 쪽이 좋겠다는 생각을 했고,

그렇게 해서 상당부분을 무시하고 쓴 것이 2권입니다.

그쯤에서 1권이 발매됐고 다행히 호평을 받은 덕분에 3권도 쓰게 됐습니다. 그런데 슬슬 본업이 바빠지기 시작했습니다. 게다가 인쇄 회사 오퍼레이터는 심야에 퇴근하는 게 당연한 일이었습니다(이 원고를 책으로 만들어주시는 분들도 정말 수고가 많으십니다). 어쩔 수 없이 심야에 집에 와서 아침까지 원고를 쓴 뒤에 출근하고, 잠은 점심시간에 자는 생활을 반복하며 3권을 썼는데…….

아무래도 그런 생활이 오래 갈 수는 없어서, 6권을 쓰던 때쯤에 퇴사했던 것 같다고 기억합니다. 그쯤에서 이쪽 일에 전념하게 됐죠.

그렇게 해서 9년 동안 시리즈를 이어왔습니다. 벌써 10년이 다 됐네요. 세상에서는 겨우 10년이라고 할 정도의 시간이지만, 저는 정말 즐거웠습니다. 저 스스로가 너무 미숙해서 불만이 끊이지 않았고, 힘든 일도 상당히 많았겠지만, 정말 즐거웠습니다.

뒤돌아보며, 그런 생각을 합니다. 독자 여러분도 즐겁게 보내셨다면 좋겠습니다만.

후우.

그렇게 해서, 저답지 않게 작품에 대한 이야기를 길게 했습니다.

상당히 창피합니다만, 뭐 일이 이렇게 됐으니.

다시 한 번, 지금까지 함께 해주신 분들께 감사 인사 올립니다. 앞으로도 새로운 시리즈를 쓸 생각이니, 그쪽에서 뵙게 된다면 감사하겠습니다.

뭐? 무모편 남은 것?

…………으아. 한 권 더 남았잖아!

2003년 8월—
아키타 요시노부

마술사 오펜 뜻밖의 여행 애장판 10

초판 1쇄 발행   2023년 2월 28일

저자 아키타 요시노부

발행인 원종우
발행처 (주)블루픽

주소 (13814) 경기도 과천시 뒷골로 26 2층
대표번호 02-6447-9000   **팩스** 02-6447-9009
메일 edit@bluepic.kr

ISBN 978-89-6052-682-2
Majyutsushi Orphan Haguretabi Shinsoban Vol.10
by Yoshinobu Akita
Copyright © 2012 Yoshinobu Akita   Illustrated by Yuuya Kusaka
First published in Japan in 2011 by T.O Entertainment, Inc.
Korean translation rights arranged with T.O Entertainment, Inc.
through Shinwon Agency Co.

이 책과 수록 내용의 한국 내 저작권은 신원 에이전시를 통한
T.O Entertainment와 독점 계약으로 (주)블루픽이 소유합니다.

온 힘을 다해서 페르디난드 님을 맞이하겠어요!

고대하던 재회와 성인식 봉납가무까지 대격주!

 글 : 카즈키 미야 / 그림 : 시이나 유우 / 번역 : 김정규

가격 : 10,000원

전국의 책벌레 여러분께 바칩니다.

책벌레의, 책벌레에 의한, 책벌레를 위한 오피셜 팬북 3탄

글 : 카즈키 미야 / 그림 : 시이나 유우·스즈카 / 번역 : 김아림

가격 : 8,000원